Tot stof vergaan

KATHY
REICHS

TOT STOF
VERGAAN

2007 – De Boekerij – Amsterdam

Oorspronkelijke titel: Bones to Ashes
Vertaling: Wim Holleman
Omslagontwerp: Wil Immink Design

ISBN 978-90-225-4846-2

Voor die opgewekte, groothartige, stoutmoedige *Acadiens*

On ouaira quosse que d'main nous amèneras…

Dit is het maagdelijk woud; maar de harten waar zijn ze,
die eenmaal dartel en vlug als de rhee opspringen bij het hooren des
jagers? Waar is het bekoorlijke dorp dat de
Acadische pachters bewonen?

(uit 'Evangeline' door Henry Wadsworth Longfellow;
vertaling S.J. van den Bergh en B.Ph. de Kanter,
uitgeverij Kruseman, 1856)

I

Baby's gaan dood. Mensen verdwijnen. Mensen gaan dood. Baby's verdwijnen.

Met die waarheden was ik al vroeg geconfronteerd. Natuurlijk begreep ik als kind wel min of meer dat er aan het leven ooit een einde komt. Op school hadden de nonnen het over de hemel, het vagevuur, het voorgeborchte en de hel. Ik wist dat oudere mensen zouden 'heengaan'. Zo omzeilde mijn familie het onderwerp. Mensen gingen heen. Gingen bij God wonen. Rustten in vrede. En dus accepteerde ik op mijn eigen onbeholpen manier dat het aardse leven tijdelijk was. Niettemin ervoer ik de dood van mijn vader en mijn kleine broertje als een verschrikkelijke klap.

En voor de verdwijning van Évangéline Landry bestond gewoon geen enkele verklaring.

Maar nu loop ik op de zaken vooruit.

Het gebeurde als volgt.

Als klein meisje woonde ik aan de zuidkant van Chicago, aan de wat minder chique buitenkant van een wijk genaamd Beverly. De wijk, aangelegd als plattelandsenclave voor de stedelijke elite na de Grote Brand van 1871, werd gekenmerkt door grote gazons en hoge iepen, en Ierse katholieke families met stambomen die wijder vertakt waren dan die iepen. Beverly, in mijn jeugd een tikkeltje haveloos, zou later opgewaardeerd worden door babyboomers die op zoek waren naar wat groen in de buurt van het centrum.

Ons huis, oorspronkelijk een boerderij, was ouder dan alle andere in de buurt. Het was een wit houten huis met groene luiken en het had een veranda die om het hele huis heen liep, een oude pomp in de achtertuin en een garage waar ooit paarden en koeien hadden gestaan.

Ik bewaar gelukkige herinneringen aan die tijd en aan die plek. Als het vroor, schaatsten de kinderen uit de buurt op een ijsbaan die met behulp van tuinslangen op een onbebouwd stuk grond werd aangelegd. Papa hield me vast op mijn schaatsjes met dubbele ijzers, veegde half gesmolten sneeuw van mijn sneeuwpak als ik gevallen was. 's Zomers voetbalden we op straat, of speelden tikkertje of schipper mag ik overvaren. Mijn zusje Harry en ik vingen glimwormen in potjes met deksels waarin gaatjes waren gemaakt.

Tijdens de eindeloze winters in het Midden-Westen verzamelden talloze ooms en tantes Brennan zich om te kaarten in onze wat sjofele zitkamer. De gang van zaken was altijd hetzelfde. Na het eten haalde mama kleine tafeltjes uit de gangkast, stofte ze af en klapte de pootjes uit. Harry legde de witte linnen kleedjes eroverheen en ik zorgde voor de spellen kaarten, servetten en pindaschaaltjes.

Als het lente werd, werden de kaarttafeltjes verruild voor schommelstoelen op de veranda, en canasta en bridge maakten plaats voor conversatie waar ik niet veel van begreep. Warren-commissie. Golf van Tonkin. Chroesjtsjov. Kosygin. Dat vond ik niet erg. Het samenzijn van hen met wie ik een aantal DNA-kenmerken gemeen had, bezorgde me een prettig gevoel, net als het gerinkel van muntjes in de Beverly Hillbillies-spaarpot op de toilettafel in mijn slaapkamer. De wereld was voorspelbaar, bevolkt door familieleden, onderwijzers, kinderen als ik uit gezinnen als het onze. Het leven bestond uit St. Margaret's School, de Kabouters, de heilige mis op zondag, dagkamp in de zomer.

Toen ging Kevin dood, en mijn zes jaar oude wereldje spatte uiteen in scherven van twijfel en onzekerheid. In mijn wereldbeeld nam de dood oude mensen mee, oudtantes met blauwe aderen op hun knokige handen en een doorschijnende huid. Niet kleine jongetjes met bolle rode wangetjes.

Ik herinner me weinig van Kevins ziekte en nog minder van zijn begrafenis. Harry die naast me in de kerkbank heen en weer zat te schuiven. Een vlek op mijn zwarte lakleren schoen. Hoe kwam die daar? Het leek belangrijk om dat te weten. Ik staarde naar de kleine grijze vlek. Staarde weg van de werkelijkheid die zich om me heen ontvouwde.

De familie kwam uiteraard samen, met gedempte stemmen en strakke gezichten. Mama's kant kwam over uit North Carolina. Buren. Parochianen. Mannen van papa's advocatenkantoor. Vreemden. Ze aaiden me over mijn hoofd. Mompelden over de hemel en engelen.

Het huis stond vol in aluminium- en plasticfolie verpakte stoofschotels en bakproducten. Normaal gesproken was ik gek op sandwiches waar de korsten afgesneden waren. Niet vanwege de tonijn- of eiersalade waarmee ze belegd waren. Vanwege de pure decadentie van die frivole verspilling. Maar niet op die dag. Nooit meer. Vreemd welke uitwerking sommige gebeurtenissen op je hebben.

Het overlijden van Kevin veranderde meer dan mijn opvatting over sandwiches. Het veranderde het hele podium waarop ik mijn leven geleefd had. Mijn moeders ogen, altijd vriendelijk en dikwijls vrolijk, stonden nu onveranderlijk verkeerd. Ze hadden donkere wallen en lagen diep in hun kassen. Mijn kinderlijke verstand was niet in staat die blik te interpreteren, ik voelde alleen dat ze bedroefd was. Jaren later zag ik een foto van een vrouw in Kosovo, wier man en zoon in geïmproviseerde lijkkisten lagen. Ik voelde een vonk van herinnering. Kende ik haar misschien? Onmogelijk. Toen het besef. Ik herkende dezelfde verslagenheid en hopeloosheid die ik in mama's starende blik had gezien.

Maar het was niet alleen mama's uiterlijk dat veranderde. Zij en papa dronken niet langer een cocktail voor het eten en ze bleven ook niet meer na het eten aan tafel zitten praten met een kop koffie. Ze keken geen televisie meer nadat de afwas gedaan was en Harry en ik onze pyjama aan hadden getrokken. Ze hadden altijd graag naar komedies gekeken, waarbij ze elkaar aankeken als Lucy of Gomer iets grappigs deed. Dan pakte papa mama's hand en dan lachten ze.

Aan het lachen kwam een eind toen Kevin bezweek aan leukemie.

Mijn vader vluchtte, maar niet in zwijgend zelfmedelijden, zoals mama uiteindelijk deed. Michael Terrence Brennan, jurist, connaisseur en onverbeterlijke bon-vivant, nam zijn toevlucht tot een fles goede Ierse whisky. Vele flessen, in feite.

Aanvankelijk viel papa's afwezigheid me nauwelijks op. Net als bij een pijn die zo geleidelijk opkomt dat je niet meer precies weet wanneer hij ontstaan is, besefte ik op een dag dat papa er gewoon niet zo vaak meer was. Avondmaaltijden zonder hem kwamen steeds vaker voor. Hij kwam steeds later thuis, totdat hij niet veel méér leek dan een fantoomaanwezigheid in mijn leven. Op sommige avonden hoorde ik onvaste voetstappen op de trap, een deur die te hard tegen een muur sloeg. Een toilet dat doorgetrokken werd. Dan stilte. Of gedempte stemmen uit de slaapkamer van mijn ouders, met een intonatie die duidde op beschuldigingen en wrok.

Tot op de dag van vandaag bezorgt een telefoon die na middernacht overgaat me koude rillingen. Misschien ben ik een paniekzaaier. Of alleen maar een realist. In mijn ervaring brengen telefoontjes laat op de avond nooit goed nieuws. Er heeft een ongeluk plaatsgevonden. Een arrestatie. Een vechtpartij.

Het telefoontje naar mama kwam achttien lange maanden na Kevins dood. Telefoons rinkelden in die tijd nog fatsoenlijk. Geen meerstemmige beltonen van 'Grillz' of 'Sukie in the Graveyard'. Ik werd wakker bij het eerste gerinkel. Toen de telefoon voor de derde keer overging werd er opgenomen. Toen hoorde ik een zacht geluid, half schreeuw, half gekreun, en het geluid van een neerkletterende telefoonhoorn. Angstig trok ik het beddengoed tot aan mijn ogen op. Er kwam niemand naar mijn bed.

Er was een ongeluk gebeurd, zei mama de volgende dag. Papa's auto was van de weg afgeraakt. Ze praatte nooit over het politierapport, het alcoholpromillage van 2,7. Die details kwam ik vanzelf wel aan de weet. Luistervink spelen doe je automatisch als je zeven bent.

Van papa's begrafenis herinner ik me nog minder dan van die van Kevin. Een bronskleurige doodskist met een boeketje witte bloemen erop. Eindeloze toespraken. Gedempt snikken. Mama die ondersteund werd door twee van de tantes. Belachelijk groen gras op de begraafplaats.

Mama's familie kwam ditmaal in nog groteren getale opdagen. Neven en nichten wier namen ik me niet herinnerde. Door opnieuw luistervink te spelen, kwam ik het een en ander over hun voornemen te weten. Mama moest met haar kinderen weer terug naar huis.

De zomer nadat papa overleed, was een van de warmste in de geschiedenis van Illinois, met temperaturen die wekenlang ruim boven de dertig graden bleven. Hoewel weerlieden het hadden over het verkoelende effect van Lake Michigan, woonden wij te ver van het water af, ervan gescheiden door te veel gebouwen en te veel beton. Voor ons geen verkoelend briesje vanaf het meer. In Beverly zetten we ventilators aan, zetten ramen open, en zweetten. Harry en ik sliepen op veldbedden op de afgeschermde veranda.

Gedurende de maanden juni en juli voerde oma Lee een 'kom terug naar het Zuiden'-telefooncampagne. Leden van de familie Brennan bleven op bezoek komen, maar nu in hun eentje, of met z'n tweeën, mannen met zweetplekken onder hun oksels, vrouwen in katoenen jurken die slap langs hun lijf hingen. De conversatie was behoedzaam, mama nerveus en voortdurend op het punt om in tranen uit te barsten. Een oom of tante klopte haar zachtjes op de hand. Doe wat het beste is voor jou en de meisjes, Daisy.

Ook al was ik nog maar een kind, toch voelde ik op de een of andere manier een zekere ongedurigheid in deze familiebezoekjes. Een groeiend ongeduld; het werd langzamerhand tijd dat er een eind aan het rouwproces kwam en dat het leven weer opgepakt werd. De bezoekjes waren wakes geworden, ongemakkelijk maar verplicht omdat Michael Terrence een van de hunnen was geweest en de kwestie van de weduwe en de kinderen op een fatsoenlijke manier geregeld diende te worden.

De dood bracht ook een verandering teweeg in mijn eigen sociale status. Kinderen die ik al mijn hele leven kende, meden me nu. En als we elkaar een enkele keer tegenkwamen, staarden ze naar hun voeten. Verlegen? Verward? Bang voor besmetting? De meesten vonden het gemakkelijker om weg te blijven.

Mama had ons niet opgegeven voor het dagkamp, en dus brachten Harry en ik de lange bloedhete dagen in elkaars gezelschap door. Ik las haar verhaaltjes voor. We speelden bordspelletjes, poppenkast, of liepen naar Woolworth in 95th Street om stripblaadjes en vanillecola te kopen.

In de loop van de weken ontstond er een kleine apotheek op mama's nachtkastje. Als ze beneden was, bestudeerde ik de medicijnflesjes met hun harde witte doppen en keurig getypte etiketten.

Schudde ze. Tuurde door het gele en bruine plastic. De kleine capsules bezorgden me een onrustig gevoel.

Mama nam haar besluit halverwege juli. Of misschien deed oma Lee dat wel voor haar. Ik luisterde toen ze het aan papa's broers en zussen vertelde. Ze klopten haar op de hand. Misschien is het ook maar het beste, zeiden ze, met in hun stemmen iets van, wat? Opluchting? Ach, wat weet een zevenjarige nou van nuance?

Oma arriveerde op dezelfde dag dat er een bord in onze tuin verscheen. In de caleidoscoop van mijn herinnering zie ik haar uit de taxi stappen, een oude vrouw, mager als een vogelverschrikker, haar handen knokig en droog als een hagedis. Ze was die zomer zesenvijftig.

Binnen een week zaten we in de Chrysler Newport die papa had gekocht voordat Kevins diagnose was gesteld. Oma reed. Mama zat naast haar. Harry en ik zaten achterin, van elkaar gescheiden door een barrière van spelletjes en kleurpotloden.

Twee dagen later arriveerden we bij oma's huis in Charlotte. Harry en ik kregen de bovenslaapkamer met het groengestreepte behang. De klerenkast rook naar mottenballen en lavendel. Harry en ik keken toe terwijl mama onze jurkjes ophing. Winterjurken voor feestjes en voor in de kerk.

Hoe lang blijven we, mama?

We zullen wel zien. De hangertjes tikten zachtjes tegen elkaar.

Gaan we hier naar school?

We zullen wel zien.

De volgende ochtend aan het ontbijt vroeg oma of we de rest van de zomer aan het strand zouden willen doorbrengen. Harry en ik staarden haar aan boven onze Rice Krispies, helemaal van de kaart door de enorme veranderingen die zich in ons leven voltrokken hadden.

Natuurlijk willen jullie dat, zei ze.

Hoe weet u wat ik wel of niet zou willen? dacht ik. U bent míj niet. Ze had natuurlijk gelijk. Oma had meestal gelijk. Maar dat was het punt niet. Er was weer een besluit genomen waar ik niets aan kon veranderen.

Twee dagen nadat we in Charlotte gearriveerd waren, nam ons kleine gezelschap weer plaats in de Chrysler, oma aan het stuur.

Mama sliep, en werd alleen maar wakker toen het gierende geluid van de banden aankondigde dat we de dam overstaken.

Mama ging even rechtop zitten. Ze draaide zich niet naar ons om. Glimlachte niet en zong niet: 'Pawleys Island, here we come!', zoals ze in gelukkiger tijden gedaan had. Ze liet zich alleen maar weer achterover zakken.

Oma gaf klopjes op mama's hand, net als ze bij de Brennans hadden gedaan. 'Het komt allemaal wel goed,' zei ze op sussende toon. 'Je zult zien, Daisy, liefje, dat alles best weer in orde komt.'

En wat mij betrof klopte dat ook wel, zodra ik Évangéline Landry leerde kennen.

En dat bleef zo gedurende de volgende vier jaar.

Totdat Évangéline verdween.

2

Ik ben in juli geboren. Voor een kind is dat goed én slecht nieuws. Aangezien we elke zomer doorbrachten in het strandhuis van de familie Lee op Pawleys Island, werd mijn verjaardag gevierd met een picknick, gevolgd door een uitstapje naar Gay Dolphin Park aan de promenade van Myrtle Beach. Ik was gek op die uitjes naar het pret-park, en dan vooral op de achtbaan. Omhoog, omlaag, door scherpe bochten gierend, mijn knokkels wit van het krampachtig vasthouden, mijn hart bonzend en in mijn keel de nasmaak van een suikerspin. Dat waren leuke dingen. Maar ik kon nooit op school trakteren.

Ik werd acht in die zomer nadat papa overleden was. Mama gaf me een roze juwelenkistje dat een muziekje speelde en waaruit een ballerina oprees als je het opendeed. Harry had een familieportret getekend, twee grote en twee kleine stokpoppetjes, met gespreide vingers die elkaar overlapten, niemand die glimlachte. Van oma kreeg ik een deel van *Anne of Green Gables*.

Hoewel oma de traditionele picknick van chocoladetaart, gebra-den kip, gekookte garnalen, aardappelsalade, gevulde eieren en broodjes had klaargemaakt, was er dat jaar na het eten geen uitstap-je naar het pretpark. Harry had last van zonnebrand en mama van migraine, en dus bleef ik alleen op het strand achter en las over An-nes avonturen met Marilla en Matthew.

Ik merkte haar eerst helemaal niet op. Ze ging op in de witte ruis van branding en zeevogels. Toen ik opkeek, stond ze nog geen twee meter van me af, met haar handen in haar zij.

Zonder iets te zeggen namen we elkaar op. Naar haar lengte te oordelen, schatte ik dat ze een of twee jaar ouder was dan ik, hoewel haar middel nog kinderlijk mollig was en haar verschoten zwempak nog plat tegen haar borst plakte.

Zij sprak het eerst, terwijl ze met een duim naar mijn boek wees.

'Daar ben ik geweest.'

'Nietes,' zei ik.

'Ik heb de koningin van Engeland gezien.' De wind speelde door haar donkere verwarde haardos.

'Nietes,' zei ik nogmaals. Onmiddellijk voelde ik me stom. 'De koningin woont in een paleis in Londen.'

Het meisje veegde krullen uit haar ogen. 'Ik was drie. Mijn *grand-père* tilde me op zodat ik haar kon zien.'

Haar Engels had een accent, maar het was niet het vlakke nasale geluid van het Midden-Westen en ook niet dat lijzige van de zuidoostkust. Ik aarzelde, onzeker.

'Hoe zag ze eruit?'

'Ze droeg handschoenen en een lila hoed.'

'Waar was dat?' Sceptisch.

'Tracadie.'

De gutturale 'r' klonk opwindend buitenlands in mijn achtjarige oren.

'Waar is dat?'

'*En* Acadie.'

'Nooit van gehoord.'

'"Het oerbos. De ruisende sparren en dennen."'

Ik keek met half toegeknepen ogen naar haar op, niet goed wetend wat ik moest zeggen.

'Dat is een gedicht.'

'Ik ben in het Art Institute in Chicago geweest,' zei ik, om haar poëzie met een even intellectuele reactie te beantwoorden. 'Daar hebben ze een heleboel beroemde schilderijen, zoals de mensen in het park die met stipjes geschilderd zijn.'

'Ik logeer bij mijn oom en tante,' zei het meisje.

'Ik ben op bezoek bij mijn oma.' Ik zei niets over Harry of mama. Of Kevin. Of papa.

Een frisbee zeilde omlaag tussen het meisje en de oceaan. Ik keek toe hoe een jongen hem opving en hem met een backhandbeweging terugwierp.

'Je kunt niet echt naar Green Gables,' zei ik.

'Wel waar.'

'Het bestaat niet echt.'

'Wel waar.' Het meisje draaide een bruine teen in het zand.

'Ik ben vandaag jarig,' zei ik, omdat ik niets beters te zeggen wist.

'*Bonne fête.*'

'Is dat Italiaans?'

'Frans.'

Mijn school in Beverly had Frans in het lesprogramma, het stokpaardje van een francofiele non genaamd zuster Mary Patrick. Hoewel ik er niet veel meer van opgestoken had dan *bonjour*, wist ik dat dit meisje heel anders klonk dan de juf die ons in de eerste en tweede klas Frans gegeven had.

Was het eenzaamheid? Nieuwsgierigheid? Bereidheid om te luisteren naar alles wat me af kon leiden van de somberheid in het grote huis van oma? Wie zal het zeggen. Ik hapte.

'Was de prins erbij?'

Het meisje knikte.

'Wat voor soort plaats is dat Tracadie?' Uit mijn mond klonk het als Track-a-day.

Het meisje haalde haar schouders op. '*Un beau petit village.* Een mooi plaatsje.'

'Ik heet Temperance Brennan. Je mag me wel Tempe noemen.'

'Évangéline Landry.'

'Ik ben acht.'

'Ik ben tien.'

'Wil je mijn cadeautjes zien?'

'Ik vind je boek mooi.'

Ik leunde achterover in mijn stoel. Évangéline ging in kleermakerszit naast me in het zand zitten. Een uur lang praatten we over Anne en die beroemde boerderij op Prince Edward Island.

Zo begon de vriendschap.

De eerste twee dagen na mijn verjaardag was het stormachtig weer, en overdag was de lucht afwisselend loodkleurig en ziekelijk grijsgroen. Regelmatig kletterden er regenvlagen tegen de ramen van oma's huis.

Tussen de plensbuien door smeekte ik of ik naar het strand mocht. Oma weigerde, omdat ze bang was voor onderstroom in de branding. Gefrustreerd keek ik uit het raam naar buiten, maar ik zag taal noch teken van Évangéline Landry.

Eindelijk verschenen er weer blauwe plekken aan de hemel die de bewolking steeds meer verdreven. De schaduwen onder de zeehaven en de plankenpaden die door de duinen liepen, werden steeds scherper. De vogels lieten zich weer horen, de temperatuur steeg, en het voelde aan alsof de broeierige warmte, in tegenstelling tot de regen, voorlopig niet zou verdwijnen.

Ondanks de zonneschijn gingen er dagen voorbij zonder taal of teken van mijn vriendin.

Ik was aan het fietsen toen ik haar over Myrtle Avenue zag lopen, met het hoofd voorover aan een ijslolly zuigend. Ze droeg teenslippers en een door het vele wassen verschoten Beach Boys-t-shirt.

Ze bleef staan toen ik naast haar stopte.

'Hoi,' zei ik, terwijl ik een gymschoen van mijn pedaal op het trottoir zette.

'Hoi,' zei ze.

'Ik heb je een tijdje niet gezien.'

'Ik moest werken.' Ze veegde kleverige rode vingers af aan haar korte broek.

'Heb je een baantje?' Geïmponeerd door het feit dat een kind zich met een dergelijke volwassen activiteit bezighield.

'Mijn oom vist vanuit Murrell's Inlet. Soms help ik hem op de boot.'

'Gaaf.'

'Pfff.' Ze blies lucht door haar lippen. 'Ik haal de ingewanden uit de vissen.'

We liepen verder, terwijl ik mijn fiets voortduwde.

'Soms moet ik op mijn kleine zusje passen,' zei ik, om haar te laten weten dat ik het ook niet altijd gemakkelijk had. 'Ze is vijf.'

Évangéline keek me aan. 'Heb je ook een broer?'

'Nee.' Met vuurrood gezicht.

'Ik ook niet. Mijn zusje, Obéline, is twee.'

'Nou goed, dan moet je wat vissen schoonmaken. Het is nog altijd gaaf om 's zomers op het strand te zijn. Is het echt heel anders waar je vandaan komt?'

Heel even glinsterde er iets in de ogen van Évangéline. 'Mijn moeder is daar. Ze is ontslagen bij het ziekenhuis, dus nu heeft ze twee baantjes. Ze wil dat Obéline en ik goed Engels leren, dus brengt ze ons hiernaartoe. *C'est bon.* Mijn tante Euphémie en mijn oom Fidèle zijn aardig.'

'Vertel eens over dat oerbos.' Ik wilde het even niet over familie hebben.

Évangéline keek een voorbijrijdende auto na, richtte haar blik toen weer op mij.

'L'Acadie is de mooiste plek op aarde.'

En zo te horen was dat ook zo.

Die hele zomer vertelde Évangéline verhalen over New Brunswick, de Canadese provincie waar ze woonde. Ik had uiteraard over Canada gehoord, maar mijn kinderlijke voorstelling ging niet veel verder dan Mounties en iglo's. Of hondensleden die langs kariboes en ijsberen gleden, of zeehonden op ijsschotsen. Évangéline vertelde over dichte wouden, steile kliffen aan de kust en plaatsen met namen als Miramichi, Kouchibouguac, en Bouctouche.

Ze vertelde ook over de geschiedenis van Acadia, en de verdrijving van haar voorouders uit hun geboorteland. Telkens weer luisterde ik en stelde vragen. Verbijsterd. Verontwaardigd over de Noord-Amerikaanse tragedie die door haar volk le Grand Dérangement wordt genoemd. De Franse Acadiërs die in ballingschap werden gedreven door een Brits deportatiebevel en beroofd werden van hun land en hun rechten.

Het was Évangéline die me liet kennismaken met poëzie. Die zomer worstelden we ons door Longfellows verhalende gedicht heen waar zij naar genoemd was. Haar versie was in het Frans, haar moedertaal. Ze vertaalde het zo goed mogelijk.

Hoewel ik de dichtregels nauwelijks begreep, maakte zij er een betoverend verhaal van. Onze prepuberale geesten stelden zich het Acadische melkmeisje voor, ver van haar geboorteplaats in Nova Scotia. We improviseerden kostuums en speelden het verhaal van de diaspora en de ongelukkige geliefden na.

Évangéline was van plan dichteres te worden. Ze had haar favoriete gedichten van buiten geleerd, de meeste Frans, sommige Engels. Edward Blake. Elizabeth Barrett Browning. De in New Brunswick geboren bard Bliss Carman. Ik luisterde. Samen schreven we slechte gedichten.

Ik gaf de voorkeur aan verhalen met een plot. Hoewel ze moeite had met het Engels, waagde Évangéline zich toch aan mijn lievelingsschrijvers: Anna Sewell. Carolyn Keene. C.S. Lewis. En we discussieerden eindeloos over Anne Shirley en stelden ons het leven op Green Gables voor.

In die tijd hoopte ik dierenarts te worden. Op mijn initiatief hielden we aantekeningen bij over zilverreigers in het moerasland en hoog overvliegende pelikanen. We legden beschermende ophogingen aan rond de nesten van schildpadden. We vingen kikkers en slangen met langstelige netten.

Op sommige dagen ensceneerden we uitgebreide theepartijtjes voor Harry en Obéline. Zetten hun haar in de krul. Kleedden hen aan alsof ze poppen waren.

Tante Euphémie kookte *poutine râpée, fricot au poulet, tourtière* voor ons. Ik zie haar nog voor me in haar schort met ruches terwijl ze ons in gebroken Engels verhalen over het Acadische volk vertelde. Verhalen die ze van haar vader had gehoord, en hij weer van zijn vader. 1755. Tienduizend werden er van huis en haard verdreven.

Waar gingen ze dan heen? wilde Harry weten. Europa. Het Caribisch Gebied. Amerika. Die in Louisiana werden later Cajuns genoemd.

Hoe konden zulke dingen gebeuren? vroeg ik. De Britten wilden ons bouwland en dijken. Ze hadden kanonnen.

Maar de Acadiërs keerden terug? Sommigen wel.

Die zomer plantte Évangéline het eerste zaadje van mijn levenslange verslaving aan het nieuws. Misschien omdat ze in zo'n afgezonderd hoekje op aarde woonde. Misschien omdat ze haar Engels wilde oefenen. Misschien alleen maar omdat het in haar karakter lag. Hoe dan ook, Évangélines verlangen om alles te weten was onlesbaar.

Radio. Televisie. Kranten. We absorbeerden en begrepen op onze beperkte wijze. 's Avonds, op haar veranda of de mijne, terwijl insecten tegen de horren vlogen en uit de transistorradio de Monkees, de Beatles, Wilson Pickett en de Isley Brothers klonken, praatte we over een man met een geweer in een hoog gebouw in Texas. De dood van astronauten. Stokely Carmichael en een vreemde groepering genaamd SNCC.

Op achtjarige leeftijd vond ik Évangéline Landry het slimste en meest exotische wezen dat ik ooit zou kennen. Ze was mooi op een donkere zigeunerachtige manier, sprak een vreemde taal, kende songs en gedichten waar ik nog nooit van had gehoord. Maar zelfs toen al, ondanks de geheimen die we aan elkaar deelden, was ik me bewust van een zekere terughoudendheid in mijn nieuwe vriendin, een mysterie. En nog iets anders. Een soort verborgen droefheid waarover ze niet sprak en die ik niet kon thuisbrengen.

De broeierig warme dagen gleden voorbij terwijl we ons kleine Lowcountry-eiland verkenden. Ik liet haar plekken zien die ik kende van eerdere logeerpartijen bij oma. Samen ontdekten Évangéline en ik nieuwe plekken.

Langzaam maar zeker begon mijn verdriet af te nemen. Ik dacht aan andere dingen. Prettige dingen.

Toen werd het augustus en tijd om te vertrekken.

Mama keerde nooit meer terug naar Chicago. Ik begon een nieuw aangenaam leventje in Charlotte. Ik ging houden van oma's oude huis in Dilworth, de geur van kamperfoelie die tegen de schutting in de achtertuin groeide, de lommerrijke donkere tunnel die gevormd werd door wilgbladige eiken die onze straat overkoepelden.

Ik kreeg nieuwe vriendinnen, natuurlijk, maar geen zo exotisch als mijn zomerse zielsvriendin. Geen die gedichten schreef, Frans sprak, en Green Gables en de koningin van Engeland had gezien.

Terwijl we van elkaar gescheiden waren, schreven Évangéline en ik elkaar brieven met nieuwtjes over ons leven in de winter, onze gedichten, onze prepuberale indrukken van wat er in het nieuws was. Biafra. Waarom voedden andere landen die mensen niet? My Lai. Doodden Amerikanen werkelijk onschuldige vrouwen en kinderen? Chappaquiddick. Hebben beroemdheden ook dergelijke problemen? We speculeerden over de schuld of onschuld van Jeffrey MacDonald. Kon iemand slecht genoeg zijn om zijn eigen kinderen te vermoorden? Het kwaad van Charlie Manson. Was hij de duivel?

We streepten de dagen die ons scheidden van de zomervakantie af op onze kalenders.

Het schooljaar eindigde eerder in Charlotte dan in Tracadie, dus ik zou als eerste op Pawleys Island arriveren. Een week later zou *madame* Landry's roestige Ford Fairlane over de dam rijden. Laurette zou één week doorbrengen in het huisje van haar zus en zwager in het moeras en daarna terugkeren naar haar twee banen in een conservenfabriek en een toeristenmotel. In augustus zou ze die lange reis nogmaals maken.

Ondertussen beleefden Évangéline, Obéline, Harry en ik onze zomeravonturen. We lazen, we schreven, we praatten, we verkenden. We verzamelden schelpen. Évangéline vertelde me over de beroepsvisserij. Ik leerde wat slecht Frans.

Onze vijfde zomer verliep net als de voorgaande vier. Tot 26 juli.

Psychologen zeggen dat sommige data permanent in onze geest opgeslagen blijven. 7 december 1941. De Japanse aanval op Pearl Harbor. 22 november 1963. President Kennedy vermoord. 11 september 2001. Het World Trade Center in vlammen.

Mijn lijstje omvat de dag dat Évangéline verdween.

Het was een donderdag. Évangéline en Obéline verbleven inmiddels zes weken op het eiland en zouden nog vier weken blijven. Évangéline en ik waren van plan die ochtend vroeg krabben te gaan vangen. Andere details zijn fragmentarisch.

Ik fietste door een nevelige dageraad, krabbennet op mijn stuur. Een auto kwam me tegemoet, een mannelijk silhouet aan het stuur. Oncle Fidèle? Een blik over mijn schouder. Een ander silhouet achterin.

Het *tik tik tik* van kiezelsteentjes tegen de hor van Évangélines slaapkamerraam. Het gezicht van Euphémie van achter de deur die ze op niet meer dan een kier opendeed, met spelden in het haar, rode ogen, doodsbleke lippen.

Ze zijn weg. Je moet hier niet meer komen.

Weg waarheen, *ma tante?*

Ga weg. Vergeet.

Maar waarom?

Ze zijn nu gevaarlijk.

Weer op de fiets, hard trappend terwijl de tranen me over de wangen stroomden. Vertrokken? Zonder iets te zeggen? Zonder afscheid? Zonder 'Ik zal je schrijven'? Je moet hier niet meer komen? Vergeten?

Mijn vriendin en haar zusje brachten nooit meer de zomer door op Pawleys Island.

Hoewel ik steeds weer terugging naar het huisje in het moeras en smeekte om informatie, werd ik elke keer weer afgescheept. Het enige wat tante Euphémie en oncle Fidèle tegen me zeiden, was: 'Je moet weggaan. Ze zijn er niet.'

Ik schreef de ene brief na de andere. Sommige kwamen terug als onbestelbaar, andere niet, maar Évangéline liet niets van zich horen. Ik vroeg oma wat ik kon doen. 'Niets,' zei ze. 'Bepaalde gebeurtenissen kunnen een leven veranderen. Neem jezelf maar, jij bent uit Chicago vertrokken.'

Vertwijfeld zwoer ik haar te vinden. Het zou Nancy Drew ongetwijfeld lukken, hield ik mezelf voor. En ik probeerde het ook, voor zover een twaalfjarige dat kon in de dagen vóór de mobiele telefoon en internet. Gedurende de rest van die zomer en het begin van de volgende bespioneerden Harry en ik tante Euphémie en oncle Fidèle. We kwamen niets te weten.

Terug in Charlotte bleven we het proberen. Hoewel de bibliotheken bij ons in de buurt niet over telefoongidsen van New Brunswick, Canada, beschikten, slaagden we erin het netnummer van Tracadie-Sheila te weten te komen. Er woonden in die regio zo veel Landry's dat de telefoniste zonder voornaam weinig kon beginnen.

Laurette.

Stond niet in het telefoonboek. Tweeëndertig L. Landry's.

Harry en ik konden ons geen van beiden herinneren dat de naam van Évangélines vader ooit genoemd was.

Het besef. Gedurende al die lange dagen en avonden hadden Évangéline en ik gepraat over jongens, seks, Longfellow, Green Gables, Vietnam. Alsof het een stilzwijgende afspraak betrof, hadden we het onderwerp vaders nooit aangesneden.

In een openbare telefooncel en met munten uit onze spaarpotten belden Harry en ik elke L. Landry in Tracadie. Later probeerden we het in de plaatsen in de omgeving. Niemand wist iets van Évangéline of haar familie. Dat zeiden ze tenminste.

Mijn zusje verloor veel eerder dan ik haar belangstelling voor het speurwerk. Évangéline was mijn vriendin geweest, vijf jaar ouder dan Harry. En Obéline was te jong geweest, een half leven jonger dan Harry.

Uiteindelijk staakte ook ik de zoektocht. Maar de vragen lieten me nooit met rust. Waar? Waarom? Hoe kon een meisje van veertien een bedreiging vormen? Ten slotte begon ik te twijfelen aan tante Euphémies woorden. Had ze echt 'gevaarlijk' gezegd?

De leegte die Évangéline achterliet bleef in stand tot de middelbare school de herinnering en het gevoel van verlies verdrong.

Kevin. Papa. Évangéline. Het verdriet van die driedubbele klap is vervaagd, verdoofd door het verstrijken van de tijd en verdrongen door de beslommeringen van het leven van alledag.

Maar af en toe, door wat voor aanleiding dan ook, komt de herinnering onverwacht weer boven.

3

Ik was net een uur in Montreal toen LaManche belde. Tot op dat moment was mijn periodieke verhuizing naar de pas ontdooide toendra aan de Sint-Laurens van een leien dakje gegaan.

De vlucht vanaf Charlotte en de aansluitende vlucht in Philadelphia waren allebei op tijd vertrokken. Birdie had me maar weinig last bezorgd en alleen tijdens het opstijgen en landen protesterend gemiauwd. Mijn bagage was samen met mij gearriveerd. Bij thuiskomst had ik mijn appartement in redelijk goede staat aangetroffen. Mijn Mazda was bij de allereerste poging gestart. Het leven was goed.

Toen belde LaManche me op mijn mobiel.

'Temperance?' Hij was de enige in mijn kennissenkring die afzag van het meer gebruiksvriendelijke 'Tempe'. Uit zijn mond klonk mijn naam als *Tempéronce*, uitgesproken door een Parijzenaar.

'*Oui*.' Automatisch ging ik op Frans over.

'Waar ben je?'

'Montreal.'

'Dat dacht ik al. Heb je een goede reis gehad?'

'Kon slechter.'

'Vliegen is niet meer wat het geweest is.'

'Nee.'

'Kom je morgenochtend vroeg naar het lab?' De stem van de oude baas klonk wat gespannen.

'Natuurlijk.'

'Er is een geval binnengekomen dat nogal...' Een lichte aarzeling. '... gecompliceerd is.'

'Gecompliceerd?'

'Ik denk dat ik het je beter persoonlijk kan uitleggen.'

'Acht uur?'

'*C'est bon.*'

Terwijl ik de verbinding verbrak, werd ik bekropen door een vaag gevoel van nervositeit. LaManche belde me maar zelden. En als hij dat deed, was het nooit met goed nieuws. Vijf motorrijders verbrand in een Chevrolet Blazer. Een vrouw verdronken in het zwembad van een senator. Vier lijken in een kruipruimte.

LaManche was al meer dan dertig jaar werkzaam als forensisch patholoog, waarvan de laatste twintig als hoofd van ons medisch-juridisch laboratorium. Hij wist dat ik vandaag in Montreal zou arriveren en dat ik me morgenochtend vroeg op het lab zou melden. Wat kon er zo gecompliceerd zijn dat hij het nodig vond om nog eens te checken of ik er morgenochtend inderdaad zou zijn?

Of zo gruwelijk.

Terwijl ik mijn koffer uitpakte, boodschappen deed, de koelkast bevoorraadde, en een salade Niçoise at, haalde ik me diverse scenario's voor de geest, het een nog erger dan het andere.

Toen ik in bed stapte, besloot ik de volgende ochtend een halfuur eerder naar het lab te gaan.

Een van de voordelen van het vliegen is dat je er uitgeput van raakt. Ondanks mijn bezorgdheid dommelde ik tijdens het nieuws van elf uur in slaap.

De volgende dag brak aan alsof hij auditie moest doen voor een reisbrochure. Zacht. Licht briesje. Blauwe lucht.

Ik pendel inmiddels al zo veel jaar naar Quebec dat ik er zeker van was dat deze klimatologische meevaller slechts van korte duur zou zijn. Ik had zin om op het platteland te gaan fietsen, op de berg te gaan picknicken, over het pad langs het Canal de Lachine te gaan skeeleren.

Ik had totaal geen zin om kennis te nemen van LaManches 'gecompliceerde' geval.

Tegen 7.40 uur parkeerde ik mijn auto bij het Édifice Wilfrid-Derome, een T-vormige hoogbouw in een arbeidersbuurt even ten oosten van centre-ville. Het zit als volgt in elkaar.

Het Laboratoire de Sciences Judiciaires et de Médecine Légale, het LSJML, is het centrale misdaad- en medisch-juridische laboratorium voor de gehele provincie Quebec. Wij zitten op de twee bovenste verdiepingen, elf en twaalf. Het Bureau du coroner bevindt zich op de negende en tiende verdieping. Het mortuarium en de autopsieruimtes bevinden zich in het souterrain. De rest van het gebouw biedt onderdak aan de provinciale politie, La Sûreté du Québec, ofwel de SQ.

Ik haalde mijn pasje door de scanner, passeerde een metalen hek, stapte de uitsluitend voor medewerkers van het LSJML en het bureau van de lijkschouwer bestemde lift in, scande nogmaals, en ging samen met een tiental anderen omhoog terwijl er *'Bonjour'* en *'Comment ça va?'* gemompeld werd. Op dat tijdstip klinken 'Goeiemorgen' en 'Hoe gaat het ermee?' plichtmatig, ongeacht de taal.

Vier van ons stapten op de elfde verdieping uit. Ik liep de hal door, haalde een ander pasje door de scanner en betrad de werkruimte van het laboratorium. Door observatieramen en open deuren kon ik secretaresses computers zien opstarten, technici aan knoppen zien draaien, analisten en laboranten labjassen zien aantrekken. Iedereen was aan de koffie.

Voorbij de kopieerapparaten scande ik opnieuw. Glazen deuren gleden open en ik betrad de medisch-juridische vleugel.

Op het bord kon ik zien dat vier van de vijf pathologen aanwezig waren. In het vakje naast Michel Morins naam stond: *Temoignage: Saint-Jérôme*. Getuigenverklaring in Saint-Jérôme.

LaManche zat aan zijn bureau de werkverdeling voor de ochtendbespreking samen te stellen. Ik bleef even bij zijn deur staan, maar hij keek niet op van zijn paperassen.

Ik liep verder de gang door, langs pathologie-, histologie- en antropologie/odontologielaboratoria aan de linkerkant, de kantoren van de pathologen aan de rechterkant. Pelletier. Morin. Santangelo. Ayers. Het mijne was het achterste in de rij.

Ook daar weer een veiligheidsmaatregel, maar ditmaal een gewoon ouderwets slot op de deur.

Ik was een maand weg geweest. Mijn kantoor zag eruit alsof ik er niet meer geweest was sinds we het gebouw in gebruik hadden genomen.

Glazenwassers hadden de ingelijste foto's van mijn dochter Katy en alle andere memorabilia van de vensterbank gehaald en op een archiefkast gezet. Vervolgens hadden schoonmakers de prullenmand en twee planten op de lege vensterbank gezet. Nieuwe plaats delict-overalls en -laarzen lagen op één stoel, schone labjassen op een andere. Mijn gelamineerde Dubuffet-poster was van de muur gevallen en had een pennenbakje in zijn val meegenomen. Mijn bureau was bedolven onder stapels papier uit mijn postvak op het secretariaat. Brieven. Circulaires. Faxen. Reclame. Daarnaast trof ik nog het volgende aan: een bijgewerkte lijst van toestelnummers van het personeel; vier sets afdrukken van fotografen van de Section d'identité judiciaire; twee series ante-mortemröntgenfoto's en twee medische dossiers; een exemplaar van *Voire Dire*, het roddelblaadje van het lsjml; en drie demande d'expertise en anthropologieformulieren. Drie verzoeken om een antropologische analyse.

Nadat ik de op de grond gevallen pennen en potloden had opgeraapt, plofte ik neer in mijn stoel, maakte een stukje bureaublad vrij en bekeek het eerste formulier waarin een beroep gedaan werd op mijn expertise.

Patholoog: M. Morin. Met het onderzoek belaste politiefunctionaris: H. Perron, Service de police de la Ville de Montréal, kortweg svpm, de gemeentepolitie van Montreal. *Nom: Inconnu*. Naam: Onbekend. Ik sloeg de lsjml-, mortuarium- en politiezaaknummers over en ging direct door naar de samenvatting van de bekende feiten.

Een bulldozer had delen van een skelet naar boven gebracht op een bouwplaats ten westen van centre-ville. Zou ik kunnen vaststellen of het menselijke botten betrof? En als dat het geval was, het aantal personen? De tijd die er verstreken was sinds hun dood? Indien recent, zou ik leeftijd, geslacht, ras en lengte kunnen vaststellen, en van elk stel botten onderscheidende kenmerken kunnen omschrijven? Zou ik de doodsoorzaak kunnen vaststellen?

Typisch forensische antropologie.

Het tweede formulier was eveneens afkomstig van de spvm, de gemeentepolitie. Emily Santangelo was de patholoog en coördineerde derhalve alle expertise met betrekking tot het stoffelijk overschot. In dit geval ging het om een brand in een woning, een verkoold lijk en een onherkenbaar gesmolten kunstgebit. Mij werd gevraagd om vast te stellen of het verkoolde stoffelijk overschot van de drieënnegentigjarige man was die volgens de gegevens op dat adres woonachtig was.

Derde formulier. Er was een opgezwollen en in verregaande staat van ontbinding verkerend lijk opgedregd uit het Lac des Deux Montagnes, in de buurt van L'Île-Bizard. Buiten het feit dat het slachtoffer van het vrouwelijk geslacht was, kon de patholoog, LaManche, slechts weinig vaststellen. Het gebit was nog intact, maar toen de gebitsgegevens ingevoerd werden in het cpic, het Canadese equivalent van het Amerikaanse ncis, had dat niets opgeleverd. Zou ik leeftijd en ras kunnen vaststellen? Zou ik kunnen nagaan of de botten sporen van verwondingen vertoonden?

In tegenstelling tot de eerste twee viel de zaak van LaManche onder de sq, de provinciale politie.

Eén stad, twee politiekorpsen? Lijkt ingewikkeld, maar dat is het niet.

Montreal is een eiland, het grootste van een archipel stroomafwaarts van de plaats waar de rivieren Ottawa en Sint-Laurens samenvloeien. In het zuiden wordt de stad begrensd door de fleuve Saint-Laurent, in het noorden door de Rivière des Prairies.

Het eiland is slechts vijftig kilometer lang en tussen de vijf en dertien kilometer breed, het breedst in het midden en smaller aan de uiteinden. De blikvanger is Mount Royal, een vulkanische uitstulping die maar liefst 231 meter boven de zeespiegel uitsteekt. Les Montréalais noemen deze bult *la montagne*. De berg.

Wat betreft politieorganisatie is Montreal opgedeeld volgens die geologische kenmerken. Op het eiland: spvm. Buiten het eiland: sq. Ervan uitgaand dat er daar geen gemeentepolitie is. Hoewel er sprake is van enige rivaliteit, kan in het algemeen gesteld worden dat *ça marche*. Het werkt.

Mijn oog viel op de met het onderzoek belaste sq-functionaris. Inspecteur-rechercheur Andrew Ryan.

Mijn maag maakte een kleine buiteling.

Maar daarover later meer.

Pierre LaManche is een zwaargebouwde man met een voorovergebogen postuur, alsof hij afkomstig is uit een geslacht van hout-hakkers. Doordat hij schoenen met spekzolen draagt en nooit iets in zijn zakken heeft, beweegt hij zich zo geruisloos dat hij zomaar ineens in een vertrek kan verschijnen zonder dat iemand hem aan heeft horen komen.

'Mijn excuses dat ik je gisteravond thuis heb lastiggevallen.' La-Manche stond in mijn deuropening met een klembord in de ene hand en een pen in de andere.

'Geen probleem.' Ik stond op, liep om mijn bureau heen, pakte de labjassen van een van de stoelen en hing ze aan een haakje aan de binnenkant van de deur.

LaManche plofte neer op de stoel. Ik wachtte tot hij van wal zou steken.

'Je kent *maître* Asselin, natuurlijk.'

In Quebec zijn lijkschouwers ofwel arts ofwel advocaat. Merk-waardig systeem, maar *ça marche*. Het werkt. Michelle Asselin was advocaat, vandaar de aanspreektitel *maître*.

Ik knikte.

'Maître Asselin is al lijkschouwer zolang ik op dit lab werkzaam ben.' LaManche wreef over zijn kin als om zich ervan te vergewis-sen dat hij zich die ochtend geschoren had. 'Ze zit dicht tegen haar pensioen aan.'

'Is die gecompliceerde zaak van haar afkomstig?'

'Indirect. Maître Asselin heeft een neef die een boerderij heeft in de buurt van Saint-Antoine-Abbé. Théodore Doucet. Théodore en zijn vrouw Dorothée hebben één kind, een dochter. Geneviève is tweeëndertig, maar ze heeft speciale zorg nodig en woont thuis.'

LaManche leek de positie van mijn prullenbak te bestuderen. Ik wachtte tot hij verder zou gaan.

'Dorothée ging regelmatig naar de kerk, maar op een gegeven moment hield ze daarmee op. Niemand weet precies met ingang van wanneer. Hoewel het gezin een teruggetrokken bestaan leidde, begonnen buren zich ongerust te maken. Gisteren brachten twee parochianen een bezoek aan de boerderij van de Doucets. Ze trof-fen Dorothée en Geneviève dood aan in een slaapkamer boven. Théodore zat beneden *Silent Hunter* te spelen op zijn computer.'

LaManche interpreteerde mijn vragende blik verkeerd. 'Dat is

een computerspelletje. Iets met onderzeeërs.'
Dat wist ik. Ik was alleen verbaasd dat LaManche dat wist.
'Ben je erheen geweest?' vroeg ik.
LaManche knikte. 'Een onvoorstelbare puinhoop, kamers volgestouwd met nutteloze troep. Lege havermoutpakken. Kranten. Lege blikjes. Gebruikte papieren zakdoekjes. Uitwerpselen in afsluitbare plastic zakjes.'
'Wordt Théodore psychiatrisch onderzocht?'
LaManche knikte. Hij zag er moe uit. Maar ja, de oude baas zag er meestal moe uit.
'Beide vrouwen waren volledig gekleed en lagen op hun rug met het beddengoed opgetrokken tot aan hun kin. Hun hoofden lagen schuin en raakten elkaar, en hun armen waren om elkaar heen geslagen.'
'Geënsceneerd.'
'Ja.'
Ik vroeg me af wat dit alles met mij te maken had. Tenzij er lichaamsdelen ontbraken, er sprake was van zware verminkingen of het ontbreken van identificatiemogelijkheden zoals vingerafdrukken of gebitselementen, waren verse lijken maar zelden mijn pakkie-an.
'Ik vermoed dat Dorothée al minstens twee weken dood is,' vervolgde LaManche. 'Dat zal ik vandaag waarschijnlijk kunnen bevestigen. Geneviève is het probleem. Zij lag naast een verwarmingsrooster.'
'Dat volop op haar stond te blazen,' giste ik. Zoiets had ik al eerder meegemaakt.
LaManche knikte. 'Het zal nog niet meevallen om bij benadering vast te stellen wanneer ze overleden is.'
Gemummificeerd lijk. Tijdstip van overlijden onzeker. Yep. Dat zou inderdaad een klusje voor mij zijn.
'Sporen van verwondingen?' vroeg ik.
'Er is me niets opgevallen tijdens mijn uitwendig onderzoek van Dorothée. Het lijk van Geneviève is veel te uitgedroogd. Op de röntgenfoto's van moeder en dochter was niets bijzonders te zien.'
'Topprioriteit?'
LaManche knikte. Hij keek me doordringend aan met zijn trou-

we hondenogen. 'Ik vertrouw erop dat dit discreet en met mededogen afgehandeld kan worden.'

Afgezien van moeder en dochter Doucet werden er hier slechts weinigen binnengebracht die in hun bed gestorven waren. Hier kwamen de moordslachtoffers, de zelfmoordenaars, degenen wier leven plotseling afgekapt was door slechte timing, slechte keuzes, of gewoon domme pech.

LaManche begreep mijn betrokkenheid bij de doden en hun nabestaanden. Hij was getuige geweest van de manier waarop ik omging met families, en met journalisten die op zoek waren naar items voor het nieuws van vijf uur.

LaManche wist dat hij de woorden die hij gesproken had, niet had hoeven zeggen. Het feit dat hij dat toch gedaan had, verried een ongebruikelijke emotionele betrokkenheid. De oude baas gaf heel veel om Michelle Asselin.

De ochtendbespreking, waarin administratieve kwesties besproken en zaken toegewezen werden, was om negen uur afgelopen. Ik liep terug naar mijn kantoor, trok een labjas aan en begaf me naar het antropologielab. De botten die op de bouwplaats waren gevonden, waren uitgestald op twee werkbladen.

Eén blik volstond om vast te stellen dat deze zaak geen gedetailleerde analyse zou vereisen. Nadat ik alle elementen aandachtig bekeken had, schreef ik een eenregelig verslag.

Les ossements ne sont pas humains. De botten zijn niet menselijk. Twintig minuten. Klaar.

Vervolgens instrueerde ik mijn laborant Denis met betrekking tot het schoonmaken van Santangelo's verkoolde lijk. Verbrande lijken kunnen kwetsbaar zijn, waardoor het nodig is het skelet voorzichtig uit elkaar te nemen en weke delen met de hand te verwijderen.

Daarna ging ik op weg naar het mortuarium.

Klembord. Schuifmaat. Autopsieformulieren.

Ik had mijn hand op de deurklink toen de telefoon ging. Ik had bijna niet opgenomen. Dat was misschien verstandiger geweest.

4

'Doc Brennan?' De stem klonk als prikkeldraad dat over een plaat golfijzer schuurde. *'C'est moé, Hippo.'*

'Comment ça va?' Plichtmatig, net als in de lift. Ik wist dat de beller, als ik werkelijk belangstelling zou tonen, mijn vraag maar al te graag tot in detail zou beantwoorden. Hoewel ik de man graag mocht, was dit daarvoor niet het juiste moment.

'Ben. J'vas parker mon châr. Chu...'

'Hippo?' viel ik hem in de rede.

Sergent-enquêteur Hippolyte Gallant werkte bij L'unité 'Cold cases' du Service des enquêtes sur les crimes contre la personne de la Sûreté du Québec. Indrukwekkende benaming. Simpele vertaling. Provinciale politie. Persoonsgerichte misdaden. Afdeling oude onopgeloste zaken.

Hoewel Hippo en ik sinds de oprichting van de afdeling in 2004 bij enkele zaken nauw hadden samengewerkt, was het me nooit gelukt zijn accent thuis te brengen. Het was niet het *joual* van de Franstalige arbeidersklasse van Quebec. Het was beslist niet het Frans dat in Parijs, België, Noord-Afrika of Zwitserland werd gesproken. Waar het ook vandaan mocht komen, Hippo's Frans was een mysterie voor mijn Amerikaanse gehoor.

Gelukkig was Hippo vloeiend tweetalig.

'Sorry, doc.' Hippo ging over op Engels. Met een accent, en doorspekt met het nodige slang, maar verstaanbaar. 'Ik ben beneden bezig mijn auto te parkeren. Ik wou even met je praten.'

'LaManche heeft me zojuist een dringende zaak in de maag gesplitst. Ik wilde net naar het mortuarium gaan.'

'Tien minuutjes?'

Volgens mijn horloge was het al 9.45 uur.

'Kom maar naar boven.' Berustend. Hippo zou me hoe dan ook weten te vinden.

Hij verscheen twintig minuten later. Door het observatieraam zag ik hoe hij zich een weg door de gang baande, hier en daar even stilstaand om de pathologen die zich nog op hun kantoor bevonden, te begroeten. Hij kwam mijn lab binnen met een Dunkin' Donuts-zak in zijn hand.

Hoe zal ik Hippo nou eens beschrijven? Met zijn overgewicht, bril met plastic montuur en retro stekeltjeshaar, zag hij er eerder uit als een programmeur dan als een rechercheur.

Hippo liep naar mijn bureau en zette de zak erop neer. Ik keek wat erin zat. Donuts.

Om te zeggen dat Hippo niet geïnteresseerd was in een gezonde levensstijl zou hetzelfde zijn als zeggen dat de Amish niet geïnteresseerd waren in Corvettes.

Hippo nam een donut met geglazuurde ahornstroop. Ik ging voor chocolade.

'Ik had zo'n idee dat je het ontbijt misschien had overgeslagen.'

'Mm.' Ik had bij wijze van ontbijt een bagel met roomkaas en een schaaltje frambozen gegeten.

'Is dat die dringende zaak waar je het over had?' Hippo knikte naar de op de bouwplaats aangetroffen overblijfselen van lamskoteletten en gevogelte.

'Nee.' Ik ging er verder niet op in. Het was inmiddels bijna tien uur. Bovendien had ik mijn mond vol chocola en deeg.

'Ik wil graag je mening over iets horen.'

'Ik moet nu echt naar beneden.'

Hippo trok een stoel naar mijn bureau. 'Over tien minuten ben ik hier weg.' Hij ging zitten en likte suiker van zijn vingers. Ik gaf hem een papieren zakdoekje aan. 'Het is niet iets wat je per se hoeft te doen.'

Ik maakte een 'Zeg het nou maar'-gebaar.

'Het gaat om een skelet. Ik heb het niet zelf gezien. Het gaat over een kameraad van me die al achttien jaar bij de SQ zit. Hij is onlangs overgeplaatst van Rimouski naar Gatineau. We hebben samen een paar biertjes gedronken toen hij Montreal aandeed.'

Ik knikte terwijl ik in werkelijkheid aan de donuts dacht. Had er nóg een met geglazuurde ahornsiroop in de zak gezeten? 'Ik en Gaston, zo heet hij, zijn al vrienden sinds onze kinderjaren. We zijn opgegroeid in een gat aan de oostkust.' Eindelijk een verklaring voor Hippo's accent. *Chiac*, een Frans dialect dat gelijkenis vertoont met het *joual* maar uitsluitend gesproken wordt in enkele van de oostelijke kustprovincies.

'Dat skelet zit Gaston al een paar jaar dwars. Hij is half Micmac-Indiaan, weet je.'

Ik knikte weer.

'Hij vindt dat de doden fatsoenlijk begraven moeten worden. Gelooft dat je geest geen rust vindt als je niet twee meter onder de groene zoden ligt. Hoe dan ook, een of andere rechercheur op Gastons vorige standplaats heeft een schedel in zijn bureau. Bewaart de rest van het skelet in een doos.'

'Hoe is die rechercheur aan dat skelet gekomen?' Ik stak Hippo de zak toe. Hij schudde het hoofd. Ik keek in de zak, zogenaamd nauwelijks geïnteresseerd. Yes! Nog eentje met geglazuurde ahornstroop. Ik zette de zak weer op mijn bureau.

'Dat weet Gaston niet. Maar zijn geweten speelt op omdat hij niet méér gedaan heeft om ervoor te zorgen dat de beenderen begraven werden.'

'Geen graf, geen leven na de dood.'

'Bingo.'

'En daar kom ik om de hoek kijken.'

'Gaston vroeg me of ik gehoord had van een of andere vrouwelijke bottenexpert hier in Montreal. Ik zei: je maakt zeker een geintje? Doc Brennan en ik zijn *sympathique*.' Hippo stak een hand op en kruiste twee nicotinegevlekte vingers.

'Weet hij zeker dat het een menselijk skelet is?'

Hippo knikte. 'Ja, en hij denkt dat het van een kind is.'

'Waarom?'

'Het is klein.'

'Gaston zou de plaatselijke lijkschouwer moeten bellen.' Ik stak mijn hand in de zak en pakte zo nonchalant mogelijk de donut met geglazuurde ahornstroop.

'Dat heeft hij ook gedaan. Die stuurde hem met een kluitje in het riet.'

'Waarom?'

'De botten zijn niet bepaald vers.'

'Zijn ze archeologisch?' Ahornstroop was niet slecht, maar ik gaf toch de voorkeur aan chocola.

'Voor zover ik begrepen heb, zijn ze uitgedroogd en zitten er spinnenwebben in de oogkassen.'

'Spinnenwebben duiden erop dat de schedel zich een tijdje boven de grond heeft bevonden.'

'Bingo.' Hippo was gek op dat woord. Gebruikte het vaak. 'De lijkschouwer zei dat de botten al te lang hadden rondgeslingerd.'

Ik hield op met kauwen. Dat klopte niet. Als het menselijke botten betrof, vormden ze technisch gesproken ongeïdentificeerde stoffelijke resten en vielen onder het mandaat van de lijkschouwer. Het was aan een forensisch antropoloog om te bepalen of de dood recent genoeg had plaatsgevonden om vanuit forensisch oogpunt interessant te zijn.

'Wie is die lijkschouwer?' Ik pakte pen en papier.

Hippo klopte op zijn colbertje, dat het vermelden waard is. Het was roodbruin met een patroon van horizontale en verticale gele en oranje strepen. Samen met de goudkleurige polyester pochet zou het kledingstuk haute couture kunnen zijn op het platteland van Roemenië.

Hippo vond een notitieboekje met een spiraalrug en sloeg een paar blaadjes om.

'Doctor Yves Bradette. Wil je zijn telefoonnummer?'

Ik knikte en noteerde het.

'Hoor eens, Gaston wil niemand in de problemen brengen.'

Ik keek Hippo aan.

'Oké, oké.' Hippo stak afwerend beide handen op. 'Maar probeer het een beetje discreet te doen. Het skelet bevindt zich op het hoofdkwartier van de SQ in Rimouski.' Hippo raadpleegde zijn aantekeningen. 'Dat is het District Bas-Saint-Laurent-Gaspésie-Îles-de-la-Madeleine.' Typisch Hippo. Te veel informatie.

'Ik kan er niet meteen aan beginnen.'

'Oké, oké, oké. *Pas d'urgence.*' Het heeft geen haast. 'Wanneer het je uitkomt.'

Als een lijk uitklokt, zijn er drie vervolgmogelijkheden: verrotting, mummificatie of verzeping. Geen van de drie is een aangenaam proces.

In een warme vochtige omgeving, met bacteriën, insecten, en/of gewervelde aaseters die op zoek zijn naar voedsel, krijg je verrotting. Verrotting gaat gepaard met het loslaten van de huid, verkleuring, opzwelling, het ontsnappen van darmgassen, het invallen van de buik, het wegrotten van het vlees en, uiteindelijk, het uiteenvallen van het geraamte.

In een warme droge omgeving, zonder insecten en ander ongedierte, krijg je mummificatie. Mummificatie gaat gepaard met de vernietiging van de inwendige organen door zelfontbinding en bacteriële activiteiten in de ingewanden, en uitdroging van spieren en huid door verdamping.

Niemand weet er precies het fijne van, maar voor verzeping schijnt een koele omgeving en zuurstofarm water nodig te zijn, hoewel het water van het lijk zelf afkomstig kan zijn. Verzeping gaat gepaard met de omzetting van vetten en vetzuren in adipocere, een kaasachtige, stinkende substantie die gewoonlijk 'lijkenvet' wordt genoemd. Adipocere is aanvankelijk wit en zeepachtig, maar kan op den duur verharden. Zodra het zich eenmaal gevormd heeft, gaat het heel lang mee.

Maar het ontbindingsproces is niet simpelweg een kwestie van mogelijkheid A, B, of C. Verrotting, mummificatie en verzeping kunnen afzonderlijk of in elke willekeurige combinatie optreden.

Het lijk van Geneviève Doucet had in een uniek micromilieu gelegen. Lucht die uit het verwarmingsrooster kwam, werd vastgehouden door dekens en kleding, waardoor er rond haar lijk een miniconvectiekacheltje werd gecreëerd. Voilà! Mogelijkheid B. Mummificatie.

Hoewel er nog hoofdhaar aanwezig was, waren Genevièves gelaatstrekken verdwenen; wat restte was uitgedroogd weefsel in de oogkassen en op de aangezichtsbeenderen. Haar ledematen en borst waren omsloten door een dikke harde schil.

Ik tilde voorzichtig Genevièves schouders op en inspecteerde haar rug. Leerachtige spieren en gewrichtsbanden kleefden aan haar wervelkolom, bekken en schouderbladen. Bot was zichtbaar op de plekken die in contact waren geweest met de matras.

Ik nam een serie foto's en liep toen naar de lichtkasten aan een van de muren. Geneviève's skelet stak wit af tegen het grijs van haar weefsel en het zwart van de film. Ik bestudeerde de röntgenfoto's nauwgezet.

LaManche had gelijk. Er waren geen zichtbare sporen van geweld. Geen kogels, kogelfragmenten, of metaaldeeltjes. Het skelet toonde geen breuken, geen ontwrichtingen. Geen lichaamsvreemde voorwerpen. Voor een volledig onderzoek van het skelet zou het lijk schoongemaakt moeten worden.

Ik ging terug naar de autopsietafel en bestudeerde Geneviève van top tot teen, op zoek naar tekenen van ziekte, letsel of insectenactiviteit. Alles wat opheldering zou kunnen verschaffen over tijdstip van overlijden en/of doodsoorzaak.

Net als bij de röntgenfoto's, nada.

Vervolgens probeerde ik het mes te zetten in het weefsel van Genevièves buik. Dat kostte de nodige moeite, doordat de overliggende huid en spieren zo hard waren geworden, maar uiteindelijk kwam mijn scalpel erdoorheen. Terwijl ik de incisie groter maakte, steeg er een stank op uit de buikholte die de hele ruimte doortrok.

Met enige moeite maakte ik een opening van zo'n twintig bij twintig centimeter. Ik pakte een zaklamp, hield mijn adem in, boog me voorover en tuurde in Genevièves buikholte.

De inwendige organen waren gereduceerd tot een donkere, kleverige pasta. Nergens waren maden, eitjes of poppen te zien.

Ik rechtte mijn rug, deed mijn veiligheidsbril af en dacht even na.

Observaties: uitdroging van de buitenste weefsellaag. Plaatselijke zichtbaarheid van het skelet. Afbraak van de ingewanden. Afwezigheid van vliegen- en keveractiviteit.

Deductie: de dood was de vorige winter ingetreden. Lang genoeg geleden om de weefselafbraak te verklaren, in een periode waarin er geen insecten actief waren. Geneviève Doucet was maanden eerder dan haar moeder overleden.

Welkom in de werkelijkheid, csi-kijkers. Geen nauwkeurige bepaling van dag, uur en minuut van overlijden. De toestand van dit lijk stond geen grotere precisie toe.

Ik bleef niet lang stilstaan bij de implicaties. Geneviève die in haar bed als het ware geföhnd werd. Dorothée die zich maanden later bij haar voegde. En al die tijd Théodore die het bevel voerde over onderzeeërs op zijn pc.

Nadat ik instructies had gegeven voor het schoonmaken van Genevièves stoffelijk overschot, trok ik mijn werkkleding uit, waste me en ging terug naar de elfde verdieping.

LaManche zat weer op zijn kantoor. Zijn gezicht stond gespannen terwijl ik hem op de hoogte bracht van mijn bevindingen. Hij wist wat de toekomst in petto had voor Théodore Doucet. En, indirect, dus ook voor Michelle Asselin.

Er viel een ongemakkelijke stilte toen ik uitgepraat was. Ik zei dat het me speet. Ontoereikend, ik weet het. Maar medeleven is niet mijn sterkste punt. Je zou denken dat ik in mijn soort werk bepaalde vaardigheden heb ontwikkeld. Dat is dan verkeerd gedacht.

LaManche trok zijn schouders op, liet ze toen weer hangen. Het leven is hard. Wat doe je eraan?

Op mijn lab stond Hippo's zak nog steeds op mijn bureau. Er zat nog één enkele roze donut in.

Ik keek op de klok: kwart voor twee.

Mijn oog viel op het vel papier waarop ik de naam en het telefoonnummer van de lijkschouwer had genoteerd. Ik pakte het op en liep naar mijn kantoor.

De stapel paperassen was niet kleiner geworden. De prullenbak en de planten waren niet uit zichzelf naar de vloer verhuisd. Het stapeltje plaats delict-overalls was niet netjes opgevouwen in een kast verdwenen.

Ik ging aan mijn bureau zitten en belde het nummer van Yves Bradette.

Ik kreeg zijn antwoordapparaat. Ik sprak mijn naam en telefoonnummer in.

Mijn knorrende maag liet me weten dat de donuts niet genoeg waren geweest.

Een snelle lunch. Kipsalade in de cafetaria op de begane grond.

Toen ik terugkwam op mijn kantoor, knipperde het rode lampje op mijn antwoordapparaat. Yves Bradette had gebeld.

Opnieuw draaide ik het nummer in Rimouski. Ditmaal nam Bradette op.

'Wat kan ik voor u doen, doctor Brennan?' Nasaal stemgeluid. Een beetje jengelend.

'Bedankt dat u zo snel hebt teruggebeld.'

'Geen probleem.'

Ik vertelde hem wat ik van Hippo had gehoord, zonder namen te noemen.

'Mag ik vragen hoe u hiervan op de hoogte bent?' Een koel en uiterst formeel *vous*.

'Een politiefunctionaris heeft de situatie onder mijn aandacht gebracht.'

Bradette zweeg. Ik vroeg me af of hij probeerde zich Gastons melding van het skelet voor de geest te halen, of een rechtvaardiging probeerde te bedenken voor het feit dat hij nagelaten had het in beslag te nemen.

'Ik denk dat het de moeite waard is om er eens naar te kijken,' voegde ik eraan toe.

'Ik heb deze zaak onderzocht.' Nog koeler.

'U hebt het skelet onderzocht?'

'Oppervlakkig.'

'Hoe bedoelt u dat precies?'

'Ik ben naar het hoofdkwartier van de sq gegaan. Ik kwam tot de conclusie dat deze beenderen oud zijn. Misschien wel heel erg oud.'

'En dat is het?'

'Naar mijn oordeel is het stoffelijk overschot dat van een vrouwelijke adolescent.'

Rustig, Brennan.

Een lijkschouwer of patholoog bestelt een handboek of volgt een korte cursus en hocus pocus pilatus pas: hij of zij is forensisch antropoloog! Waarom zou je niet een exemplaar van *Hartchirurgie in de praktijk* aanschaffen, een bordje op je deur schroeven, en als hartchirurg aan de slag gaan? Hoewel het maar zelden voorkomt dat een niet-gekwalificeerd iemand mijn beroep probeert uit te oefenen, heb ik behoorlijk de pest in als het een keertje zover is.

'Juist.' Bradettes toon mocht dan koel zijn, die van mij was ijzig.

'Toen ik hem ernaar vroeg, gaf de politieman toe dat hij het skelet al jarenlang in zijn bezit had. Bovendien verklaarde hij dat het afkomstig was uit New Brunswick. New Brunswick bevindt zich buiten mijn jurisdictie.'

Er gaan maanden, misschien wel jaren voorbij zonder dat ik aan Évangéline Landry denk. Dan, onverwacht, is het ineens weer zover. Ik weet nooit precies waardoor dat veroorzaakt wordt. Een vergeten foto onder in een doos. Woorden die met een bepaalde intonatie worden uitgesproken. Een liedje. Een dichtregel.

Hippo's *chiac*-accent. New Brunswick. Het skelet van een vele jaren geleden gestorven meisje.

Mijn vingers klemden zich om de hoorn.

5

'Ik wil dat dat skelet geconfisqueerd wordt en naar mijn laboratorium wordt opgestuurd.' Met mijn stem had je marmer kunnen snijden.

'Naar mijn oordeel is dat tijdversp...'

'Morgen.' Graniet.

'Pierre LaManche moet een officieel aanvraagformulier indienen.'

'Geeft u me uw faxnummer, alstublieft.'

Dat deed hij.

Ik noteerde het.

'U hebt het formulier binnen het uur.'

Nadat ik het formulier had ingevuld, ging ik op zoek naar een handtekening.

LaManche stond nu aan een werkblad in het pathologielab, met een mondkapje voor en met een plastic schort dat op zijn nek en rug was vastgestrikt. Een in plakjes gesneden pancreas lag op een kurkplaat voor hem. Toen hij mijn voetstappen hoorde, draaide hij zich om.

Ik vertelde hem over Gastons skelet. Ik zei niets over Évangéline Landry of het feit dat haar verdwijning uit mijn leven bijna veertig jaar geleden me ertoe bracht het stoffelijk overschot van een vrouwelijke adolescent uit New Brunswick aan een nader onderzoek te onderwerpen. Ik geloofde niet echt dat er sprake kon zijn van enig verband, maar op de een of andere manier had ik het gevoel dat ik het tegenover Évangéline verplicht was om een onderzoek in te stellen naar de identiteit van het skelet uit New Brunswick.

Maar toch dat beklemde gevoel in mijn borst.

'Nouveau-Brunswick?' vroeg LaManche.

'Het skelet bevindt zich momenteel in Quebec.'

'Zou het afkomstig kunnen zijn van een oude begraafplaats?'

'Ja.'

'Je hebt het deze maand erg druk.'

In Quebec vormen het voorjaar en het begin van de zomer het hoogseizoen in mijn branche. Rivieren ontdooien. Sneeuw smelt. Wandelaars, kampeerders en picknickers trekken eropuit. Ta-da! Er worden rottende lijken gevonden. LaManche bracht me dat feit vriendelijk in herinnering.

'De botten van de bouwplaats zijn niet menselijk. Ik begin nu aan de zaak van doctor Santangelo. Daarna doe ik jouw slachtoffer uit het Lac des Deux Montagnes.'

LaManche schudde misprijzend het hoofd. 'Oude beenderen die als souvenir worden bewaard.'

'Het is onduidelijk hoe oud ze zijn.'

LaManche zei niets.

'De houding van doctor Bradette staat me niet aan. Een skelet binnen onze jurisdictie waar nauwelijks naar omgekeken wordt. Niemand verdient het om met een dergelijke hooghartige onverschilligheid behandeld te worden.'

LaManche staarde me even aan. Toen haalde hij zijn schouders op. 'Als je denkt dat je er tijd voor hebt.'

'Ik maak wel tijd.'

Ik legde het formulier op het werkblad. LaManche stroopte een van zijn handschoenen af en ondertekende het.

Ik bedankte hem en haastte me naar het faxapparaat.

De rest van die middag hield ik me bezig met Santangelo's brandslachtoffer, een man van drieënnegentig van wie bekend was dat hij elke avond in bed rookte alvorens zijn kunstgebit uit te doen en zijn nachtlampje uit te knippen. Zijn kinderen en kleinkinderen hadden hem herhaaldelijk gewaarschuwd, maar de oude baas had hun goede raad in de wind geslagen.

Opa rookte nu niet meer. Hij lag op een roestvrijstalen tafel in autopsieruimte vier.

Als dit opa tenminste wás.

De schedel bestond uit verkoolde fragmenten die in een papieren zak waren verzameld. De romp was een amorfe zwarte massa met geheven armen en benen vanwege de samentrekking van de buigspieren. De onderarmen en onderbenen waren niet meer dan verschrompelde stompjes. De handen en voeten ontbraken. Geen vingers, geen vingerafdrukken. Geen tanden, geen tandheelkundige gegevens. En het kunstgebit zag eruit als een klodder Bazooka-kauwgom.

Maar er was één ding dat mijn taak vergemakkelijkte. In 1988 had het veronderstelde slachtoffer zichzelf getrakteerd op een gloednieuwe heup. Antemortemröntgenfoto's bedekten nu de lichtbakken die daarvóór door Geneviève Doucet bezet waren geweest.

Opa's prothese gloeide wit op aan de bovenkant van zijn rechterdijbeen. Postmortemröntgenfoto's toonden een soortgelijke oplichtende paddenstoel op dezelfde plek binnen het verkoolde rechterbeen van het slachtoffer.

Ik maakte een incisie langs de buitenkant van het bekken, sneed verkoolde spieren en pezen weg, peuterde de prothese los uit het heupgewricht en zaagde vervolgens het laatste stukje van het femur door met een autopsiezaag.

Na enig schoonmaakwerk kon ik het serienummer ontcijferen. Ik liep naar het werkblad en checkte het orthopedisch dossier.

Bonjour, opa!

Ik fotografeerde de prothese en stopte hem daarna in een ziplockzakje dat ik van een label voorzag. Daarna ging ik terug naar het stoffelijk overschot voor een volledig onderzoek van het skelet. Hoewel het implantaat de identificatie tot een eitje maakte, zouden antropologische gegevens voor nuttige aanvulling zorgen.

Schedelfragmenten toonden forse voorhoofdsribbels, grote tepelvormige uitsteeksels van het slaapbeen en een aanhechting van de achterhoofdsspier ter grote van mijn sportschoen.

Mannelijk. Ik maakte aantekeningen en ging verder met het bekken.

Kort, stevig schaambeen. v-vormige hoek van de schaamvoeg. Smalle heupinkeping.

Mannelijk. Ik was mijn bevindingen aan het inspreken toen de buitendeur met een klik open- en weer dichtging.

Ik keek op.

Een lange man met rossig haar stond in het voorvertrek. Hij droeg een tweedjasje, een geelbruine pantalon en een Burberry-overhemd in dezelfde opvallende kleur blauw als zijn ogen. Burberry. Dat wist ik. Ik had het hem zelf gegeven.

Tijd om het te hebben over lieutenant-détective Andrew Ryan, Section des Crimes contre la Personne, Sûreté du Québec. Ryan werkt bij de afdeling Moordzaken van de provinciale politie. Ik hou me bezig met stoffelijke overschotten voor de provinciale lijkschouwer. Driemaal raden hoe we elkaar ontmoet hadden. Jarenlang had ik geprobeerd professionele afstand te bewaren, maar Ryan hield er andere regels op na. Libertijnse regels. Ik kende zijn reputatie en speelde het spel niet mee.

Toen liep mijn huwelijk op de klippen, en Ryan wierp al zijn legendarische charme in de strijd. Ach, waarom ook niet? Een afspraakje kon geen kwaad. Een tijdlang ging alles goed. Heel goed zelfs.

Toen gooiden familieverplichtingen roet in het eten. Een dochter van wier bestaan hij tot voor kort niet op de hoogte was geweest, was Ryans leven binnengedenderd. Mijn van mij vervreemde echtgenoot Pete werd neergeschoten door een idioot op het Isle of Palms, South Carolina. De plicht ríép niet. Hij bonkte in volledige gevechtsuitrusting op de deur.

Om het allemaal nog gecompliceerder te maken, deed Petes flirt met de dood gevoelens bij me herleven waarvan ik dacht dat ze al lang niet meer bestonden. Dat ontging Ryan niet. Hij trok zich terug.

Stond de inspecteur-rechercheur nog steeds nummer één op mijn hitlijst? Absoluut. Maar er waren kapers op de kust. Ryan en ik hadden elkaar niet meer gesproken sinds we de vorige maand afscheid van elkaar hadden genomen.

'Hey,' zei ik. Zuidelijk voor 'hoi' of 'bonjour'.

'Uitgebrande auto?' Ryan wees naar opa.

'Gerookt in bed.'

'Een teken dat onze samenleving steeds nonchalanter wordt.'

Ik wierp Ryan een vragende blik toe.

'Niemand die nog gebruiksaanwijzingen leest.'

Ik bleef hem vragend aankijken.

'Met grote vette letters op elk pakje. Roken is slecht voor de gezondheid.'

Ik sloeg mijn ogen ten hemel.

'Hoe is het met je?' Ryans toon werd zachter. Of verbeeldde ik me dat alleen maar?

'Goed. En met jou?'

'Ook goed.'

'Mooi zo.'

'Ja.'

De dialoog van middelbare scholieren, niet van voormalige geliefden. Waren we dat, vroeg ik me af? Voormalige?

'Wanneer ben je aangekomen?'

'Gisteren.'

'Goeie vlucht gehad?'

'Op tijd geland.'

'Beter dan te vroeg en onbedoeld.'

'Ja.'

'Je bent nog laat aan het werk.'

Ik keek op de klok. In mijn eentje in autopsieruimte vier met zijn speciale ventilatie, had ik de laboranten niet horen vertrekken. Het was inmiddels kwart over zes.

'Inderdaad.' God, wat was dit geforceerd. 'Hoe is het met Charlie?'

'Nog net zo obsceen als altijd.'

Charlie is een valkparkiet die zijn jeugd in een bordeel had doorgebracht. Hij was een kerstcadeau van Ryan, en gezamenlijk oefenen we de voogdij over de vogel uit.

'Birdie heeft naar hem gevraagd.' Ik vroeg me af of Ryan voor mij gekomen was, of om te praten over het door LaManche onderzochte lijk uit het Lac des Deux Montagnes. Ryan liet me niet lang in onzekerheid.

'Heb je nog tijd gehad om naar mijn drenkeling te kijken?'

'Nog niet.' Ik probeerde niet al te teleurgesteld te klinken. 'Wat is het verhaal?'

47

'Een sportvisser was gisteren in de buurt van L'Île-Bizard met gesleept aas aan het vissen. Dacht dat-ie de vis van zijn leven aan de haak had, maar draaide in plaats daarvan een lijk binnen. Waarschijnlijk heeft hij zijn visboot inmiddels op eBay gezet.'

'Ik ben er nog niet aan toe gekomen.'

'Het slachtoffer is van het vrouwelijk geslacht. LaManche dacht dat hij wat ongebruikelijke sporen rond de hals zag, maar hij was er niet zeker van vanwege de vergaande zwelling en verkleuring. Geen sporen van schotwonden op het lichaam of op de röntgenfoto's. Geen breuk van het tongbeen. LaManche heeft een toxicologisch onderzoek aangevraagd.'

'Heeft Bergeron het gebit in kaart gebracht?' Marc Bergeron is de odontoloog van het lab.

Ryan knikte. 'Ik heb de gebitsgegevens ingevoerd in het CPIC, nada. We zouden meer kans hebben als jij leeftijd en ras zou kunnen vaststellen.'

'Zij is de volgende op mijn lijst.'

Ryan aarzelde heel even. 'We doen onderzoek naar een paar vermiste personen en lijken die met elkaar in verband zouden kunnen staan.'

'Hoeveel?'

'Drie vermisten. Twee lijken, allebei ongeïdentificeerd.'

'Denken jullie aan een seriemoordenaar?'

'We nemen de mogelijkheid in overweging.'

'Tijdsbestek?'

'Tien jaar.'

'Slachtofferprofiel?'

'Vrouwelijk. In de tienerleeftijd.'

Ik voelde de gebruikelijke woede en droefheid. Angst? Zou de een of andere seksmaniak Quebec als zijn jachtterrein gebruiken?

'Je vermoedt dat de vrouw uit het Lac des Deux Montagnes slachtoffer nummer zes zou kunnen zijn?'

'Mogelijk.'

'Morgenochtend vroeg?'

'Bedankt.'

Ryan maakte aanstalten om te vertrekken, draaide zich bij de deur om.

'Hoe is het met Pete?'

'Hij herstelt voorspoedig. Bedankt voor de belangstelling. Lily?'

'Goed.'

'Mooi zo.' God, nou deden we het alweer. 'Ik zal Charlie wel ophalen,' zei ik.

'Dat is niet nodig. Ik breng hem wel.'

'Dat hoef je niet te doen.'

'Wij zijn er om te dienen en te beschermen.' Ryan salueerde. 'Ik bel je.'

'Bedankt, Ryan.'

Nadat ik de verbrande negentiger weer had afgedekt en zijn brancard teruggerold had naar de koeling, friste ik me op en ging op weg naar huis. Birdie wachtte me op bij de deur.

Terwijl ik een korte broek aantrok, legde ik hem uit dat Charlie ons binnenkort gezelschap zou komen houden. Bird was opgetogen. Of verveeld. Bij katten weet je dat maar nooit.

Na het eten keken Birdie en ik naar een herhaling van *De Sopranos*, de episode waarin Tony Adriana van kant maakt. Ik pakte voortdurend de telefoon op om te controleren of-ie het nog wel deed. Gooide het ding weer terug op de bank.

Ryan belde niet. Ook kwam hij die avond niet meer langs.

Hoewel Birdie en ik tegen elven in bed lagen, duurde het heel lang voordat ik in slaap viel. Terwijl ik terugdacht aan ons gesprek in autopsieruimte vier, realiseerde ik me wat me dwarszat. Ryan had nauwelijks geglimlacht of grapjes gemaakt. Dat was niets voor hem.

Gedraag je nou niet als een onzekere puber, hield ik mezelf voor. Ryan heeft het druk. Maakt zich zorgen over zijn dochter. Over een seriemoordenaar. Over een overmatige productie van oorsmeer. Over de mosterdvlek op zijn stropdas.

Ik kon mezelf niet voor de gek houden.

6

Ik gebruik een zelf in elkaar geknutseld systeem om lijken schoon te maken. Het apparaat, oorspronkelijk ontworpen voor grootkeukengebruik, heeft watertoe- en -afvoerpijpen, een vetfilter, en een kookgedeelte onderverdeeld in vakken en manden, het soort dat gebruikt wordt om frites of vis te frituren.

In de vierkante vakjes laat ik kleinere lichaamsdelen sudderen: ontlede kaken, handen, voeten, misschien een schedel. In de grotere, rechthoekige bakken deponeer ik het grotere spul – lange beenderen, ribbenkasten, bekkens – nadat de laboranten de betreffende skeletdelen van vlees hebben ontdaan. Het water verhitten tot net onder het kookpunt, biologisch wasmiddel toevoegen om zo min mogelijk vet over te houden, en roeren. Het systeem werkt altijd uitstekend.

Tenzij de botten te broos zijn, natuurlijk. Dan is het een kwestie van met de hand wassen.

Die ochtend zat het apparaat helemaal vol. Het lijk uit het Lac des Deux Montagnes. Lichaamsdelen van Santangelo's verkoolde bedroker. Geneviève Doucet.

Rottend vlees dat lang in het water heeft gelegen is sneller gaar. En Ryans drenkeling was er het eerst ingegaan. Denis was die beenderen uit het apparaat aan het halen toen ik na de ochtendbespreking op mijn lab kwam.

Eerst opende ik de enveloppen met foto's van het gedeelte van het Lac des Deux Montagnes waar het lijk was aangetroffen en foto's van de autopsie. Ik bekeek ze een voor een, vanaf het moment dat het lijk boven water werd gehaald tot en met de voltooiing van de autopsie.

Het was duidelijk waarom LaManche hulp nodig had. Toen het lijk uit het water werd gedregd, zag het eruit als een in moskleurige boterhamworst verpakte marionet. Geen haar. Geen gelaatstrekken. Hele lappen vlees weggevreten door krabben en vissen. Het viel me op dat de vrouw slechts rode sokken droeg.

Ik begon de verplichte onderdelen van het biologisch profiel te construeren. Dat kostte me de hele ochtend. Hoewel ik doorgegeven had dat ze me moesten bellen zodra er iets uit Rimouski binnenkwam, was er niemand die belde of mijn lab binnenwipte.

Ook Ryan niet.

Tijdens de lunch vertelde ik LaManche wat ik tot dusver te weten was gekomen over de vrouw uit het Lac des Deux Montagnes. Hij vertelde me dat Théodore Doucet het eerste van zijn serie psychiatrische onderzoeken achter de rug had.

Volgens de psychiater was Doucet zich niet bewust van de dood van zijn vrouw en dochter. Hij verkeerde in de veronderstelling dat Dorothée en Geneviève naar de kerk waren gegaan en elk moment thuis konden komen om voor het eten te zorgen. Doucet werd vastgehouden in het Institut Philippe-Pinel, Montreals grootste psychiatrisch ziekenhuis.

Toen ik weer op mijn lab kwam, lagen het bekken en de bovenarm- en bovenbeenbotten van het brandslachtoffer op een werkblad voor me klaar. Ik trok mijn latex handschoenen aan, verplaatste de overblijfselen naar een tweede werktafel en begon mijn onderzoek.

Hoewel de overblijfselen zwaar beschadigd waren, was er genoeg materiaal over om met zekerheid te kunnen vaststellen dat het slachtoffer van de brand van het mannelijk geslacht was. De schaambeenvoeg, gecombineerd met een vergevorderd stadium van artritis, wees erop dat het skelet heel goed drieënnegentig jaar oud kon zijn.

Leeftijd en geslacht klopten. Serienummer van het orthopedisch implantaat klopte. Woonachtig op het betreffende adres. Stond bekend als bedroker. Goed genoeg voor mij. Het was nu aan de lijkschouwer. Tegen drieën had ik mijn verslag af en leverde het in bij het secretariaat om het uit te laten typen.

Het is geen protocol om mij op de hoogte stellen van de binnenkomst van een skelet. Normaal gesproken gaat een zaak naar een van de vijf pathologen van het lab, en komt dan via hem of haar bij mij terecht. Maar ik had gevraagd om me een seintje te geven zodra het skelet dat Bradette uit Rimouski zou opsturen, arriveerde. Voor de zekerheid informeerde ik even bij de receptie van het mortuarium.

Niets.

Het skelet van Geneviève Doucet was het derde stoffelijk overschot dat gedurende de nacht had staan sudderen. Met behulp van een tang met lange handvatten viste ik haar schedel, bekken en verscheidene lange beenderen op, en stelde vervolgens een uur lang pogingen in het werk om het vlees van de botten te pulken. Het spul was taai als alligatorhuid, dus ik schoot maar heel weinig op.

Ik liet Genevièves mand weer in het kooktoestel zakken toen de deur van mijn lab openging. Ik draaide me om.

Natuurlijk. Ryan heeft er een handje van om te verschijnen als ik er beroerd uitzie. Ik wachtte op een snedige opmerking over door de stoom slap hangend haar en stoofvleesparfum. Die bleef uit.

'Sorry dat ik Charlie gisteravond niet gebracht heb.'

'Maakt niet uit.' Ik plaatste het roestvrijstalen deksel op het apparaat en controleerde de temperatuurmeter.

'Lily,' zei Ryan bij wijze van verklaring.

'Niets ernstigs, hoop ik.' Met de mouw van mijn labjas veegde ik haar uit mijn gezicht.

'Ik kom vanavond wel langs.' Ryan wees met een duim naar het skelet dat achter me op de werktafel lag. 'Is dat mijn drenkeling?'

'Ja.' Ik stapte naar de tafel terwijl ik mijn natte, vettige handschoenen bij mijn lijf vandaan hield. 'Ze is nog jong. Tussen de vijftien en de achttien. Van gemengd ras.'

'Laat eens horen.'

'Afgezien van de voortanden, zou ik gezegd hebben dat ze blank was. Neusopening is smal en puntig onderaan, neusrug is hoog, jukbeenderen steken niet bepaald uit. Maar alle acht de snijtanden vertonen een ribbel.'

'Wat wil dat zeggen?'

'Dat het zeer waarschijnlijk is dat ze gedeeltelijk Aziatisch of Indiaans is.'

'First Nations?'*

'Of Japans, Chinees, Koreaans. Je weet wel, Aziatisch?'

Ryan negeerde de steek onder water. 'Laat eens zien.'

Ik draaide de schedel zodanig dat haar bovengebit zichtbaar was. 'Elk van de vier bovensnijtanden heeft een lichte verdikking ter hoogte van het tongoppervlak.' Ik pakte de kaak op en wees op een soortgelijke verdikking. 'Idem bij de ondertanden.'

Ik legde de kaak weer neer.

'Ik heb schedelmetingen gedaan en de resultaten ingevoerd in Fordisc 3.0. Op basis van die metingen valt ze in het overlappingsgebied van Kaukasisch en mongolide.'

'Blank en Indiaans.'

'Of Aziatisch.' Als een docent die een domme leerling corrigeert. 'Belangstelling voor leeftijdsindicators?'

'Geef me de hoogtepunten maar.'

Ik wees op een ruwe plek op de schedelbasis. 'De schedelnaad is vergroeid.'

'De verstandskiezen zijn nog niet helemaal doorgekomen,' merkte Ryan op.

'Klopt. Ze zijn al wel verschenen maar ze staan nog niet in lijn met de rest van het gebit.'

Ik stapte naar het midden van de tafel en streek met mijn vinger over een onregelmatige lijn onder de bovenrand van het rechterbekkenblad. 'De darmbeenranden zijn gedeeltelijk samengegroeid.' Ik pakte een sleutelbeen op en wees naar een soortgelijke onregelmatigheid op het uiteinde aan de halszijde. 'Hetzelfde geldt voor de gewrichtsuiteinden van het sleutelbeen.' Ik gebaarde naar de beenderen van de armen en benen. 'Groeischijven van de lange beenderen bevinden zich in verschillende stadia van vergroeiing.'

'Verder nog iets?'

'Ze was ongeveer één meter achtenvijftig.'

'Dat is het?'

Ik knikte. 'Geen abnormaliteiten of afwijkingen. Geen recente of geheelde breuken.'

'LaManche dacht dat het tongbeen intact was.'

---

* De oorspronkelijke bewoners van Canada [noot van de vertaler]

53

Ryan doelde op een klein u-vormig uit been en kraakbeen bestaand skeletdeeltje dat de tongbasis en het strottenhoofd met de schedelbasis verbindt en dat dikwijls beschadigd raakt bij een verwurging.

Ik legde een klein eivormig schijfje en twee dunne staafjes in de palm van mijn gehandschoende hand. 'Op haar leeftijd zijn de hoorns en het lichaam nog niet verbeend. Dat houdt in dat het tongbeen nog elastisch is, zodat het blootgesteld kan worden aan aanzienlijke druk zonder te breken.'

'Dus het is nog altijd mogelijk dat ze gewurgd is.'

'Gewurgd, vergiftigd, doodgestoken. Ik kan je alleen maar vertellen wat de botten míj vertellen.' Ik legde het tongbeen weer terug.

'En dat is?'

'Ze is niet doodgeschoten of doodgeknuppeld. Ik heb geen ingangs- of uitgangswonden van kogels gevonden, geen fracturen, geen sneden of inkepingen waar dan ook op het skelet.'

'En de autopsie heeft ook niets aan het licht gebracht.'

LaManche en ik hadden tijdens de lunch zijn bevindingen besproken. Er was niet veel te bespreken geweest.

'De longen waren te zeer aangetast om te kunnen vaststellen of ze nog ademde toen ze in het water terechtkwam. Aaseters hebben haar ogen weggevreten, dus we hebben niet de mogelijkheid haar op de aanwezigheid van petechiën te onderzoeken.'

Petechiën zijn minuscule bloeduitstortinkjes die veroorzaakt worden door lekkende haarvaatjes onder verhoogde aderlijke druk. Aangezien aanhoudende samendrukking van de hals voorkomt dat het bloed naar het hart kan terugkeren, vormt de aanwezigheid van petechiën op de gezichtshuid, en vooral rond de ogen, een sterke aanwijzing voor verwurging.

'Dus ze zou al dood geweest kunnen zijn toen ze het water in ging.'

'Misschien dat we met behulp van diatomeeën nog wat meer aan de weet zouden kunnen komen.'

'Je gaat me ongetwijfeld vertellen wat dat zijn.'

'Kiezelwieren, eencellige algen die voorkomen in waterrijke en vochtige habitats. Sommige pathologen zijn van mening dat het inademen van water tot gevolg heeft dat diatomeeën doordringen in de longblaasjes en in de bloedbaan, en zich vervolgens afzetten in de hersenen, nieren en andere organen, waaronder het beenmerg. Ze beschouwen de aanwezigheid van diatomeeën als kenmerkend voor verdrinking.'

'Je klinkt sceptisch.'

'Ik ben er niet van overtuigd dat diatomeeën kunnen binnendringen in een zich onder water bevindend lijk, verdronken of niet. Dat geldt ook voor LaManche. Maar diatomeeën kunnen ons soms wel iets anders vertellen. Veel diatomeeënsoorten zijn habitatspecifiek, dus verzamelingen die in of op lijken worden aangetroffen, kunnen worden vergeleken met verzamelingen die aangetroffen worden op controlemonsters die op verschillende locaties genomen zijn. Soms is het mogelijk om specifieke microhabitats te identificeren.'

'Diatomeeën gebruiken om te bepalen waar het lijk zich bevonden heeft. Zout water. Rivierbodem. Moeras. Riviermonding.'

'Daar komt het inderdaad wel zo'n beetje op neer.'

'Mooi.'

'Voordat ik het gebeente schoongekookt heb, heb ik wat botmonsters genomen voor DNA-tests. Ik zou een marien bioloog het merg daarin kunnen laten onderzoeken. En ook de sokken.'

Ryan hief beide handen met de palmen naar boven. 'Zaak zo goed als opgelost.'

Ik trok vragend mijn wenkbrauwen op.

'Het meisje is in de buurt van een rivier of ergens anders gestorven. Ze was levend of dood toen ze in het water terechtkwam. Als ze nog leefde, is ze gevallen, gesprongen, of geduwd, dus is er sprake van een ongeluk, zelfmoord of moord.'

'Tenzij ze een beroerte of een hartaanval heeft gehad,' zei ik.

'Akkoord. Maar we hebben het over een tiener.'

'Het komt voor.'

Ryan kwam die avond inderdaad opdagen. Ik had gedoucht en mijn haar geföhnd. En ja, ik geef het toe, had mascara gebruikt en lip gloss en een vleugje Alfred Sung achter elk oor.

De zoemer ging rond negen uur. Ik zat een artikel over FTIR-spectroscopie te lezen in het *Journal of Forensic Sciences*. Birdie zat aan de andere kant van de bank zijn avondtoilet te maken. Hij verloor de belangstelling voor de ruimtes tussen zijn tenen en drentelde naar de hal.

Op het schermpje kon ik Ryan in de vestibule zien staan, met de vogelkooi aan zijn voeten. Nadat hij de kat begroet en achter de oren gekrabd had, nam Ryan mijn aanbod van een biertje aan.

Terwijl ik een Moosehead en een cola light inschonk, zette Ryan Charlie op de eetkamertafel. Birdie nam zijn sfinxpose aan op een van de stoelen, met geheven kop, naar binnen gevouwen voorpoten, alle zintuigen gefixeerd op de kooi en zijn bewoner.

Charlie was in topvorm, hipte zijn stokje op en af, spuugde zaadjes in het rond, bewoog zijn kop van links naar rechts terwijl hij voortdurend de kat in het oog hield. Af en toe bracht hij een regel uit zijn scabreuze repertoire ten gehore.

Ryan ging aan Birdies kant van de bank zitten. Ik ging weer op mijn eigen plek zitten met mijn voeten onder me opgetrokken. We stelden opnieuw vast dat het met onze dochters goed ging. Lily werkte als serveerster in Café Cherrier in de Rue Saint-Denis. Katy volgde een zomercursus Spaans in Santiago, Chili.

Mijn appartement in Montreal is klein. Keuken, slaapkamer, studeerkamer, twee badkamers. Alleen de woonkamer is ruim. Aan weerskanten openslaande glazen deuren, uitkomend op respectievelijk een gemeenschappelijke binnenplaats en een miniatuurgazonnetje.

Stenen open haard. Glazen eettafel. Geelblauwe Provençaalse sofa en tweezitsbank. Kersenhouten lijstwerk en schoorsteenmantel.

Terwijl we praatten, dwaalden Ryans ogen van voorwerp naar voorwerp. Foto's van Katy. Mijn jongere zus Harry. Mijn neefje Kit. Een aardewerken bord dat ik cadeau had gekregen van een oude vrouw in Guatemala. Een kleine houten giraffe die ik in Roeanda had gekocht. Onze ogen ontmoetten elkaar maar zelden.

Onvermijdelijk kwamen we over het werk te spreken. Veilig, neutraal gebied.

Sinds de dood van zijn partner, enkele jaren geleden, hield Ryan zich bezig met speciale opdrachten. Hij vertelde over het onderzoek waar hij momenteel mee bezig was.

Drie vermiste meisjes. Twee anderen die in het water of in de nabijheid ervan waren gevonden. En nu was er de drenkelinge uit het Lac des Deux Montagnes. Zes in totaal.

Ik vertelde Ryan over het brandslachtoffer, de Doucets, en het Rimouski-skelet dat onderweg was naar mijn lab. Hij vroeg wie er voor dat laatste verantwoordelijk was. Ik beschreef mijn ontmoeting met Hippo Gallant.

Zodoende kwamen we als vanzelf terecht bij de onvermijdelijke Hippo-verhalen. Die keer dat hij zijn pistool had laten liggen in het herentoilet van een benzinestation. Die keer dat hij een verdachte uit een duiker onder de weg had getrokken, waarbij hij uit zijn broek was gescheurd. Die keer dat een arrestant op de achterbank van zijn wagen gepoept had.

De conversatie was gemoedelijk en vriendelijk. En zo onpersoonlijk als de pest. Geen verwijzingen naar het verleden of de toekomst. Geen lichamelijk contact. De enige toespelingen op seks waren afkomstig van Charlie.

Om half elf stond Ryan op. Ik liep met hem mee naar de deur, terwijl al mijn hersencellen schreeuwden dat wat ik overwoog een bijzonder slecht idee was. Mannen haten het als hun gevraagd wordt wat ze voelen. Ikzelf trouwens ook.

Niet voor het eerst negeerde ik de goede raad van mijn intuïtie.

'Praat tegen me, Ryan.' Ik legde een hand op zijn arm.

'Op dit moment is Lily...'

'Nee,' flapte ik eruit. 'Het is niet alleen maar Lily.'

Zijn korenbloemblauwe ogen vermeden de mijne. Het bleef even stil. Toen: 'Volgens mij ben je nog niet over je echtgenoot heen.'

'Pete en ik leven al jarenlang gescheiden van elkaar.'

Eindelijk keek Ryan me recht in de ogen. Ik voelde iets warms in mijn buik kronkelen.

'Jullie leven gescheiden,' zei hij, 'maar jullie zijn het niet.'

'Ik heb de pest aan advocaten en papierwerk.'

'Je was een ander mens toen ik jullie samen zag.'

'De man was neergeschoten.'

Ryan antwoordde niet.

'Mijn burgerlijke staat heeft in het verleden nooit een rol gespeeld.'

'Nee, dat klopt.'

'Waarom nu dan wel?'

'Ik had jullie nog nooit eerder samen gezien.'

'En nu je ons wel samen hebt gezien?'

'Realiseer ik me hoeveel je om hem geeft.' Voordat ik iets kon zeggen, voegde Ryan eraan toe: 'En hoeveel ik om jou geef.'

Dat overviel me. Even wist ik niets te zeggen.

'En wat nu?'

'Ik probeer het te accepteren.'

'Hoe gaat je dat af?'

'Niet al te best.'

En met die woorden vertrok hij.

Terwijl ik in bed lag, was ik ten prooi aan verschillende emoties. Wrevel vanwege het gevoel dat Ryan me ingepakt had. Al die vragen. En vervolgens de poging om alles luchtig te houden. Irritatie over Ryans beledigde cowboyact.

Maar Ryan had wel degelijk gelijk. Waarom liet ik me niet van Pete scheiden?

Ik voel me niet gauw beledigd, maar als het eenmaal zover is, vergeet ik het nooit meer. Ryan is het tegenovergestelde. Hij voelt zich snel beledigd, maar vergeeft ook weer snel. Allebei doorzien we de ander heel goed.

Ryan voelde zich echt niet beledigd of gepikeerd. De signalen die hij afgaf waren onmiskenbaar.

En dus voelde ik voornamelijk droefheid. Ryan begon zich terug te trekken.

Er gleed een traan uit een van mijn ooghoeken.

'Oké, cowboy.' Hardop gezegd in mijn eenzame bed. 'Adios.'

7

Harry woont al in Texas sinds ze halverwege haar eindexamenjaar besloot van school te gaan. Lang verhaal. Kort huwelijk. Haar idee van telefoonetiquette is ongeveer als volgt: ik ben wakker. Ik wil praten. Gewoon bellen.

Het rolgordijn begon langzaam grijs te kleuren toen mijn mobiel ging.

'Ben je wakker?'

Ik keek op de wekker. Kwart over zes. Net als een griend heeft Harry ongeveer vijf uur slaap per nacht nodig.

'Nu wel.'

Mijn zus liet ooit eens het volgende motto op een t-shirt printen: NOOIT KLAGEN, NOOIT GOEDPRATEN. Wat dat eerste betreft is ze nogal laks, wat het tweede betreft is ze echt een kei die precies doet waar ze zin in heeft zonder ooit haar verontschuldigingen aan te bieden voor de eventuele gevolgen.

Dat deed ze nu dus ook niet.

'Ik ga naar Canyon Ranch.' Harry is blond, langbenig, en doet haar uiterste best om eruit te zien als dertig. Hoewel ze dat checkpoint tien jaar geleden al is gepasseerd, lukt haar dat nog aardig, als ze de juiste kleding draagt en het licht haar vriendelijk gezind is.

'Het hoeveelste kuuroord is dat alweer dit jaar?'

'Mijn kont begint uit te zakken, mijn tieten beginnen te hangen. Ik moet spruitjes gaan eten en met gewichten gaan werken. Ga met me mee.'

'Ik kan niet.'

'Ik ga het huis verkopen.'

De abrupte verandering van onderwerp bracht me uit mijn evenwicht. 'O?'

'Lulletje Rozenwater was een kolossale vergissing.'

Ik nam aan dat Lulletje Rozenwater echtgenoot nummer vijf was. Of was het nummer zes? Ik zocht mijn geheugen af naar een naam. Donald? Harold? Ik gaf het op.

'Volgens mij heb ik indertijd al laten doorschemeren dat de man volgens mij niet bepaald een droomprins was.'

'Jij liet doorschemeren dat hij dom was, Tempe. Arnoldo is niet dom. Het probleem is dat hij maar één snaar op zijn viool heeft.'

Harry is gek op seks. Harry raakt ook snel verveeld. Ik wilde niets horen over Arnoldo's viool.

'Waarom wil je het huis verkopen?'

'Het is te groot.'

'Het was al te groot toen jullie het kochten.'

Echtgenoot nummer zoveel zat in de olie. Ik was er nooit precies achter gekomen wat dat inhield, maar hun kortstondige huwelijk had mijn zus bepaald geen windeieren gelegd.

'Ik ben hard aan verandering toe. Kom me helpen huizen bekijken.'

'Ik kan echt niet.'

'Bezig met een interessante zaak?'

Ik dacht even na, maar besloot niets te zeggen over het Rimouski-skelet. Als Harry eenmaal op dreef is, is ze niet meer te stoppen. Trouwens, er was geen enkele aanwijzing dat er sprake was van een verband met Évangéline Landry.

'Dit is een heel drukke tijd voor me.'

'Heb je behoefte aan zusterlijke steun?'

Doe me een lol. 'Je weet dat ik het hartstikke leuk vind als je op bezoek komt, maar momenteel heb ik het zo gigantisch druk dat ik totaal geen tijd voor je zou hebben.'

Het bleef even stil aan de andere kant van de lijn. Toen: 'Wat ik zei over Arnoldo klopt niet helemaal. In feite heb ik die schoft erop betrapt dat hij vreemdging.'

'Dat spijt me, Harry.' Ik meende het echt. Hoewel het me niet verbaasde.

'Ja. Mij ook.'

Nadat ik een spijkerbroek en een polo had aangetrokken, gaf ik Birdie eten en vulde Charlies voer- en waterbakje bij. De vogel floot en vroeg me om met mijn kont te schudden. Ik zette zijn kooi in de studeerkamer en schoof een trainings-cd voor valkparkieten in de cdspeler. Op het lab zat er niets in mijn postvak. Geen knipperend lichtje op de telefoon. Op mijn bureau had een minilawine plaatsgevonden. Er bevond zich geen roze telefoonnotitie te midden van de ravage. Ik belde het mortuarium. Er was geen skelet uit Rimouski gearriveerd. Oké, makker. Je hebt tot twaalf uur vanmiddag.

Bij de ochtendbespreking kreeg ik één nieuwe zaak toegewezen. De nieuwe eigenaars van een uitvaartcentrum hadden een gebalsemd en volledig gekleed lijk ontdekt in een lijkkist in de koelruimte in het souterrain. De vorige uitbaters hadden hun deuren negen maanden eerder gesloten. De patholoog, Jean Pelletier, wilde graag dat ik de röntgenfoto's bekeek. Op het aanvraagformulier had hij genoteerd: *Piekfijn uitgedost, gaat nergens meer heen.*

Ik liep terug naar mijn kantoor en belde een hoogleraar biologie aan McGill University. Zijzelf hield zich niet bezig met diatomeeën, maar een collega van haar wel. Ik kon de specimina uit het Lac des Deux Montagnes aan het eind van de volgende middag bezorgen.

Nadat ik de sok en het botbiopt zorgvuldig had verpakt en de benodigde papieren had ingevuld, richtte ik mijn aandacht op Pelletiers zaak van het achtergebleven lijk.

Een vergelijking van antemortem- en postmortemröntgenfoto's toonde aan dat de overledene een kinderloze vrijgezel was wiens enige nog in leven zijnde broer naar Griekenland was verhuisd. Zijn begrafenis was twee jaar geleden betaald per postwissel. Na onze identificatie was het de beurt aan de lijkschouwer.

Toen ik weer op mijn lab kwam, was het gebeente van Geneviève Doucet eindelijk uit het kooktoestel gehaald. De rest van de ochtend en een flink deel van de middag besteedde ik aan het bestuderen van elk van de botten met mijn nieuwe Leica-stereomicroscoop met uitvergrotend digitaal display. Na me jarenlang te hebben moeten behelpen met een antiek apparaat waaraan ik bijna een hernia had overgehouden, had ik nu de beschikking over de meest geavanceerde apparatuur. Ik was gek op dat apparaat.

Niettemin werd ik er niet veel wijzer van. Uitstulping van het gewrichtsoppervlak van de rechter middelste teen. Een asymmetrische verhoging halverwege het rechterscheenbeen. Afgezien van die inmiddels genezen kleine kwetsuren, was het skelet van Geneviève Doucet opvallend onopvallend.

Ik belde LaManche.

'Haar teen heeft beklemd gezeten en ze heeft haar scheenbeen gestoten,' vatte hij mijn bevindingen samen.

'Ja,' zei ik instemmend.

'Daar is ze niet aan doodgegaan.'

'Nee,' beaamde ik.

'Het is in elk geval íéts.'

'Sorry dat ik niet meer te melden heb.'

'Hoe bevalt de nieuwe microscoop?'

'De schermresolutie is fantastisch.'

'Ik ben blij dat je er blij mee bent.'

Ik legde net de telefoon neer toen Lisa mijn lab binnenkwam met een grote kartonnen doos in haar armen. Ze had het haar in een krullende paardenstaart en ze droeg een blauw operatiepak dat haar uitstekend stond. Met haar strakke bilspieren, slanke taille en parmantige borsten is Lisa uiterst populair bij politiemensen. En verder is ze de beste autopsietechnicus van het lab.

'Zeg dat je me een skelet uit Rimouski brengt.'

'Ik breng je een skelet uit Rimouski.' Lisa gebruikte mij vaak om haar Engels op te oefenen. Dat deed ze nu ook. 'Het is net gearriveerd.'

Ik bladerde de begeleidende formulieren door. De zaak had een mortuarium- en een laboratoriumnummer toegewezen gekregen. Dat laatste noteerde ik. LSJML-57748. Het stoffelijk overschot was in beslag genomen bij *agent* Luc Tiquet, Sûreté du Québec, Rimouski. In het vakje Samenvatting had Bradette genoteerd: *vrouwelijke adolescent, archeologisch.*

'Dat zullen we nog wel eens zien, knul.'

Lisa wierp me een vragende blik toe.

'Die eikel denkt dat hij mijn werk kan doen. Heb je het druk beneden?'

'Alle autopsieën zijn klaar.'

'Wil je een kijkje nemen?' Ik wist dat Lisa gek was op botten.

'Graag.'

Terwijl ik een verslagformulier tevoorschijn haalde, zette Lisa de doos op de werktafel. Ik voegde me bij haar en haalde het deksel eraf. Allebei tuurden we naar de inhoud van de doos.

Bradette had in één opzicht gelijk. Dit was geen volwassene.

'Het ziet er erg oud uit,' zei Lisa.

Oké. Misschien in twee opzichten.

Het skelet vertoonde bruingele vlekken en de nodige breuken. De schedel was misvormd, de aangezichtsbeenderen waren zwaar beschadigd. Diep in de oogkassen en in wat er van de neusopening over was zag ik spinrag.

De botten voelden vederlicht aan toen ik ze oppakte en in de anatomisch juiste positie neerlegde. Toen ik daarmee klaar was, lag er een gedeelte van een klein persoon op mijn werktafel.

Ik inventariseerde. Zes ribben, de meeste vinger- en teenbotjes, één sleutelbeen, één scheenbeen, één ellepijp, en beide knieschijven ontbraken. Evenals alle acht de snijtanden.

'Waarom geen voortanden?' vroeg Lisa.

'Die hebben elk maar één wortel. Als het tandvlees verdwijnt, is er niets meer om ze op hun plek te houden.'

'Er zijn nogal wat beschadigingen.'

'Ja.'

'Peri- of postmortem?' Lisa vroeg of de kwetsuren ontstaan waren ten tijde van of na de dood.

'Ik vermoed voornamelijk postmortem. Maar ik zal de breukplekken onder de microscoop moeten bestuderen.'

'Het is jong, ja?'

Flits. Een meisje in een badpak op een strand in Carolina. Een wit boekje in lichtgroene druk in haar hand. Hardop poëzie lezend met een merkwaardig Frans accent.

Ik wees naar een proximaal rechteropperarmbeen, een distale rechterellepijp, proximaal linkerkuitbeen, en distaal rechterdijbeen. 'Zie je hoe de uiteinden van sommige lange botten er normaal

63

uitzien, terwijl deze er geribbeld en incompleet uitzien?'
Lisa knikte.
'Dat betekent dat de gewrichtsuiteinden nog niet vergroeid waren met de schachten. Het groeiproces was nog niet voltooid.'
Ik pakte de schedel op en draaide die met de onderkant naar boven.
Hollend door de duinen. Donkere krullen dansend in de wind.
'De basilaire schedelnaad is nog niet dicht. Er zijn geen verstandskiezen, en de tweede kiezen vertonen minimale slijtage.'
Ik legde de schedel neer en pakte een heupbeen op.
'Elke bekkenhelft begint als drie afzonderlijke beenstukken, darmbeen, zitbeen, en schaambeen, die rond de puberteit met elkaar vergroeien.' Ik wees naar een vage y die het heupgewricht in drieën deelde. 'Zie je die lijn? De vergroeiing was net zo'n beetje voltooid toen ze stierf. Afgaand op het gebit, de lange botten en het bekken, schat ik dat ze rond de dertien of veertien was.'
Évangéline Landry, ogen gesloten, handen ineengeslagen, kaarsjes uitblazend. Er stonden er veertien op de taart.
'En het bekken vertoont vrouwelijke kenmerken?'
'Ja.'
'Was ze blank?'
'Het vaststellen van het ras zou een probleem kunnen vormen omdat de aangezichtsbeenderen zwaar beschadigd zijn en het gehemelte ontbreekt, evenals de snijtanden.'
Ik pakte de schedel weer op. En voelde even iets van opluchting.
'De neusopening is breed en rond. De onderrand is gebroken, maar het lijkt erop dat het neusbeen klein was. Dat zijn niet-Europese kenmerken. Ik zal er meer over kunnen zeggen als ik het schoon heb gemaakt.'
'Waarom ziet haar hoofd er zo...' Lisa zocht even naar het juiste woord, '... merkwaardig uit?'
'Tijdens de puberteit zijn de schedelnaden nog open.' Ik verwees naar de kronkelige openingen tussen de afzonderlijke schedelbeenderen. 'Na de ontbinding van de hersenen kunnen de beenderen onder druk kromtrekken, uit elkaar wijken of over elkaar heen schuiven.'
'Onder druk, zoals na een begraving?'

'Ja. Hoewel schedelvervorming ook het gevolg kan zijn van andere factoren, blootstelling aan zonlicht bijvoorbeeld, of aan extreme hitte en kou. Het verschijnsel doet zich heel vaak voor bij kinderen.'

'Er is zo veel vuil. Denk je dat ze begraven is?'

Ik stond op het punt om antwoord te geven toen de telefoon op mijn bureau begon te rinkelen.

'Zou jij de doos even willen controleren om er zeker van te zijn dat we niets over het hoofd hebben gezien?'

'Natuurlijk.'

'Hoe gaat het ermee, doc?' Hippo Gallant.

Ik kwam direct ter zake. 'Het skelet van je maatje Gaston is zojuist gearriveerd uit Rimouski.'

'En?'

'Mijn voorlopig onderzoek lijkt erop te duiden dat het een vrouwelijke adolescent is.'

'Indiaans?'

'Het is heel goed mogelijk dat ze van gemengd ras is.'

'Dus dan is het skelet nog niet zo heel erg oud?'

'De botten zijn uitgedroogd en verstoken van geur en vleesresten, dus ik betwijfel of de dood gedurende de afgelopen tien jaar is ingetreden. Dat is op dit moment zo'n beetje het enige wat ik kan zeggen. Ze moet grondig schoongemaakt worden en dat zal met de hand moeten gebeuren.'

'*Crétaque.* Heeft ze tanden en kiezen?'

'Een paar. Maar daar is nooit een tandarts aan te pas gekomen.'

'Ga je DNA-tests doen?'

'Ik zal monsters nemen, maar als er geen organische componenten resteren, zal DNA-sequentie onmogelijk zijn. Er zit vuil diep in spleten en in de mergholtes, wat erop lijkt te wijzen dat ze ooit begraven is geweest. Eerlijk gezegd vermoed ik dat de lijkschouwer in Rimouski wel eens gelijk zou kunnen hebben. Het stoffelijk overschot zou uit een oude begraafplaats kunnen zijn gespoeld, of geroofd kunnen zijn van een archeologische opgraving.'

'Kun je iets met de C14-methode of iets anders uit de trukendoos?'

'Afgezien van enkele gespecialiseerde toepassingen is koolstof

14-datering niet geschikt voor materiaal dat minder dan honderd jaar oud is. En bovendien, als ik rapporteer dat dit meisje al zo'n vijftig jaar dood is, zullen mijn bazen echt niet over de brug komen met geld voor wat voor soort test dan ook.'

'Denk je dat je er wel uitkomt?'

'Ik ga het in elk geval proberen.'

'Zal ik eens gaan praten met die klojo die haar in zijn bezit had? Eens horen wat hij te vertellen heeft.'

'Lijkt me een goed idee.'

Ik maakte een einde aan het gesprek en liep terug naar Lisa.

'Waarom ziet dat botje er anders uit?' Ze wees naar het tweede rechtermiddenhandsbeentje.

Lisa had gelijk. Hoewel het onder het aangekoekte vuil zat, was er één vingerbotje dat er misvormd uitzag.

Ik borstelde zoveel mogelijk vuil weg zonder schade aan te richten, legde het vreemde middenhandsbeentje onder mijn fantastische nieuwe microscoop en stelde het apparaat in totdat het distale uiteinde het scherm vulde.

Verbaasd trok ik mijn wenkbrauwen op.

8

Het oppervlak van het botje was een maanlandschap vol kraters.
'Wat is dat?' vroeg Lisa.
'Ik weet het niet precies.' In gedachten ging ik al diverse mogelijkheden na. Contact met een zuur of een andere bijtende chemische stof? Micro-organisme? Locale infectie? Systemisch ziekteproces?
'Was ze ziek?'
'Zou kunnen. Of misschien is het iets wat pas na de dood is ontstaan. Er is nog te veel aangekoekt vuil om het met zekerheid te kunnen zeggen.' Ik haalde het middenhandsbeentje onder de microscoop vandaan en liep naar het skelet. 'We zullen elk bot moeten schoonmaken en bestuderen.'
Lisa wierp een onopvallende blik op haar horloge.
'Wat ben ik toch een uilskuiken. Ik heb je al veel te lang hier gehouden.' Het was tien voor half zes. De meeste labmedewerkers gingen om half vijf naar huis. 'Ga maar gauw.'
'Zal ik afsluiten?'
'Nee, dank je. Ik blijf nog even.'
Dat 'even' werd tweeënhalf uur. Voor hetzelfde geld zou ik de hele nacht hebben doorgewerkt als mijn mobiel niet was gegaan.
Ik legde een hielbeen neer, trok mijn mondkapje naar beneden, haalde het toestel uit mijn zak en keek op het schermpje. Onbekend nummer.
Ik nam aan. 'Brennan.'
'Waar ben je?'
'Met mij gaat het prima, dank je. En met jou?'

'Ik ben al sinds zes uur naar je appartement aan het bellen.' Klonk Ryan werkelijk geïrriteerd?

'Ik ben niet thuis.'

'Vertel mij wat.'

'Ik denk dat ik mijn elektronische enkelband kwijt ben geraakt.'

Het bleef even stil. Toen: 'Je hebt niet gezegd dat je plannen had.'

'Ik heb ook een eigen leven, Ryan.' Hè ja. Om acht uur 's avonds vuil uit botten peuteren.

Ik hoorde het geluid van een lucifer die afgestreken werd, toen een diepe inhalatie. Nadat hij twee jaar lang was gestopt, was Ryan weer aan het roken. Een teken van stress.

'Je kunt behoorlijk irritant zijn, Brennan.' Zonder rancune.

'Ik doe mijn best.' Mijn standaardantwoord.

'Word je soms verkouden?'

'Mijn neus is geïrriteerd door het ademen door een mondkapje.'

'Ben je op het lab?'

'Het skelet van Hippo Gallant is gearriveerd uit Rimouski. Het is vrouwelijk, waarschijnlijk dertien of veertien jaar oud. Er is iets merkwaardigs met haar botten aan de hand.'

Een haal aan zijn sigaret, daarna het uitblazen van de rook.

'Ik sta beneden.'

'Wie is er nou de loser die overwerkt?'

'Die vermiste en dode meisjes willen me maar niet met rust laten.'

'Wil je boven komen?'

'Ik ben er over tien minuten.'

Ik zat weer achter mijn microscoop toen Ryan verscheen, zijn gezicht gespannen, zijn haar in plukken overeind. Mijn geest gaf een opgeslagen beeld vrij. Ryan die over een computeruitdraai stond gebogen terwijl hij rusteloos zijn vingers door zijn haar haalde. Zo vertrouwd.

Ik voelde me beroerd. Ik wilde niet dat Ryan boos was. Of gekwetst. Of wat hij dan ook mocht zijn.

Ik stond op het punt mijn arm uit te steken en zijn haar te strelen.

Maar ik wilde ook niet dat Ryan mijn leven regelde. Ik moest stappen kunnen ondernemen wanneer ik besloot dat er stappen ondernomen dienden te worden. Ik hield beide handen aan de microscoop.

'Je zou hier 's avonds niet alleen moeten werken.'

'Doe niet zo gek. Het is een veilig gebouw en ik zit op de elfde verdieping.'

'Deze buurt is niet veilig.'

'Ik ben een grote meid.'

'Dan moet je het zelf maar weten.' Ryans stem was niet koel of onvriendelijk. Alleen maar neutraal.

Toen Katy jong was, werd ik op het lab geconfronteerd met bepaalde zaken die me ertoe brachten haar privéleven in te perken. Overdracht van bezorgdheid. Het was niet haar schuld. Of de mijne, wat dat betreft. Toen ik geconfronteerd werd met het lijk van een vermoord kind, was het alsof ik mijn ergste nachtmerrie binnenstapte. Misschien dat die vermiste en dode meisjes Ryan overdreven beschermend maakten. Ik vergaf hem zijn paternalisme.

'Kijk hier eens naar.' Ik deed een stap opzij zodat Ryan het scherm kon zien. Toen hij dichterbij kwam, rook ik Acqua di Parma, mannelijk zweet, en een vleugje tabaksrook.

'Nieuw apparaat?'

Ik knikte. 'Een prachtding.'

'Waar kijken we naar?'

'Metatarsus.'

'Wablief?'

'Middenvoetsbeentje.'

'Ziet er merkwaardig uit. Puntig.'

'Goed gezien. Het distale uiteinde zou knobbelig moeten zijn, niet spits toelopend.'

'Wat is dat gat in het midden van de schacht?'

'Een foramen.'

'Juist ja.'

'Een doorgang voor een ader die voedingsstoffen naar het binnenste van het bot voert. Die hoort daar te zitten. Wat wél ongebruikelijk is, is de doorsnee ervan. Die is abnormaal groot.'

'Kan het slachtoffer in de voet geschoten zijn?'

'Vergrote voedingsforamina kunnen ontstaan door zich herhalend microtrauma. Maar ik geloof niet dat dat hier het geval is.'

Ik verving het middenvoetsbeentje door een ander exemplaar.

'Dat ziet er aan het uiteinde uitgehold uit.'

'Precies.'

'Enig idee?'

'Ideeën zat. Maar de meeste van haar voetbotjes ontbreken, dus het is lastig kiezen.'

'Noem eens een paar mogelijkheden.'

'Het kan het werk van knaagdieren zijn, met daaropvolgende erosie van de omliggende botoppervlakken. Of misschien zijn de voeten in aanraking geweest met de een of andere bijtende stof. Of met snelstromend water.'

'Dat verklaart nog niet die grote aderdoorgangen.'

'Beschadiging van de middenvoetsbeentjes, in combinatie met vergroting van de voedingsforamina, zou veroorzaakt kunnen zijn door bevriezing. Of gewrichtsreumatiek. Maar dat is onwaarschijnlijk, gezien het feit dat de gewrichten niet aangetast zijn.'

'Misschien heeft ze van nature grote aderdoorgangen.'

'Dat is een mogelijkheid. Maar het zijn niet alleen haar voeten.'

Ik legde Lisa's vreemde middenhandsbeentje onder de microscoop. 'Dit is een botje uit haar hand.'

Ryan bestudeerde zwijgend het pokdalige oppervlak.

Ik verving het middenhandsbeentje door een van de twee overgebleven vingerkootjes. 'Dit ook.'

'Die opening ziet er groot genoeg uit om de metro doorheen te laten rijden.'

'Foramina kunnen verschillen in doorsnee. Zoals je al zei, het zou kunnen dat die van haar groter zijn dan normaal.' Het klonk bepaald niet overtuigend.

'Hoe staat het met de rest van het skelet?' vroeg Ryan.

'Ik ben nog niet verder dan de handen en voeten gekomen. Veel is er niet van over.'

'Voorlopige diagnose?'

'Verhoogde bloedtoevoer naar de handen en voeten. Misschien. Afwijkingen aan de voetbotjes. Misschien. Zenuwbeschadiging van een middenhandsbeentje.' Gefrustreerd wapperde ik met mijn handen. 'Lokale infectie? Systemisch ziekteproces? Postmortembeschadiging, doelbewust of door natuurlijke oorzaak? Een combinatie van die factoren?' Ik liet mijn handen in mijn schoot vallen. 'Ik heb geen diagnose.'

Mijn lab mag dan verre van hightech zijn, het is wel adequaat. Behalve de werktafels, het kooktoestel en de geavanceerde nieuwe microscoop, beschikt het over de gebruikelijke voorzieningen: plafond-tl-verlichting, tegelvloer, gootsteen, wasemkap, veiligheidsoogdouche, fotoapparatuur, lichtbakken, kastjes met glazen deurtjes. Het kleine raampje boven de gootsteen biedt uitzicht op de gang. Het grote raam achter mijn bureau kijkt uit over de stad.

Ryans ogen dwaalden naar het grote raam. Ik volgde zijn blik. Twee vage reflecties op het glas. Een lange man en een slanke vrouw, gezichten vaag, doorschijnend geprojecteerd over de Sint-Laurens en de Jacques-Cartier Bridge.

Er hing een gespannen stilte in het lab, een leegte die erom smeekte opgevuld te worden. Ik sprak als eerste.

'Maar dit skelet ziet er behoorlijk oud uit.'

'Dus LaManche is niet van plan om alle registers open te trekken.'

'Nee.' Ik deed het licht van de microscoop uit. 'Wil je praten over die zaken waar je mee bezig bent?'

Ryan aarzelde zo lang dat ik dacht dat hij geen antwoord zou geven.

'Koffie?'

'Graag.' Dat was wel het laatste waar ik behoefte aan had. Mijn vierde kopje stond onaangeroerd op mijn bureau.

Habitat '67 is een moderne pueblo van opeengestapelde betonnen blokken. Het complex, gebouwd als huisvestingsexperiment voor Expo '67, heeft altijd heftige gevoelens losgemaakt. Dat is een understatement. De inwoners van Montreal vinden het prachtig of verafschuwen het. Niemand staat er neutraal tegenover.

Habitat '67 bevindt zich aan de overkant van de Sint-Laurens, tegenover de Vieux-Port. Aangezien Ryan daar woont en mijn appartement zich in het centre-ville bevindt, spraken we af in een koffieshop halverwege.

Ryan en ik hadden allebei een auto, dus we reden afzonderlijk naar het oude centrum van Montreal. Juni is hoogseizoen, en zoals te verwachten viel, zat het verkeer behoorlijk in de knoop, waren de trottoirs overvol en stonden de auto's bumper aan bumper geparkeerd.

Zoals geïnstrueerd door Ryan, draaide ik mijn Mazda een oprit in die afgesloten was met een oranje rubber pylon. Op een handgeschilderd bord stond *Plein. Vol.*

Een man op sandalen, met een korte broek en een roodgroen T-shirt kwam naar voren. Ik noemde mijn naam. De man tilde de pylon op en gebaarde dat ik door kon rijden. Politieprivilege.

Terwijl ik heuvelafwaarts wandelde via de Place Jacques-Cartier, kwam ik langs oude stenen gebouwen waarin nu souvenirwinkels, restaurants en bars gehuisvest waren. Toeristen en autochtonen bevolkten de terrassen en slenterden over het plein. Een straatartiest op stelten vertelde moppen terwijl hij met ballen jongleerde. Een andere gebruikte lepels als muziekinstrumenten en zong erbij.

Toen ik de met keien geplaveide Rue Saint-Paul in sloeg, rook ik de lucht van vis en olie die vanaf de rivier kwam aanwaaien. Hoewel ik het niet kon zien, wist ik dat Ryans huis zich aan de overkant van de rivier bevond. Mijn mening? Habitat '67 lijkt op een enorm kubistisch beeldhouwwerk dat, net als het kruis op Mont Royal, van veraf beter tot zijn recht komt dan van dichtbij.

Ryan was er nog niet toen ik de koffieshop binnenging. Ik ging aan een tafeltje achterin zitten en bestelde een decaf cappuccino. Ryan kwam erbij zitten toen de serveerster mijn bestelling voor me neerzette. Even later was ze terug met zijn dubbele espresso.

'Ben je soms van plan om de hele nacht door te halen?' Ik maakte een hoofdgebaar naar Ryans kopje.

'Ik heb dossiers mee naar huis genomen.'

Dan kun je een uitnodiging wel op je buik schrijven, meid. Ik wachtte tot Ryan klaar was om te beginnen.

'Ik zal het chronologisch vertellen. Voor wat betreft de oude onopgeloste zaken, we hebben drie vermisten en twee ongeïdentificeerde lijken. De drenkeling van deze week uit het Lac des Deux Montagnes brengt het aantal ongeïdentificeerde lijken op drie.'

Ryan roerde suiker door zijn espresso.

'1997. Vermiste nummer een. Kelly Sicard, achttien jaar oud, woont bij haar ouders in Rosemère. Op 12 maart, tien over half twee 's nachts, laat ze een groepje drinkmaatjes achter om de bus naar huis te nemen. Ze komt daar nooit aan.'

'De maatjes zijn aan de tand gevoeld?'

'En de familie en haar vriendje.'

Ryan nam een slokje van zijn espresso. De hand die het kleine witte kopje vasthield, zag er uiterst mannelijk uit.

'1999. Ongeïdentificeerd lijk nummer een. Het lijk van een vrouwelijke adolescent komt vast te zitten in de schroef van een boot in de Rivière des Mille Îles. Jij hebt samen met LaManche aan die zaak gewerkt.'

Ik herinnerde het me. 'Het verrottingsproces was al vrij ver gevorderd. Mijn inschatting was dat we te maken hadden met een blank meisje van veertien of vijftien jaar oud. We hebben een gezichtsreconstructie gedaan, maar we hebben haar nooit kunnen identificeren. De botten bevinden zich in mijn opslagruimte.'

'Die bedoel ik.'

Ryan sloeg het restant van zijn espresso achterover.

'2001. Ongeïdentificeerd lijk nummer twee. Een tienermeisje wordt gevonden in Dorval, op de oever van de rivier een stukje ten zuiden van de Forest and Stream Supper Club. Volgens LaManche heeft het lijk minder dan achtenveertig uur in de rivier gelegen. Hij doet een autopsie, komt tot de conclusie dat het meisje al dood was toen ze in het water terechtkwam, vindt geen schot- of steekwonden of aanwijzingen voor een andere vorm van lichamelijk geweld. Er worden foto's van haar door de hele provincie verspreid. Niemand die haar herkent.'

Die zaak herinnerde ik me ook. 'Het meisje is uiteindelijk anoniem begraven.'

Ryan knikte en vervolgde zijn relaas.

'2002. Vermiste nummer twee. Claudine Cloquet fietst op haar Schwinn met drie versnellingen door een bebost gebied in Saint-Lazare-Sud. Claudine is twaalf en enigszins zwakbegaafd. De fiets wordt twee dagen later gevonden. Claudine niet.'

'Niet erg waarschijnlijk dat ze van huis weggelopen is.'

'De vader is een wat vage figuur, maar heeft een deugdelijk alibi. Dat geldt ook voor de rest van de familie. De vader is inmiddels overleden, de moeder is tweemaal in het ziekenhuis opgenomen vanwege een depressie.'

'2004. Vermiste nummer drie. 1 september. Anne Girardin verdwijnt midden in de nacht uit haar huis in Blainville.' Ryans kaakspieren spanden zich, ontspanden zich weer. 'Het meisje is tien.'
'Nogal jong om er in haar eentje vandoor te gaan.'
'Maar niet zonder precedent. En dit was een wereldwijze tienjarige. Ook hier is de vader een loser, maar er wordt niets gevonden wat hem met de verdwijning in verband zou kunnen brengen. Hetzelfde geldt voor de rest van het gezin. Een huis-aan-huisonderzoek in de buurt levert niets op.'
Allebei zwegen we bij de herinnering aan de massale zoektocht naar Anne Girardin. Geelk alarm. Politiekorpsen van Quebec en Montreal. Speurhonden. Plaatselijke vrijwilligers. Medewerkers van het NCECC, het National Child Exploitation Coordination Center. Er was niets gevonden. Binnengekomen tips bleken allemaal waardeloos.
'En nu heb ik ongeïdentificeerd lijk nummer drie, de drenkelinge uit het Lac des Deux Montagnes.'
'Zes meisjes. Drie gevonden in of bij het water. Drie vermisten van wie het onwaarschijnlijk is dat ze van huis weggelopen zijn,' vatte ik samen. 'Zijn er nog meer punten van overeenkomst?'
Opnieuw die verstrakking van Ryans kaakspieren. 'Mogelijk hebben we een vierde vermiste. Phoebe Jane Quincy, dertien jaar oud. Woont in Westmount. Vermist sinds ze eergisteren van huis ging om naar dansles te gaan.'
Ryan haalde een foto uit zijn zak en legde die op het tafeltje. Een meisje dat Marilyn in *The Seven Year Itch* imiteerde, compleet met opwaaiende zomerjurk. Door de achtergrondverlichting scheen het magere figuurtje door de doorzichtige witte stof heen.
Dertien?
'Wie heeft deze foto genomen?'
'De ouders hebben geen idee. Ze vonden hem verstopt onder in een la van haar toilettafel. We zijn het aan het natrekken.'
Ik staarde naar de foto. Hoewel hij niet openlijk seksueel getint was, vond ik de afbeelding toch verontrustend.
'Haar vriendinnen zeggen dat ze fotomodel wil worden,' zei Ryan.
Daar kan ik me wel iets bij voorstellen, dacht ik, terwijl ik het

slanke figuur, het lange haar en de heldergroene ogen bestudeerde.

'Een heleboel meisjes willen fotomodel worden,' zei ik.

'Jij vroeger ook?'

'Nee.'

'Kelly Sicard droomde er ook van om van huis weg te lopen,' zei Ryan.

'Wel een heel mager aanknopingspunt.' Ik schoof de foto terug naar Ryan.

'Altijd nog beter dan helemaal niets,' zei Ryan.

We bleven nog even praten over de verschillende zaken. Ik beperkte me voornamelijk tot luisteren.

Ryan wordt niet gauw van zijn stuk gebracht door dood of geweld. Met beide wordt hij dikwijls genoeg geconfronteerd en hij heeft geleerd zijn gevoelens te maskeren. Maar ik ken hem. Ik weet dat het misbruik maken van diegenen die zichzelf niet kunnen beschermen, hem diep raakt. Het raakt mij ook. Ik was me op dat moment scherp bewust van mijn gevoelens, nadat ik me de afgelopen uren bezig had gehouden met het skelet van een kind.

Hoewel Ryan zei dat hij alleen maar moe was, voelde ik zijn droefheid en frustratie. Logisch. Dat hoort bij het werk. Maar voelde ik ook nog iets anders? Was er nog een andere factor die bijdroeg aan Ryans agitatie, hem beroofde van zijn gebruikelijke luchthartigheid, hem ertoe aanzette weer te gaan roken? Of was ik paranoide?

Na een tijdje vroeg Ryan om de rekening.

Ik liep naar de parkeerplaats, startte mijn Mazda en ging op weg naar huis. Ik moest rusten. Douchen. Nadenken.

Ik had behoefte aan een borrel die ik niet kon nemen.

Ik sloeg rechts af René-Lévesque op en draaide mijn portierraampje open. De lucht was warm en vochtig en ongewoon drukkend; de hemel was een zwart scherm waarover af en toe bliksemflitsen dansten.

De avond rook naar regen.

Het onweer kon elk moment losbarsten.

9

De volgende dag verstreek zonder dat ik iets van Hippo of van Ryan hoorde. Harry was een ander verhaal. Zuslief had afspraken gemaakt om een penthouse in het centrum van Houston, een paardenranch in Harris County en een huis aan het strand op South Padre Island te bezichtigen. Ik deed haar de suggestie aan de hand om eerst eens rustig na te denken over wat ze nou werkelijk wilde post-Arnoldo, in plaats van in het wilde weg het zuidoosten van Texas door te struinen in de hoop inspiratie op te doen. Zij deed mij de suggestie aan de hand om niet zo te zeuren. Ik parafraseer nu.

Ik werkte me door de papierwinkel op mijn bureau heen en ging daarna verder met het schoonmaken van het Rimouski-skelet. Ik geef mijn onbekenden dikwijls een bijnaam. Op de een of andere manier worden ze daardoor voor mij persoonlijker. Hoewel hij maar zijdelings bij de zaak betrokken was, had ik het skelet voor mezelf Hippo's meisje gedoopt.

Hoe meer details met betrekking tot Hippo's meisje ik aan het licht bracht, hoe raadselachtiger het beeld werd.

Tegen elven kwam er een schedel binnen uit Iqaluit, een speldenprikje op de kaart van Quebec, tig kilometer naar het noorden aan Frobisher Bay. Ik zocht het plaatsje op. Hoewel ik liever verdergegaan was met Hippo's meisje, hield ik me aan mijn belofte aan La-Manche en ging aan het werk met de nieuwe aanwinst.

Om een uur of vijf trok ik de deur van het lab achter me dicht. Eerst leverde ik het botdiopt en de sok van de drenkelinge uit het Lac des Deux Montagnes af bij de bioloog van McGill University, daarna ging ik bij Hurley's langs voor mijn versie van een borrel na het werk. Cola light on the rocks met een schijfje citroen. Het ging me niet om het drankje, uiteraard, maar om de sociale contacten. Ik wierp een blik op de aan de muur bevestigde tv. Een klassieke schoolfoto vormde de achtergrond voor een ernstig kijkende presentator. De ogen van het jonge meisje waren groen en ondeugend en ze droeg het haar in twee schouderlange vlechten met een scheiding in het midden. Phoebe Quincy.

Een klein groepje stamgasten had zich aan de bar verzameld: Gil, Chantal, Black Jim en Bill Hurley zelf. Ze begroetten me met sombere gezichten en hervatten toen hun commentaar op de verdwijning van het meisje Quincy.

'Godallemachtig, dertien jaar oud.' Chantal schudde het hoofd en gebaarde dat ze nog een biertje wilde. Ze was afkomstig uit Newfoundland en kon iedereen onder tafel drinken. Dat deed ze ook regelmatig.

'Ik hoop maar dat ze hem gewoon gesmeerd is.' Black Jims accent veranderde met zijn verhaal van dat moment. Niemand wist waar Jim werkelijk vandaan kwam. Telkens als iemand ernaar vroeg, kwam hij met een ander verhaal. Vanavond sprak hij met een Aussie-accent.

'Hoe lang wordt ze al vermist?' Bill gaf de barkeeper een seintje en er werd een cola light voor me neergezet.

'Drie dagen. Ging naar dansles. Jezus nog aan toe.' Chantal.

'Ben jij bij die zaak betrokken?' vroeg Bill aan mij.

'Nee.'

'Ryan?'

'Ja.'

'Waar is Ryan? Is het je eindelijk gelukt die druiloor kwijt te raken?'

Ik nam een slokje van mijn cola.

'Het ziet er niet goed uit, hè?' Gil leek op een verouderde Franse versie van Fonz.

'Misschien komt ze wel weer boven water,' zei ik.

'Denken ze dat de een of andere smeerlap haar meegenomen heeft?' Black Jim.

'Ik weet het niet.'

'Kun je je voorstellen wat haar arme ouders doormaken?' Gil.

'Als ze die schoft te pakken krijgen, bied ik me als vrijwilliger aan om zijn pik af te snijden.' Chantal.

Ik staarde in mijn glas terwijl ik begon te twijfelen aan mijn besluit om het naar huis gaan nog even uit te stellen. Ik had de mantel van verdriet en dood af willen werpen en afgeleid en verfrist thuis willen komen, maar het leek erop dat ik vanavond geen verlichting zou vinden.

Wat was er met Phoebe Quincy gebeurd? Zwierf ze ergens op straat rond, alleen, maar koppig haar eigen scenario volgend? Of werd ze ergens op een donkere plek vastgehouden, hulpeloos en doodsbang? Was ze nog wel in leven? Hoe overleefden haar ouders de eindeloze uren van onzekerheid?

En hoe stond het met het lijk uit het Lac des Deux Montagnes? Wie was zij? Was ze vermoord?

En dat andere meisje op mijn lab. Hippo's meisje. Wanneer was zij gestorven? Een irrationele gedachtesprong. Zou het skelet dat van Évangéline Landry kunnen zijn? Waar was Évangéline?

Ik realiseerde me dat Bill tegen me sprak. 'Sorry. Wat zei je?'

'Ik vroeg waar Ryan is.'

Kennelijk was het in de pub nog niet bekend dat Ryan en ik uit elkaar waren. Of wat onze status dan ook precies was.

'Ik weet het niet.'

'Voel je je wel goed? Je ziet er afgepeigerd uit.'

'Ik heb een paar zware dagen achter de rug.'

'Jezus nog aan toe,' zei Chantal.

Ik bleef nog een paar minuten naar de conversatie luisteren. Toen dronk ik mijn glas leeg en ging op weg naar huis.

Vrijdagochtend bracht geen nieuwe zaken. Ik was bezig een rapport op te stellen over de schedel uit Iqaluit toen Ryan mijn lab binnenkwam.

'Leuk kapsel.'

Mijn linkerhand was al op weg om mijn haar achter mijn oor te duwen toen ik me realiseerde dat Ryan het over de schedel had. Die was zongeblakerd wit en de kruin was bedekt met verdroogd groen mos.

'Hij heeft heel lang op de toendra gelegen.'

Normaal gesproken zou Ryan gevraagd hebben hoe lang. Dat deed hij niet. Ik wachtte tot hij ter zake zou komen.

'Ik kreeg vanochtend een telefoontje van Hippo Gallant. Een zekere Joseph Beaumont zit momenteel een straf van vijf tot tien jaar uit in Bordeaux.'

Bordeaux is de grootste gevangenis van Quebec.

'Gistermiddag op het nieuws van zes uur was er een item over Phoebe Quincy. Daarin werd ook verwezen naar Kelly Sicard en Anne Girardin.'

'Alleen die twee maar?'

Ryan hief zijn handen in een 'ik weet ook niet waarom'-gebaar. 'Beaumont zag de uitzending en vroeg om een onderhoud met de directeur. Beweert dat hij weet waar Sicard begraven is.'

'Is hij geloofwaardig?'

'Beaumont zou natuurlijk gewoon een oplichter kunnen zijn die er alleen maar op uit is zijn levensomstandigheden in de bajes te verbeteren. Maar je kunt hem niet negeren.'

'Wat zegt hij?'

'Hij wil een deal sluiten.'

'En?'

'We zijn in onderhandeling. Dat wilde ik je even laten weten. Als de tip serieus is, gaat er onmiddellijk een team op af. We willen in actie komen voordat de pers bloed ruikt.'

'Ik zal zorgen dat ik klaar ben.'

Ik was mijn velduitrusting aan het controleren toen Ryan belde.

'Het is zover.'

'Wanneer?'

'De technische recherche is al onderweg.'

'Ik zie je over vijf minuten in de hal.'

Ryan nam Autoroute 15 in noordwestelijke richting de stad uit, sloeg af in oostelijke en vervolgens in zuidelijke richting naar Saint-Louis-de-Terrebonne. Er was niet al te veel verkeer midden op de dag. Onderweg bracht hij me op de hoogte.

'Beaumont nam er genoegen mee dat hij weer gewoon post mag ontvangen. Drie maanden geleden kreeg die sukkel een exemplaar van *Catch-22* toegestuurd met lsd in de bindlijm verwerkt.'

'Creatieve vrienden. Wat had hij te melden?'

'Zes jaar geleden deelde Beaumont een cel met een zekere Harky Grissom. Hij beweert dat Grissom hem vertelde over een meisje dat hij in '97 van kant had gemaakt. Hij zei dat hij haar midden in de nacht bij een bushalte oppikte, haar mee naar huis nam, haar verkrachtte en haar vervolgens de schedel insloeg met een dopsleutel.'

'Beaumont zou over Sicards verdwijning gelezen of erover gehoord kunnen hebben.'

'Grissom vertelde Beaumont dat het meisje dat hij vermoord had gek was op NASCAR-races. Hij beweerde dat hij haar meegelokt had met de belofte dat ze Mario Gosselin zou ontmoeten.'

In het glas van Ryans zonnebril zag ik de gele middenstreep voorbijflitsen.

'Het gegeven dat Sicard gek was op stockcarraces klopte als een bus.' Ryan keek me aan. 'En dat is iets wat we nooit bekend hebben gemaakt.'

'Waar is Grissom nu?'

'Voorwaardelijk in vrijheid gesteld in '99. Om het leven gekomen bij een auto-ongeluk in datzelfde jaar.'

'Dus van hem hoeven we geen hulp te verwachten.'

'Niet zonder seance, maar hij zou sowieso niet geholpen hebben. We zullen moeten vertrouwen op Beaumonts geheugen.'

Ryan sloeg rechts af. Aan weerszijden bos. Even later zag ik langs de kant van de weg een aantal voertuigen staan. De wagen van de technische recherche, een zwarte wagen van het bureau van de lijkschouwer, een patrouillewagen van de SQ, een ongemarkeerde Chevrolet Impala en een SUV. De snelheid en geheimzinnigheid hadden kennelijk het gewenste resultaat gehad. Geen camera's of microfoons. Geen verslaggevers. Voorlopig.

Hippo stond met twee geüniformeerde agenten te praten. Twee mortuariumtechnici stonden naast hun wagen een sigaret te roken. Een man in burger goot water uit een veldfles in een drinkbak voor een border collie.

Ryan en ik stapten uit. De lucht viel als een warme deken over me heen. Volgens de *Gazette* van die ochtend stond ons regen en een temperatuur van boven de vijfendertig graden te wachten. Juni in Quebec. Stel je voor.

Terwijl we naar Hippo toe liepen, lichtte Ryan de stand van zaken toe.

'Volgens Beaumont beschreef Grissom een verlaten boerenschuur ergens langs highway 335, in bossen die aan een paardenfokkerij grenzen.'

Ryan wees. 'De highway ligt achter ons. Het Hippisch Centrum van Blaineville bevindt zich verderop, achter die bomen. Saint-Lin-Jonction en Blaineville liggen naar het zuiden.'

Ik kreeg een zwaar gevoel in mijn borst. 'Anne Girardin is verdwenen in Blaineville.'

'Ja.' Ryan bleef recht voor zich uit kijken.

We bereikten het groepje mannen. Er werden handen geschud en begroetingen uitgewisseld. Misschien was het de broeierige warmte, misschien een gevoel van onbehagen over datgene wat we mogelijk spoedig zouden opdelven, maar de gebruikelijke schertsende opmerkingen bleven achterwege.

'De schuur ligt een meter of tien verderop,' zei Hippo. Zijn gezicht glom van het zweet en hij had donkere plekken onder zijn armen. 'Als het een keer flink stormt, stort het hele zaakje in.'

'Wat is er tot dusverre gebeurd?' vroeg Ryan.

'We hebben de hond in de schuur laten snuffelen,' zei Hippo.

'Mia,' zei de hondengeleider.

De collie spitste de oren bij het horen van haar naam.

Hippo sloeg zijn ogen ten hemel.

'Ze heet Mia.' Op het overhemd van de hondengeleider was de naam *Sylvain* geborduurd.

Hippo staat erom bekend dat hij de pest heeft aan wat hij 'nieuwerwetse' technologie noemt. Het was duidelijk dat hij over honden die afgericht zijn op het opsporen van kadavers hetzelfde dacht als over computers, irisscanners en druktoetstelefoons.

'Mía leek niet al te zeer onder de indruk.' Hippo haalde een blikken doosje uit zijn zak, maakte het open en stopte een paar maagzuurremmers in zijn mond.

'Het ligt er vol paardenstront.' Sylvains stem klonk tamelijk scherp. 'Daardoor raakt ze van slag.'

'GPR?' Ik onderbrak hun woordenwisseling met een vraag over grondradar.

Hippo knikte en draaide zich om. Ryan en ik liepen achter hem aan het bos in. Het rook er naar mos en vochtige aarde en het was volkomen windstil. Na enkele meters begon ik al te zweten en te hijgen.

Na zo'n halve minuut kwamen we bij de schuur. Hij stond op een open plek die nauwelijks groter was dan het bouwsel zelf en hing scheef als een schip in een woeste zee. De planken waren grijs en verweerd en het dak was gedeeltelijk ingestort. Bij de ingang van de schuur lag een hoop rottend hout, vermoedelijk de restanten van dubbele deuren. Daarachter zag ik een donkere ruimte, doorkruist door stoffige bundels zonlicht.

Hippo, Ryan en ik bleven op de drempel staan. Ik stak twee vingers onder de kraag van mijn blouse en wapperde die op en neer. Mijn rokband en beha waren inmiddels drijfnat van het zweet.

In de schuur hing de muffe lucht van vocht en ouderdom. Rottende vegetatie. Stof. En iets zoetig organisch.

De mensen van de technische recherche zagen eruit als astronauten met hun maskers en witte overalls. Ik herkende hen aan de manier waarop ze bewogen en aan hun lichaamsbouw. De lange magere was Renaud Pasteur. De forsgebouwde was David Chenevier.

Hippo riep naar ze. Pasteur en Chenevier zwaaiden even en gingen toen weer verder met hun werk.

Chenevier duwde een driewielig apparaat in paralelle banen heen en weer over de vloer van de schuur. Een rechthoekige rode doos hing onder de hoofdas van het apparaat, met de onderkant enkele centimeters boven de grond. Op het stuur bevond zich een lcd-schermpje.

Pasteur hield zich afwisselend bezig met het maken van foto's en video-opnames en het weghalen van obstakels voor Chenevier. Stenen. Lege frisdrankblikjes. Een roestige metalen strip.

Die heeft het kortste strootje getrokken, dacht ik toen ik Pasteur iets zag oppakken wat hij even bekeek en vervolgens opzij gooide.

Veertig minuten later was Chenevier bezig met de laatste en verste hoek van de schuur. Hij bleef even staan en maakte een opmerking tegen Pasteur.

Samen bespraken ze iets wat op de monitor te zien was.

Ik rilde ondanks de hitte. Naast me voelde ik hoe Ryan zich schrap zette.

Chenevier wendde zich tot ons. 'We hebben iets.'

IO

Ryan en ik baanden ons een weg over de oneffen vloer. Hippo liep zigzaggend achter ons aan. Hij droeg een overhemd dat hij alleen maar gekocht kon hebben bij een discountzaak. Een heel goedkope discountzaak. Glimmende pinguïns met dassen om en mutsen op. De stof zag er brandbaar uit. Chenevier en Pasteur bestudeerden nog steeds de monitor. Ze deden een stapje opzij om ons mee te laten kijken. Een laagjescake van kleuren kronkelde zich over het scherm. Rood. Groen. Blauw. Midden in de cake bevond zich een lichtgrijze klomp.

GPR is in feite niet zo ingewikkeld. Het systeem werkt met elektromagnetische golven die via een zendantenne de grond in worden gestuurd. Deze golven planten zich voort in de ondergrond. Indien er zich in de ondergrond een voorwerp of een onregelmatigheid bevindt, dan reflecteert een gedeelte van de elektromagnetische energie van de uitgezonden golf op dat voorwerp of die onregelmatigheid. De gereflecteerde golven worden geregistreerd met behulp van een ontvangstantenne.

Denk aan een visradar. Dat apparaat vertelt je dat er daar beneden iets is, maar het kan je niet vertellen wát.

'Het zou het hol van een dier kunnen zijn.' Cheneviers gezicht glom van het zweet. 'Of een geul voor oude buizen.'

'Hoe ver onder de grond?' vroeg ik, terwijl ik de omgekeerde grijze halvemaan bestudeerde.

Chenevier haalde zijn schouders op. 'Vijfenveertig, vijftig centimeter.'

Diep genoeg voor een grafdelver die haast had.

Mia werd erbij gehaald en meteen naar de plek gedirigeerd. Ze reageerde onmiddellijk door te gaan zitten en één harde blaf te geven.

'Oké. Ik zal de omtrek aangeven. We halen de bovengrond weg tot we aanwijzingen vinden dat er gegraven is. Daarna gaan we verder met troffels.'

Zelfs Ryan trok een overall aan en hielp mee.

Om een uur of twaalf had ik met paaltjes en draad een rechthoek van drie bij drie meter afgezet. Ryan en ik begonnen met langstelige spaden grond af te graven. Pasteur maakte foto's. Chenevier zeefde.

Hippo stond naast de afgezette rechthoek het zweet van zijn voorhoofd te wissen en van de ene voet op de andere te wippen. Af en toe stak hij zijn hand in zijn zak. Dan voegde het gerinkel van sleutels zich bij het geklik van Pasteurs camerasluiter en het geruis van aarde die door de zeef viel.

De vloer van de schuur was rijk aan organische stoffen, gemakkelijk om in te graven, gemakkelijk om te zeven.

Tegen half een hadden we een amoebeachtige vlek blootgelegd die zichtbaar donkerder was dan de omringende grond. Verkleurde aarde. Een teken van ontbinding.

Ryan en ik stapten over op troffels om de grond weg te schrapen,

Voorzichtig schraapten Ryan en ik grond weg, in gespannen en angstige afwachting van datgene wat we onder de verkleuring zouden aantreffen. Af en toe ontmoetten onze blikken elkaar even, richtten zich dan weer op de kuil die we aan het uitgraven waren.

Het eerste botje verscheen op de zeef.

'We hebben iets.' Cheneviers stem doorbrak de stilte.

'*Gaubine!*' Hippo slikte nog wat maagzuurremmers.

Chenevier kwam naar me toe en stak een hand uit.

Ik ging op mijn hurken zitten en pakte datgene op wat in zijn handpalm lag.

Het skelet van een volwassen mens bevat 206 botten die allemaal variëren in afmeting en vorm. Elk afzonderlijk bot geeft niet zoveel prijs over iemands achtergrond. Maar samen, als stukjes van een legpuzzel, vertellen ze ons een heleboel. Leeftijd. Geslacht. Afstamming. Gezondheid. Gewoontes. Hoe meer botten, hoe meer er onthuld wordt.

Maar Cheneviers vondst onthulde de puzzel in zijn eentje.

Het dunne, nog geen tien centimeter lange botje zag eruit als zo'n haarpin om een wrong mee op zijn plaats te houden. Het was aan een kant dikker en liep aan het andere uiteinde taps toe tot een klein knobbeltje.

Toen ik opkeek, zag ik vier paar nieuwsgierige ogen op me gericht.

'Het is een os baculum.'

Vier wezenloze blikken.

'Een botje dat aangetroffen wordt in de penis van de meeste zoogdieren. Ik vermoed dat dit exemplaar afkomstig is van een grote hond.'

Nog steeds zei er niemand iets.

'Dat penisbotje helpt bij de paring, als dat snel moet gebeuren.'

Pasteur schraapte zijn keel.

Ik schoof mijn mondkapje recht.

'*Pour l'amour du bon Dieu!*' Hippo's krachtterm deed vermoeden dat hij aan dezelfde emoties ten prooi was als ik. Opluchting. Verbijstering. Hoop.

Ik overhandigde het botje aan Pasteur. Terwijl hij het fotografeerde en in een plastic bewijszakje opborg, gingen Ryan ik verder met graven.

Tegen drieën hadden we Grissoms 'slachtoffer' volledig blootgelegd. De snuit was breed, de schedel hoekig. Staartwervels gekromd tussen achterpoten die te kort leken voor de romp.

'Lange staart.'

'Een of andere pitbullkruising.'

'Misschien een herder.'

De heren schenen uitermate geïnteresseerd in de afstamming van de hond. Die zou mij een zorg zijn. Ik was bezweet, had overal jeuk en wilde niets liever dan mijn Tyvek-overall uittrekken. Die dingen zijn ontworpen om de drager te beschermen tegen bloed, chemicaliën en giftige vloeistoffen, maar ze ademen niet en zijn vreselijk warm.

'Wat voor ras het ook was, deze knaap heeft in elk geval lol gehad in zijn leven.' Pasteur hield het bewijszakje met het penisbotje van de hond omhoog. Chenevier stak zijn handpalm op. Pasteur gaf hem een high five.

De grappen waren al begonnen. Ik was blij dat ik hen niet verteld had dat het penisbotje ook wel een hillbilly-tandenstoker wordt genoemd. Of dat het record op naam staat van de walrus, wiens penisbot een lengte van wel vijfenzeventig centimeter kan bereiken. Het zou zo al erg genoeg worden.

Tegen drieën waren de hondenbotten keurig verpakt en in de wagen van de lijkschouwer gelegd. Waarschijnlijk overbodig, maar je kon maar beter het zekere voor het onzekere nemen.

Tegen zessen hadden Ryan en ik het hele vierkant van drie bij drie meter uitgegraven tot zo'n zestig centimeter diepte. Noch de kuil noch de zeef had verder nog iets opgeleverd. Chenevier had nogmaals de schuur en het omringende terrein geïnspecteerd en had geen aanwijzingen gevonden voor verdere onregelmatigheden onder het grondoppervlak.

Hippo kwam naar me toe terwijl ik mijn overall uittrok.

'Sorry dat ik je voor niks hierheen heb laten komen.'

'Risico van het vak, Hippo.' Ik was dolblij dat ik bevrijd was van de overall. En opgelucht dat we Kelly Sicard niet opgegraven hadden.

'Hoe lang is het geleden dat Bello zijn kunstjes vertoonde?'

'De botten zijn vleesloos, reukloos en vertonen allemaal dezelfde verkleuringen. De enige insecten die ik tussen de botten aangetroffen heb, waren verdroogde poppen. Gezien de diepte waarop hij begraven is, binnen de schuur, zou ik zeggen dat hij al minstens twee jaar dood is. Maar mijn intuïtie zegt langer.'

'Tien jaar?'

'Zou kunnen.'

'Hij zou van Grissom geweest kunnen zijn. Of van Beaumont.'

Of van Céline Dion, dacht ik.

Hippo staarde in de verte. Zijn brillenglazen waren vuil, wat het moeilijk maakte om de uitdrukking in zijn ogen te zien. Ik vermoedde dat hij een praatje met zijn informant voorbereidde.

'Als je wilt, kun je met mij mee terugrijden.'

Ik keek naar Ryan. Hij was aan het bellen. Achter hem trilde de hitte als een fata morgana boven het wegdek en de geparkeerde auto's.

Ik ving Ryans blik en gebaarde dat ik met Hippo mee zou rijden. Hij zwaaide even terwijl hij zijn gesprek vervolgde.

'Graag,' zei ik.

'Dan zal ik je het een en ander vertellen over Luc Tiquet.'

Ik staarde Hippo aan.

'Sûreté du Québec, Rimouski? Het skelet van mijn kameraad Gaston?'

'Wat is zijn verhaal?'

'Dat vertel ik je in de auto wel.'

Toen ik in de Impala stapte, was het alsof ik in een pottenbakkersoven terechtgekomen was.

Terwijl Hippo de highway op draaide, zette ik de airco op de hoogste stand en hield een hand voor het luchtrooster. Hete lucht stroomde langs mijn vingers.

'L'air conditionné est brisé.'

Uit Hippo's mond klonk het Franse woord voor kapot zo ongeveer als 'breezy'.

'Heb je de koelvloeistof gecontroleerd?'

'Al dat gedoe.' Hippo maakte een wegwerpgebaar. 'De hitte gaat wel weer over. Gebeurt altijd.'

Ik hield mijn commentaar voor me. Dat had toch geen zin. Het begrip koelvloeistof vormde voor Hippo waarschijnlijk een mysterie.

Toen ik mijn raampje opendraaide, drong de geur van mest en pas gemaaid gras de auto binnen.

Ik liet me achterover zakken, schoot toen weer vooruit toen gloeiend heet vinyl contact maakte met de blote huid van mijn bovenarmen. Ik sloeg mijn armen over elkaar, liet me voorzichtig weer achterover zakken, deed mijn ogen dicht en liet de wind door mijn haar waaien.

Ik wist door eerdere ervaringen dat meerijden met Hippo net zoiets was als het berijden van de mechanische stier in de Rodeo Bar. Ik greep de armsteun beet terwijl we door het platteland stoven, waarbij Hippo's voet afwisselend op het gas- en het rempedaal stampte.

'Die Tiquet is geen slechte kerel.'

Ik deed mijn ogen open. We draaiden de 15 op. 'Wat heeft hij je verteld?'

'Hij zegt dat hij zo'n vijf, zes jaar geleden een telefoontje kreeg over een ordeverstoring bij een steengroeve. Hij arresteerde een paar jongelui omdat ze zich op verboden terrein bevonden en daar vernielingen hadden aangericht. Die gasten beweerden dat ze graffitiartiesten waren die tijdloze kunstwerken creëerden.'

Ik zette me schrap tegen het dashboard toen Hippo nogal krap een pick-up passeerde. De chauffeur stak zijn middelvinger naar hem op. Aan Hippo's gezichtsuitdrukking te zien, stond hij op het punt hem van repliek te dienen.

'Het skelet?' hield ik Hippo bij de les.

'Lag in de kofferbak toen Tiquet hun auto doorzocht.'

'Waar was die steengroeve?'

'Ergens in de buurt van de grens tussen Quebec en New Brunswick. Daar is Tiquet een beetje vaag over.'

'Herinnerde hij zich de namen van die jongelui?'

'Nee, maar hij heeft het rapport erop nagekeken. Ik heb ze genoteerd.'

'Oké. Hij heeft het skelet aangetroffen bij een arrestatie. Maar waarom heeft hij het gehouden?'

'Hij zegt dat hij contact heeft opgenomen met de lijkschouwer.'

'Bradette?'

'Inderdaad. Bradette kwam langs, wierp één blik op het skelet en zei tegen hem dat hij beter een archeoloog kon bellen. Tiquet had toevallig geen archeoloog in zijn agenda staan.'

'En hij heeft er ook nooit een opgezocht.'

'Bingo.'

Een gat in de weg lanceerde ons naar het dak.

'Godamme! Sorry.'

'Wat voor verklaring gaven die jongelui?'

'Ze beweerden dat ze het skelet hadden gekocht van een pandjesbaas. Ze waren van plan er een soort spray-paintsculptuur van te maken.'

'Interessant. Waar had die pandjesbaas het vandaan?'

'Dat wist Tiquet niet.'

'Waar kwam de pandjesbaas vandaan?'

'Miramichi.'

Ik keek uit het raampje. We waren weer terug in de stad en uit-laatgassen hadden de plaats ingenomen van versgeploegde aarde. Er flitste een carrosseriewerkplaats voorbij. Een verlopen winkel-centrum. Een Petro-Canada-benzinestation.

'Waar ligt Miramachi?'

'New Brunswick.'

'Dat is een grote provincie, Hippo.'

Hippo fronste het voorhoofd. 'Daar heb je gelijk in, doc. Mira-michi is een stadje van achttien-, misschien twintigduizend inwo-ners. Maar de naam verwijst ook naar de rivier en de regio in het al-gemeen.'

'Maar waar is het precies?'

'Northumberland County.'

Ik bedwong de neiging om mijn ogen ten hemel te slaan en maakte met mijn vingers een 'verklaar je nader'-gebaar.

'Noordoostkust van New Brunswick.'

'Acadia?'

'Er middenin.'

Ik luisterde naar het zoeven van onze banden over het asfalt. Bui-ten hulde de zonsondergang, enigszins getemperd door de smog, de stad in een zachte, gouden gloed.

Miramichi. Ik had die plaatsnaam al eens eerder gehoord. In wel-ke context?

Plotseling wist ik het weer.

11

In de zomer waarin ik tien was en Évangéline twaalf, vertelde ze over een gebeurtenis die in de maand december daarvóór had plaatsgevonden. Het voorval had haar zo dwarsgezeten dat ze er in haar brieven niet over had kunnen schrijven.

Évangélines moeder had Obéline aan de zorg van een buurvrouw toevertrouwd en was naar een naburig stadje gereden om boodschappen te doen. Dat was ongebruikelijk, aangezien Laurette meestal haar boodschappen deed in Tracadie. Nadat ze een bezoek aan de markt hadden gebracht, had ze tegen haar dochter gezegd dat ze terug moest gaan naar hun oude Ford en daar op haar moest wachten.

Nieuwsgierig had Évangéline haar moeder nagekeken tot ze een hoek om sloeg en was haar toen gevolgd. Laurette ging een pandhuis binnen. Door het raam zag Évangéline haar in geanimeerd gesprek met een man. Geschrokken had Évangéline zich terug naar de auto gehaast.

Laurette bezat één enkel waardevol sieraad, een saffieren ring met kleine witte diamantjes. Hoewel Évangéline niet op de hoogte was van de voorgeschiedenis, was ze er zeker van dat haar moeder die ring nooit afdeed. Toen Laurette een tijdje later achter het stuur plaatsnam, was de ring verdwenen. Évangéline had hem nooit meer teruggezien.

Onze kinderlijke verbeelding riep verhalen op van hartzeer en verloren liefde. Een knappe verloofde die gesneuveld was in de oorlog. Een Romeo en Julia-achtige vete tussen twee families, op z'n Acadisch. We schreven dichtregels die rijmden op de naam van het stadje. Peachy. Beachy. Lychee.

Daardoor herinnerde ik het me.

Évangéline en haar moeder waren naar Miramichi geweest.

Kwam Hippo's meisje uit Miramichi?

'Hoe ver ligt Miramichi van Tracadie?' Nog meer krankzinnige mogelijkheden spookten door mijn geest.

'Een kilometer of tachtig.'

Onmogelijk. Er was geen reden om te denken dat Évangéline niet meer in leven was. Zou ik Hippo vragen om een onderzoek naar een vermiste persoon in te stellen? Niet realistisch. Ze zou een andere naam aangenomen kunnen hebben, inmiddels ergens anders kunnen wonen.

Ik haalde diep adem en vertelde Hippo het verhaal van Évangéline Landry. Toen ik uitgepraat was, bleef hij zo lang zwijgen dat ik dacht dat hij met zijn gedachten heel ergens anders was. Dat was niet het geval.

'Denk je echt dat er iets met dat meisje is gebeurd?'

Die vraag had me al die jaren al gekweld. Waren oncle Fidèle en tante Euphémie het beu geraakt om voor hun twee jonge nichtjes te zorgen en hadden ze hen gewoon terug naar huis gestuurd? Of was het juist andersom geweest? Had Évangéline genoeg gekregen van de Lowcountry? Van mijn vriendschap? Was mijn zomermaatje me gewoon ontgroeid? Dat geloofde ik niet. Ze zou me verteld hebben dat ze vertrok. En waarom had tante Euphémie die opmerking over gevaar gemaakt?

'Ja,' zei ik. 'Dat denk ik echt.'

We reden over de brug het eiland op. Ik zag Hippo opzij kijken naar het hoge water van de Rivière des Prairies. Ik vroeg me af of hij dacht aan het meisje dat in 1999 in de bootschroef terechtgekomen was in de Rivière des Mille Îles, Ryans slachtoffer nummer één. Of het meisje dat in 2001 was aangespoeld in Dorval, Ryans slachtoffer nummer twee. Of het meisje dat vorige week in het Lac des Deux Montagnes was gevonden, mogelijk slachtoffer nummer drie in de reeks.

'Je zegt dat het skelet van gemengd ras is,' zei Hippo. 'Was je vriendin dat ook?'

'Die indruk had ik wel. Maar ik heb nog geen tijd gehad om de schedel helemaal schoon te maken. Ik heb nooit in die termen aan Évangéline gedacht. Ik vond haar gewoon op de een of andere mysterieuze manier exotisch.'

Daar dacht Hippo even over na.

'Je hebt me verteld dat het skelet nogal beschadigd is. Maar volgens jou zou het heel goed zo'n veertig jaar oud kunnen zijn?'

Over de leeftijd van het skelet had ik me al eerder het hoofd gebroken. 'Ik ben ervan overtuigd dat het meisje begraven is, en dat het skelet vervolgens gedurende enige tijd boven de grond is bewaard. Het probleem is dat ik helemaal niets weet over de omstandigheden. Hoe is ze begraven? In zandgrond? Zure grond? Een ondiep graf? Diep? In een doodskist? Een grote vuilniszak? Ze kan tien, veertig, of honderdveertig jaar geleden gestorven zijn.'

Hippo dacht weer even na.

'Hoe goed kende je de familie van dat meisje?'

'Ik kende Évangélines oom en tante, maar niet meer dan oppervlakkig. Ik sprak geen Frans en hun Engels was niet al te best. Laurette bracht maar heel weinig tijd op Pawleys Island door en ze was niet tweetalig, dus de paar keer dat ik haar ontmoet heb, kwam het voornamelijk neer op hallo en tot ziens.'

'Je zei dat er een zusje was?'

'Obéline, acht jaar jonger dan Évangéline.'

Hippo draaide Papineau op. We reden inmiddels stapvoets in de file.

'*Ben.* Je weet hoe het gaat, rechercheurs van Moordzaken moeten zich op nieuwe zaken concentreren. Als ze tijd hebben, kunnen ze naar oude, onopgeloste zaken kijken. Het probleem is dat ze nooit tijd hebben omdat er steeds maar weer mensen worden vermoord. Daar doet de afdeling Cold Cases zijn intrede. Wij houden ons bezig met dossiers waar niemand anders meer naar omkijkt.'

Hippo zette zijn linkerrichtingaanwijzer aan en wachtte terwijl drie tieners het zebrapad over slenterden. Elk van de drie droeg kleding die ruim genoeg was om de andere twee in te kunnen huisvesten.

'Van 1960 tot 2005 hadden we in deze provincie 573 *dossiers non résolus.* De afdeling Cold Cases is in het leven geroepen in 2004. Sinds die tijd hebben we zes van die zaken weten op te lossen.'

Vijfenveertig jaar. Zes opgeloste zaken. 567 families van slachtoffers die nog steeds wachtten. Ik vond het een deprimerende gedachte.

'Hoe kan het dat zo veel mensen ongestraft moorden kunnen plegen?'

Hippo trok een schouder op. 'Misschien is er geen bewijsmateriaal, zijn er geen getuigen. Misschien gaat er iemand in de fout. Bij de meeste onderzoeken is het zo dat als je in de eerste paar dagen geen fatsoenlijk aanknopingspunt vindt, dat de zaak dan doodbloedt. De jaren verstrijken. Het dossier vult zich met formulieren waarop staat "geen nieuwe ontwikkelingen". Uiteindelijk besluit de verantwoordelijke rechercheur dat het tijd is om de zaak te sluiten. Treurig, maar wat betekent nou een onopgeloste moord meer of minder?'

We waren slechts enkele straten verwijderd van het Édifice Wilfrid-Derome. Ik vroeg me af of Ryan ergens achter ons reed, op weg naar het hoofdbureau van de sq. En of hij op mijn kantoor of het lab langs zou komen.

Hippo sloeg rechts af, Parthenais op, en vervolgde zijn verhaal.

'Sommigen van die cowboys van Moordzaken denken dat wij alles op ons dooie akkertje kunnen doen. Zo zie ik het niet. Mijns inziens is een moord niet minder belangrijk omdat hij tien jaar geleden heeft plaatsgevonden. Of twintig. Of veertig. Als je het mij vraagt, zouden slachtoffers van onopgeloste moorden voorrang moeten krijgen. Ze wachten al langer.'

Hippo draaide het parkeerterrein van Wilfrid-Derome op, reed langs een rij auto's en stopte naast mijn Mazda. Hij liet zijn motor stationair draaien en keek me aan.

'En dat geldt dubbelop voor kinderen. De familie van vermiste en vermoorde kinderen leeft in een hel. Elk jaar komt die zwarte dag weer terug, de dag waarop het kind verdween of het lijk gevonden werd. Elke kerst. Elke keer dat het kind jarig zou zijn geweest. Een overleden kind is één grote open smerige wond die maar niet dicht wil gaan. Het schuldgevoel vreet aan ze. Wat is er gebeurd? Waarom? Waarom waren wij er niet om haar te redden? Dat soort hel wordt nooit minder heet.'

'Nee,' zei ik instemmend, terwijl ik een nieuw soort waardering voor de man naast me begon te voelen.

Hippo pakte zijn jasje van de achterbank en haalde er een klein notitieboekje uit. Hij pakte een ballpoint uit de middenconsole, likte aan zijn duim en sloeg blaadjes om. Hij las even en keek toen mij weer aan.

'Momenteel concentreer ik me voornamelijk op die zaak van Ryan. En begrijp me niet verkeerd, veertig jaar is een heel lange tijd. Getuigen gaan de stad uit, overlijden. Hetzelfde geldt voor familieleden, buren, vrienden. Rapporten raken kwijt. Bewijsmateriaal raakt zoek. En de plaats delict kun je helemaal wel vergeten, gesteld dat die er ooit al was. Als je er al in slaagt iets boven water te krijgen, zal niemand staan te trappelen om daar werk van te maken. Niemand komt met geld over de brug voor ingewikkelde, dure tests.'

Nu gaat hij me afpoeieren, dacht ik.

'Maar als niemand doorzet, gebeurt er ook niets. Dat is wat ik doe. Ik zet door.'

Ik wilde iets zeggen, maar Hippo was nog niet uitgepraat.

'Als jij denkt dat iemand zich aan die Évangéline vergrepen heeft, is dat goed genoeg voor mij. Als je denkt dat dit skelet wel eens van haar zou kunnen zijn, is dat voor mij ook goed genoeg. Zo niet, dan is het nog altijd iemands kind.'

Hippo keek weer naar zijn notitieboekje. Hij bladerde weer wat, noteerde iets, scheurde toen een blaadje los en gaf dat aan mij.

'Deze zaak is nog lang niet dood. We hebben aanknopingspunten.'

Ik las wat Hippo genoteerd had. De namen Patrick en Archie Whalen, een adres in Miramichi en een telefoonnummer met het netnummer 506.

'Tiquets graffitiartiesten?' vroeg ik.

'Kennelijk is die kunstvorm niet bepaald een garantie voor opwaartse sociale mobiliteit. Die sukkels zijn inmiddels achter in de twintig, maar wonen nog steeds bij pa en ma. Bel ze maar eens. Ik heb het idee dat ze tegenover jou misschien wat openhartiger zullen zijn.'

Omdat ik een vrouw ben? Engelstalig? Een burger? Het deed er ook niet toe. Ik wilde niets liever dan ze bellen.

'Ik bel ze zodra ik thuis ben.'

'Ondertussen ga ik aan de slag met dat meisje en haar familie. Zóveel Évangélines en Obélines zullen er nou ook weer niet rondlopen.'

'Nee,' beaamde ik.

Het was bijna acht uur tegen de tijd dat ik mijn appartement binnenstapte. Ik stierf van de honger.

Birdie begroette me bij de deur. Hij rook even aan me en dook onder de bank. Ik nam de hint ter harte.

Terwijl ik me uitkleedde, floot Charlie waarderend.

'Leukste compliment dat ik vandaag gehad heb, Charlie.'

'Lekker wijf!'

'Het énige compliment dat ik vandaag gehad heb.'

Charlie floot weer.

Ik stond op het punt om antwoord te geven.

Het is een vogel, Brennan.

Na een lange, hete douche luisterde ik mijn antwoordapparaat af. Vier berichten. Harry. Iemand die opgehangen had. Harry. Harry.

Mijn vriezer bood twee keuzes: Miguel's Mexican flag fiesta. Mrs. Farmer's kippenpastei. Ik ging voor de pastei.

Terwijl mijn diepvriesmaaltijd in de magnetron stond, haalde ik het telefoonnummer tevoorschijn dat Hippo me gegeven had.

Geen gehoor.

Ik belde Harry. Een halfuur later was ik het volgende aan de weet gekomen.

Het barst in Houston van de echtscheidingsadvocaten. Een scheiding kost een vermogen. Arnoldo's geslachtsdelen zijn niet helemaal jofel. Ze was vastbesloten hem het vel over de oren te halen.

Nadat ik opgehangen had, at ik de kippenpastei en draaide toen nogmaals het nummer van de gebroeders Whalen.

Nog steeds geen gehoor.

Teleurgesteld zette ik het nieuws aan.

Op de Metropolitan had een kettingbotsing plaatsgevonden, een dode, vier gewonden. Een rechter was in staat van beschuldiging gesteld wegens het witwassen van geld. Ambtenaren van de gezondheidsdienst maakten zich zorgen over bacteriën die het strand op het Île Sainte-Hélène onveilig maakten. De politie had nog geen resultaten geboekt in het onderzoek naar de verdwijning van Phoebe Jane Quincy.

Het enige goede nieuws betrof het weer. Er was regen op komst en daarmee lagere temperaturen.

Neerslachtig zette ik de tv uit en keek op de klok. Tien voor half elf. Ach, waarom ook niet? Ik draaide nog één keer het nummer van de Whalens.

'Hallo.' Engels.

'Meneer Whalen?'

'Zou kunnen.'

'Spreek ik met Archie Whalen?'

'Nee.'

'Patrick?'

'Met wie spreek ik?'

'Doctor Temperance Brennan. Ik ben antropoloog op het medisch-juridisch laboratorium in Montreal.'

'Hmm.' Behoedzaam of sloom? Ik was er niet zeker van.

'Spreek ik met Patrick Whalen?'

'Hangt ervan af waar het over gaat.'

'Ongeveer vijf of zes jaar geleden hebben u en uw broer een skelet gekocht in een pandjeshuis in Miramichi. Klopt dat?'

'Hoe bent u aan dit nummer gekomen?'

'Via een rechercheur van de SQ die zich met onopgeloste moordzaken bezighoudt.'

'We hebben dat ding eerlijk gekocht. We hebben de volle vraagprijs betaald.'

'Spreek ik met Patrick?'

'De naam is Trick.'

Trick?

'Bent u zich ervan bewust dat de handel in menselijke resten illegaal is?'

'Straks doe ik het nog in mijn broek.' Grote bek, niet al te veel hersens.

'We zouden af kunnen zien van een aanklacht. Op voorwaarde dat jullie meewerken met ons onderzoek naar de oorsprong van dat skelet.' Ik wist niet precies wie die 'we' waren, maar het klonk wat officiëler.

'Nou zeg, dat is een pak van mijn hart.'

Oké, eikel. Hang de flinke jongen maar uit.

'Volgens het politierapport beweerde u dat u het skelet van een pandjesbaas hebt gekocht.'

'Ja.'

'Waar had hij het vandaan?'

'Ik heb geen achtergrondonderzoek naar die gozer ingesteld. We zagen het in zijn winkel, kregen ineens het idee voor een kunstwerk van een sterfscène op een slagveld, compleet met botten, kogels, massa's zwarte en groene verf.'

'U hebt niet geïnformeerd waar het skelet vandaan kwam?'

'Hij zei dat het afkomstig was van een oude Indiaanse begraafplaats. Wat kon ons dat nou schelen?'

'Hm.'

'Schedels. Ratelslangen. Lijkwades. Mojo, weet je wel?'

Een overleden kind. Ik probeerde de afkeer uit mijn stem te houden.

'U bent gearresteerd in Quebec. Waarom was u daar?'

'We waren op bezoek bij een neef. Hij vertelde ons over een steengroeve. Het leek ons echt helemaal te gek om de boel daar op stelten te zetten. Hoor eens, toen die agent ons arresteerde, waren we helemaal uitgefreaked. We waren helemaal geobsedeerd door dat skelet.'

'Hoe lang lag het al in uw kofferbak?'

'Een jaar. Misschien wat langer.'

'Wat voor werk doet u tegenwoordig, meneer Whalen?'

Het bleef even stil. Ik dacht dat ik op de achtergrond een tv hoorde.

'Ik zit in de beveiliging.' Defensief. ''s Nachts op de high school.'

'En uw broer?'

'Archie is een verdomde junk.' De machotoon klonk nu eerder jengelend. 'Doe ons allemaal een lol. Pak hem op en haal hem weg uit dit gat.'

Ik had nog één vraag.

'Herinnert u zich de naam van de pandjesbaas?'

'Natuurlijk herinner ik me die zak. Jerry O'Driscoll.'

Ik had nog maar net de verbinding verbroken toen mijn mobiel ging.

Hippo.

Zijn nieuws deed mijn wereld op zijn grondvesten schudden.

12

'Laurette Philomène Saulnier Landry. Geboortedatum 22 mei 1938. Datum van overlijden 17 oktober 1972.'

Gestorven op haar vierendertigste? Wat droevig.

Ik haalde me Laurette voor de geest in Euphémies keuken op Pawleys Island. Als kind had ik me nooit beziggehouden met de vraag hoe oud ze was. Ze was gewoon volwassen, jonger dan oma, met meer rimpels dan mama.

'Ze is zo jong overleden. Waaraan?'

'Volgens de overlijdensakte aan natuurlijke oorzaken, maar die worden niet nader gespecificeerd.'

'Weet je zeker dat het de juiste Laurette Landry is?'

'Laurette Philomène Saulnier trouwde met Philippe Grégoire Landry op 20 november 1955. Uit het huwelijk werden twee kinderen geboren. Évangéline Anastasie, geboortedatum 12 mei 1956. Obéline Flavie, geboortedatum 16 februari 1964.'

'Jezus, ik kan gewoon niet geloven dat je dit zo snel te weten bent gekomen.' Naast mijn aanvankelijke telefonische naspeuringen, had ik ook op geregelde tijden het bevolkingsregister van New Brunswick geraadpleegd. Had nooit iets gevonden.

'Ik heb mijn Acadische charme in de strijd geworpen.'

Met Hippo's charme en een geldig plaatsbewijs zou-ie wel met de metro mee mogen. Ik wachtte.

'In de jaren zestig was het voornamelijk de kerk die de gegevens van de burgerlijke stand bijhield. In sommige delen van New Brunswick werden baby's nog steeds thuis geboren, vooral op het platteland en in kleinere plaatsen. Een heleboel Acadiërs moesten niets hebben van de overheid en haar instellingen. Nog steeds niet, trouwens.'

Ik hoorde een zacht slikgeluid en stelde me voor hoe Hippo een paar Rennies achteroversloeg.

'Ik heb een nicht die vrijwilligerswerk doet voor St. John the Baptist in Tracadie. Ze kent de archieven net zo goed als ik de maat van mijn pik.'

Daar was ik absoluut niet in geïnteresseerd.

'Je hebt doop- en huwelijksakten gevonden via je nicht?' giste ik.

'Bingo. Aangezien ik daarvandaan kom, begon ik maar een beetje rond te bellen. Wij Acadiërs maken onszelf bekend door middel van de namen van onze voorouders. Neem mezelf bijvoorbeeld, ik ben *Hippolyte à Hervé à Isaïe à Calixte...*'

'Wat ben je te weten gekomen?'

'Zoals ik al tegen je zei, veertig jaar is een lange tijd. Maar ik heb een paar inwoners gevonden die zich Laurette en haar kinderen nog herinnerden. Niemand wilde al te veel zeggen, met het oog op de privacy en zo, maar de strekking werd me wel duidelijk.

Toen Laurette te ziek werd om te werken, nam de familie van haar man haar in huis. De Landry's woonden buiten het stadje. Bemoeiden zich weinig met anderen. Een van die oldtimers die ik sprak, noemde ze *morpions*. Armoedzaaiers. Zei dat de meesten van hen analfabeet waren.'

'Laurette had een rijbewijs.'

'Nee. Laurette had een auto.'

'Ze moet een rijbewijs hebben gehad. Ze stak de staatsgrens over.'

'Oké. Misschien heeft iemand smeergeld opgestreken. Of misschien was ze slim genoeg om een beetje te kunnen lezen en verkeersborden uit haar hoofd te leren. Hoe dan ook, Philippe ging ervandoor toen Laurette in verwachting was van Obéline, zodat ze in haar eentje voor de twee meisjes moest zorgen. Dat lukte haar een jaar of vijf, zes, maar toen moest ze ophouden met werken. Uiteindelijk is ze overleden aan een of andere chronische aandoening. Het klonk mij als tbc in de oren. De knaap die ik sprak, dacht dat ze halverwege de jaren zestig naar Saint-Isidore verhuisd was. Misschien had ze daar in de buurt familie wonen.'

'En Philippe?'

'Niets over bekend. Heeft misschien het land wel verlaten. Waarschijnlijk inmiddels overleden.'

'En de meisjes?' Mijn hart bonkte tegen mijn ribbenkast.

'Obéline Landry trouwde in 1980 met een zekere David Bastarache. Die ben ik nu aan het natrekken. Evenals die tip met betrekking tot Saint-Isidore.'

'En Évangéline?'

'Ik zal er geen doekjes om winden. Als ik vragen stel over Laurette of Obéline, krijg ik medewerking. Of althans iets wat erop lijkt. Als ik vragen stel over de oudere zus, lijken de mensen dicht te klappen.'

'Hoe bedoel je?'

'Ik doe dit werk al een hele tijd. Ik heb een speciale antenne ontwikkeld. Als ik naar dat meisje vraag, komen de antwoorden te snel, te eensluidend.'

Ik wachtte.

'Niemand weet ene moer.'

'Verbergen ze iets?' Ik kneep zo hard in het toestel dat de aderen in mijn pols opzwollen.

'Daar durf ik wat onder te verwedden.'

Ik vertelde Hippo wat ik te weten was gekomen van Trick Whalen. Het pandjeshuis in Miramichi. Het mojo-kunstwerk. De Indiaanse begraafplaats.

'Zal ik die O'Driscoll eens bellen?'

'Nee. Als jij erachter kunt komen waar ik hem kan bereiken, volg ik het spoor van het skelet terwijl jij de sporen in Tracadie natrekt.'

'Blijf aan de lijn.'

Hippo zette me ruim tien minuten in de wacht.

'De zaak heet Oh O! Pawn.' Hij gaf me een telefoonnummer en een adres aan de King George Highway.

Ik hoorde cellofaan ritselen. Toen: 'Je zei dat er iets aan de hand was met het skelet van het meisje.'

'Ja.'

'Ben je er al achter wat dat is?'

'Nog niet.'

'Heb je er bezwaar tegen om zaterdag te werken?'

Het 82ste Regiment Luchtlandingstroepen zou me niet bij dat skelet vandaan kunnen houden.

Tegen half negen was ik in Wilfrid-Derome. In strijd met de weersverwachting had het niet geregend en was het niet afgekoeld. Het was inmiddels alweer een graad of vijfentwintig.

Ik was de enige in de lift, kwam niemand tegen in de hal en de gangen van het LSJML. Ik was blij dat ik niet gestoord zou worden.

Ik had het mis. Niet voor de laatste keer die dag.

Allereerst belde ik O'Driscoll. Ik kreeg geen gehoor.

Teleurgesteld wendde ik me tot het skelet. Hippo's meisje. Voordat ik in mijn werkzaamheden gestoord werd door de schedel uit Iqaluit en de opgraving van de hond in Blaineville, had ik wat er over was van haar torso en ledematen schoongemaakt.

Ik begon meteen met de schedel, maakte het achterhoofdsgat schoon en haalde vuil en kleine steentjes uit de schedelbasis.

Om half tien belde ik nogmaals het nummer van Driscoll. Nog steeds geen gehoor.

Terug naar de schoonmaakwerkzaamheden. Rechtergehoorkanaal. Linkergehoorkanaal. Verhemelte. In het lab heerste de oorverdovende stilte die je uitsluitend aantreft in overheidsgebouwen gedurende het weekend.

Om tien uur belde ik voor de derde keer naar Miramichi. Ditmaal nam er een man op.

'Oh O! Pawn.'

'Jerry O'Driscoll?'

'Spreekt u mee.'

Ik noemde mijn naam en mijn functie bij het LSJML. Of O'Driscoll hoorde het niet of het zou hem een zorg zijn.

'Bent u geïnteresseerd in antieke horloges, jongedame?' Engels, met een vleugje accent.

'Ik ben bang van niet.'

'Ik heb zojuist twee prachtexemplaren binnengekregen. Houdt u van sieraden?'

'Ja zeker.'

'Ik heb wat Navajoturkoois waar u van achterover zult slaan.'

Navajosieraden in een pandjeshuis in New Brunswick? Daar moest een verhaal aan vastzitten.

'Meneer O'Driscoll, ik bel over een skelet dat u een paar jaar geleden verkocht hebt aan Trick en Archie Whalen.'

Ik verwachtte terughoudendheid. Of een geheugen dat hem in de steek liet. O'Driscoll was beleefd, mededeelzaam zelfs. En hij had een geheugen als de computer van een creditcardmaatschappij.

'Voorjaar 2000. Twee jongelui zeiden dat ze het wilden hebben voor een kunstproject. Zeiden dat ze bezig waren met een of andere installatie ter eerbetoon aan de overledenen. Ik heb het ze verkocht voor vijfenzestig dollar.'

'U hebt een uitstekend geheugen.'

'Om u de waarheid te zeggen, dat was het eerste en laatste skelet dat ik ooit verhandeld heb. Het ding was oeroud. Een heleboel gebroken botten. Aangezichtsbeenderen zwaar beschadigd en aangekoekt met vuil. Hoe het ook zij, het idee om dode zielen te verkopen zat me niet lekker. Het deed er niet toe of de arme donder christen of Indiaan of Bantoe was. Daarom herinner ik het me.'

'Waar had u het skelet vandaan?'

'Van een man die zo ongeveer om de twee maanden bij me langskwam. Beweerde dat hij vóór de oorlog archeoloog was geweest. Hij zei er niet bij welke oorlog. Hij was altijd in het gezelschap van een schurftige terriër die hij Bisou noemde. Kus. Ik zou voor geen goud met mijn lippen in de buurt van dat mormel gekomen zijn. Die man was altijd op zoek naar spullen die hij kon verpatsen. Snuffelde rond op vuilstortplaatsen. Hij had een metaaldetector waarmee hij de oever van de rivier afzocht. Dat soort dingen. Hij kwam een keer met een broche aanzetten die beslist de moeite waard was. Die heb ik verkocht aan een dame uit Neguac. Maar het meeste wat hij vond was troep.'

'Het skelet?'

'Hij zei dat hij het had gevonden toen hij het bos in ging om Bisou te begraven. Dat verbaasde me niet. Dat beest leek wel honderd. Ik had het idee dat die ouwe knar die dag behoorlijk in de put zat en wel een meevallertje kon gebruiken. Ik nam aan dat ik er geld bij in zou schieten, maar ik gaf hem er vijftig dollar voor. Ik zag er geen kwaad in.'

'Zei de man waar hij zijn hond begraven had?'

'Op een of ander eiland. Hij zei dat er daar een oude Indiaanse begraafplaats was. Zou hij best uit zijn duim kunnen hebben gezogen. Dat soort dingen hoor ik wel vaker. Mensen denken dat een mooi verhaal de waarde verhoogt van datgene wat ze te koop aanbieden. Dat is niet zo. Een voorwerp is waard wat het waard is.'

'Weet u de naam van die man?'

O'Driscoll grinnikte. 'Hij zei dat hij Tom "Jones" heette. Ik verwed er de onderbroek van mijn tante Rosey onder dat hij die naam verzonnen had.'

'Hoe dat zo?'

'Hij was Franstalig. Sprak de naam uit als *Jones*, maar hij spelde hem als *Jouns*.'

'Weet u wat er met hem is gebeurd?'

'Een jaar of drie geleden kwam er een eind aan zijn bezoekjes. De ouwe baas had een zwakke gezondheid en hij was blind aan één oog. Waarschijnlijk is hij inmiddels overleden.'

Na het gesprek keerde ik terug naar het skelet. Klopte het verhaal van Tom Jouns over die Indiaanse begraafplaats? Zou Hippo's meisje een pre-Columbiaanse aboriginal kunnen zijn die nu op mijn tafel lag?

De schedel was vervormd door breuk en kromtrekking. Daar schoot ik niets mee op. Ik draaide de schedel om en keek naar de overblijfselen van het aangezicht. Het neusbeen was miniem. Kenmerkend voor een niet-blank ras. Hoewel de neusopening vol zat met aangekoekt vuil, leek hij breder dan gebruikelijk is bij Europeanen.

Ik ging verder met het verwijderen van vuil. Terwijl de tijd verstreek waren de enige geluiden in mijn lab het gezoem van de koelinstallatie en van de tl-buizen aan het plafond.

De oogballen worden van de frontaalkwab gescheiden door het flinterdunne bot dat de bodem vormt van de voorste schedelgroeve. Terwijl ik de rechteroogkas schoonmaakte, trof ik kartelige beschadigingen in die bodem aan.

Ik was met de linkeroogkas bezig toen iets mijn aandacht trok. Ik maakte een doek vochtig en veegde wat vuil weg van de bovenrand. In de buitenste bovenhoek van de oogkas was het bot van putjes voorzien en poreus.

Cribra orbitalia.

Daar hadden we wat aan. Of toch niet? Hoewel cribra orbitalia een fraaie wetenschappelijke naam heeft, en bekend is dat de aandoening voornamelijk bij kinderen voorkomt, is voor de oorzaak ervan nog altijd geen bevredigende verklaring gevonden.

In gedachten ging ik de mogelijkheden na. Bloedarmoede ten gevolge van ijzertekort? Tekort aan vitamine c? Infectie? Pathogene stress?

Alle bovenstaande factoren? Geen ervan? Alleen a en b?

Ik begreep er nog steeds niets van.

Mijn bevindingen tot nog toe omvatten modificatie van teenbotjes, vergroting van voedingsforamina in de handen en voeten, cortexbeschadiging van ten minste één middenhandsbeentje, en nu cribra orbitalia. Abnormale putjesvorming in het bot rond de oogkassen.

Ik had punten genoeg. Ik hoefde ze alleen nog maar met elkaar te verbinden.

Eén ding begon duidelijk te worden. Dit meisje was ziek geweest. Maar wat voor ziekte? Was dat de doodsoorzaak geweest? Maar waarom dan het zwaarbeschadigde gezicht? Waren die beschadigingen na de dood ontstaan?

Met warm water maakte ik de hele linkeroogkas schoon. Daarna pakte ik een vergrootglas.

En werd geconfronteerd met mijn tweede verrassing van die ochtend.

Er liep een zwart kronkellijntje over de onderkant van de bovenste oogkasrand, net binnen de verdikte bovenrand van de oogkas.

De afdruk van een wortel? Schrift?

Ik liep naar de microscoop en legde de schedel met het gezicht naar boven op de kurkring. Met mijn blik op het scherm gericht, stelde ik de vergroting in.

Minuscule handgeschreven letters verschenen in beeld.

Het kostte me enkele minuten en diverse instellingen, maar ten slotte slaagde ik erin de tekst te ontcijferen.

L'Île-aux-Becs-Scies.

De stilte van het lege gebouw omhulde me.

Had Jouns zijn skelet voorzien van de naam van het eiland waarop hij het gevonden had? Dat was wat archeologen deden. Hij beweerde dat hij vroeger archeoloog was geweest.

Ik holde mijn lab uit, de gang door, en naar de LSJML-bibliotheek. Ik vond een atlas en zocht de kaart van Miramichi op.

Fox Island. Portage. Sheldrake. Hoewel ik de gedeeltes van de kaart waarop de rivieren en de baai aangegeven stonden, nauwkeurig bestudeerde, vond ik geen Île-aux-Becs-Scies.

Hippo.

Toen ik weer terug was op mijn lab, belde ik hem op zijn mobiel. Hij nam niet op.

Oké. Ik zou het hem een andere keer wel vragen. Hij zou het vast wel weten.

Ik legde de schedel weer op mijn werktafel en begon met een langwerpige, scherpe sonde vuil uit de neusopening te peuteren.

En werd geconfronteerd met de derde verrassing van die ochtend.

13

De opening leek op een omgekeerd hart, bovenaan smal, onderaan uitstulpend. Geen uitsteeksel uit de inkeping aan de onderkant van het hart.

Oké. Ik had het bij het rechte eind gehad wat betreft de brede neusopening en het minieme neusbeen. Maar de neusrug was smal met de twee botjes spits toelopend naar het midden. En ik kon nu zien dat de omtrek van de opening er sponsachtig uitzag, hetgeen duidde op resorptie van de omringende bovenkaak.

Het neusmodel van het meisje betekende niet dat ze Indiaans of Afrikaans was. De vorm was ten gevolge van ziekte veranderd.

Wat voor ziekte?

Afwijkingen aan de handen, voeten, oogkassen, neus.

Had ik bij de schedel iets over het hoofd gezien?

Ik bestudeerde elke millimeter, zowel aan de binnen- als aan de buitenkant.

De schedelholte was normaal. Idem wat betreft de schedelbasis. Wat er over was van het gehemelte was intact. De premaxilla, het voorste gedeelte van het gehemelte, kon ik niet bestuderen. Dat gedeelte ontbrak, evenals de snijtanden.

Ik bestudeerde nogmaals het postcraniaal skelet en vond niets wat ik niet al eerder had opgemerkt.

Handen. Voeten. Oogkassen. Neus. Welk ziekteproces zou leiden tot een dergelijke verspreide botbeschadiging?

Nogmaals liet ik de mogelijkheden de revue passeren. Syfilis? Lupus vulgaris? Ziekte van Cooley? Ziekte van Gaucher? Osteomyelitis? Bacteriële of gewrichtsreumatiek? Bloedparasiet? Infectie veroorzaakt door directe overbrenging via de bovenliggende huid? Een diagnose zou het nodige onderzoek vergen. En met zoveel ontbrekend of beschadigd bot was ik niet optimistisch.

Ik had net Bulloughs *Orthopaedic Pathology* tevoorschijn gehaald toen Hippo binnenkwam. Hij droeg een overhemd met een patroon van bananen en rode palmen, een grijze pantalon en een hoed waarvoor een drugsbaron zich niet zou hoeven schamen.

Ondanks de relaxte outfit maakte Hippo niet bepaald de indruk dat hij het naar zijn zin had. De wallen onder zijn ogen waren zwaarder dan gewoonlijk, en hij keek verstoord.

Hippo ging tegenover me aan tafel zitten. Hij rook naar bacon en oude deodorant.

'Zaterdagse outfit?' vroeg ik met een glimlach.

Hippo glimlachte niet terug.

'Ik heb het jongere zusje gevonden.'

'Waar?' Plotseling had Hippo mijn volle aandacht.

'Ik wil dat je me tot het eind toe aanhoort.'

Ik leunde achterover, opgetogen en tegelijkertijd bezorgd.

'Ik heb wat naspeuringen gedaan naar de echtgenoot.'

'David Bastarache.'

'Bastaard zou een betere naam voor hem zijn. Het zusje van je vriendin is getrouwd met iemand uit een familie van smokkelaars.'

'Je meent het.'

'Davids grootvader Siméon, heeft een aardig centje verdiend met het smokkelen van rum in de jaren twintig van de vorige eeuw, en dat geld heeft hij in onroerend goed geïnvesteerd. Bars in Tracadie en Lamèque. Een pension in Caraquet. Davids vader Hilaire heeft goed gebruikgemaakt van zijn erfdeel. Heeft enkele van de panden van zijn ouwe heer omgebouwd tot geheime opslagplaatsen voor illegale drank en smokkelwaar.'

'Wacht eens even. Rumsmokkelaars?'

'Weet je iets over die trotse periode in de Amerikaanse geschiedenis die we te danken hebben aan het Achttiende Amendement en de Volstead Act?'

'De Drooglegging.'

'1920 tot 1933. De Republikeinen en de groeperingen die voorstander waren van een drankverbod, gooiden het op een akkoordje

met de geheelonthouders van de Temperance Movement.' Hippo
grijnsde. 'Komt daar je naam vandaan?'

'Nee.'

'Maar je drinkt alleen maar Pepsi, toch?'

'Cola light. Je had het over Bastarache.'

'Zoals je je van je geschiedenislessen zult herinneren, hebben
heel wat politici en zeloten de gelofte van geheelonthouding afge-
legd, maar een heleboel Amerikanen hebben dat niet gedaan. Zegt
Saint-Pierre et Miquelon je iets?'

Dat eilandengroepje ten zuiden van Newfoundland is het laatste
overblijfsel van het voormalig Frans overzees territorium. In wezen
onder Frans gezag sinds 1763, is in 2003 door een wetswijziging
hun status van territoriale gemeenschap veranderd in die van overzees gebiedsdeel, net als Guadeloupe en Martinique in de Caribi-
sche Zee, Frans Guyana in Zuid-Amerika, en Réunion in de Indi-
sche Oceaan. Met zijn eigen postzegels, vlag, wapenschild en 6300
fanatiek francofiele inwoners, vormt Saint-Pierre et Miquelon het
meest Franse van alle Franse buitenposten in Noord-Amerika.

Ik knikte.

'Amerikanen wilden nog steeds hun cocktail, en de Fransen
trokken zich geen reet aan van de drooglegging, en dus zag Saint-
Pierre et Miquelon zijn kans schoon. In de jaren twintig verzoop je
er zowat in de drank. En ik heb het niet alleen over Canadese whis-
key. Champagne uit Frankrijk. West-Indische rum. Britse gin. En al
dat spul moest gedistribueerd worden. Dat betekende feest voor
een heleboel dorpjes in Atlantisch Canada. Het vervoeren van één
lading drank leverde meer op dan je een jaar lang te pletter werken
op een vissersboot. Waar zou jij voor kiezen? Hoe dan ook, de
drank stroomde via Rum Row de oostkust van de Verenigde Staten
binnen.'

Hippo wierp me een vragende blik toe. Ik knikte weer. Ik had ook
van Rum Row gehoord, het flottielje dat even buiten de driemijls-
zone voor de Amerikaanse kust voor anker lag te wachten om ster-
kedrank te lossen voor ondernemers als Al Capone en Bill McCoy.

'Je weet hoe het afgelopen is. Het Eenentwintigste Amendement
maakte een einde aan de Drooglegging, maar de regering stelde een
torenhoge accijns op drank in, en dus bleef het smokkelen door-

gaan. Uiteindelijk verklaarden de Verenigde Staten en Canada onafhankelijk van elkaar de oorlog aan de Atlantische dranksmokkelaars. Ooit de song van Lennie Gallant over de *Nellie J. Banks* gehoord?'

'Misschien bij Hurley's.'

'De *Nellie J. Banks* was het beruchtste dranksmokkelschip van Prince Edward Island. En tevens het laatste. De boot werd in 1938 in beslag genomen. De ballade vertelt het verhaal.'

Hippo's blik dwaalde af naar een punt boven mijn schouder. Gedurende één afschuwelijk moment dacht ik dat hij zou gaan zingen. Godzijdank bleef hij praten.

'De Royal Canadian Mounted Police en de Canadese douane hebben er nog steeds hun handen vol aan. Maar het is niet meer zoals in de goeie ouwe tijd. De criminaliteit in de kustgebieden richt zich nu voornamelijk op drugs en illegale immigranten.'

'Je kennis van zaken is indrukwekkend.'

Hippo haalde zijn schouders op. 'Dranksmokkelaars zijn een soort hobby van me. Ik heb er het nodige over gelezen.'

'Heeft dit iets te maken met Obélines echtgenoot?'

'Ja. Daar kom ik zo aan toe. Hilaire Bastarache was de tweede in lijn. Na de Tweede Wereldoorlog wilde hij de winsten opvoeren en startte een nieuwe branche.'

'Geen smokkelarij.'

Hippo schudde het hoofd. 'De vleeshandel. Topless bars. Bordelen. Massagesalons. Dat bleek zeer lucratief.

David, de derde in lijn, is een vreemde vogel, een soort kruising tussen Howard Hughes en een lid van een stadsmilitie. Bemoeit zich weinig met anderen, wantrouwt alles wat te maken heeft met de overheid en haar instellingen. Scholen. Het leger. De gezondheidszorg. Hij wil niets te maken hebben met sociale zekerheid en hij heeft zich bijvoorbeeld ook nooit laten inschrijven als kiesgerechtigde. Hij is ooit eens aangereden door een truck. Wilde niet naar het ziekenhuis worden gebracht. En politie, natuurlijk. Bastarache heeft vooral de pest aan de politie.'

'Ik kan me voorstellen dat iemand die zijn geld met ontucht verdient, niet bepaald dol is op de politie, maar waarom die paranoia over autoriteit in het algemeen?'

'Dat is gedeeltelijk pappies schuld. De kleine David kreeg thuis-onderwijs, werd heel lang heel kort gehouden. Hilaire Bastarache was niet wat je noemt een gezelschapsmens. Maar er is meer aan de hand. Toen de jongen tien was, zag hij hoe zijn moeder neergescho-ten werd tijdens een mislukte overval op een van de opslagplaatsen van de ouwe heer.'

'Was ze gewapend?'

Hippo schudde het hoofd. 'Op het verkeerde moment op de ver-keerde plek. Net zoiets als Ruby Ridge indertijd.'

Hippo verwees naar de belegering van een blokhut in Idaho door FBI-agenten in 1992. Daarbij had een FBI-scherpschutter een vrouw doodgeschoten die haar tien maanden oude zoontje in haar armen hield.

'Ondanks zijn obsessies slaagt Bastarache erin zijn zaken te run-nen. Heeft de nodige krachtpatsers in dienst. Een paar jaar geleden deed de politie een inval in een pand dat zijn grootvader had ge-kocht in Caraquet. De huidige Bastarache had geen idee dat het in gebruik was als bordeel. Dacht dat hij kamers verhuurde aan jonge vrouwen van onbesproken gedrag.' Hippo snoof spottend. 'De rechter trapte erin. Een prostituee genaamd Estelle Faget werd ver-oordeeld.

Bastarache bezit een striptent in Moncton, aan Highway 106. Le Chat Rouge. Hij heeft zijn basis daarheen verplaatst in 2001. Maar ik heb begrepen dat hij tegenwoordig heel wat tijd in Quebec City doorbrengt. Hij heeft daar een bar, Le Passage Noir.'

'Waarom die verhuizing?'

'Betrapt bij het neuken van een stripper. Het meisje bleek pas zestien te zijn. Het leek Bastarache verstandiger uit Tracadie te ver-trekken.'

'Jezus.' Mijn stem droop van de weerzin.

Hippo haalde een dubbelgevouwen velletje papier uit zijn zak. Toen ik mijn hand uitstak, legde hij het op het tafelblad.

'Volgens mijn bronnen heeft Bastarache geen koorknapen op de loonlijst staan.' Hippo keek me recht in de ogen. 'Er wordt gezegd dat zijn trawanten uiterst hardhandig zijn.'

'Een echte dekhengst,' snoof ik. 'Zijn vrouw bedriegen met een puber.'

'Laat me je een verhaaltje vertellen. In '97 verkocht een zekere Thibault een auto aan Bastarache. Bastarache klaagde dat er iets aan de krukas mankeerde. De verkoper gaf niet thuis. Drie dagen later werd er een lijk gevonden onder Brug 15 over de Little Tracadie River. Er stak een krukas uit zijn borstkas.'

'Werd Bastarache in staat van beschuldiging gesteld?'

'Er waren geen aanwijzingen dat hij er iets mee te maken had en niemand wilde zijn mond opendoen.'

'Misschien was het wel toeval.'

'En misschien word ik wel geselecteerd om fullback te gaan spelen voor de Montreal Alouettes. Hoor eens, ik wil alleen maar zeggen dat Bastarache gestoord is, dat hij kwaadaardig is en dat hij gewelddadige handlangers heeft. Dat is een slechte combinatie.'

Daar kon ik het niet mee oneens zijn.

Maar waarom zou Obéline met een dergelijke loser zijn getrouwd? En waarom had híj zijn oog op háár laten vallen? Wat was er gebeurd met het kleine meisje dat ik op Pawleys Island had gekend?

Hippo sloeg zijn blik neer. Hij pakte het dubbelgevouwen velletje papier op en begon ermee op tafel te tikken.

'Ik heb nóg een verhaal.'

Ik stond op het punt hem in de rede te vallen.

'Het gaat over je vriendin.'

De verandering in Hippo's stem bezorgde me een koude rilling.

'De plot is niet origineel. Huiselijk geweld. De echtgenoot heeft losse handjes. Anonieme telefoontjes naar de politie. De echtgenote weigert aangifte te doen. Ten slotte breekt hij haar arm. Terwijl ze met haar arm in het gips loopt, legt hij het aan met een paaldanseres.'

'Obéline?'

Hippo knikte. 'Onduidelijk hoe ze hem het huis uit heeft gekregen. Misschien heeft ze gedreigd ditmaal wél aangifte te doen. Twee weken later breekt er brand uit.'

Ik slikte.

'Derdegraads brandwonden over twintig procent van haar lichaam. Heeft een tijd in een revalidatiecentrum doorgebracht. Ze heeft er heel wat littekens aan overgehouden.'

Voor mijn geestesoog zag ik een kleuter met een perzikhuidje en kastanjebruine krullen die lachend meeuwen achternazat in de branding op Pawleys Island.

Op het middenoppervlak van het brein van zoogdieren, net onder de cortex, bevindt zich een concentratie van neuronen die het limbisch systeem wordt genoemd. Dit brokje grijze hersenmassa schakelt onze emoties aan of uit: woede, angst, hartstocht, liefde, haat, vreugde, droefheid.

Er werd een limbisch schakelaartje omgezet, en ik voelde een withete, verzengende woede. Ik liet niet zien hoe kwaad ik was. Zo zit ik niet in elkaar. Als dat circuit kortsluit en een razende woede binnen mijn schedel explodeert, dan ga ik niet krijsen of om me heen slaan. *Au contraire*. Dan word ik ijzig kalm.

'Brandstichting?' Mijn stem klonk vlak.

'De politie vermoedde dat de brand opzettelijk aangestoken was.'

'Bastarache?'

'Iedereen dacht dat die etterbak het gedaan had, maar ze konden niets bewijzen en niemand wilde zijn mond opendoen. Iedereen is doodsbang voor zijn trawanten.'

Ik stak mijn hand uit.

Hippo hield het velletje papier vast. 'Ik weet dat je dingen graag op je eigen manier doet, doc. Maar ik wil dat je bij deze knaap uit de buurt blijft.'

Ik boog mijn vingers in een 'geef op'-gebaar.

Met tegenzin schoof Hippo het dubbelgevouwen velletje over het tafelblad.

Ik vouwde het open en las het telefoonnummer en het adres.

Het vertrek vervaagde. De zoemende tl-buizen. Het skelet. Hippo's hawaïhemd. Ik bevond me op een zomeravond op een veranda in de Lowcountry. Op een transistorradio klonk 'Ode to Billy Joe'. Évangéline en ik lagen met onze armen onder ons hoofd en met opgetrokken knieën mee te zingen.

Was het werkelijk zo simpel? Dit nummer draaien en dan zou Obéline opnemen? Misschien het mysterie oplossen dat me al die jaren had dwarsgezeten? Me misschien naar Évangéline leiden?

'Alles in orde?'

Ik knikte, me nauwelijks bewust van Hippo's vraag.

'Ik moet ervandoor. Ryan wacht beneden.'

Ik hoorde Hippo overeind komen en even later de deur van het lab open- en weer dichtgaan.

Mijn blik dwaalde naar het skelet.

Of zou het juist andersom zijn? Zou ik Obéline antwoorden verschaffen?

Op een gegeven moment ging de deur weer open. Ik keek op.

'Kijk je geen tekenfilms meer op zaterdagochtend?'

'Hoi.'

'Hippo vertelde me dat je hier was.'

Hippo moest hem meer verteld hebben dan alleen het feit dat ik op mijn laboratorium was. Ryans ogen stonden bezorgd.

'Goeie ouwe Hippo.' Ik produceerde een flauw glimlachje. 'Heeft hij je ook verteld dat Obéline Landry getrouwd is met die smeerlap van een David Bastarache?'

Ryan knikte.

'Hij wil niet dat ik contact met haar opneem.'

'Maar we weten allebei dat je dat toch zult doen.'

'Denk je dat Bastarache me neer zou knallen als ik zijn vrouw bel?'

'Dat weet ik niet. Maar denk erom…'

Terwijl ik mijn wijsvinger naar Ryan uitstak, maakte ik zijn zin af. '… dat je voorzichtig bent daar buiten.' *Hill Street Blues*. De dagelijkse vermaning van de brigadier was een vast grapje tussen ons.

Ryan aarzelde, alsof hij alles op een rijtje zette. Of niet goed wist hoe hij moest beginnen.

'Hoor eens, Tempe, er is iets wat ik je moet vertellen.'

Ik wachtte af, nieuwsgierig.

'Ik heb…'

Ryans mobiel ging. Met een verontschuldigende blik draaide hij zich half van me af en nam het gesprek aan.

'Ryan.'

Ik hoorde een serie *oui's*.

'Beroerde timing,' zei Ryan even later terwijl hij zijn mobiel weer opborg. 'Maar we hebben misschien een doorbraak in de Quincy-zaak.'

'Ik begrijp het.' Ik bleef bewegingloos zitten. 'Zien we elkaar straks nog?'

Ryans antwoord liet geruime tijd op zich wachten. 'Prima.'

'Curry?'

'Zeven uur bij Ben?'

'Afgesproken.'

Bezorgde blauwe ogen bestudeerden mijn gezicht. Alsof ze elk detail in zich wilden opnemen.

Er knaagde iets aan mijn hart.

'Kom hier.' Ryan spreidde zijn armen. 'Geef me een knuffel.'

Verrast stond ik op en drukte mijn wang tegen Ryans borst. De omhelzing ging in tegen elke regel die ik voor mezelf had vastgesteld met betrekking tot intimiteiten op het werk. Dat zou me een zorg zijn. Het was al te lang geleden. Het was zaterdag. Er was verder niemand in het gebouw.

Ryan sloeg zijn armen om me heen. Zijn kin rustte op mijn haar. Ik voelde hoe een blos zich over mijn hals verspreidde terwijl er een warm gevoel door me heen trok.

Terwijl ik de vertrouwde geur van zeep en Acqua di Parma inademde en de vertrouwde spieren en welvingen voelde, vroeg ik me af of ik Ryans blik misschien verkeerd had geïnterpreteerd.

Toen hoorde ik de gefluisterde woorden, meer tegen zichzelf dan tegen mij.

'Het is waarschijnlijk de laatste keer dat je dit doet.'

14

Ik stond mezelf niet toe om aan Ryan te denken. Ik stond mezelf niet toe om naar de telefoon te hollen. Voordat ik dat nummer intoetste, wilde ik repeteren wat ik tegen Obéline zou zeggen.

In plaats daarvan concentreerde ik me op de pathologie van de beenderen.

Hoewel het middenvoetsbeentje aan het distale uiteinde dun en onnatuurlijk spits was, leek de cortex op de röntgenfoto normaal. Soortgelijke veranderingen treden op bij vergevorderde stadia van gewrichtsreuma. Maar bij gewrichtsreuma worden ook de gewrichten aangetast. Aan de gewrichten van het meisje mankeerde niets.

Lupus kan veranderingen in de botten van handen en voeten veroorzaken. Het kan ook het neusbeen en de neusopening aantasten en het slinken van de tandkassen veroorzaken. Maar lupus is een auto-immuunziekte die veel inwendige organen en weefsels aantast. De schade aan het skelet van het meisje was niet zo wijd verspreid.

Syfilis leidt tot atrofie van het neusbeen en destructie van het voorste gedeelte van het gehemelte. Maar bij syfilis treedt gewoonlijk littekenvorming op in het schedeldak. Daarvan was bij dit meisje geen sprake.

Aangeboren syfilis.

Framboesia.

Tuberculose.

Enzovoorts, enzovoorts. Niets klopte helemaal.

Om vijf uur gaf ik het op en ging op weg naar huis.

Terwijl ik me op het verkeer concentreerde, hadden mijn hersencellen vrij spel.

Moest Birdie niet weer eens naar de dierenarts voor zijn jaarlijkse controle?

Je bent in maart nog met hem geweest.

Het was juli.

Straks even controleren wanneer hij zijn laatste inenting heeft gehad.

Kapper.

Echt kort dit keer, zoals Halle Berry.

Dan zie je eruit als Demi Moore in *G.I. Jane*.

Waardeloze film.

Dat is het punt niet.

Of als Pee-Wee Herman.

Ryan.

Net als bij de vorige onderwerpen waren de meningen verdeeld.

Hij maakt het uit, voorspelde een groep pessimistische hersencellen.

Helemaal niet, pareerde een optimistische factie.

De pessimisten schotelden me een beeld voor. *Annie Hall*. Alvie en Annie die hun bezittingen verdeelden.

We hadden nooit samengewoond, maar ik had nachten bij Ryan thuis doorgebracht, en hij bij mij. Waren er bezittingen van de een naar de ander verhuisd? Zou Ryan bepaalde cd's terug willen hebben?

In gedachten begon ik een lijstje op te stellen van voorwerpen in mijn appartement. De kurkentrekker. Een tandenborstel. Een flesje Boucheron-aftershave.

Charlie?

Het maakt hem echt niet uit dat ik nog steeds getrouwd ben met Pete.

Hij is op je uitgekeken.

Waarom dan die knuffel?

Hij is toe aan een wip.

'Zo kan-ie wel weer.' Ik zette de autoradio aan.

Garou croonde 'Seul'. Alleen.

Ik zette hem weer uit.

Birdie begroette me door op zijn zij te gaan liggen, alle vier zijn pootjes uit te strekken en op zijn rug te rollen. Ryan noemde die manoeuvre zijn 'drop 'n roll'.

Ik aaide de kat over zijn buik. Hij moet spanning in mijn aanraking hebben gevoeld. Hij kwam overeind en keek me met ronde gele ogen aan.

Deels Ryan. Deels Obéline. En deels alle koffie die ik gedronken had.

'Sorry, knul. Ik heb nogal wat aan mijn kop.'

Bij het horen van mijn stem deed Charlie ook een duit in het zakje. '... *love drunk off my hump.*'

De Black Eyed Peas. Goed werk met de trainingsdiskette, Ryan. Maar waarom nou juist die regel?

Als de batterij van mijn rookalarm leeg is, gaat het apparaat schril piepen totdat er een nieuwe batterij geplaatst is. Dat is ooit gebeurd tijdens een weekend toen ik Charlie alleen had gelaten. De valkparkiet had vervolgens drie maanden alleen maar dat geluid nagedaan.

Het is het ritme, hield ik mezelf voor. Niet de tekst.

Ik zette de valkparkietentrainings-cd op, vulde de eet- en drinkbakjes bij en gaf de kat te eten. Daarna liep ik van kamer naar kamer, waarbij ik telkens vergat wat ik daar nu eigenlijk ging doen.

Ik had behoefte aan lichaamsbeweging.

Ik trok mijn loopschoenen aan, holde de heuvel op en sloeg toen rechts af. Aan de andere kant van Sherbrooke Street bevond zich het terrein van Le Grand Séminaire, de plek waar jaren geleden een verminkt lijk was aangetroffen. Een van de eerste zaken waar ik samen met Ryan aan had gewerkt.

Nog altijd geen regen, maar de barometerdruk moest inmiddels een recordhoogte hebben bereikt. Na een paar straten zweette ik als een otter en hijgde ik als een postpaard. De lichamelijke inspanning bezorgde me een goed gevoel. Ik draafde langs Shriner's Temple, Dawson College, Westmount Park.

Na zo'n tweeënhalve kilometer ging ik weer op huis aan.

Ditmaal geen begroeting door Birdie. In mijn haast om de deur uit te gaan, had ik de deur van de studeerkamer op een kier laten staan.

De kat en de vogel bevonden zich oog in oog met elkaar. Hoewel de vloer vol lag met veren en lege zaadjes, maakte noch de kat noch de vogel een bijzonder opgewonden indruk. Maar er was duidelijk sprake geweest van actie tijdens mijn afwezigheid.

Ik zette Birdie de kamer uit en haastte me naar de douche.

Terwijl ik mijn haar droogde, lieten de hersencellen weer van zich horen.

Mascara en rouge.

Jezelf aan het opdoffen voor een verloren zaak?

Verzorgd uiterlijk, positieve gedachten.

Zeg, doe me een lol!

Ik spoot wat Issey Miyake op.

Slet.

Le Maison du Cari bevindt zich in een souterrain aan Bishop Street, tegenover de bibliotheek van Concordia University. Ben, de eigenaar, herinnert zich de voorkeuren van al zijn vaste klanten. Over die van mij is geen twijfel mogelijk. Bens korma is zo goddelijk dat het gerecht zelfs de meest verwende eter een glimlach ontlokt.

Terwijl ik het trappetje af liep, zag ik de bovenkant van Ryans hoofd door het kleine raampje aan de voorkant. Vaag. Curry: fantastisch. Tandoori: fenomenaal. Glassex: nooit van gehoord.

Ryan dronk Newcastle ale en knabbelde aan een papadum. Ik zat nog maar net toen er een cola light voor me neer werd gezet. Een heleboel ijs. Een schijfje limoen. Perfect.

Nadat Ben ons het laatste nieuws over zijn dochter in Zweden had verteld, bestelden we. Kip vindaloo. Lamskorma. Channa masala. Komkommerraita. Naan.

Het gesprek ging van start met het neutrale onderwerp Phoebe Jane Quincy.

'We hebben misschien een aanknopingspunt. Het meisje had zelf geen mobieltje, maar haar beste vriendin wel. Die biechtte uiteindelijk op dat ze Phoebe gesprekken liet voeren die ze thuis niet kon voeren. Bij het natrekken van de gespreksgegevens troffen we één onbekend nummer aan. Dat was in de afgelopen drie maanden acht keer gebeld.'

'Een vriendje?'

'Fotostudio. Een beetje achenebbisj, op het Plateau. Verhuurd aan een zekere Stanislas Cormier.' Ryans kaakspieren spanden zich, ontspanden zich weer. 'Cormier beloofde dat hij een supermodel van haar zou maken.'

'Dat heeft die vriendin je verteld?'

Ryan knikte. 'Quincy zag zichzelf al als de nieuwe Tyra Banks.'

'Hebben jullie Cormier opgepakt?'

'Ik heb de sukkel een hele middag verhoord. Hij is zo onschuldig als een pasgeboren lammetje.'

'Zijn verklaring voor die telefoontjes?'

'Hij beweert dat Quincy hem in de gouden gids gevonden had. Ze wilde een fotoreportage laten maken. Onze rechtschapen burger vroeg naar haar leeftijd, hoorde dat ze dertien was, zei tegen haar dat ze het zonder ouderlijke toestemming wel kon vergeten.'

'Ze heeft hem acht keer gebeld.'

'Cormier zegt dat ze zeer vasthoudend was.'

'Geloof je hem?'

'Wat denk je?'

'Heeft hij die Marilyn-foto gemaakt?'

'Hij beweert dat hij daar niets vanaf weet.'

'Kunnen jullie hem vasthouden?'

'We vinden wel iets.'

'En wat nu?'

'We wachten op een huiszoekingsbevel. Zodra dat er is, keren we de studio binnenstebuiten.'

'Hoe zit het met LaManches drenkeling uit het Lac des Deux Montagnes? Ben je nog iets opgeschoten met de info die ik je gegeven heb met betrekking tot leeftijd en ras?'

'Ze komt niet voor in het CPIC of het NCIC.'

Het eten werd gebracht. Ryan bestelde nog een Newcastle. Terwijl we opschepten, herinnerde ik me iets uit ons eerdere gesprek.

'Zei je niet dat Kelly Sicard ook fotomodel wilde worden?'

'Ja.' Ryan nam een hap curry. 'Wat zeg je me daarvan.'

We aten in stilte. Naast ons hielden twee jongelui elkaars handen vast terwijl ze elkaar diep in de ogen keken en het eten op hun bord koud lag te worden. Liefde? Begeerte? Wat het ook wezen mocht, ik benijdde hen.

Ten slotte kwam Ryan ter zake.

Hij veegde zijn mond af, vouwde zijn servet zorgvuldig op en legde het op tafel. Streek het glad met zijn handpalm.

'Er is iets wat ik je moet vertellen. Het is niet gemakkelijk, maar ik vind dat je het moet weten.'

Een vuist klemde zich om mijn ingewanden.

'Lily's problemen zijn ernstiger dan ik je verteld heb.'

De vuist ontspande zich een heel klein beetje.

'Drie weken geleden is ze in een filiaal van Blockbuster betrapt op het jatten van dvd's. Op het bureau waren ze zo vriendelijk om mij als collega even een telefoontje te geven. Ik wist de bedrijfsleider zover te krijgen dat hij geen aangifte deed en ik heb de schade vergoed. Lily heeft dus geen strafblad. Dit keer nog niet.'

Ryans blik dwaalde naar het raampje, naar het donker buiten in Bishop Street.

'Lily is verslaafd aan heroïne. Ze steelt om haar verslaving te kunnen bekostigen.'

Ik knipperde niet met mijn ogen, keek ook niet naar het stel naast ons.

'Het is voor een groot deel mijn schuld. Ik was er nooit.'

Lutetia heeft haar bestaan voor je verborgen gehouden. Ik zei het niet.

Ryan keek mij weer aan. In zijn ogen zag ik verdriet en schuldgevoel. En nog iets anders. Droefheid om een naderend einde.

De vuist spande weer aan.

'Mijn dochter heeft medische hulp nodig. Professionele begeleiding. Die zal ze ook krijgen. Maar ze heeft ook stabiliteit nodig. Een thuisbasis. De overtuiging dat er iemand in haar gelooft.'

Ryan nam allebei mijn handen in de zijne.

'Lutetia is al twee weken in Montreal.'

Mijn hart veranderde in een ijsklomp.

'We hebben hier urenlang mee geworsteld.' Ryan zweeg even. 'We geloven dat we Lily het vangnet kunnen bieden dat ze nodig heeft.'

Ik wachtte af.

'We hebben besloten dat we zullen proberen onze relatie weer een kans te geven.'

'Je gaat terug naar Lutetia?' Kalm, totaal niet in overeenstemming met de beroering vanbinnen.

'Dit is het pijnlijkste besluit dat ik ooit heb moeten nemen. Ik heb nauwelijks geslapen. Ik heb aan niets anders kunnen denken.'

Ryan liet zijn stem dalen. 'Ik moest steeds maar denken aan jou met Pete in Charleston.'

'Hij was neergeschoten.' Nauwelijks hoorbaar.

'Ik bedoel daarvóór. Hij had zijn armen om je heen.'

'Ik was oververmoeid, overwerkt. Pete probeerde me alleen maar te sussen.'

'Dat weet ik. Ik geef toe dat ik me verraden voelde toen ik jullie voor het eerst samen zag. Vernederd. "Hoe kan ze?" vroeg ik mezelf steeds weer af. Ik wilde je levend zien verbranden. Die eerste avond kocht ik een fles whisky, nam die mee naar mijn hotelkamer en werd dronken. Ik was zo kwaad dat ik het telefoontoestel door het tv-scherm smeet.'

Ik trok mijn wenkbrauwen op.

'Het hotel bracht me zeshonderd dollar in rekening.' Geforceerd glimlachje. 'Hoor eens, het is niet als kritiek bedoeld en ik geef je nergens de schuld van, maar het is me inmiddels duidelijk geworden dat je je nooit helemaal van Pete los zult kunnen maken.' Ryans duimen streelden de rug van mijn handen. 'Dat besef heeft me aan het denken gezet. Misschien hebben de dichters en songwriters het wel bij het verkeerde eind. Misschien krijgen we wel degelijk een tweede kans om de zaken alsnog in orde te maken.'

'Andrew en Lutetia. *The way we were.*' Het was kleinzielig en gemeen. Ik kon het niet helpen.

'Dit heeft uiteraard geen gevolgen voor onze samenwerking.' Weer een flauw glimlachje. 'We blijven gewoon Mulder en Scully.'

X-Files. Ex-geliefden.

'Ik heb je hulp nodig met die vermisten en ongeïdentificeerde lijken.'

Ik slikte een reactie in waar ik later spijt van zou hebben gekregen.

'Weet je dit zeker?' vroeg ik.

'Ik ben nog nooit van mijn leven minder zeker van iets geweest. Maar van één ding ben ik wél zeker. Ik ben het aan mijn dochter verplicht om het te proberen. Ik kan niet gewoon maar blijven toekijken hoe ze de vernieling in gaat.'

Ik had behoefte aan frisse lucht.

Ik bood hem geen geruststelling. Of nog een regel uit een song van Streisand. Of een omhelzing.

Ik plooide mijn gezicht tot een glimlach, stond op en verliet het restaurant.

Ik voelde me loodzwaar, was me niet bewust van het uitgaanspubliek dat op het trottoir liep. Mijn voeten bewogen zich onbewust. Stopten toen.

Ik keek op.

Hurley's.

Het was geen frisse lucht waar ik behoefte aan had. Ik was regelrecht naar de kroeg gelopen die vroeger het middelpunt van mijn bestaan vormde. De robijnrode gloed in het langstelige glas, de streling in mijn keel, de warmte in mijn buik. De hogesnelheidstrein naar tijdelijk geluk en welbevinden.

Ik hoefde alleen maar naar binnen te gaan en te bestellen.

Maar ik ken mezelf. Ik ben een alcoholiste. Het zou geen kortdurende uitspatting zijn. En de euforie zou onvermijdelijk plaatsmaken voor walging van mezelf. Er zouden uren, misschien wel dagen uit mijn leven verdwenen zijn.

Ik draaide me om en ging naar huis.

Toen ik in bed lag, voelde ik me volslagen alleen in het universum.

Mijn gedachten voerden een *danse macabre* uit.

Dorothée en Geneviève Doucet, vergeten in een slaapkamer op de bovenverdieping.

Kelly Sicard. Claudine Cloquet. Anne Girardin. Phoebe Jane Quincy. Verdwenen, misschien verkracht en vermoord.

Drie jonge lijken, twee ervan opgezwollen en grotesk.

Laurette, verlaten, overleden op haar vierendertigste.

Mijn eigen moeder, weduwe, neurotisch, overleden op haar zevenenvijftigste.

Baby Kevin, overleden toen hij negen maanden was.

Het skelet van een jong meisje, weggehaald uit haar graf.

Obéline, mishandeld en mismaakt.

Évangéline, verdwenen.

Ryan, verdwenen.

Op dat moment haatte ik mijn werk. Haatte ik mijn leven.

De wereld was een klotezooi.

Er waren geen tranen. Alleen maar een verpletterende gevoelloosheid.

15

Ik werd wakker van het geluid van de telefoon. Ik voelde me traag en duf en ik wist niet waarom. Toen wist ik het weer.

Ryan.

De gevoelloosheid van gisteravond nam weer bezit van me. Dat was goed. Die hielp me door het gesprek heen.

'Goeiemorgen, snoezepoes.'

Pete belde me nooit in Montreal.

Katy! Ik schoot overeind.

'Wat is er aan de hand?'

'Er is niks aan de hand.'

'Alles goed met Katy?'

'Natuurlijk is alles goed met haar.'

'Heb je haar gesproken? Wanneer?'

'Gisteren.'

'Wat zei ze?'

'*Buenos días*. Chili is fantastisch. Maak snel geld over. *Adios*.'

Ik liet me weer achterover zakken en trok het dekbed op tot aan mijn kin.

'Hoe is het met je?'

'Prima.'

'Waar ben je?'

'In Charlotte. Er is iets wat ik je wil vertellen.'

'Je hebt je verloofd met Paris Hilton.' Ik was zo opgelucht dat met Katy alles in orde was, dat ik moest lachen om mijn eigen grapje. Dat gaf me een goed gevoel.

Pete reageerde niet.

'Hallo?'

'Ik ben er nog.' Geen spoortje humor.

Bezorgdheid gierde door mijn toch al overbelaste zenuwen.

'Pete?'

'Niet met Paris. Met Summer.'

Summer?

'Je wilt gaan trouwen?' Ik slaagde er niet in de verbijstering uit mijn stem te houden.

'Je zult haar beslist mogen, snoezepoes.'

Ik zal haar haten.

'Waar hebben jullie elkaar ontmoet?' Ik deed mijn best om opgewekt te klinken.

'In de Selwyn Pub. Ze zag er bedroefd uit. Ik bood haar een biertje aan. Het bleek dat ze die dag een puppy hadden moeten laten inslapen. Ze is dierenartsassistente.'

'Hoe lang hebben jij en Summer al verkering?'

'Sinds maart.'

'Jezus, Pete.'

'Ze is heel intelligent, Tempe. Ze wil voor dierenarts gaan studeren.'

Uiteraard.

'Hoe oud is Summer?'

'Negenentwintig.'

Pete zou binnenkort vijftig worden.

'Drie maanden is wel heel erg snel.'

'Summer wil graag trouwen.' Pete lachte. 'En waarom ook niet? Ik ben een ouwe vrijgezel die het in zijn eentje moet rooien. Vergeet niet dat jij me eruit hebt gegooid, liefje.'

Ik slikte. 'Wat wil je dat ik doe?'

'Niets. Ik vraag de scheiding wel aan. Onverenigbaarheid van karakter. Het enige wat we nodig hebben is een overeenkomst over de boedelscheiding. De feitelijke verdeling komt wel.'

'Niet veel boedel om te scheiden.'

'In North Carolina kun je met wederzijdse instemming scheiden, zonder gedoe over de schuldvraag en zo.'

'Op welke termijn?' Ik liet alle schijn van opgewektheid varen.

'Jij en ik wonen al jarenlang niet meer samen, dus er zal geen sprake zijn van een verplichte bedenktijd. Ervan uitgaand dat we het eens worden over de financiële kant van de zaak, zou de scheiding er snel door moeten komen.'

'Wat hadden jullie gepland?'

'We denken aan het voorjaar. Misschien in mei. Summer wil in de bergen trouwen.'

Ik stelde me Summer voor. Blootsvoets, gebruind, met een guirlande van madeliefjes in het haar.

'Heb je het Katy al verteld?'

'Het is geen onderwerp voor over de telefoon. We zullen een openhartig gesprek hebben als ze terugkomt uit Chili.'

'Heeft Katy Summer al ontmoet?'

Een lichte aarzeling. 'Ja.'

'Niet goed?'

'Katy heeft aanmerkingen op elke vrouw met wie ik uitga.'

Dat was niet waar. Af en toe had mijn dochter het wel eens over de veroveringen van haar vader. In sommige gevallen had ze de indruk dat hij viel op de borsten. In andere gevallen waren het tieten. Prammen. Memmen. Enkelen van de dames had ze echt heel graag gemogen.

'Het zou een beetje gênant kunnen worden,' zei Pete. 'Summer wil graag kinderen. Katy zou het daar moeilijk mee kunnen hebben.'

Lieve god.

'Ik zou graag je zegen willen, snoezepoes.'

'Mij best.' De gevoelloosheid verdween als mist in een warme ochtendzon. Ik moest ophangen.

'Je zult Summer beslist aardig vinden.'

'Vast wel.'

Ik zat bewegingloos voor me uit te kijken terwijl de kiestoon in mijn oor klonk.

Mijn ver-van-mijn-bed-echtgenoot houdt van vrouwen op dezelfde manier waarop motten van een lamp op een veranda houden. Hij vindt het leuk om te flirten en om hen heen te fladderen, tot hen aangetrokken zonder bereid te zijn om zich te binden. Daar was ik door schade en schande achter gekomen. Het huwelijk, met wie dan ook, leek tegen zijn aard in te gaan. Toen we samen in Charleston waren, voordat hij neergeschoten werd, had het erop geleken dat hij openstond voor een verzoening. Maar nu wilde Pete van me scheiden, met Summer trouwen, en kinderen krijgen.

Arme Summer. Intelligente Summer. Summer van in de twintig.

Langzaam, zorgvuldig, legde ik de hoorn terug.

Gleed omlaag langs het kussen. Draaide me op mijn zij. Trok mijn knieën op tegen mijn borst.

En verloor mijn zelfbeheersing.

Ik weet niet hoe lang de tranen vloeiden of wanneer ik in slaap viel.

Opnieuw schrok ik wakker van de telefoon. Ditmaal was het mijn mobieltje. Ik keek op de klok. Dertien over half tien.

Ik keek op het display.

Harry.

Op dat moment voelde ik me niet opgewassen tegen melodrama. Ik nam niet op.

Enkele seconden later begon mijn vaste lijn te rinkelen.

Vloekend pakte ik het toestel op.

'Wat?' snauwde ik.

'Nou zeg, jij hebt ook een lekker humeur.'

'Het is zondagochtend, verdomme.'

'Heeft ons lachebekje soms behoefte aan een kleine siliconeninjectie?'

'Láchen, Harry. Ik hoop niet dat het weer over Arnoldo gaat.' Ik gooide het dekbed van me af en liep naar de keuken. Ik had behoefte aan cafeïne.

'Dat is verleden tijd.'

'Ouwe eruit, nieuwe erin, zeker?' Ongevoelig, maar ik was niet in de stemming voor verhalen over een stukgelopen huwelijk.

'Pete heeft me gebeld.'

Dat bracht me van mijn stuk. 'Mijn Pete? Wanneer?'

'Zonet. Het klonk niet echt alsof hij nog steeds jouw Pete is.'

'Waarom belde hij jou?' Ik haalde een pak koffiebonen uit de kast, vulde de koffiemolen.

'Hij dacht dat je misschien wat opgevrolijkt moest worden.'

'Ach, wat attent van hem. Ik voel me prima.'

'Zo klink je anders niet.'

Ik zei niets.

'Als je soms wilt praten, ik ben graag bereid te luisteren.'

Ik zette de koffiemolen aan. Een aangename koffiegeur verspreidde zich door de keuken.

'Tempe?'

'Ja.'

'Ik ben het. Je kleine zusje.'

Ik deed gemalen koffie in het koffiezetapparaat. Deed er water bij.

'Hé, Tempe?'

Wilde ik praten?

'Ik bel je straks terug.'

Anderhalf uur later had ik mijn hart bij haar uitgestort.

Ryan. Lily. Lutetia. Het onderzoek naar de overledene en vermiste meisjes. Phoebe Jane Quincy. De drenkelinge uit het Lac des Deux Montagnes. De Doucets.

Mijn zus is oppervlakkig, wispelturig, en geneigd tot hysterie. Maar ze kan ook geweldig goed luisteren. Ze onderbrak me niet één keer.

Ten slotte vertelde ik Harry over Hippo en het skelet dat ik had opgeëist van de lijkschouwer in Rimouski. Hippo's meisje.

'Ik kan je geen goeie raad geven met betrekking tot Pete of Ryan, dus laten we het maar over dat skelet hebben. Eens zien of ik het allemaal goed begrepen heb. Hippo is de man van de afdeling onopgeloste zaken. Hij hoorde over het skelet via zijn kameraad Gaston, die ook bij de SQ werkt. Gaston had het skelet gezien bij een politieman ergens op het platteland, genaamd Luc Tiquet. Tiquet had het in beslag genomen van twee graffitiartiesten, Trick en Archie Whalen. Die hadden het gekocht in het pandjeshuis van Jerry O'Driscoll. O'Driscoll had het overgenomen van een ouwe knakker genaamd Tom Jouns. Jouns had het opgegraven op een Indiaanse begraafplaats. Klopt dat zo'n beetje?'

'Als iedereen de waarheid vertelt.'

'As is verbrande turf.'

'Tja, daar zeg je zo wat.'

'Wat voor soort Indiaanse begraafplaats?'

'Dat weet ik niet. Misschien Micmac.'

'Dus het meisje was Indiaans.'

'Volgens mij was ze blank.'

'Hoezo?'

'Gezichtsstructuur.'

'Je schat dat ze op haar dertiende of veertiende is overleden.'

'Ja.'

'Aan een of andere ziekte.'

'Ze was ziek, maar ik weet niet of ze aan die ziekte overleden is.'

'Waaraan dan wel?'

'Dat weet ik niet.'

'Wat voor ziekte?'

'Dat weet ik niet.'

'Nou, dat schiet lekker op, zeg. Hoe lang is ze al dood?'

'Dat weet ik ook niet.'

'Al lang?'

'Ja.'

Harry klakte met haar tong.

Ik haalde diep adem.

'Herinner je je Évangéline en Obéline Landry nog?'

'Denk je soms dat ik aan het dementeren ben? Natuurlijk herinner ik me hen. Ik was negen, jij was twaalf. Ze verdwenen van Pawleys Island en van de aarde. Drie jaar lang hebben we geprobeerd erachter te komen waar ze uithingen. We hebben een kapitaal aan muntjes gespendeerd aan telefoontjes naar Canada.'

'Dit klinkt misschien een beetje vergezocht, maar er is een kleine kans dat Hippo's meisje in feite Évangéline zou kunnen zijn.'

'Hippo's meisje?'

'Het Jouns-O'Driscoll-Whalen-Tiquet-Gaston-Hippo-skelet.'

'Hoe klein is die kans?'

'Heel erg klein.'

Ik vertelde Harry over Laurette en Obéline. En over David Bastarache.

'De vuile schoft.' Het bleef even stil aan de andere kant van de lijn. Toen zei Harry wat ik wist dat ze zou zeggen.

'Ik kom naar je toe.'

'Je was toch van plan je huis te verkopen?'

'Denk je dat ik me hier een beetje onledig ga zitten houden met onroerend goed? Je bent best een intelligente meid, Tempe, maar soms vraag ik me wel eens af hoe je 's ochtends je slipje aan krijgt.'

'Wat bedoel je in godsnaam?'

'Je hebt Obélines adres en telefoonnummer?'

'Ja.'

'Zit je soms te wachten op een reusachtige vinger die naar een brandend braambos wijst?'

Ik zei niets.

'Ik neem het vliegtuig naar *La Belle Province*. Boek jij maar tickets naar New Brunswick.'

'Jij stelt voor dat we bij Obéline op bezoek gaan?'

'Waarom niet?'

'Hippo zal pissig zijn, om maar eens wat te noemen.'

'Dan vertel je het hem toch niet.'

'Dat zou onprofessioneel zijn, en mogelijk ook nog eens gevaarlijk. Ik werk niet bij de politie, weet je. Ik ben voor een groot deel van hun goodwill afhankelijk.'

'Dan sturen we hem wel een sms'je als we eenmaal op de plaats van bestemming zijn.'

16

Harry's toestel zou om tien uur landen. Ik had een vlucht naar Moncton geboekt die om twaalf uur vertrok. We hadden afgesproken elkaar bij de gate voor de vertrekkende vlucht te ontmoeten.

De grootste luchthaven van Montreal bevindt zich in het westelijke voorstadje Dorval. Jarenlang werd de luchthaven simpelweg Dorval genoemd. Leek me logisch. Maar nee. Op 1 januari 2004 werd YUL herdoopt tot Pierre Elliott Trudeau International. De plaatselijke bevolking gebruikt nog steeds de naam Dorval.

Tegen tienen had ik mijn auto geparkeerd, ingecheckt, en was ik de veiligheidscontrole gepasseerd. Nog geen Harry bij gate 12-C. Ik maakte me geen zorgen. Vergeleken met Dorvals 'welkom in Canada'-immigratierij lijkt de tussen de afzetlinten voortkruipende rij wachtenden voor Disney World meestal kort.

Kwart voor elf. Nog steeds geen Harry. Ik keek op de monitor. Haar vlucht was om 10.07 uur geland.

Om elf uur begon ik nerveus te worden. Ik probeerde te lezen, maar mijn ogen dwaalden voortdurend naar de stroom mensen die voorbijtrok.

Om kwart over elf begon ik diverse mogelijkheden de revue te laten passeren.

Geen paspoort. Misschien wist Harry niet dat een door de Amerikaanse overheid afgegeven identiteitskaart niet langer voldoende was om Canada per vliegtuig binnen te komen.

Bagage zoekgeraakt. Misschien was Harry bezig formulieren in drie- of vijfvoud in te vullen. Van vorige bezoeken wist ik dat ze altijd heel wat bagage bij zich had.

Smokkelwaar. Misschien stond Harry met haar wimpers te knipperen naar een of andere onaandoenlijke douanebeambte. Alsof dat zou helpen.

Ik probeerde weer te lezen.

De man rechts naast me was vlezig, had weerbarstig haar en droeg een polyester colbert dat verscheidene maten te klein was. Hij bleef met een knie op en neer zitten wippen terwijl hij met zijn instapkaart op de armleuning tussen ons in tikte.

Montreal is geen Toronto. In tegenstelling tot zijn saaie Engels georiënteerde westelijke buur, houdt de eilandstad sekse en seks in ere. Elke nacht vormen bars en bistro's tot in de kleine uurtjes het decor van het bal der feromonen. Reclameborden kondigen komende evenementen aan met gewaagde dubbelzinnigheden. Langs de grote wegen maken halfnaakte modellen reclame voor bier, gezichtscrème, horloges en jeans. De stad pulseert van warm bloed en zweet.

Maar het New Orleans van het noorden is nooit voorbereid op mijn zus.

Toen mijn rechterbuurman plotseling verstijfde, wist ik dat Harry gearriveerd was.

Dat deed ze op haar gebruikelijke flamboyante manier, staand in het elektrische karretje, armen gespreid als Kate Winslett op de boeg van de *Titanic*. De bestuurder lachte en trok aan haar broekriem in een poging haar weer te laten gaan zitten.

Het karretje minderde vaart en Harry sprong eraf. Haar spijkerbroek zat zo strak dat het wel een tweede huid leek, ze droeg roze met turkooiskleurige laarzen en een roze Stetson. Toen ze me in het oog kreeg, nam ze de hoed af en zwaaide ermee. Blond haar viel tot op haar middel.

Ik stond op.

Achter me zat mijn buurman nog steeds bewegingloos op zijn stoel. Ik wist dat anderen hetzelfde reageerden. Anderen met een y-chromosoom in elk van hun cellen.

Harry kwam op me af. De bestuurder volgde, als een sherpa beladen met Neiman-Marcus en Louis Vuitton.

'Tempe-tje!'

'Ik begon me al af te vragen of je verdwaald was.' Gesproken vanuit een omhelzing die me de adem bijna benam.

Harry liet me los en legde haar arm om de schouders van de sherpa. 'We hebben gezellig met elkaar gebabbeld, hè, An-dray?'

André glimlachte, duidelijk met zijn figuur verlegen.

Alsof het zo afgesproken was, kondigde de intercom aan dat passagiers voor de vlucht naar Moncton aan boord konden gaan.

De sherpa gaf Harry twee stuks handbagage aan, samen met een schoudertas van zadelleer. De Neiman-Marcustas werd mij voorgehouden. Ik pakte hem aan.

Harry gaf de sherpa een briefje van twintig dollar, een stralende glimlach en een luid 'mer-cee'.

André zoemde weg, een man met een verhaal.

De huurauto die ik geboekt had op het vliegveld van Moncton was om de een of andere reden niet beschikbaar. Ik kreeg een upgrade aangeboden voor dezelfde prijs.

Wat voor soort auto?

'Ruim. U zult er heel tevreden mee zijn.'

Heb ik een keuze?

Nee.

Terwijl ik de huurovereenkomst tekende, kwam Harry het volgende aan de weet.

De agent van het autoverhuurbedrijf heette George. Hij was drieënveertig, gescheiden, met een zoontje van tien dat nog steeds in bed plaste. Tracadie was ongeveer twee uur rijden over Highway 11. De benzine was goedkoop bij het Irving-tankstation even voorbij Kouchibouguac. In Le Coin du Pêcheur in Escuminac kon je een heerlijk broodje kreeft eten.

De ruime upgrade bleek een gloednieuwe Cadillac Escalade EXT te zijn. Zwart. Harry was in haar nopjes.

'Wat een gave bak! Een kanjer van een motor, vierwielaandrijving, en nog een trekhaak ook. Met dit scheurijzer kunnen we nog lekker terreinrijden ook!'

'Ik denk dat ik maar liever op de weg blijf, als het jou hetzelfde blijft. Ik wil liever niet verdwalen.'

'Dat gebeurt niet.' Harry klopte op haar schoudertas 'Ik heb gps op mijn mobieltje.'

We stapten in. Het scheurijzer rook nieuw en de kilometerteller gaf vijfenveertig mijl aan. Ik had het gevoel dat ik een pantservoertuig bestuurde.

Hoewel George het bij het rechte eind had gehad wat het broodje kreeft betrof, was hij wel heel erg optimistisch geweest wat betreft de reistijd naar het noorden. Toen we Tracadie binnenreden, was het tien voor half acht. Tien voor half negen plaatselijke tijd. Waarom het zo lang geduurd had? U raadt het al. Harry.

Het pluspunt? We hadden vriendschap gesloten met een agent van de Royal Canadian Mounted Police genaamd Kevin Martel, en met de meeste inwoners van Escuminac. We hadden ook foto's van onszelf, arm in arm voor Le plus gros homard du monde. Shediac was een omweg geweest, maar hoe vaak kun je een foto van jezelf laten maken voor de grootste kreeft ter wereld?

Bij het inchecken vertelde de vriendelijke receptioniste van het motel Harry over een restaurant met traditionele Acadische gerechten en een terras aan het water. Ik wachtte terwijl Harry haar haar föhnde en daarna gingen we op weg naar de waterkant.

Plastic tafeltjes. Plastic stoelen. Plastic menukaarten.

Maar wel een gemoedelijk sfeertje. Mede te danken aan mannen met honkbalpetjes die bier dronken uit flesjes met een lange hals.

De lucht was koel en rook naar vis en zilte modder. Het water was donker en onrustig, wit bespikkeld door een rijzende maan. Af en toe krijste er een kennelijk aan slapeloosheid lijdende zeemeeuw.

Harry bestelde spaghetti. Ik ging voor de kabeljauw. Toen de serveerster vertrok, wees Harry naar een krant die iemand op het tafeltje naast het onze had laten liggen. *L'Acadie Nouvelle.*

'Oké, chef. Achtergrond. Te beginnen met waar we ons hier in godsnaam bevinden.'

'Tracadie-Sheila.' Ik sprak het uit als Shy-la, net als de plaatselijke bevolking.

'Dat weet ik ook wel.'

'In het hart van L'Acadie, thuisland van de kenmerkende, vier eeuwen oude cultuur van Acadia.'

'Je klinkt als een van die reisbrochures in de lobby van het motel.'

'Daar heb ik er vier van gelezen terwijl jij met je haar bezig was.'

'Dat was vet.'

'Afgezien van ons ommetje naar Shediac, zijn we vandaag in noordelijke richting gereden, evenwijdig met de Northumberland Strait. We bevinden ons nu op het Acadisch Schiereiland. Herinner je je dat we borden met de aanduiding Neguac zijn gepasseerd?'

'Vaag.'

'Het Acadisch Schiereiland strekt zich uit tot ongeveer tweehonderd kilometer ten noorden van Neguac, langs de noordoostelijke kust van New Brunswick, tot aan Miscou Island op de punt, en dan rond de Baai van Chaleur naar Bathurst. Er wonen ongeveer tweehonderdveertigduizend Franstaligen in de provincie, van wie ongeveer zestigduizend hier op het schiereiland.'

Ons eten werd gebracht. We hielden ons even bezig met het toevoegen van Parmezaanse kaas en zout en peper.

'De mensen hier voeren hun unieke soort Frans, hun muziek, zelfs hun keuken terug tot Poitou en Bretagne.'

'In Frankrijk.' Harry blonk uit in voor de hand liggende conclusies.

'Voorvaderen van de huidige Acadiërs begonnen al aan het eind van de zeventiende eeuw in de Nieuwe Wereld te arriveren, en brachten die tradities met zich mee.'

'Zijn die niet allemaal naar New Orleans gegaan? Daar had Évangéline het wel eens over.'

'Niet precies. In 1755 gaven de Engelsen het bevel tot uitzetting van zo'n tienduizend Franstaligen uit Nova Scotia. Acadiërs noemen die deportatie le Grand Dérangement. Landerijen werden geconfisqueerd en mensen werden opgejaagd, opgepakt en verscheept, voornamelijk naar Frankrijk en de Verenigde Staten. Vandaag de dag zijn er misschien wel een miljoen Amerikanen die claimen Acadische voorouders te hebben, de meesten daarvan in Louisiana. Die noemen we Cajuns.'

'Verrek zeg.' Harry strooide nog meer kaas op haar pasta. 'Waarom wilden de Engelsen hen weg hebben?'

'Omdat ze weigerden trouw te zweren aan de Britse Kroon. Sommigen slaagden erin aan de razzia's te ontkomen en zochten hun toevlucht hier, langs de Restigouche River en de Miramichi River, en aan de oevers van de Baai van Chaleur. Aan het eind van de achttiende eeuw kregen ze gezelschap van Acadiërs die terugkeerden uit ballingschap.'

'Dus de Fransen mochten terugkeren?'

'Ja, maar de Engelsen waren nog altijd even overheersend en vijandig, dus een geïsoleerde landtong die uitstak in de Golf van Sint-Laurens leek ze een plek waar ze vermoedelijk wel met rust gelaten zouden worden. Velen van hen hebben zich daar gevestigd.'

Harry draaide spaghetti om haar vork, een nadenkende blik in haar ogen.

'Wat was dat gedicht ook weer dat jij en Évangéline altijd naspeelden?'

'Evangeline, door Henry Wadsworth Longfellow. Het gaat over twee Acadische geliefden. Tom wordt tegen zijn wil naar het zuiden getransporteerd op grond van het Engelse uitzettingsbevel. Evangeline reist heel Amerika door op zoek naar hem.'

'Wat gebeurt er?'

'Het loopt niet goed af.'

'Hè, jakkes.' Harry stak een hap pasta in haar mond, draaide weer een volgende hap om haar vork. 'Weet je nog hoe ik net zolang zeurde tot jullie mij ook een rol gaven?'

'Nou en of.' Ik haalde me Harry voor de geest, haar dunne armen over elkaar geslagen, haar bruine gezichtje een masker van opstandigheid. 'Je hield het ongeveer tien minuten vol, dan begon je te jammeren over de hitte en ging wat anders doen, zodat wij met een gat in de rolbezetting zaten.'

'Ik kreeg alleen maar waardeloze rollen zonder tekst. Een boom. Of een stomme gevangenbewaarder.'

'Je wordt nou eenmaal niet van de ene dag op de andere een ster.'

Harry sloeg haar ogen ten hemel en draaide nog wat pasta om haar vork.

'Ik heb Évangéline altijd graag gemogen. Ze was…' Harry zocht naar het juiste woord, 'aardig. Ik vond haar ook buitengewoon elegant. Waarschijnlijk omdat ze vijf jaar ouder was dan ik.'

'Ik was drie jaar ouder.'

'Jawel, maar jij bent mijn zus. Jou heb ik slagroom zien eten met je vingers.'

'Niet waar.'

'En gelatinepudding.'

We glimlachten naar elkaar bij de herinnering aan een tijd van autoritten op de achterbank, verjaardagen in een pretpark met een achtbaan, een fantasiewereld, en Nancy Drew-achtige speurtochten naar verdwenen vriendinnen. Een eenvoudiger tijd. Een tijd waarin Harry en ik een team vormden.

Uiteindelijk kwam het gesprek op Obéline.

Zouden we van tevoren op moeten bellen dat we langs zouden komen? Obéline was nauwelijks zes toen we elkaar voor het laatst hadden gezien. Sinds die tijd had ze het niet bepaald gemakkelijk gehad. Haar moeder was overleden, haar zus misschien ook wel. Bastarache had haar mishandeld. Ze was verminkt door de brand. We waren het niet eens over het soort welkom dat ons te wachten stond. Harry dacht dat we begroet zouden worden als verloren gewaande vriendinnen. Ik had daar zo mijn twijfels over.

Toen we afrekenden, was het al ruim over tienen. Te laat om nog te bellen. Besluit genomen. We zouden onaangekondigd arriveren.

Ons motel bevond zich tegenover het restaurant, aan de andere kant van de inham. Terwijl we terugreden over Highway 11, vermoedde ik dat we het water overstaken via Brug 15 over de Little Tracadie River. Ik herinnerde me Hippo's verhaal en had te doen met de ongelukkige ziel die het lijk met de krukas in de borstkas aangetroffen had.

Ik deed die avond maar één nieuwe ontdekking.

Als Harry een spijkerbroek draagt, is ze op het oorlogspad.

Harry wilde de volgende ochtend per se pannenkoekjes bij het ontbijt.

Onze serveerster was een kleine, dikke vrouw met kersenrode lipstick en piekerig lichtblond haar. Ze voorzag ons rijkelijk van koffie, advies over nagellak en aanwijzingen hoe we moesten rijden naar het adres dat Hippo me gegeven had.

'Highway 11, bij de Rue Sureau Blanc afslaan in oostelijke richting. Aan het eind van het groene hek rechtsaf. Dan nog eens rechtsaf. Hoe heten die mensen?'

Bastarache. Kent u ze?

De gerimpelde lippen werden samengeknepen tot een dunne rode streep. Nee.

Obéline Landry?

Was er verder nog iets van uw dienst?

Zelfs Harry wist de vrouw niet meer aan het praten te krijgen.

Tegen negenen zaten we weer in de Escalade.

Tracadie is niet groot. Tegen kwart over negen reden we een straat in die je in elk willekeurig voorstadje zou kunnen aantreffen. Goed onderhouden bloemperken. Keurige gazons. Goed in de verf. De meeste huizen zagen eruit alsof ze in de jaren tachtig van de twintigste eeuw waren gebouwd.

Hippo's adres voerde ons naar een hoge stenen muur aan het einde van de straat. Een bordje kondigde aan dat zich daarachter een woonhuis bevond. Een open hangslot bungelde aan het roestige ijzeren hek. Harry stapte uit, duwde het hek wijd open en stapte daarna weer in.

Een bemoste bakstenen oprijlaan doorsneed een gedeeltelijk door onkruid overwoekerd gazon. Aan het eind van de oprijlaan bevond zich een uit baksteen, natuursteen en hout opgetrokken huis met een met verweerde dakspanen gedekt dak. Geen villa, maar ook geen krot.

Harry en ik bleven even naar de donkere ramen zitten staren. Ze staarden terug, zonder ons ook maar iets wijzer te maken.

'Ziet eruit als Ye Olde Rod and Gun Club,' zei Harry.

Ze had gelijk. Het geheel deed denken aan een jachthuis.

'Klaar?'

Harry knikte. Ze was al sinds ze opgestaan was ongebruikelijk rustig voor haar doen. Afgezien van een kort tête-à-tête betreffende haar hekel aan slipjes, had ik haar verder met rust gelaten. Ik nam aan dat ze herinneringen aan Obéline de revue liet passeren. Zich schrap zette voor de met littekens bedekte vrouw die we op het punt stonden te ontmoeten. Dat deed ik zelf ook.

Zonder verder nog iets te zeggen stapten we uit en liepen naar het huis.

Gedurende de nacht waren er wolken op komen zetten, dik en zwaar van het vocht. De ochtend beloofde regen.

Ik zag geen bel en klopte op de deur. Die was van donker eiken, met een glas-in-loodpaneel waarachter niets te zien was.

Geen reactie.

Ik klopte nogmaals, ditmaal op het glas.

Nog steeds geen reactie.

Boven ons krijste een meeuw nieuws over de naderende bui. Getijdenbewegingen. Roddels die alleen bekend waren bij het geslacht *Larus*.

Harry bukte zich en drukte haar neus tegen het glas.

'Niets te zien,' zei ze.

'Misschien ligt ze nog in bed.'

Harry ging weer rechtop staan en draaide zich om. 'Voor hetzelfde geld zit ze in Wichita Falls.'

'Waarom zou Obéline naar Wichita Falls gaan?'

'Waarom zou iemand überhaupt naar Wichita Falls gaan?'

Ik keek om me heen. Geen andere huizen te zien.

'Ik ga aan de achterkant kijken.'

'Ik hou de voorkant in de gaten, commandant.' Harry salueerde en liet haar schoudertas van haar schouder glijden. Die kwam met een plof op de grond naast haar voeten terecht.

Ik stapte van het bordes af en liep rechts om het huis heen.

Aan de achterkant bevond zich een stenen terras dat bijna de hele breedte van het huis besloeg. Evenwijdig aan het terras, en onzichtbaar vanaf de voorkant, bevond zich een aanbouw. Die zag er nieuwer uit, en het schilderwerk was zo te zien van recenter datum dan dat van de rest van het huis. Ik vroeg me af of ik naar de plek keek waar de brand had gewoed.

Op het terras stond een tuinameublement, een barbecue, en verscheidene ligstoelen, allemaal leeg. Ik stapte het terras op, stak het over en tuurde door de dubbele glazen deuren. Standaardkeukenapparatuur. Grenenhouten tafel en stoelen met hoge rugleuning. Koekoeksklok met een slinger.

Keukeneiland. Een schilmesje, een papieren handdoekje, en de schil van een appel.

Ik voelde mijn zenuwen tintelen.

Ze is thuis!

Ik draaide me om.

Aan de andere kant van een groot gazon stond een belvedèreachtig bouwsel. Daarachter water, ruw en blauwgrijs. Een inham van de Golf van Sint-Laurens, nam ik aan.

Merkwaardige zuilen flankeerden de ingang van de belvedère, hoog, met uitsteeksels aan de voor- en zijkanten. Boven op elke zuil bevond zich een niet identificeerbare figuur.

Door de hordeur van de belvedère kon ik vaag een silhouet onderscheiden. Mijn geest sloeg details op.

Klein, waarschijnlijk vrouwelijk. Ineengedoken. Roerloos. De vrouw die misschien Obéline was, zat met haar rug naar me toe. Ik kon niet zien of ze zat te lezen, te dutten of alleen maar in de richting van de zee zat te staren.

Ik liep die kant op, terwijl mijn zintuigen nog steeds informatie opsloegen. Een tinkelende windgong. Nat gras. Opspattend schuim tegen een zeewering.

Toen ik dichterbij kwam, zag ik dat de zuilen bestonden uit boven elkaar geplaatste uit hout gesneden dierfiguren. De uitsteeksels waren snavels en vleugels. De figuren bovenop waren gestileerde vogels.

Toen, herkenning, ingegeven door mijn studie antropologie van jaren geleden. De belvedère was ooit een zweethut geweest, later aangepast door muren te vervangen door horren.

Het geheel zag er hier totaal misplaatst uit. Totempalen en zweethutten werden gebouwd door stammen aan de noordwestkust, de Tlingit, Haida, of Kwakiutl, niet door de Micmac of andere stammen van de maritieme provincies.

Drie meter van de ingang bleef ik staan.

'Obéline?'

Het hoofd van de vrouw kwam met een ruk omhoog.

'*Quisse qué là?*' Wie is daar? Acadisch Frans.

'Temperance Brennan.'

De vrouw reageerde niet.

'Tempe. Van Pawleys Island.'

Niets.

'Harry is er ook.'

Een hand ging omhoog, bleef even doelloos zweven.

'We waren vriendinnen. Jij en Harry. Évangéline en ik.'

'*Pour l'amour du bon Dieu.*' Gefluisterd.

'Ik heb tante Euphémie en oncle Fidèle gekend.'

De hand schoot naar het voorhoofd van de vrouw, viel terug op haar borst, ging toen van de ene schouder naar de andere.

'Ik ben al heel lang naar jullie op zoek.'

De vrouw kwam overeind, drapeerde een sjaal over haar hoofd, aarzelde, schuifelde toen naar de deur.

Een hand werd uitgestoken.

Scharnieren piepten.

De vrouw stapte het daglicht in.

17

Het geheugen is wispelturig; soms speelt het eerlijk spel, soms misleidt het. Het kan beschermen, ontkennen, kwellen of zich gewoon vergissen.

Hier was geen sprake van een vergissing of een misverstand.

Hoewel ik slechts de helft van het gezicht van de vrouw kon zien, had ik het gevoel dat ik een dreun te verwerken had gekregen. Donkere zigeunerinnenogen, pruilerige bovenlip boven een ondermaatse onderlip. Bruine vlek op haar wang in de vorm van een springende kikker.

Obéline giechelend. Évangéline kietelend, plagend. Kikkersproetenkop! Kikkersproetenkop!

De kaaklijn was uitgezakt, de huid vertoonde diepe rimpels. Het maakte niet uit. De vrouw was een verouderde en verweerde mutatie van het kind dat ik gekend had op Pawleys Island.

Mijn ogen schoten vol tranen.

Ik zag Obéline, trappelend met haar korte beentjes, huilend omdat ze niet mee mocht doen met onze spelletjes. Évangéline en ik hadden haar verhaaltjes voorgelezen, haar met lovertjes en tutu's uitgedost, zandkastelen voor haar gebouwd op het strand. Maar meestal hadden we haar weggestuurd.

Ik dwong mezelf te glimlachen. 'Harry en ik hebben jullie allebei vreselijk gemist.'

'Wat willen jullie?'

'Met je praten.'

'Waarom?'

'We zouden graag willen begrijpen waarom jullie zo plotseling vertrokken zijn. Waarom Évangéline mijn brieven nooit beantwoordde.'

'Hoe ben je achter dit adres gekomen?' Haar stem was iel, haar ademhaling en slikbewegingen afgemeten, mogelijk het resultaat van logopedie na de brand. 'Werk je voor de politie?'

Ik vertelde haar dat ik voor de lijkschouwer in Montreal werkte.

'Heeft die lijkschouwer je gestuurd om mij op te sporen?'

'Het is een lang verhaal. Ik zou het je graag vertellen.'

Obéline frunnikte aan de stof onder haar kin. De huid van haar vingers was bobbelig en wasachtig wit, als klonterige havermoutpap onder in een pan.

'De verschrikking komt uit.'

'Sorry?' Obélines *chiac*-accent was zo sterk dat ik niet al haar woorden goed verstond.

'De nachtmerrie is uitgekomen.'

'Wablief?'

Ze negeerde mijn vraag. 'Harry is er er ook?'

'Bij de voordeur.'

Haar blik gleed langs me heen, bleef, vermoedde ik, even hangen bij een moment uit het verre verleden.

Toen: 'Ga maar naar haar toe. Ik zal jullie binnenlaten.'

Nadat ze wat klonk als honderd grendels had teruggeschoven, liet Obéline ons binnen in een vestibule die uitkwam op een brede centrale hal. Diffuus licht dat door glas-in-loodramen binnenviel verleende de grote, lege ruimte een vergankelijke atmosfeer.

Voor me uit zag ik een rijk bewerkte trap; aan het plafond hing een imitatie Louis-de-zoveelste kroonluchter. De hal was gemeubileerd met handgemaakte en beschilderde banken met hoge rugleuningen, afkomstig uit de noordwestelijke provincies.

Hier en daar tekenden zich op het bloemetjesbehang lichtere roze en groene rechthoeken af, een teken dat er schilderijen of portretten verwijderd waren. Op de vloer lag een groot antiek Perzisch Sarouk Farahan-tapijt dat meer gekost moest hebben dan mijn hele appartement.

Obéline had haar sjaal nu onder haar kin door gehaald en achter in haar nek vastgeknoopt. Van dichtbij was de reden daarvoor duidelijk. Haar rechterooglid hing en haar rechterwang zag eruit als gebladderd marmer.

Onwillekeurig verbraken mijn ogen het contact met de hare. Ik vroeg me af hoe ik me zou voelen als ik degene met de littekens was en zij de bezoekster uit het verre verleden.

Harry zei hallo. Obéline zei *bonjour*. Allebei waren ze terughoudend. Ze raakten elkaar niet aan. Ik wist dat Harry hetzelfde medelijden en dezelfde droefheid voelde als ik.

Obéline gaf een teken dat we mee moesten komen. Harry ging naast haar lopen terwijl ze nieuwsgierig om zich heen keek. Ik volgde.

Zware schuifdeuren sloten kamers rechts en links van de centrale hal af. Voorbij de trap gaven gewone deuren toegang tot andere kamers en kasten. Boven elk van de deuren hing een kruisbeeld.

De architect had duidelijk niet de opdracht gekregen een visuele verbinding aan te leggen tussen de achterkant van het huis en moeder natuur. Evengoed was de kleine zitkamer waar we naartoe werden gebracht veel donkerder dan nodig ondanks het geringe glasoppervlak. Elk raam was voorzien van een luik. Alle luiken waren dicht. Twee koperen tafellampen zorgden voor een minimale verlichting.

'S'*il vous plaît.*' Obéline wees naar een met goudkleurig katoenfluweel bekleed bankje.

Harry en ik gingen zitten. Obéline nam plaats in een oorfauteuil aan de andere kant van de kamer, schoof haar mouwen over haar polsen en legde haar handen in haar schoot.

'Harry en Tempe.' Onze namen klonken vreemd met de *chiac*-intonatie.

'Je hebt een prachtig huis,' begon ik nonchalant. 'En de totempalen zijn heel apart. Heb ik gelijk als ik denk dat de belvédère ooit een zweethut was?'

'Mijn schoonvader had iemand in dienst die een passie had voor Indiaanse kunst. De man heeft jarenlang in dit huis gewoond.'

'Het is een uitzonderlijk bouwsel.'

'De man was…' ze zocht naar het juiste woord, '… uitzonderlijk.'

'De handgemaakte banken in de hal vielen me op. Heb je veel stukken uit zijn verzameling?'

'Een paar. Toen mijn schoonvader overleed, heeft mijn echtgenoot hem ontslagen. Ze zijn niet bepaald vriendschappelijk uit elkaar gegaan.'

'Het spijt me. Dat soort dingen ligt vaak nogal gevoelig.'

'Het kon gewoon niet anders.'

Naast me schraapte Harry haar keel.

'En ik vind het heel erg dat je huwelijk zo uit is gepakt,' zei ik zacht.

'Dus je hebt het verhaal gehoord.'

'Een gedeelte ervan, ja.'

'Ik was zestien, arm, en ik had niet veel keus.' Met haar goede hand knipte ze iets van haar rok. 'David vond me mooi. Het huwelijk bood me een uitweg. Zo veel jaar geleden.'

Genoeg over koetjes en kalfjes gepraat. Ik vroeg haar wat ik wilde weten. 'Waar zijn jullie heen gegaan, Obéline?'

Ze wist wat ik bedoelde. 'Hierheen, natuurlijk.'

'Jullie zijn nooit meer teruggegaan naar Pawleys Island.'

'Mama werd ziek.'

'Zo plotseling?'

'Ze moest verzorgd worden.'

Het was niet echt een antwoord.

Ik vroeg me af aan welke ziekte Laurette bezweken was. Liet het erbij.

'Jullie zijn vertrokken zonder afscheid te nemen. Tante Euphémie en oncle Fidèle wilden ons niets vertellen. Je zus hield op met schrijven. Veel van mijn brieven kwamen ongeopend terug.'

'Évangéline ging bij grand-père Landry wonen.'

'Is haar post daar dan niet heen gestuurd?'

'Ze woonde heel afgelegen. Je weet hoe het gaat bij de posterijen.'

'Waarom verhuisde ze?'

'Toen mama niet meer kon werken, nam de familie van haar man het heft in handen.' Was haar stem scherper geworden, of was dat een bijproduct van het moeizaam opnieuw aangeleerde spreken?

'Zijn je ouders weer bij elkaar gekomen?'

'Nee.'

Er viel een ongemakkelijke stilte, waarin slechts het tikken van een klok te horen was.

Obéline verbrak de stilte.

'Kan ik jullie wat fris aanbieden?'

'Graag.'

Obéline verliet de kamer door dezelfde deur waardoor we binnen waren gekomen.

'Had je het niet tenminste in het Engels kunnen probéren?' Harry klonk geïrriteerd.

'Ik wil dat ze zich op haar gemak voelt.'

'Ik hoorde je op een gegeven moment Pawleys Island zeggen. Waar ging dat over?'

'Ze moesten terug hiernaartoe omdat Laurette ziek werd.'

'Wat mankeerde ze?'

'Dat heeft ze niet gezegd.'

'En dat is alles?'

'Zo'n beetje wel.'

Harry sloeg haar ogen ten hemel.

Ik liet mijn blik door de kamer gaan. Aan de wanden hingen amateurlandschappen en stillevens, gekenmerkt door bonte kleuren en vervormde proporties. Kasten met boeken en collecties curiositeiten zorgden ervoor dat de kleine ruimte overvol en claustrofobisch aandeed. Glazen vogels. Sneeuwbollen. Dromenvangers. Witte schaaltjes van spijkerglas en kandelaars. Speeldoosjes. Beelden van de maagd Maria en haar volgelingen. De heilige Andreas? Franciscus? Petrus? Een beschilderde gipsen buste. Die kende ik. Nefertiti.

Obéline kwam terug met nog steeds dezelfde ondoorgrondelijke uitdrukking op haar gezicht. Ze gaf Harry en mij een blikje Sprite zonder oogcontact met ons te maken. Ze ging weer zitten en concentreerde zich op haar eigen blikje frisdrank. Met nerveuze bewegingen van haar duim veegde ze condens weg.

Opnieuw ging ik als een geleid projectiel op mijn doel af.

'Wat is er met Évangéline gebeurd?'

De duim stopte zijn bewegingen. Obéline keek me aan met haar scheve blik.

'Maar dat kom jíj míj toch juist vertellen?'

'Hoe bedoel je?'

'Je bent gekomen om me te vertellen dat ze het graf van mijn zus hebben gevonden.'

Mijn hart maakte een salto. 'Is Évangéline dood?'

Harry, die het Frans niet kon volgen en zich verveelde, was boektitels aan het bestuderen. Ze draaide haar hoofd om toen ze mijn felle toon horde.

Obéline likte over haar lippen maar zei niets.

'Wanneer is ze gestorven?' Ik kon de woorden nauwelijks over mijn lippen krijgen.

'1972.'

Twee jaar nadat ze van het eiland vertrokken was. Lieve god.

Ik haalde me het skelet in mijn lab voor de geest, het aangetaste gezicht en de beschadigde vingers en tenen.

'Was Évangéline ziek?'

'Natuurlijk was ze niet ziek. Dat is belachelijk. Ze was pas zestien.'

Te snel? Of was ik paranoïde?

'Alsjeblieft, Obéline. Vertel me wat er gebeurd is.'

'Doet dat er nog toe?'

'Voor mij wel.'

Voorzichtig zette Obeline haar blikje op het hangoortafeltje naast haar. Trok haar sjaal recht. Streek haar rok glad. Legde haar handen in haar schoot. Keek naar haar handen.

'Mama was bedlegerig. Grand-père kon niet werken. Évangéline was degene die het geld binnen moest brengen.'

'Ze was nog maar een kind.' Het lukte me nauwelijks mijn gevoelens te maskeren.

'Het waren andere tijden.'

Haar woorden bleven in de lucht hangen.

Tik. Tik. Tik.

Ik was te neerslachtig om nog verder aan te dringen.

Maakte niet uit. Obéline praatte uit zichzelf verder.

'Toen we van elkaar gescheiden werden, wilde ik eerst alleen maar dood.'

'Gescheiden?'

'Mijn moeder en mijn zus trokken in bij grand-père. Ik moest bij een nicht van mijn vader gaan wonen. Maar Évangéline en ik praatten met elkaar. Niet vaak. Maar ik wist wat er aan de hand was.

's Ochtends en 's avonds verzorgde Évangéline mama. De rest

van de dag werkte ze als dienstmeisje. Een deel van haar loon werd overgemaakt voor mijn levensonderhoud.'

'Wat mankeerde je moeder?'

'Dat weet ik niet. Ik was veel te jong.'

Alweer, te snel?

'Waar was je vader?'

'Als we elkaar ooit ontmoeten, zal ik hem dat zeker vragen. Dat zal dan natuurlijk wel in het hiernamaals zijn.'

'Hij is dood?'

Ze knikte. 'Het was zwaar voor Évangéline. Ik wilde helpen, maar ik was nog maar zo klein. Wat kon ik doen?'

'Jullie zijn geen van beiden naar school gegaan?'

'Ik ben een paar jaar gegaan. Évangéline kon al lezen en rekenen.'

Mijn vriendin, die gek was op boeken en verhalen, en dichteres wilde worden. Ik durfde niets te zeggen.

'Mama ging dood,' vervolgde Obéline. 'Vier maanden later was het de beurt aan grand-père.'

Obéline zweeg. Om even bij te komen? Haar herinneringen op een rijtje te zetten? Te bepalen wat ze ons zou vertellen en wat ze achter zou houden?

'Twee dagen na de begrafenis van grand-père werd ik naar zijn huis gebracht. Iemand had lege dozen gebracht. Ik moest alles inpakken. Ik was in een slaapkamer op de bovenverdieping toen ik geschreeuw hoorde. Ik sloop naar beneden en luisterde bij de keukendeur.

Évangéline maakte ruzie met een man. Ik kon niet horen wat ze zeiden, maar hun stemmen maakten me bang. Ik holde terug naar boven. Uren later, toen we vertrokken, wierp ik een blik in de keuken.' Ze slikte. 'Bloed. Op de muur. Nog meer op de tafel. Bloederige lappen in de gootsteen.'

Godallemachtig.

'Wat heb je toen gedaan?'

'Niets. Wat kon ik doen? Ik was doodsbang. Ik hield het voor mezelf.'

'Wie was die man?'

'Dat weet ik niet.'

'Wat is er met Évangéline gebeurd? '

'Ik heb haar nooit meer gezien.'

'Wat hebben ze je verteld?'

'Dat ze weggelopen was. Ik heb niet gevraagd naar het bloed en ook niet of ze gewond was. Ze was er niet en ik moest terug naar de Landry's.'

Tik. Tik. Tik.

'Ik was acht.' Obélines stem trilde nu. 'In die tijd waren er geen opvanghuizen of vertrouwensartsen. Kinderen hadden niemand om mee te praten.'

'Ik begrijp het.'

'Werkelijk? Weet je hoe het is om met zo'n geheim te moeten leven?' Haar ogen vulden zich met tranen. Ze haalde een papieren zakdoekje tevoorschijn, veegde de tranen weg, snoot haar neus, en legde het zakdoekje op de tafel. 'Weet je hoe het is om op zo jonge leeftijd iedereen te verliezen van wie je houdt?'

Beelden streden om mijn aandacht. Évangéline die las bij het licht van mijn padvindsterszaklantaarn. Évangéline die pindakaas op crackers smeerde. Évangéline, haar badhanddoek omgeslagen als een cape, op weg om haar geliefde te redden. Kevin. Papa. Hippo's meisje, lang geleden gestorven, dat in mijn lab lag.

Ik liep naar Obéline toe, liet me op mijn hurken zakken en legde mijn handen op haar knieën. Ik voelde haar benen trillen, rook de zachte geur van *muguet*. Lelietjes-van-dalen.

'Ja, dat weet ik,' fluisterde ik. 'Echt, dat weet ik.'

Ze keek me niet aan. Ik sloeg mijn ogen neer, wilde haar niet in verlegenheid brengen door naar haar gehavende gezicht te kijken.

Zo bleven we even zitten, onze hoofden gebogen, een bevroren tafereel van verdriet. Terwijl ik toekeek hoe tranen donkere cirkeltjes op haar rok vormden, vroeg ik me af hoeveel ik haar zou vertellen.

Moest ik haar vertellen over het skelet van het jonge meisje? Kon ik ernaast hebben gezeten in mijn schatting van de leeftijd van Hippo's meisje? Zou ze mogelijk zestien kunnen zijn geweest?

Deze vrouw had binnen zeer korte tijd haar moeder, haar zus en haar grootvader verloren. Haar vader had haar in de steek gelaten. Haar man had haar mishandeld, haar verlaten, en vervolgens geprobeerd haar te laten verbranden. Het ter sprake brengen van het skelet zou mogelijk hoop kunnen wekken die later weer de bodem in werd geslagen.

Nee. Ik zou haar verdriet niet nog groter maken. Ik zou wachten tot ik zekerheid had.

En de mogelijkheid daartoe deed zich nu voor.

'Ik ben erg moe.' Obéline haalde weer een papieren zakdoekje te-voorschijn en bette haar onderste oogleden.

'Laat mij je naar bed helpen.'

'Nee. Alsjeblieft. De belvedère.'

'Natuurlijk.'

Harry stond op. 'Mag ik even van het toilet gebruikmaken?'

Ik vertaalde.

Obéline antwoordde zonder op te kijken. 'De keuken en de slaapkamer door.'

Ik vertaalde weer, knikte toen naar Obélines blikje frisdrank. Harry knikte ten teken dat ze mijn stilzwijgende aanwijzing begrepen had.

Ik sloeg mijn arm om Obélines middel en hielp haar overeind. Ze stond toe dat ik haar ondersteunde op weg door de keuken, over het terras en door de tuin. Bij de belvedère stapte ze van me weg en zei gedag.

Ik stond op het punt me om te draaien en weg te lopen toen een plotselinge gedachte me daarvan weerhield.

'Mag ik je nog één ding vragen?'

Obéline knikte nauwelijks merkbaar, op haar hoede.

'Évangéline werkte als dienstmeisje. Weet je ook wáár?'

Haar antwoord verbijsterde me.

18

'*Droit ici.*' Hier.

'In Tracadie?'

'In dit huis.'

'In dit huis?' Ik was zo geschokt dat ik niets anders kon doen dan haar woorden herhalen.

Obéline knikte.

'Ik begrijp het niet.'

'Évangéline werkte voor de vader van mijn man.'

'Hilaire Bastarache.'

Er flikkerde iets in haar ogen. Verbazing over het feit dat ik zo goed op de hoogte was?

'De families Landry en Bastarache zijn al generaties lang met elkaar verbonden. De vader van mijn vader en zijn broers hielpen de grootvader van mijn man, Siméon, dit huis te bouwen. Toen mama ziek werd, bood mijn schoonvader Évangéline een baantje aan. Hilaire was weduwnaar en had geen benul van wassen of schoonmaken. En zij had werk nodig.'

'Tien jaar later ben je met zijn zoon getrouwd.'

'David was genereus, voorzag in mijn levensonderhoud nadat Évangéline verdwenen was. Kwam bij me op bezoek. Zijn vader stierf in 1980. Hij vroeg me ten huwelijk. Ik accepteerde zijn aanzoek.'

'Je was zestien. Hij was dertig.'

'Het was mijn enige optie.'

Ik vond het een merkwaardige reactie maar ik ging er verder niet op in.

'En sinds die tijd heb je in dit huis gewoond?'
'Ja.'
'Heb je het hier naar je zin?'
Een korte aarzeling. 'Dit is de plek waar ik wil zijn.'
Ik wilde haar vragen hoe ze in haar onderhoud voorzag, maar bedacht me toen. Ik voelde hoe strakke banden mijn borst omknelden. Ik slikte. Pakte haar hand beet.
'Ik beloof je, Obéline, dat ik al het mogelijke zal doen om erachter te komen wat er met Évangéline is gebeurd.'
Haar gezicht bleef onbewogen.
Ik gaf haar mijn kaartje en omhelsde haar.
'We spreken elkaar weer.'
Ze zei me niet gedag toen ik wegliep. Voordat ik de hoek van het huis om sloeg, keek ik achterom. Ze ging de belvedère binnen, de punten van haar sjaal wapperend in het briesje.

Harry zat in de Escalade te wachten. Toen ik instapte, glimlachte ze en klopte op haar tasje.
'Je hebt de rand toch niet aangeraakt, hè?'
'Elke idioot met een tv weet dat je dat niet moet doen.' Harry's grijns deed alarmbelletjes in mijn brein rinkelen.
'Wat?'
'Je zult trots zijn op je kleine zusje.'
O nee. 'Vertel op.'
'Ik heb ook de papieren zakdoekjes meegenomen.'
In mijn nopjes, en ook opgelucht, stak ik een hand op. Harry gaf me een high five. We grijnsden allebei, de zusjes Brennan die weer voor detective speelden.
'Wat nu?' vroeg ze.
'Zodra ik weer terug ben in Montreal, verstuur ik het blikje en de papieren zakdoekjes en een stukje van het skelet naar een onafhankelijk laboratorium. Als ze DNA-materiaal aan het bot kunnen onttrekken en het vergelijken met het DNA van Obéline, weten we of het skelet dat van Évangéline is.'
'Waarom zou je het naar een ander laboratorium sturen?'
'Ons lab doet geen mitochondrisch DNA.'
'En dat is ongetwijfeld heel belangrijk.'

'Bij oud bot is het veel waarschijnlijker dat je mitochondrisch DNA aantreft dan nucleair DNA. Elke cel bevat meer kopieën.'

'Het is Évangéline,' zei Harry.

'Die kans is een op het miljard.'

'Hoe kom je aan die verhouding?'

'Oké, die heb ik uit mijn duim gezogen. Maar het is hoogst onwaarschijnlijk dat het skelet van Évangéline zomaar in mijn lab is beland.'

'Je kunt denken wat je wilt. Een stemmetje in mijn hart zegt me dat zij het is.'

Als Harry haar fantasie weer eens de vrije loop laat, heeft het geen zin om met haar in discussie te gaan. Evengoed wilde ik het toch proberen, maar ik bedacht me toen. Soms, tegen alle logica in, heeft mijn zus het bij het rechte eind.

Ik keek op mijn horloge. Tien over elf. Onze vlucht vertrok om even over zessen.

'Zullen we maar terugrijden naar Moncton?' zei ik.

'Wat dacht je ervan eerst te gaan lunchen?'

'We hebben nog maar net allebei zo'n vijf pond pannenkoekjes gegeten.'

'Ik heb honger.'

'Ik dacht dat je je zorgen maakte over je uitdijende achterste.'

'Speurneusjes moeten zorgen dat ze in conditie blijven.'

'Je hebt twee papieren zakdoekjes en een blikje fris opgetild.'

'Geestelijke inspanning.'

'Goed dan. Maar daarna rechtstreeks naar het vliegveld.'

Terwijl we het stadje in reden, tolden er allerlei beelden door mijn hoofd. Obélines doodse ogen en misvormde gezicht. Laurette op haar sterfbed. Een met bloed besmeurde muur en tafel. Bloederige lappen. Afschuwelijke visioenen van Évangélines laatste momenten.

Ik wilde terug naar mijn lab om de leeftijd van het skelet van Hippo's meisje opnieuw te beoordelen. Om de DNA-stalen te verpakken en per FedEx te versturen. Ik begon argumenten te formuleren om mijn zaak met voorrang behandeld te krijgen. Ik kon er slechts één bedenken dat misschien zou kunnen werken. Geld.

Harry koos een brasserie in de Rue Principale, omdat ze de luifel zo leuk vond. De menukaart viel tegen. We bestelden allebei een hamburger.

De conversatie bewoog zich heen en weer tussen heden en verleden. Obéline nu. Wij met z'n viertjes tientallen jaren geleden op Pawleys Island. Terwijl we praatten, zag ik flitsen van Harry en mezelf, bezig met een kussengevecht, koekjes bakkend, wachtend op de schoolbus, onze rugzakken vol met onze jeugddromen.

Ondanks mijn droefheid over Obéline, Ryan, en de overleden en vermiste meisjes, moest ik glimlachen. Harry's enthousiasme voor de speurtocht naar Évangéline was nog groter dan het mijne. Terwijl ik luisterde naar haar geanimeerde plannenmakerij, realiseerde ik me hoeveel ik van mijn zusje hou. Ik was blij dat ze was gekomen.

Toen we het restaurant uit kwamen, zagen we twee mannen die tegen de motorkap van de Escalade stonden geleund.

'Als we daar Cheech en Chong niet hebben.'

'Ssst.'

'Je moet toch toegeven dat die gasten niet in aanmerking komen voor de cover van *GQ Magazine*.'

Harry had gelijk. De mannen droegen spijkerkleding, laarzen en zwarte T-shirts. Persoonlijke verzorging leek geen prioriteit te hebben. Hoewel het bewolkt was, droegen ze allebei een zonnebril.

'Maar wel flink gespierd.'

'Laat mij dit maar afhandelen.' Ik zat er niet op te wachten dat Harry de inboorlingen op de kast zou jagen of zou verleiden.

'*Bonjour.*' Ik glimlachte en zwaaide met de autosleuteltjes.

Cheech en Chong verroerden zich niet.

'Sorry, maar we moeten ervandoor.' Luchtig, vriendelijk.

'Leuk karretje.'

'Dank je.' Toen ik naar het portier aan de bestuurderskant liep, stak Chong een arm uit, op borsthoogte.

'Verboden terrein, makker.' Harry's toon was verre van vriendelijk.

Ik deed een stap achteruit, keek Chong met gefronst voorhoofd aan, en herhaalde toen wat ik gezegd had, ditmaal in het Frans. De mannen bleven staan waar ze stonden.

'Wat mankeert jullie?' Harry keek nijdig van Cheech naar Chong, handen in haar zij.

Chong glimlachte van achter zijn donkere glazen. '*Eh, mon chouchou.* Grote auto voor zulke kleine meisjes.' Engels met een *chiac*-accent.

Harry en ik zwegen allebei.

'Zijn jullie vriendinnen van Obéline Landry?'

'Ik geloof niet dat jullie dat iets aangaat.' Harry was in een oorlogszuchtige stemming.

'We waren jeugdvriendinnen,' zei ik, in een poging om de situatie van zijn scherpe kantjes te ontdoen.

'Beroerd wat er met haar gebeurd is.' Chongs zonnebril was nu op mij gericht.

Ik reageerde niet.

'Jullie halen nú je reet van die auto zodat mijn zus en ik kunnen vertrekken.'

Ik wierp Harry een blik toe die zoveel wilde zeggen als 'hou je gemak'. Harry stak een heup naar voren, tuitte haar lippen en sloeg haar armen over elkaar.

'Gaat het goed met mevrouw Landry?'

'Ja.' Koeltjes.

'Beweert ze soms dat Bastarache een gestoorde idioot is?'

Ik gaf geen antwoord.

Cheech duwde zich af van de motorkap. Chong volgde zijn voorbeeld.

'Goeie reis terug naar Montreal, dames.' Anders dan zijn partner, was Cheech Engelstalig.

Harry wilde iets gaan zeggen. Ik legde haar met een handbeweging het zwijgen op.

Cheech maakte een pistool van zijn duim en wijsvinger en richtte dat op ons. 'En wees voorzichtig met die mooie auto.'

Terwijl ik wegreed, keek ik in de achteruitkijkspiegel. De mannen stonden ons op het trottoir na te kijken.

Aan boord van het vliegtuig praatten Harry en ik opnieuw over Obéline en speculeerden over onze ontmoeting met Cheech en Chong.

'Machopikkies die indruk probeerden te maken.'

'Daar ben ik nog niet zo zeker van,' zei ik.

'Waarschijnlijk vermaken ze zich door scheetgeluiden met hun oksels te maken.'

Ik was er niet van overtuigd dat het zo simpel lag.

De mannen wisten dat we op bezoek waren geweest bij Obéline. Wisten dat we uit Montreal waren gekomen. Hoe? Hadden ze ons gevolgd? Was de laatste opmerking van Cheech een dreigement of alleen maar een macho-adieu? Ik wilde Harry niet ongerust maken en dus hield ik mijn bezorgdheid vóór me.

In mijn appartement liet Birdie zich niet zien, gepikeerd omdat ik hem alleen gelaten had. Ik zette net mijn weekendtas op het bed toen Harry riep: 'Is die vogel van jou soms een fan van Korn?'

'Wat zei hij?'

'Dat wil je niet weten.'

Hoewel Charlies uitlatingen niet altijd geschikt zijn voor elk publiek, moet ik wel bewondering hebben voor de variatie in zijn materiaal. Ik droeg hem naar de eetkamer toen mijn mobieltje ging.

Ik zette de kooi neer en keek op het display. Geen nummer.

Ik nam het gesprek aan.

'Hoe staan de zaken?' Ryan klonk vermoeid.

'Goed.' Neutraal.

'Heb je even?'

'Ogenblikje.'

'Heb je alles wat je nodig hebt?' vroeg ik aan Harry.

Geluidloos vroeg ze: 'Ryan?'

Ik knikte.

Ze pompte haar arm op en neer. 'Yes!'

Hoofdschuddend liep ik naar mijn slaapkamer en deed de deur achter me dicht.

'Luister je wel eens naar Korn?' vroeg ik.

'Wie?'

'De Black Eyed Peas?'

'Nee. Waarom?'

'Laat maar.'

'Is er iemand bij je in huis?'

Ryan was goed. Twee vragen ineen. Heel terloops. Ben ik thuis? Ben ik alleen?

'Harry is er.'

'Onverwacht uitstapje?' Vraag nummer drie.

'Zij en haar man zijn uit elkaar.'

Ik hoorde hem diep inademen en langzaam weer uitademen. Ryan rookte. Dat betekende dat hij zich zorgen maakte. Of boos was. Ik bereidde me voor op een preek over mijn uitstapje naar Tracadie. Die bleef uit.

'Ik heb je hulp nodig.'

Ik wachtte af.

'Het huiszoekingsbevel is erdoor gekomen, dus we hebben Cormiers studio overhoopgehaald. Het heeft ons verdomme een hele dag gekost om misschien een achtste van de dossierkasten door te werken. Die gast bewaart troep van tientallen jaren geleden.'

'Slaat hij zijn foto's niet digitaal op?'

'Die zak denkt dat hij Ansel Adams is. Beweert dat je met digitaal niet dezelfde etherische kwaliteit krijgt als met film. Gebruikt een Hasselbladcamera die in de jaren tachtig uit productie is genomen. Hij is waarschijnlijk gewoon te stom om de technologische ontwikkelingen bij te houden.'

'Er zijn meer fotografen die er zo over denken.'

'Cormier doet voornamelijk portretten. Echtparen. Huisdieren. Een heleboel vrouwen. Glamouropnames. Je weet wel, zware make-up, volumineuze kapsels.'

'Hm.'

'Zou jij misschien ook eens moeten proberen. Misschien met een boa.'

'Bel je me daarom?'

'Cormier fotografeerde ook kinderen. Honderden.'

'Phoebe Jane Quincy?'

'Nog niet gevonden.'

'Kelly Sicard?'

'Nee.'

Ik vroeg niet naar Claudine Cloquet of Anne Girardin.

Ryan zoog zijn longen vol rook, blies die weer uit. Ik wachtte tot hij ter zake zou komen.

'Ik wil dat je die kinderfoto's bekijkt om te zien of je een van mijn vermiste personen kunt ontdekken. Of het meisje dat op de oever van de rivier in Dorval gevonden is.'

'Haar foto is in 2001 verspreid nadat het lijk gevonden was.'
'Dat was een autopsiefoto. Dan kijken de mensen vaak niet zo goed meer.'
Ryan had gelijk. En het kon naar twee kanten werken, dat had ik zelf meegemaakt. Verwanten die een lijk identificeerden dat niet hun familielid was, of een lijk niet herkenden dat dat wel was.
'Jij hebt verstand van botten,' zei Ryan. 'Gezichtsstructuur. Als je iemand tegenkomt die lijkt op een van mijn vermisten of ongeïdentificeerde doden, misschien op jongere leeftijd, misschien helemaal opgedoft, dan kun je doen wat jullie ook met bandjes van bewakingscamera's doen.'
Ryan doelde op een techniek waarbij beelden metrisch vergeleken worden, één van een bekende verdachte, een ander van een dader die gefilmd was. Er worden metingen verricht tussen anatomische markatiepunten, verhoudingen worden uitgewerkt, en statistische waarschijnlijkheden berekend met betrekking tot de vraag of de gearresteerde verdachte en de dader op het bandje een en dezelfde persoon zijn.
'Antropometrische vergelijking.'
'Precies.'
'Ik neem aan dat het een poging waard is. Ik zou ook de gezichtsreconstructie kunnen opdiepen die we gemaakt hebben van het meisje dat uit de Rivière des Mille Îles is opgevist.'
'Ik kom je om acht uur oppikken.'
'Denk je echt dat Cormier niet deugt?'
'Hij is een smeerlap.'
'Hoe staat het met zijn woonhuis?'
'De rechter zegt dat we eerst iets in die studio moeten vinden wat hem in verband brengt met een van die kinderen. Dan zorgt hij voor een huiszoekingsbevel.'
Ik deed de deur van mijn slaapkamer open. Heel toevallig liep Harry net langs.
'Je bewijsmateriaal.' Ze hield haar handtas omhoog. Haastig.
'Slappe smoes.'
'Wou je soms beweren dat ik luistervink aan het spelen was?'
'Ik zal wat ziplock-zakjes halen.'
Toen ik terugkwam uit de keuken, zat Harry in kleermakerszit op

mijn bed. Ik schoof de plastic zakjes omgekeerd over mijn handen en haalde het blikje en vervolgens de papieren zakdoekjes uit Harry's tas.

'Je hebt vast ervaring opgedaan met hondenpoepzakjes,' merkte Harry op.

'Ik ben gewoon van alle markten thuis.'

'Ik heb nóg iets.'

Ze pakte haar tas op, haalde een voorwerp uit het zijvak en legde het op bed.

Aanvankelijk drong de betekenis niet tot me door. Ik pakte het voorwerp op.

En voelde een scheut van opwinding.

'Waar heb je dit vandaan?'

'Van Obélines nachtkastje.'

19

Het voorwerp dat ik in mijn hand hield, was een klein boekje met een sierlijk groen leeslint. Het omslag was rood. De belettering was zwart. *Bones to Ashes: An Exultation of Poems.*

'Ziet eruit als zo'n boekje uit de jaren zestig met citaten van Mao,' zei Harry.

'Heb je dit achterovergedrukt?'

'Ik heb het bevrijd.' Schijnheilig. 'Mao zou er zijn goedkeuring aan hebben gehecht.'

Ik sloeg het boekje open. De pagina's waren ruw en geel, hetzelfde goedkope papier dat voor stripboeken wordt gebruikt. Het drukwerk was vervaagd en onduidelijk.

Geen auteur. Geen datum. Geen ISBN. Afgezien van de titel was het enige kenteken van het boekje de naam van de uitgever. O'Connor House.

Ik sloeg de laatste pagina op. Bladzijde achtenzestig. Blanco.

Ik sloeg het boekje open bij het leeslint. Het lag bij een gedicht dat dezelfde titel had als de bundel.

'Het is poëzie, Tempe.' Harry's lichaamstaal vertelde me dat ze opgewonden was.

'Ik heb nog nooit van O'Connor House gehoord. Het zou een *vanity press* kunnen zijn.'

'Wat is dat?'

'Een vanity press geeft boeken uit op kosten van de auteur.'

Harry keek alsof ze het niet helemaal begreep.

'De doelgroep van een commerciële uitgeverij is het grote publiek. De doelgroep van een vanity press is de auteur zelf.'

De zwaar opgemaakte ogen sperden zich open.

'Oké. Ik snap het al. Évangéline wilde dichteres worden, niet?'

'Klopt.'

'Als zij nou eens de auteur is?'

Ik keek naar Harry's opgewonden gezicht.

'We hebben geen enkele reden om dat te geloven,' zei ik, me ervan bewust dat ik op het punt stond onthaald te worden op een van de fantasierijke maar feitelijk ongegronde hypotheses van mijn zus.

'Enig idee waarom ik nou juist dit kleine boekje achterovergedrukt heb?'

Ik schudde mijn hoofd.

'Heb je de boeken in die zitkamer bekeken?' Ze wachtte niet op mijn antwoord. 'Natuurlijk niet. Jij was met Obéline aan het kletsen. Maar ik wel. Het waren er een heleboel. Allemaal in het Frans. Hetzelfde gold voor de slaapkamer. Waar ik, voor je moord en brand begint te schreeuwen, doorheen kwam op weg naar het toilet. Het enige Engelse boek daar was dit. En het lag naast Obélines bed.'

'Wat wil je nou eigenlijk precies zeggen?'

'Eén enkel dun Engels boekje? Op haar nachtkastje?'

'Dat wil nog niet zeggen...'

'Misschien heeft Obéline de gedichten van Évangéline verzameld en ze laten drukken. Als aandenken. Snap je? De droom van haar zus die ze werkelijkheid had laten worden.'

'Ik neem aan dat het een mogelijkheid is. In dat geval was het heel erg verkeerd van ons om het weg te nemen.'

Harry boog zich gretig voorover. 'We geven het wel weer terug. Het is een aanknopingspunt. Als we die uitgever op kunnen sporen, komen we misschien iets over Évangéline te weten. Misschien vangen we bot. En wat dan nog? Daar heeft het boek toch niet van te lijden.'

Daar kon ik niet veel tegenin brengen.

'Volgens mij is het de moeite waard om erachteraan te gaan.'

'Morgen moet ik Ryan helpen. En ik moet het skelet opnieuw onderzoeken.'

Harry scharrelde van het bed af, schudde haar haar over haar schouders.

'Laat alles maar aan je kleine zusje over.'

Ryan arriveerde om 7.40 uur. Ik liet hem binnen in het vermoeden dat zijn vroege komst bedoeld was om een glimp van Harry op te vangen.

Sorry, cowboy. Doornroosje staat de eerste uren nog niet op.

Ik zei dat Ryan maar alvast koffie moest pakken en ging verder met mijn ochtendtoilet, terwijl ik me afvroeg of hij en Harriet Lee het tijdens haar vorige bezoek met elkaar hadden aangelegd. Katy's woordgebruik. Mijn ziekelijke nieuwsgierigheid.

Toen ik uit de badkamer tevoorschijn kwam, was Ryan ernstig in gesprek met Charlie. Birdie zat het vanaf de rugleuning van de bank aan te kijken.

'*Cheaper to keep her.*' Heen en weer wippend op zijn stokje.

'Buddy Guy.' De korenbloemblauwe ogen werden op mij gericht. 'Charlie is een bluesliefhebber.'

'Charlie is een vuilbekkende valkparkiet.' Ik dwong mezelf mijn stem streng te laten klinken. 'Gebruik je zijn trainings-cd's wel?'

'Elke dag.' Een en al onschuld. 'Nietwaar, maatje?'

Alsof hij medeplichtig was, floot Charlie een regel uit 'Pop Goes the Weasel'.

'Hij heeft teksten van Korn opgepikt,' zei ik.

'Je weet dat ik niks met Korn heb.'

'Iemand anders blijkbaar wel.'

Een gegeneerd besef. Ryan trok aan zijn neus en keek een andere kant op.

Er klikte iets in mijn geest.

Nieuwe cd's. Nieuwe muzikale smaak. Lutetia was al bij Ryan ingetrokken. Ik vroeg me af hoe lang dat al zo was.

'Laten we gaan,' zei ik, terwijl het onbehagen als een steen in mijn maag lag.

Cormiers studio bevond zich in een bakstenen gebouw van drie verdiepingen bij de kruising van Saint-Laurent en Rachel. De benedenverdieping werd gehuurd door een tandarts genaamd Brigault. De bewoner van de tweede verdieping had iets te bieden waarvoor je Chinees moest kunnen lezen.

Ryan zag dat ik het naamplaatje bestudeerde.

'Ho. Doet acupunctuur en Tui Na.'

'Wat is Tui Na?'

'Ik hoopte eigenlijk dat jij me dat zou kunnen vertellen.'

Hippo was bezig Cormiers studio open te maken toen Ryan en ik de overloop van de eerste verdieping op stommelden. Naast hem op de grond stond een kartonnen blad met daarop een witte papieren zak en drie met een deksel afgesloten plastic bekers koffie.

Tijdens mijn korte uitstapje naar New Brunswick, had de hittegolf in Montreal onverminderd voortgeduurd. In het kleine halletje was het bloedheet en het rook er naar stof en schimmel.

Hippo duwde de deur open, haalde een zakdoek tevoorschijn en veegde het zweet van zijn gezicht. Toen keek hij mij aan.

'Last van jetlag?' vroeg hij, niet bepaald vriendelijk.

Zonder mijn antwoord af te wachten, bukte hij zich, pakte het blad van de versleten vloerbedekking en ging naar binnen.

'Wat had dat te betekenen?' vroeg Ryan.

Ik schudde het hoofd.

Ik had Hippo vanaf het vliegveld van Moncton gebeld, maar pas toen we weer vertrokken, niet toen we gearriveerd waren. Hij had zijn ongenoegen niet onder stoelen of banken gestoken. Hij had naar het signalement van Cheech en Chong gevraagd, en daarna bruusk opgehangen.

Cormiers appartement was wat makelaars in Montreal een vierenhalf noemen. Hij gebruikte de grote woon-eetkamer aan de voorkant voor zijn fotosessies. Langs de wanden stonden allerlei fotografische attributen. Lampen. Achtergronddoeken. Meters. Vellen gekleurd plastic.

Een van de slaapkamers deed dienst als kantoor, de andere was uitsluitend in gebruik als opslagruimte. Ik schatte dat er zich in beide kamers in totaal zo'n veertig dossierkasten bevonden.

De grote badkamer was omgebouwd tot donkere kamer. Dat was ook de bron, nam ik aan, van de enigszins scherpe geur die in het appartement hing. Krultangen, föhns en verlichte spiegels duidden erop dat de kleine badkamer dienstdeed als opmaak- en kleedruimte.

Het kleine keukentje had zijn oorspronkelijke functie behouden. Daar aten we koffiebroodjes, dronken koffie en bespraken onze strategie.

'Hoe zijn de dossierkasten ingericht?' vroeg ik.

'Ze hebben laden. Elke la zit vol mappen.'

Ryan trok zijn wenkbrauwen op bij Hippo's sarcasme, maar hij zei niets.

'Zijn de mappen alfabetisch op naam van de cliënt gerangschikt? Op datum? Op categorie?' Mijn toon was geduldig, als van een ouder tegen een smalende tiener.

'Voor zover ik het kan beoordelen, was Cormiers systeem ongeveer als volgt. Werk gedaan. Rekening betaald. In de la ermee.' De kraakstem stem klonk koel.

'Dus hij hield betaalde en onbetaalde rekeningen gescheiden?'

'Ingewikkeld, niet?' Hippo pakte zijn derde koffiebroodje. 'Waarschijnlijk moet je eerst een vliegreisje maken om dat raadsel op te lossen.'

Ryan mengde zich in het gesprek. 'Cormier had een in-bakje op zijn bureau voor openstaande rekeningen. Verder lijkt er geen systeem in zijn archief te zitten.'

'Maar er zou in die kasten toch tenminste sprake moeten zijn van enige chronologische volgorde, niet?'

'Zo oud zijn ze niet,' zei Ryan. 'Op een gegeven moment moet Cormier materiaal van elders hebben overgebracht. Het lijkt erop dat hij gewoon allerlei troep in laden heeft gestopt.'

De strategie waartoe we besloten was ongeveer de volgende. Pak een kast. Werk die door van onder tot boven en van voor naar achter. Leg elke map opzij waarvan het onderwerp jong en vrouwelijk is.

Wie zegt dat recherchewerk niet ingewikkeld is?

Hoewel Ryan ramen in de zitkamer en de keuken openzette, drong er maar weinig frisse lucht door tot de raamloze slaapkamers aan de achterkant van het appartement. Toen we zo'n vier uur bezig waren, prikten mijn ogen en was mijn blouse doorweekt van het zweet.

Cormier bewaarde veel van zijn archiefmateriaal in grote bruine of blauwe enveloppen. De rest had hij in kartonnen standaardmappen gestopt, het soort dat je in de kantoorboekhandel koopt.

En Ryan had gelijk. De man was lui. In sommige laden had hij niet eens de moeite genomen om de mappen overeind te zetten, maar had ze er gewoon in stapels in gemieterd.

De meeste enveloppen waren voorzien van de naam van de cliënt in zwarte viltstift. De meeste mappen waren voorzien van ruitertjes. Zowel enveloppen als mappen bevatten fotovellen en negatieven in glimmende papieren hoesjes. Sommige fotovellen waren voorzien van een datum. Andere niet. Sommige mappen bevatten fotokopieën van cheques. Andere niet.

Vroeg in de middag had ik al naar honderden gezichten gestaard, vastgelegd in variaties van 'Ik ben zo gelukkig' of 'Ik ben zo sexy'. Naar sommige ervan had ik wat langer gekeken, peinzend over het moment waarop Cormier had afgedrukt.

Had deze vrouw haar haar in de krul gezet en haar lippen gestift voor een ongeïnteresseerde echtgenoot? Hoopte ze op het weer opbloeien van de romance?

Dacht dit meisje aan Harry Potter? Of aan haar puppy? Of aan het ijsje dat haar beloofd was als ze goed mee zou werken?

Hoewel ik diverse mappen in eerste instantie opzij had gelegd en Hippo of Ryan om hun mening had gevraagd, had ik elk ervan uiteindelijk definitief terzijde geschoven. Wel enige gelijkenis, maar daar bleef het dan ook bij. Geen van de meisjes behoorde tot de doden of vermisten naar wie Ryan op zoek was.

Hippo zat aan de andere kant van de kamer in papieren te rommelen. Af en toe stopte hij even om een neusspray te gebruiken of een Rennie te slikken. Ryan zat aan de andere kant van de gang in Cormiers kantoortje. Het was al bijna een uur geleden sinds een van beiden mij om mijn mening had gevraagd.

Mijn onderrug deed zeer van het tillen van armenvol mappen, en van het vooroverbuigen in ergonomisch onverantwoorde hoeken. Ik stond op van het krukje waarop ik zat, rekte me uit, boog toen voorover en raakte met mijn vingertoppen mijn tenen aan.

Hippo hield even op met waar hij mee bezig was. 'Zin in pizza?'

Pizza leek me wel wat. Voordat ik iets kon zeggen, zei Hippo: 'Zal ik Tracadie dan maar even bellen?'

'Hou nou maar op, Hippo.'

Ik hoorde de bons waarmee een pak papier op de houten vloer terechtkwam. Toen verscheen Hippo's gezicht boven de verste rij dossierkasten. Het zag er verhit en nijdig uit.

'Ik had je gezegd dat die Bastarache een heel fout type is. Het zou niet onverstandig zijn geweest als sommige mensen van een afstand een oogje in het zeil hadden gehouden voor het geval jullie in de problemen zouden komen.'

Hij had natuurlijk gelijk. Hippo had legio informanten. Met hun hulp had hij ons in het oog kunnen houden en er waarschijnlijk ook achter kunnen komen wie dat nog meer deden.

'Wie is die blondine?'

'Mijn zus.' Dus hij had wel degelijk informatie binnengekregen. Waarschijnlijk na mijn telefoontje. 'We hebben met Obéline gepraat. Dat is alles. We hebben niet rondgesnuffeld.'

Hippo veegde met zijn zakdoek over zijn voorhoofd en zijn nek.

'Wil je horen wat we te weten zijn gekomen?'

'Is het skelet van dat meisje dat je kende?'

'Eerst de pizza.'

Hippo liep om de rij kasten heen. Zijn overhemd was zo vochtig dat het bijna doorschijnend was. Het was geen prettig gezicht.

'Is er iets wat jullie niet lusten?'

'Verras ons maar.'

Toen hij vertrokken was, schoot het me te binnen. Ryan lust absoluut geen geitenkaas.

Enfin, weinig kans dat Hippo voor iets anders zou gaan dan de traditionele versies met worst en kaas. En als dat wel zo was, pech gehad.

Ik werkte nog een la door voordat Hippo terugkwam. Ik had gelijk. *Toute garnie.* Alles erop en eraan. Worst. Salami. Paprika. Champignon. Ui.

Terwijl we aten, beschreef ik mijn bezoek aan Tracadie, met inbegrip van de confrontatie met de twee ongure types buiten de brasserie. Hippo vroeg of ik misschien namen had opgevangen. Ik schudde mijn hoofd.

'Handlangers van Bastarache?' vroeg Ryan.

'De meesten van die gasten zijn te stom om voor de duvel te dansen.' Hippo gooide zijn korst in de doos en pakte een volgend stuk. 'Dat wil niet zeggen dat Bastarache je het leven niet behoorlijk zuur kan maken.'

'Ik heb alleen maar zijn vrouw opgezocht.'

'De vrouw die hij mishandeld en in brand gestoken heeft.'

Ik was vastbesloten om Hippo's slechte humeur te negeren. 'Ik zal de DNA-stalen morgen versturen.'

'Denk je dat de lijkschouwer de kosten voor zijn rekening zal willen nemen?'

'Desnoods betaal ik het uit eigen zak.'

'Jij schat de skeletale leeftijd op dertien of veertien,' zei Ryan.

'Dit meisje was ziek. Als de ziekte haar ontwikkeling vertraagde, zou ik met mijn schatting aan de lage kant kunnen zitten.'

'Maar Obéline zei dat haar zus gezond was.'

'Ja,' zei ik. 'Dat zei ze.'

Om kwart over vijf trok ik de laatste stapel mappen vanachter uit de onderste la van mijn achtste archiefkast.

De eerste map bevatte een glamourfoto. Claire Welsh. Pruillippen. Feestelijk kapsel. Push-updecolleté.

De tweede bevatte foto's van een peuter. Christophe Routier. Op een driewieler. In een wipstoeltje. Met een Iejoor-pop in zijn armpjes.

De derde bevatte opnames van een stel. Alain Tourniquette en Pamela Rayner. Hand in hand. Hand in hand. Hand in hand. Het fotovel was gedateerd 24 juli 1984.

Waar was ik in de zomer van '84? Chicago. Getrouwd met Pete. Zorgend voor onze dochter Katy. Afstuderend aan Northwestern. Het jaar daarop stapte Pete over naar een ander advocatenkantoor en verhuisden we naar Charlotte. Weer thuis. Ik trad in dienst van de University of North Carolina in Charlotte.

Mijn blik dwaalde naar de dubbele rij grijsmetalen kasten. Ik voelde me overmand. Niet alleen door de gedachte dat enorme reservoir van menselijke verhalen door te moeten ploegen, maar door alles. De overleden en vermiste meisjes. Het skelet dat ik Hippo's meisje noemde. Évangéline en Obéline. Pete en Summer. Ryan en Lutetia.

Voornamelijk Ryan en Lutetia.

Kom op, Brennan. Jullie waren collega's voordat jullie geliefden werden. Jullie zijn nog steeds collega's. Hij heeft jouw expertise nodig. Als iemand deze meisjes opzettelijk kwaad heeft berokkend, is het jouw taak om te helpen die schoft te pakken te krijgen. Niemand interesseert zich voor je privéleven.

Ik sloeg de volgende map open.

20

Op het strookje stond de naam Kitty Stanley gekrabbeld.

Kitty Stanley staarde in de lens, blauwe ogen met onmogelijk lange wimpers, roodblonde krullen die onder een zwarte cloche vandaan kwamen die laag over haar voorhoofd was getrokken.

Op sommige opnames zat ze met haar armen om de rug van een stoel geslagen, haar hoofd rustend op haar armen. Op andere lag ze op haar buik, haar kin rustend op ineengestrengelde vingers, voeten omhoog, enkels over elkaar. Er waren ook diverse close-ups van haar gezicht.

De intensiteit. De dikke, rechte wenkbrauwen.

Terwijl de adrenaline door mijn lijf gierde, opende ik een bewijs-envelopje, haalde er een foto uit, en hield die naast Cormiers foto-vel. De opnamestrookjes waren zo klein dat het moeilijk te beoordelen was.

Ik gooide alles van mijn schoot, vond een vergrootglas op een kast en vergeleek de gezichten.

Kelly Sicard. Ryans vermist meisje nummer één. Ze had met haar ouders in Rosemère gewoond en was verdwenen in '97 na een avondje stappen met vrienden en vriendinnen.

Kitty Stanley.

Kelly Sicard.

Beiden hadden blauwe ogen, roodblond haar en Brooke Shields-wenkbrauwen.

Kelly Sicard was achttien toen ze verdween. Kitty Stanley zag eruit als misschien zestien.

Ik draaide het fotovel om. Geen datum.

Kelly Sicard.

Kitty Stanley.

Heen en weer. Van de een naar de ander.

Na de foto's geruime tijd bestudeerd te hebben, was ik overtuigd. Hoewel belichting en focale afstand verschilden, hadden beide meisjes dezelfde hoge jukbeenderen met elkaar gemeen, de kleine afstand tussen de ogen, brede bovenlip, brede kaaklijn, en spitse kin. Ik had geen schuifmaat en geen computerprogramma nodig. Kitty Stanley en Kelly Sicard waren een en dezelfde persoon.

Sicard zag er zo jong uit. Ik wilde met mijn stem het celluloid binnendringen en met haar praten. Vragen waarom ze naar deze afschuwelijke plek was gegaan om voor deze man te poseren. Vragen wat er na die dag met haar gebeurd was. Was ze naar New York gegaan om haar droom na te jagen? Was ze vermoord?

En waarom dat alias? Had Sicard Cormier ingehuurd zonder het tegen haar ouders te zeggen? Had ze gelogen over haar naam? Haar leeftijd?

'Ik heb Sicard.' Het kwam er doodkalm uit.

Hippo schoot overeind en was in drie stappen bij me. Ik gaf hem het vergrootglas, de foto en het fotovel aan.

Hippo bestudeerde de afbeeldingen. Hij moest echt nodig douchen.

'*Crétaque!*' Over zijn schouder: 'Ryan! Kom eens kijken!'

Ryan verscheen onmiddellijk. Hippo gaf hem het vergrootglas en de foto's.

Ryan bestudeerde de afbeeldingen. Ook hij had dringend behoefte aan water en zeep.

'Het meisje Sicard?' Tegen mij.

Ik knikte.

'Ben je er zeker van?'

'Ja.'

Ryan belde met zijn mobieltje. Ik hoorde een stem in de verte. Ryan vroeg naar een vrouw van wie ik wist dat ze openbaar aanklager was. Het bleef even stil, toen kwam er een andere stem op de lijn.

Ryan zei wie hij was en kwam direct ter zake.

'Cormier heeft Kelly Sicard gefotografeerd.'

De stem zei iets.

'Geen datum. Zo te zien één, misschien twee jaar voordat ze verdween.'

De stem zei weer iets.

Ryan richtte zijn blik op mij.

'Ja,' zei hij. 'Ik ben er zeker van.'

Tegen zevenen hadden we de helft van Cormiers mappen doorgewerkt. Met z'n drieën zagen we eruit als Dorothy, de Laffe Leeuw en de Vogelverschrikker, bezweet, vies, en moedeloos.

Allemaal waren we zo humeurig als de pest.

Ryan bracht me met de auto naar huis. Afgezien van een paar opmerkingen met betrekking tot Cormier en mijn bezoek aan Tracadie, verliep de rit in stilte. Er werd niet gesproken over Korn of Lutetia.

In het verleden schepten Ryan en ik er plezier in om elkaar uit te dagen met obscure citaten in een doorlopend spelletje 'wie heeft dat gezegd?'. Belachelijk, ik weet het. Maar we zijn allebei competitief ingesteld.

Er schoot me een uitdrukking te binnen. 'Feiten houden niet op te bestaan omdat ze genegeerd worden.'

Aldous Huxley.

Goed zo, Brennan.

Ik nam er genoegen mee mezelf geluk te wensen.

Ryan parkeerde voor mijn appartement toen het telefoontje kwam. Er was een huiszoekingsbevel uitgevaardigd voor Cormiers huis.

Wilde ik erbij zijn?

Ja zeker. Maar eerst moest ik naar het lab. Ik zou op eigen gelegenheid komen.

Ryan gaf me het adres.

Toen ik mijn voordeur binnenging, sloeg een kooklucht me tegemoet. Komijn, uien en Spaanse pepers. Harry was haar specialiteit aan het bereiden. Dat was niet bepaald wat ik nodig had na een dag in een oven.

Ik riep hallo. Harry bevestigde dat er San Antonio-chili op het menu stond.

Inwendig kreunend liep ik regelrecht naar de douche.

In zekere zin werkte Harry's chili therapeutisch. De toxines die ik niet uitgezweet had in Cormiers studio, raakte ik gegarandeerd kwijt tijdens de avondmaaltijd.

Harry was helemaal opgewonden over de dichtbundel. Eerlijk-heidshalve moest ik toegeven dat ik onder de indruk was van haar vorderingen.

'Je had gelijk. O'Connor House was een uitgeverij voor gefrus-treerde auteurs die zelf wilden publiceren. Het was een familiebe-drijf, in het bezit van en geleid door een echtpaar genaamd O'Con-nor.'

'Flannery en echtgenoot.'

Harry zette grote ogen op. 'Ken je ze?'

Ik zette nog grotere ogen op. 'Dat meen je niet. Die vrouw is toch niet echt vernoemd naar Flannery O'Connor?'

Harry schudde het hoofd. 'Zo heette ze pas na haar huwelijk. Flannery en Michael O'Connor. Het bedrijf was gevestigd in Moncton. Het drukken en binden werd elders gedaan.'

Harry strooide een handvol geraspte cheddar over haar chili.

'Blijkbaar was de vanity press niet de snelle weg naar rijkdom die de O'Connors zich hadden voorgesteld. De uitgeverij ging failliet nadat ze het kolossale aantal van vierennegentig boeken, handboe-ken, en pamfletten hadden uitgegeven. Sla?'

Ik stak haar mijn bord toe. Harry schepte sla op.

'De chili kan nog wel wat zure room gebruiken.'

Toen ze terugkwam uit de keuken zei Harry: 'Daarvan waren er tweeëntwintig die in het patroon pasten.'

'Welk patroon?'

'Tweeëntwintig van die boeken waren dichtbundels.'

'Je meent het! Ben je ook auteursnamen te weten gekomen?'

Harry schudde haar hoofd. 'Maar ik weet waar ik Flannery O'Connor kan bereiken. Ze woont in Toronto en werkt voor een reclamebureau. Ik heb gebeld en een boodschap achtergelaten. Ik bel haar na het eten opnieuw.'

'Hoe ben je dat allemaal te weten gekomen?'

'Boeken, Tempe. We hebben het over boeken. En wie weten er alles over boeken?'

Ik ging ervan uit dat de vraag retorisch bedoeld was.

'Bibliothecarissen, natuurlijk. Natuurlijk heten bibliotheken hier *bibliothèques*. Maar ik vond er een met een website in het Engels. Heeft een personeelsgids met namen en e-mailadressen en telefoonnummers. Je kunt je gewoon niet voorstellen wat er gebeurde toen ik de informatiebalie belde.'

Dat kon ik inderdaad niet.

'Ik kreeg zomaar een menselijk wezen aan de lijn. Dat Engels tegen me sprak. Een vriendelijke dame genaamd Bernice Weaver. Bernice zei dat ik meteen langs kon komen.'

Harry veegde het laatste restje van haar chili op met een stuk stokbrood.

'Het gebouw ziet eruit als een groot oud poppenhuis.' Harry wees met het stokbrood vaag in westelijke richting. 'Het is daarginds ergens.'

'Bedoel je de Openbare Bibliotheek van Westmount?'

Harry knikte met haar mond vol brood.

De Openbare Bibliotheek van Westmount, gesticht in 1897 ter herdenking van het diamanten jubileum van koningin Victoria, weerspiegelt inderdaad de architectonische grilligheid van dat tijdperk. De bibliotheek herbergt enkele van de oudste collecties in de regio Montreal, en de cliëntèle is overwegend Engelstalig.

Goeie keus, Harry.

'Dus Bernice was in staat O'Connor House, de eigenaars en de lijst van publicaties voor je op te snorren?'

'Bernice is een kei.'

Kennelijk.

'Ik ben onder de indruk. Echt waar.'

'Je zult nog veel meer onder de indruk raken, grote zus van me.'

Harry nam mijn natte haar, mouwloze T-shirt en pyjamabroek met trekkoord in zich op. Mogelijk nieuwsgierig waarom ik al voor het eten gedoucht en mijn pyjamabroek aangetrokken had, vroeg ze wat ik die dag gedaan had. Aangezien Ryans overleden en vermiste meisjes en de verdwijning van Phoebe Jane Quincy ruime aandacht in de media hadden gekregen, kon ik geen reden bedenken om daar geheimzinnig over te doen.

Ik vertelde Harry over de onopgeloste zaken waarmee Ryan en Hippo zich bezighielden. De vermiste meisjes Kelly Sicard, Claudine Cloquet, Anne Girardin en de meest recente, Phoebe Jane Quincy. De ongeïdentificeerde doden uit de Rivière des Mille Îles, Dorval, en nu, het Lac des Deux Montagnes. Ik schetste mijn bezigheden in de fotostudio, zonder Cormiers naam te noemen, en beschreef de foto van Kelly Sicard.

'Sodeju.'

Daar was ik het mee eens. Sodeju.

We verzonken allebei in onze eigen gedachten, tot ik van tafel opstond en de stilte verbrak.

'Waarom bel jij Flannery O'Connor niet nog een keer terwijl ik de boel afruim?'

Harry was alweer terug voordat ik de afwasmachine had ingeruimd. Nog steeds geen gehoor in Toronto.

Ze keek me aan, keek toen op haar horloge. Vijf over tien.

'Lieverd, je ziet er afgepeigerd uit.' Ze pakte een bord uit mijn handen. 'Duik de koffer in.'

Ik sprak haar niet tegen.

Birdie volgde me naar de slaapkamer.

Maar de slaap wilde niet komen.

Ik lag te woelen, stompte op het kussen, schopte het beddengoed van me af, trok het weer terug. Dezelfde vragen bleven me door het hoofd spoken.

Wat was er gebeurd met Phoebe Jane Quincy? Met Kelly Sicard, Claudine Cloquet en Anne Girardin? Wie waren de meisjes die gevonden waren in Dorval, in de Rivière des Mille Îles en in het Lac des Deux Montagnes?

Ik bleef beelden zien van Kelly Sicard/Kitty Stanley. Waarom had Sicard een alias gebruikt? Waarom had Cormier haar gefotografeerd? Was hij betrokken bij haar verdwijning? Bij de verdwijning en/of dood van de anderen?

En, natuurlijk, het skelet uit Rimouski. Hippo's meisje. Wat hadden de kwetsuren aan haar vingers en tenen en haar gezicht te betekenen? Waar was Île-aux-Becs-Scies? Behoorde het meisje tot de oorspronkelijke bewoners? Of was ze een tijdgenote? Zou het skelet dat van Évangéline Landry kunnen zijn? Was Évangéline vermoord, zoals haar zus geloofde? Of was Obélines herinnering een kinderlijke vervorming van een afschuwelijke gebeurtenis? Was

Évangéline ziek geweest? En zo ja, waarom had Obéline dan beweerd dat ze gezond was?

Ik probeerde me Évangéline voor de geest te halen, me een beeld te vormen van de vrouw die ze nu zou zijn. Een vrouw die slechts twee jaar ouder was dan ik.

Misschien was het vermoeidheid. Of matheid door zo veel ontmoedigende ontwikkelingen. Of overbelasting door de honderden gezichten die ik die dag bestudeerd had. Door mijn geest zweefden donkere krullen, een blauw zwempak, een gestippeld zonnejurkje. Herinneringen gebaseerd op foto's, geen echte herinneringen. Wat ik ook probeerde, ik kon me Évangélines gezicht niet meer voor de geest halen.

Ik werd overmand door een diepe droefheid.

Ik gooide het beddengoed van me af, deed de lamp op mijn nachtkastje aan en ging op de rand van het bed zitten. Bird gaf een kopje tegen mijn elleboog. Ik tilde mijn arm op en drukte hem zachtjes tegen me aan.

Er werd zachtjes op de deur geklopt.

'Wat scheelt eraan?'

'Niks.'

Harry deed de deur open. 'Je ligt vreselijk te woelen.'

'Ik kan me niet meer herinneren hoe Évangéline eruitzag. Niet echt.'

'Kun je daarom niet slapen?'

'Dat is mijn fixatie van het moment.'

'Wacht even.'

Ze was binnen een minuut weer terug, met een groot groen boek tegen haar borst geklemd.

'Ik had je dit later willen geven als dank voor je gastvrijheid, maar ik denk dat je het nu wel kunt gebruiken.'

Harry ging naast me op het bed zitten.

'Besef je wel dat je zus de onbetwiste kampioen is in de geschiedenis van de plakboekerij?'

'Plakboekerij?'

Gespeelde verbazing. 'Heb je nog nooit gehoord van plakboekerij?'

Ik schudde het hoofd.

'Plakboekerij is populairder dan smeerkaas. Althans in Texas. En ik ben de absolute ster van het genre.'

'Je plakt dingen in plakboeken?'

Harry sloeg overdreven haar ogen ten hemel.

'Niet zomaar díngen, Tempe. Memorabilia. En niet zomaar van alles door elkaar heen. Elke bladzijde is een artistiek vormgegeven collage.'

'Dat wist ik niet.'

'Temperance Daessee Brennan,' zei Harry theatraal. 'Dit is je leven.' Ze sloeg het plakboek open. 'Maar de vroege jaren kun je ook later bekijken, wanneer het je uitkomt.'

Ze sloeg enkele bladzijden om en legde haar werkstuk op mijn schoot.

En daar waren we, gebruind en blootsvoets, met half dichtgeknepen ogen tegen de zon in turend.

Naast het korrelige kiekje had Harry *Tiende Verjaardag* geschreven. Évangéline en ik deelden de bladzijde met een foto van oma's huis, een papieren servetje van een viskamp op Pawleys Island en een toegangskaartje van Gay Dolphin Park aan de promenade van Myrtle Beach. De collage werd gecompleteerd door plakplaatjes van zee-egels en dolfijnen.

'Fantastisch, Harry.' Ik sloeg mijn armen om haar heen. 'Echt, ik vind het geweldig. Dank je wel.'

'Nou niet sentimenteel worden.' Harry stond op. 'Zorg dat je wat slaap krijgt. Ryan mag dan een onbetrouwbare hufter zijn, hij is nog altijd een lekker ding. Je moet er morgenochtend weer fris uitzien.'

Ik sloeg mijn ogen ten hemel.

Voordat ik het licht uitdeed, bleef ik een hele tijd naar Évangélines gezicht kijken. Donkere krullen. Krachtige, enigszins gebogen neus. Fijngevormde lippen, strak rond een ondeugend uitgestoken tong.

Ik had geen idee hoe spoedig ik dat gezicht weer terug zou zien.

2 I

Ik weet niet wat ik verwachtte. Aha! Klap tegen het voorhoofd! Een plotselinge openbaring! Als dat het geval was, stelde ik mezelf teleur.

Behalve tekenen van een ziekte vond ik niets in het skelet van Hippo's meisje wat me aanleiding gaf om mijn oorspronkelijke schatting te herzien, en niets om de mogelijkheid uit te sluiten dat ze zestien was. De aard van de skeletale pathologie stelde me nog steeds voor een raadsel.

Om negen uur belde ik een privé-DNA-laboratorium in Virginia. Het slechte nieuws: de prijzen waren de pan uit gerezen sinds ik voor het laatst van hun diensten gebruik had gemaakt. Het goede nieuws: ook als particulier mocht ik monsters door hen laten onderzoeken.

Na de benodigde formulieren gedownload en ingevuld te hebben, verpakte ik het Spriteblikje, de papieren zakdoekjes, een kies en een botmonster uit het rechterdijbeen van het meisje. Vervolgens ging ik op zoek naar LaManche.

De chef luisterde, zijn vingers gespitst onder zijn kin. Évangéline. Obéline. Agent Tiquet. De gebroeders Whelan. Jerry O'Driscolls pandjeshuis. Tom Jouns.

LaManche vroeg op enkele punten om een nadere toelichting. Die verschafte ik hem. Vervolgens belde hij de lijkschouwer.

Hippo had gelijk. Ik kon het wel schudden.

Ik bracht LaManche op de hoogte van mijn persoonlijke drijfveren. Met tegenzin gaf hij me toestemming om de DNA-tests voor eigen rekening te laten uitvoeren.

LaManche vertelde me dat er één nieuwe zaak op me lag te wachten. Niets dringends. Er waren lange beenderen gevonden in de buurt van Jonquière. Waarschijnlijk overblijfselen van een oude begraafplaats.

Hij vertelde me het laatste nieuws over de zaak-Doucet. De psychiater was tot de conclusie gekomen dat Théodore niet toerekeningsvatbaar was. Aangezien er noch in het geval van Dorothée noch in dat van Geneviève een doodsoorzaak kon worden vastgesteld, werd er geen aanklacht ingediend.

Ik schetste de zaken waar Hippo en Ryan zich mee bezighielden en beschreef mijn betrokkenheid daarbij. De vermisten, Kelly Sicard, Claudine Cloquet en Anne Girardin. De lijken uit de Rivière des Mille Îles, Dorval en het Lac des Deux Montagnes. De telefoon ging terwijl ik het mogelijke verband met Phoebe Jane Quincy uiteenzette.

LaManche hief beide handen in een verontschuldigend gebaar.

Toen ik weer terug was op mijn lab, gaf ik Denis opdracht om de DNA-monsters per Federal Express te versturen. Vervolgens belde ik het DNA-laboratorium met het dringende verzoek om spoed achter de zaak te zetten. De man die ik aan de telefoon had, zei dat hij zou doen wat hij kon.

Ik had net mijn handtas opgepakt toen ik me een van LaManches vragen herinnerde.

'*Où se situe L'Île-aux-Becs-Scies?*'

Tja, waar lag dat precies? Ik had het eiland nergens kunnen vinden in de atlas van New Brunswick.

En wat betekende die naam? Eiland van wat? Misschien gebruikten de kaarten die ik geraadpleegd had een Engelse vertaling.

Ik haalde mijn woordenboek Frans-Engels van Harrap's tevoorschijn.

Ik wist dat *scie* 'zaag' betekende. Ik was het woord al talloze malen tegengekomen op verzoeken voor een analyse van verminkte lijken. Van *bec* was ik minder zeker.

Keuzemogelijkheden genoeg. Bek. Snavel. Snuit. Mond. Mondstuk (van buis). Tuit (van kruik). Tuit (van koffiepot). Punt (van fietszadel). Mondstuk (van klarinet).

Wie kan de Franse geest doorgronden?

Ik keek of *scie* misschien nog andere betekenissen had.

Nee. Zaag, dat was het wel zo'n beetje. Onderverdeeld in radiaal-zaag, houtzaag, cirkelzaag, beugelzaag, kettingzaag, decoupeer-zaag, trekzaag, motorzaag.

Eiland van Bekken Zagen. Eiland van Snuiten Zagen. Eiland van Punten van Fietszadels Zagen.

Ik gaf het op. Ik kon het maar beter aan Hippo vragen.

Cormiers appartement bevond zich niet ver van zijn studio van-daan, in een witstenen blokkendoos zonder ook maar een enkel ar-chitectonisch lichtpuntje. Op alle vier de verdiepingen staken zoe-mende en druipende airconditioningsunits naar buiten. De naam van het gebouw stond in goudkleurige letters boven de glazen toe-gangsdeur: Château de Fougères.

Leuk bedacht, maar geen varen te bekennen.

Ryans jeep stond langs het trottoir geparkeerd. Een eindje ver-derop zag ik een donkerblauwe Taurus. Aan het nummerbord zag ik dat het voertuig toebehoorde aan de SQ.

In het voorportaal van het Château zwierven de gebruikelijke ongewenste reclamefolders en brochures rond. Ik stapte eromheen en drukte op het knopje naast Cormiers naam. Ryan liet me binnen.

In de hal stonden een bruine plastic bank en wat groene plastic varens. Oké. Ik had te snel geoordeeld wat de flora betreft.

Ik nam de lift naar de tweede verdieping. Links en rechts van me bevonden zich deuren in een met grijze tapijttegels gestoffeerde gang. Ik controleerde het nummer dat Ryan me gegeven had. Drie-nul-zeven. De deur van het appartement stond open.

De keuken bevond zich aan mijn rechterkant. Voor me uit was een woonkamer met parketvloer. Links van me was een halletje met daaraan een slaapkamer en een badkamer. Godzijdank was het ap-partement betrekkelijk klein.

En schoon. Elk oppervlak blonk. Het rook er vaag naar ontsmet-tingsmiddel.

Hoewel buiten hitte en vochtigheid om de heerschappij vochten, kwam de temperatuur binnen nauwelijks boven de achttien graden uit. Cormier liet zijn airco op volle toeren draaien.

Geweldig. Na de broeikas van gisteren had ik een topje en een korte broek aangetrokken. Ik begon nu al kippenvel te krijgen.

Ryan stond in de slaapkamer te praten met dezelfde mensen van de technische recherche die de hond in de schuur hadden opgespoord. Chenevier was op zoek naar vingerafdrukken. Pasteur was laden aan het doorzoeken. Ryan doorzocht de kleerkast. Hun gezichten stonden gespannen.

We wisselden bonjours uit.

'Geen Hippo?' vroeg ik.

'Die is in de studio.' Ryan doorzocht de zakken van een zeer groezelige trenchcoat. 'Ik ga ook die kant op zodra ik hier klaar ben.'

'Al iets gevonden?'

Ryan haalde zijn schouders op. Niet echt.

'Die gozer heeft wel de nodige geavanceerde elektronica.' Chenevier knikte naar de westelijke wand van de slaapkamer. 'Moet je maar eens kijken.'

Ik liep terug naar de woonkamer.

Eén kant van het vertrek was overdadig gemeubileerd met een uit een discountzaak afkomstige combinatie van stoel, bank, salontafel en bijzettafeltje. De plasma-tv had het formaat van een aanplakbord.

De wand aan de andere kant van het vertrek werd geheel in beslag genomen door een werkstation in staal en glas met daarop een kabelmodem, een toetsenbord, een flatbedscanner en een 20 inch lcd-monitor. Een systeemkast stond in de hoek op de vloer.

Nadenkend keek ik naar de flikkerende lichtjes op het modem. Er klopte iets niet. Cormier had thuis de beschikking over breedbandinternet, maar hij regelde zijn zaakjes met behulp van enveloppen en kartonnen mappen?

De draadloze muis gloeide rood op. Ik bewoog hem heen en weer en de monitor kwam tot leven. Blauwe achtergrond. Zwarte cursor die stond te knipperen in een wit rechthoekje.

'Valt de computer ook onder het huiszoekingsbevel? riep ik.

'Ja.' Ryan kwam uit de slaapkamer en voegde zich bij me. 'Ik ben er al een paar uur mee bezig geweest nadat ik hier aankwam.'

'Gebruikt Cormier geen wachtwoord?'

'Het genie gebruikt zijn achternaam.'

Ik deed een stap opzij. Ryan ging zitten en sloeg een paar toetsen aan. Er klonk een muziekje en het vertrouwde Windows-scherm verscheen. De screensaver was een stadsgezicht, 's nachts genomen vanaf een uitzichtpunt op Mont Royal. Het was een mooie foto. Ik vroeg me af of Cormier hem zelf had gemaakt.

De meeste pictogrammen herkende ik. Word. HP Director. Win-Zip. Adobe Photoshop. Andere waren me onbekend.

Ryan klikte het groene *Start*-knopje op de onderste werkbalk aan, vervolgens *Verkennen*, gevolgd door *Mijn documenten*. Een lijst met documenten en datums vulde het scherm. *Correspondentie. Uitgaven. Postorders. Mijn Albums. Mijn Archieven. Mijn eBoeken. Mijn Muziek. Mijn Films. Mijn Video's. Komende Evenementen.*

'Ik heb elke map, elk bestand gecontroleerd. Zoveel mogelijk internetgeschiedenis achterhaald. Ik ben geen expert, maar het ziet eruit als een hele massa onschuldige troep.'

'Misschien heeft Cormier niets op zijn geweten.'

'Zou kunnen.' Ryan klonk niet overtuigd.

'Misschien is hij wel precies wat hij lijkt te zijn.'

'En dat is?'

'Een tweederangsfotograaf met een geavanceerde pc.'

'Hm.'

'Misschien heeft Cormier zich een veel te duur apparaat laten aansmeren.'

Ryan keek sceptisch.

'Zulke dingen gebeuren,' zei ik.

'*Cave canem.*'

'Wacht u voor de hond? Je bedoelt *caveat emptor.* Laat de koper op zijn hoede zijn. Het zijn allebei Latijnse gezegden, geen citaten.'

De veel te blauwe ogen hielden de mijne vast.

Er vonkte iets in mijn borst. Ryan kneep zijn lippen op elkaar.

We wendden allebei onze blik af.

'Ik heb de Division des crimes technologiques gebeld.' Ryan veranderde van onderwerp. 'Hij kan hier elk moment zijn.'

Alsof het afgesproken werk was, kwam op dat moment de computerexpert binnenlopen. Alleen was het geen hij.

'*Tabarnouche.* Kloteverkeer.' De vrouw was lang en mager, met sluik blond haar dat schreeuwde om een kapper. 'De voorbereidingen voor het festival veroorzaken nu al een chaos.'

Het Festival international de jazz de Montréal vindt eind juni en begin juli plaats. Elk jaar raakt daardoor een groot deel van het centre-ville verstopt. De vrouw stak Ryan haar hand toe. 'Solange Lesieur.'

Ryan en Lesieur schudden elkaar de hand.

De hand kwam mijn kant uit. Lesieurs greep zou biljartballen kunnen breken.

'Is dit de computer?'

Zonder antwoord af te wachten, ging Lesieur zitten, ze trok latex handschoenen aan en begon toetsen aan te slaan. Ryan en ik gingen achter haar staan om de monitor beter te kunnen zien.

'Dit kan nog wel een tijdje duren,' zei Lesieur zonder op te kijken.

Gelijk had ze. Zelf vertikte ik het ook om te werken terwijl er iemand in mijn nek stond te hijgen.

Chenevier was nog steeds bezig in de slaapkamer. Pasteur had zijn werkterrein verlegd naar de badkamer. Geluiden van zijn speurtocht waren hoorbaar in de gang. De keramische klank van het stortbakdeksel van een toilet dat weer op zijn plaats werd gelegd. Het piepen van het deurtje van een medicijnkastje. Het geluid van tabletten in een plastic flesje dat heen en weer werd geschud.

Terwijl we latex handschoenen aantrokken, besloten Ryan en ik om met de keuken te beginnen.

Ik was klaar met het doorzoeken van de koelkast toen Lesieur haar stem verhief.

Ryan liet de keukenla waar hij mee bezig was in de steek en ging naar haar toe.

Ik ging verder in de keuken.

Op het aanrecht stonden vier roestvrijstalen voorraadbussen. Ik deed de kleinste open. Koffiebonen. Ik roerde er met een lepel doorheen maar vond niets interessants.

'Dit systeem kan meerdere harde schijven bevatten, waardoor de capaciteit opgevoerd kan worden tot anderhalve terabyte.'

Ryan stelde een vraag. Lesieur gaf antwoord.

De tweede bus bevatte samengeklonterde bruine suiker. Mocht er zich daar al iets in bevinden, dan zouden we een drilboor nodig hebben om het eruit te krijgen.

Lesieur en Ryan waren nog steeds aan het praten. Ik bleef even luisteren.

'Een gigabyte is een miljard bytes. Een terabyte is duizend gigabytes. Dat is een complete locomotief. Maar het enige wat die gozer doet, is op het net surfen en een paar documenten opslaan?'

Ik concentreerde me weer op de voorraadbussen. De derde bevatte witte suiker. Roeren met de lepel leverde niets op.

'Hij is geen ingenieur. Hij slaat geen video's op. Waar heeft hij al die capaciteit voor nodig?' Lesieur.

'Verzot op computerspelletjes misschien?' Ryan.

'Nee.'

In de grootste bus zat bloem. Te diep voor de lepel.

'En wat moet hij met die scanner?' Lesieur.

'Slaat hij geen foto's op?' Ryan.

'Ik heb niks kunnen vinden.'

Ik haalde een set aardewerken kommen uit een keukenkastje, liet de grootste op het aanrecht staan en zette de andere terug.

Ryan zei iets. Lesieur reageerde. Wat ze precies zeiden ging verloren in het gekletter van serviesgoed.

Ik pakte de grootste bus met beide handen op en begon te gieten, mijn blik strak gericht op de bloem die eruit stroomde. Er steeg een witte wolk op die neersloeg op mijn gezicht en mijn handen.

Er diende zich een niesbui aan.

Ik zette de bus neer. Wachtte. De nies bleef uit.

Ik begon weer te schenken. De helft. Driekwart.

De bus was bijna leeg toen er een voorwerp in de kom viel. Ik zette de bus op het aanrecht en bestudeerde het ding.

Donker. Plat. Ongeveer even groot als mijn duim.

Ik voelde opwinding opborrelen.

Hoewel het in plastic was geseald, herkende ik het voorwerp.

22

Ik haastte me naar de slaapkamer terwijl ik mijn met bloem bedekte handen van me af hield.

'Iets gevonden?' vroeg Chenevier.

'In een voorraadbus. Je kunt het maar beter ter plekke fotograferen en dan zien of je vingerafdrukken kunt vinden.'

Chenevier volgde me naar de keuken. Nadat hij een etiket voor een bewijszakje had ingevuld, fotografeerde hij de kom vanuit verschillende hoeken. Toen hij klaar was, pakte ik het voorwerp uit de kom, tikte er even mee op de rand en legde het op het aanrecht.

Chenevier nam nog meer foto's, ging toen op zoek naar vingerafdrukken op het plastic waarin het voorwerp was geseald. Die waren er niet. Met een draaiend vingergebaar beduidde hij me dat ik het plastic eraf moest halen. Dat deed ik. Even later lagen er een plastic zakje, een stuk plasticfolie van twintig centimeter, en een usb-stick naast elkaar op het aanrecht. Chenevier fotografeerde alles. Op geen van de voorwerpen bevonden zich vingerafdrukken.

'We hebben iets,' riep ik naar de woonkamer.

Ryan voegde zich bij ons. Met een opgetrokken wenkbrauw veegde hij wat bloem van mijn neus.

Mijn blik waarschuwde hem dat hij zijn commentaar beter voor zich kon houden.

Ryan gaf me een handdoek aan en bestudeerde toen de kleine uitstalling naast de kom.

'usb-stick,' zei ik. 'Zestien gigabyte.'

'Dat is nogal wat.'

'Je zou de nationale archieven op dit ding kunnen opslaan.'

Ryan gaf aan dat ik de USB-stick naar de computer moest brengen. Chenevier keerde terug naar de slaapkamer.

Ik gaf de drive aan Lesieur. Ze drukte op een knopje en er kwam een USB-connector tevoorschijn.

'Hebben we hier een machtiging voor?'

Ryan knikte.

Lesieur stopte de drive in de systeemkast.

Er klonk een *ding-dong*, en er verscheen een venster waarin om een wachtwoord werd gevraagd.

'Probeer het eens met Cormier,' zei Ryan.

Lesieur wierp hem een blik toe alsof ze wilde zeggen dat hij zeker een geintje maakte.

'Doe het nou maar.'

Lesieur tikte *C-O-R-M-I-E-R* in.

Het scherm veranderde. Een nieuw venstertje gaf aan dat de aanwezigheid van een extern geheugen was geconstateerd en dat de disk verschillende bestanden bevatte.

'Wat een uilskuiken.' Lesieur sloeg diverse toetsen aan.

Er verschenen kolommen tekst. Mappen. Bestanden. Data.

Lesieur opende een bestand. Nog een. Ryan en ik bogen ons voorover om het scherm beter te kunnen zien.

'Ik ben hier nog wel een tijdje mee bezig.' Net als eerder, was haar boodschap niet bepaald subtiel.

Ryan en ik keerden terug naar de keuken.

Verscheidene keukenkastjes en een massa cornflakes- en crackerdozen later riep Lesieur ons. Ryan en ik gingen naar haar toe.

'Oké. Volgens mij zit het zo. Oppervlakkig gezien lijkt alles onschuldig genoeg. Belastingaangiften. Zakelijke bestanden. Maar ik denk dat jullie knaap nog een heel andere laag verborgen heeft in de ongebruikte ruimte van zijn USB-stick.'

Ryan en ik moeten niet-begrijpend hebben gekeken.

'Sommige van de nieuwere coderingsprogramma's verschaffen geloofwaardige ontkenbaarheid door twee verschillende lagen te creëren. In de eerste laag slaat de gebruiker een paar onschadelijke bestanden op. Belastingaangiften, zakelijke contacten, informatie die elk normaal mens zou willen coderen. De tweede laag is een schijfvolume dat verborgen is in de "ongebruikte" ruimte van de drive.'

'Dus Cormier gebruikt een simpel wachtwoord voor laag één omdat die bestanden hem eigenlijk niets kunnen schelen,' giste ik. 'Het is een dekmantel. Waar het hem in feite om te doen is, is laag twee.'

'Precies. Als er bij zo'n soort indeling iemand begint rond te snuffelen, zie je een paar bestanden, wat open ruimte, alles ziet er normaal uit. Als ze de open ruimte van de schijf byte voor byte bekijken, vinden ze alleen maar koeterwaals.'

'Is dat niet verdacht?' vroeg Ryan.

Lesieur schudde het hoofd. 'Besturingssystemen wissen normaal gesproken geen bestanden. Er wordt alleen een code veranderd die zegt: "Dit bestand is gewist en kan overschreven worden." Alles wat zich in het bestand bevond, staat nog steeds op de drive totdat die ruimte ergens anders voor nodig is, dus als je naar de ongebruikte ruimtes op een normale diskdrive kijkt, zie je stukjes en beetjes van oude bestanden. Herinneren jullie je Oliver North nog?'

Ryan en ik zeiden allebei ja.

'Op die manier wisten Irangate-onderzoekers informatie terug te halen die Ollie gewist had. Zonder die brokken van oude bestanden, of het nou om tekstmateriaal gaat of om computerdata met een herkenbaar patroon, valt puur koeterwaals op door wat eraan ontbreekt.'

Lesieur knikte naar de monitor. 'Waardoor jullie knaap zich verraadt, is het feit dat ik megabyte na megabyte aan koeterwaals aantref.'

'Dus je vermoedt dat er gecodeerde bestanden zijn, maar je kunt ze niet lezen.'

'*C'est ça.* Jullie knaap gebruikt Windows xp. Gecombineerd met een lang genoeg en volkomen willekeurig wachtwoord, creëert zelfs de tool die geleverd wordt bij xp Pro een codering die verdomd lastig te kraken kan zijn.'

'Heb je het geprobeerd met Cormier als wachtwoord?' vroeg Ryan.

'Reken maar.'

Lesieur keek op haar horloge en stond op.

'Een usb-stick die in een voorraadbus met bloem verstopt zit. Dubbellaags codering. Deze knaap verbergt iets waarvan hij beslist niet wil dat het gevonden wordt.'

'En wat nu?' vroeg Ryan.

'Als jullie huiszoekingsbevel dat toestaat, neem dan de apparatuur in beslag. Wat het ook is dat hij weggemoffeld heeft, we zullen het vinden.'

Om één uur lieten Ryan en ik Chenevier en Pasteur achter om het werk af te maken en de boel af te sluiten. Ik reed regelrecht naar Cormiers studio. Het was alsof je van de kou van het noordpoolgebied terechtkwam in de hitte van de tropen.

Hippo droeg weer een alohahemd. Rode schildpadden en blauwe papegaaien, vochtig en verlept. Hij had nog twee kasten doorgewerkt.

Ik vertelde hem over de usb-stick. Zijn reactie kwam onmiddellijk.

'Hij houdt zich bezig met porno.'

'Mogelijk.'

'Wat? Denk je soms dat hij kerkmuziek opslaat?'

Aangezien foto's en video's een heleboel schijfruimte in beslag nemen, vermoedde ik zelf ook al dat er sprake was van porno. Maar ik ben nogal huiverig voor voorspelbare reacties.

'We moeten geen overhaaste conclusies trekken,' zei ik.

Hippo maakte een misprijzend geluid.

Om een woordenwisseling te vermijden, veranderde ik van onderwerp.

'Heb je ooit gehoord van een eiland, genaamd Île-aux-Becs-Scies?'

'Waar?'

'In de buurt van Miramichi.'

Hippo dacht even na, schudde toen zijn hoofd.

'Wat betekent die naam?'

'Volgens mij is een *bec scie* een soort eend.'

Er begon zich vaag iets te roeren in mijn achterhoofd.

Eendeneiland? Wat?

Ik liep naar een kast en begon de mappen een voor een door te werken.

Kinderen. Huisdieren. Stelletjes.

Ik kon me maar moeilijk concentreren. Was ik werkelijk een

voorvechter van een zuivere manier van denken? Of wilde ik het voor de hand liggende gewoon niet weten? Cormier een pornograaf. Cormier een fotograaf van vrouwen en kinderen. Waren de implicaties gewoonweg te afschuwelijk?

En waarom dat seintje van mijn onderbewuste? Eendeneiland? Gedeeltelijk was het de warmte. Gedeeltelijk honger. Er begon zich hoofdpijn te ontwikkelen aan de rechterkant van mijn schedel.

Ryan zou voor de lunch zorgen en regelrecht vanaf Cormiers appartement naar de studio komen. Waar bleef hij verdomme? Geïrriteerd bleef ik mappen doorwerken.

Het was half drie toen Ryan eindelijk verscheen. In plaats van de salade en cola light waarom ik gevraagd had, had hij bij Lafleur's hotdogs en frites gehaald.

Terwijl we aten, praatten Ryan en Hippo over de usb-stick. Ryan was het ermee eens dat Cormier waarschijnlijk porno verborg. Bezweet, prikkelbaar en met mijn maag vol vette worstjes, speelde ik voor advocaat van de duivel.

'Misschien had Cormier er genoeg van om met die ongeorganiseerde troep te moeten werken.' Ik gebaarde naar de kasten. 'Misschien was hij alle oude foto's en bestanden aan het scannen.'

'Om ze vervolgens te bewaren op een usb-stick die hij in een voorraadbus bloem verstopte,' zei Ryan.

Daar zat iets in. Dat zat me dwars.

'Oké, laten we aannemen dat het porno is. Misschien is Cormier alleen maar een viezerik die probeert zijn smerige geheimpje te verbergen.'

Beide mannen keken me aan alsof ik beweerd had dat antrax onschadelijk was.

'Jullie kunnen denken wat je wilt.' Ik verfrommelde mijn verpakkingen en stopte ze in de vettige papieren zak. 'Ik wil eerst bewijs zien.'

Kast nummer twaalf. Ik keek naar een foto van een buitengewoon onaantrekkelijke baby toen mijn mobieltje begon te tjilpen.

Netnummer 281. Harry.

Ik nam het gesprek aan.

'Wat was jij vanochtend vroeg op.'

'Ik ben de meeste ochtenden vroeg op.'

'Hoe is het met die Franse cowboy?'

'Als je Ryan bedoelt, dat is een zak.'

'Ik heb zojuist met Flannery O'Connor gesproken.' Harry's stem klonk opgewonden.

'En?'

Het bleef even stil.

'Heb je soms weer een rothumeur?'

'Het is warm.' Ik legde de foto van de lelijke baby op het stapeltje doorgewerkte mappen en sloeg een volgende map open.

'Dit kun je nauwelijks warm noemen.'

'Wat ben je te weten gekomen?'

'Als je het echt warm wilt hebben, moet je in augustus maar eens naar Houston gaan.'

'O'Connor House?'

'De uitgeverij ging failliet toen Flan en haar man uit elkaar gingen. Ze noemt zich Flan. Ik heb niet gevraagd of ze het officieel had laten veranderen of niet. Hoe dan ook, Flan gaf er de brui aan nadat ze manlief op heterdaad betrapt had met een zekere Maurice.'

'Hm.' De nieuwe map was voorzien van een etiket met *Krenshaw*. Het onderwerp was een cockerspaniël. Ik sloeg de map dicht en pakte de volgende.

'Het is een hartstikke leuk mens, Tempe. We hebben meer dan een uur met elkaar gepraat.'

'Wat ben je te weten gekomen over Obélines boek?' Ik sloeg een volgende map open. *Tremblay*. Een zeer dikke dame die poseerde met een zeer dik kind. De Tremblays gingen op het stapeltje.

'Na de echtscheiding behield Flan het hele archief van O'Connor House. Namen van cliënten, boektitels, aantal pagina's, aantal exemplaren, wat voor soort band. We hebben het hier natuurlijk niet over Simon & Schuster.'

'Obélines boek?' Harry op het juiste spoor houden was zoiets als het hoeden van schapen die aan de amfetamine waren.

'In de loop van zijn bestaan heeft O'Connor House tweeëntwintig dichtbundels gedrukt. Acht van die opdrachten waren afkomstig van vrouwen.' Ik hoorde het geritsel van papier. *La Pénitence*, door Félice Beaufils.'

Wat Harry deed met de Franse taal was werkelijk opmerkelijk.

'*Lie Down Among the Lilies*, door Geraldine Haege. *Peppermint Springtime*, door Sandra Lacanu. *Un Besoin de chaleur humaine*, door Charlene Pierpont. Die titel betekent zoiets als de behoefte aan menselijke warmte.'

Ik sloeg de volgende map open. *Briggs*. Blozende bruid. Volgende.

'Van de andere vier was de auteur niet bekend. Je weet wel, de dichteres gaf er de voorkeur aan anoniem te blijven. *Ghostly Mornings*. Flan dacht dat dat het product was van een leesclubje. Een vrouw genaamd Caroline Beecher sloot de transactie af.'

De hoofdpijn bonsde tegen de achterkant van mijn oogbal. Met mijn duim wreef ik cirkels over mijn slaap.

'*Parfum* werd betaald door Marie-Joséphine Devereaux. *Fringe* werd betaald door Mary Anne Coffey. Elk van die boeken telde ongeveer vijftig pagina's. Elke oplage besloeg honderd exemplaren. Beecher en Devereaux hadden een adres in Moncton. Coffey woonde in St. John...'

'Obéline?' Het kwam er scherper uit dan ik bedoeld had.

Het bleef enkele ogenblikken stil op de lijn.

'Sorry. Ik weet dat je ontzettend je best doet. Het is nu alleen even een beetje te veel informatie.'

'Mmm.'

'Wat ben je te weten gekomen over *Bones to Ashes*?'

Ik sloeg de volgende map open. *Zucker*. Drie kinderen in ruitjes.

'Virginie LeBlanc.' Kortaf.

'LeBlanc was de opdrachtgeefster?'

'Ja.'

'Had O'Connor LeBlancs adres?'

'Een postbus.'

'Waar?'

'In Bathurst.'

'Geen verdere informatie?'

'Nee.'

'Heb je geprobeerd LeBlanc op te sporen?'

'Ja.'

'En?'

Gemelijke stilte.

Ik sloeg mijn ogen ten hemel. Dat deed pijn.

'Hoor eens, Harry, het spijt me. Ik waardeer echt wel wat je allemaal doet.'

Aan de andere kant van het vertrek hoorde ik een telefoon overgaan, toen Hippo's stem.

'*Gallant.*'

'Mag ik je vanavond trakteren op een etentje?' vroeg ik Harry.

'*Quand? Où?*' Staccato vragen op de achtergrond. Waar? Wanneer?

'Ik zal zorgen dat ik thuis ben,' zei Harry.

'*Bon Dieu!*'

'Kies jij maar een restaurant uit,' zei ik.

Ik hoorde een zacht gegrom, vervolgens zware voetstappen die mijn richting uit kwamen.

'Dan kun je me volledig verslag uitbrengen van wat je allemaal te weten bent gekomen.'

Harry ging akkoord. Koeltjes.

Ik verbrak de verbinding.

Hippo stond over me heen gebogen.

Ik keek op.

Er was iets helemaal mis.

23

Hippo had zijn kaken op elkaar geklemd.

'Wat?' Ik sloeg de Zucker-map dicht.

Hippo staarde me woedend aan.

'Zeg het nou maar.'

'Ik heb zojuist bij wijze van vriendendienst een telefoontje gekregen van een collega bij de Royal Canadian Mounted Police in Tracadie. Obéline Bastarache wordt vermist en men gaat ervan uit dat ze dood is.'

Ik vloog overeind. De Zucker-map viel op de grond. 'Dood? Hoe?'

Hippo stak zijn mobieltje in zijn zak en draaide zich om.

'Hoe?' vroeg ik nogmaals, met veel te schelle stem.

'Een buurman een eindje stroomafwaarts van het huis van de Bastaraches vond een sjaal die om een van de palen onder zijn steiger gewikkeld zat. Herkende hem. Ging op onderzoek uit. Vertrouwde het niet toen Obéline niet thuis was. Hij zegt dat ze nooit de deur uit gaat.'

'Dat wil nog niet zeggen dat Obéline verdronken is.'

'De RCMP heeft een onderzoek ingesteld. Ze hebben bloed gevonden op de golfbreker.'

'Dat zou...'

Hippo praatte verder alsof ik niets gezegd had. 'Kleren aan het eind van de golfbreker. Opgevouwen. Schoenen erbovenop. *Note d'adieu* in een van de schoenneuzen geschoven.'

Ik voelde het bloed uit mijn hoofd wegtrekken. 'Een zelfmoordbriefje?'

Hippo keek me niet aan.

Sprak de woorden niet waarvan ik wist dat ze op het puntje van zijn tong lagen.

Dat was ook niet nodig. Nu al voelde ik het verlammende gewicht van schuldgevoel.

Ik slikte. 'Wanneer?'

'Gisteren.'

Ik was dinsdag bij Obéline op bezoek geweest. Woensdag was ze dood.

'Wat stond er in het briefje?'

'*Adieu*. Het leven is één grote ellende.'

Schaamte welde in me op.

En woede.

En nog iets anders.

Hoewel ze verre van gelukkig was, had Obéline een tevreden indruk gemaakt. Had me verteld dat ze op de enige plek was waar ze wilde zijn.

'Er is me niets opgevallen wat erop wees dat ze zelfmoordneigingen had.'

'Sinds wanneer heb jij psychologie gestudeerd?'

Mijn gezicht werd vuurrood. Hippo had gelijk. Wat wist ik van die vrouw? Tot twee dagen geleden hadden we voor het laatst contact gehad als kinderen.

'Niemand twijfelt eraan dat ze dood is? Ik bedoel, er is geen lijk. Wordt de rivier afgedregd?'

'De stroming is daar erg sterk.' Hippo keek naar de gang, naar het zonlicht dat door een van de met vuil aangekoekte ramen van de woonkamer naar binnen sijpelde. 'Het lijk bevindt zich inmiddels waarschijnlijk in de Golf van Sint-Laurens.'

'Waar was Bastarache?' Ryan, die onze geagiteerde stemmen had gehoord, was uit Cormiers kantoortje tevoorschijn gekomen.

'Quebec City.'

'Had hij een alibi?'

'Die schoft heeft altijd een alibi.'

Met die woorden stampte Hippo de kamer uit. Even later ging de deur van de studio open, werd weer dichtgeslagen.

'Het spijt me.' Ryans blik zei me dat hij het meende.

'Dank je.' Zwakjes.

Even heerste er een gespannen stilte.

'Wat is er aan de hand tussen Hippo en jou?'

'Hij is nijdig omdat ik naar Tracadie ben gegaan.'

'Ik betwijfel of het daarom gaat. Hij vindt het wel zo gemakkelijk om zijn ongenoegen op jou af te reageren.'

'Hij had me gevraagd om geen contact met Obéline op te nemen.'

'Bastarache zit in de porno-industrie. Hippo denkt dat dat een ongunstig licht werpt op alle Acadiërs.'

Ik zei niets.

'Trek je maar niks van hem aan. Hippo zal het nooit toegeven, maar het feit dat je Cormiers usb-stick hebt gevonden, heeft diepe indruk op hem gemaakt. Zodra Lesieur het wachtwoord kraakt, kunnen we die smeerlap oppakken.'

'Als ik dat ding niet had gevonden, had de technische recherche het wel gedaan.'

Ryan wist dat dat waar was. Hij probeerde me alleen maar op te beuren.

'Als je ermee op wilt houden, begrijp ik dat best,' zei hij.

Ik schudde het hoofd. Maar Ryan was alweer met iets anders bezig.

'Morgen moet ik naar de rechtbank om te getuigen. Als we er vandaag niet mee klaar komen, moeten we het vrijdag maar afronden.'

Met die woorden liep Ryan terug naar Cormiers kantoortje. En negeerde me vervolgens de rest van de dag.

Prima. Dan kon ik me concentreren op die stomme mappen van Cormier.

Alleen lukte me dat niet. De hele middag bleef ik Obéline voor me zien. De belvedère. De golfbreker. De sjaal.

Gedeprimeerd dwong ik mezelf map na map door te nemen.

Huisdieren. Bruidjes. Kinderen. Geen van hen Phoebe. Geen van hen een van Ryans vermiste of ongeïdentificeerde overleden meisjes.

Om zes uur zette ik er een punt achter.

Terwijl ik stapvoets door het spitsuurverkeer naar huis reed, maakte ik me zorgen over het feit dat ik Harry moest vertellen dat Obéline overleden was. Mijn zus voelt de dingen intens, laat haar emoties schaamteloos de vrije loop. Vreugde. Woede. Angst. Hoe Harry ook reageert, het is altijd overdreven. Ik zag het gesprek met angst en beven tegemoet.

Bij mijn appartement parkeerde ik in de ondergrondse garage. Een lichtje gaf aan dat de lift op de tweede verdieping stilstond. Ik sjokte de trap op.

In de hal stond zowel de buiten- als de binnendeur open. Er lagen lopers kriskras op de vloer van de hal. Op een daarvan stond Winston, onze conciërge.

'Is er iemand aan het verhuizen?' Niet echt geïnteresseerd. Met mijn gedachten bij Harry.

'Drie-nul-vier,' zei Winston. 'Overgeplaatst naar Calgary.'

Ik wilde verder lopen.

'Denkt u erover om te verkopen?'

'Nee.'

'Vreemd.'

'Wat is er vreemd?'

'Twee mannen kwamen vanochtend binnenlopen. Informeerden naar uw appartement.'

Ik bleef staan. 'Wat wilden ze weten?'

'Hoeveel kamers. Of de achtertuin van u was.' Winston haalde zijn schouders op en stak zijn duimen in zijn spijkerbroek. 'De gebruikelijke dingen.'

Ik voelde een vleugje ongerustheid. 'Hebben ze een adres of telefoonnummer achtergelaten?'

Winston schudde het hoofd.

'Hebben ze mijn naam genoemd?'

Winston dacht even na. 'Dat weet ik niet zeker. Het is hier vandaag net een gekkenhuis. Waarschijnlijk waren het alleen maar nieuwsgierigen. Daar krijgen we er een hoop van.'

'Je moet absoluut geen informatie over mijn appartement verschaffen.'

Winstons glimlach verdween. Hij sloeg zijn armen over elkaar.

'Sorry. Ik weet dat je dat nooit zou doen.'

Winston wreef met wijsvinger en duim over zijn mondhoeken. Ik glimlachte. 'Bedankt dat je het me hebt laten weten.'

'Die zus van u is een giller.'

'Dat kun je wel zeggen.' Ik draaide me om en ging op weg naar mijn halletje. 'Ik kan haar maar beter te eten geven voordat ze aan het houtwerk begint te knagen.'

Harry, nog steeds gepikeerd, had nog geen restaurant uitgekozen. Ik nam haar mee naar een van mijn favoriete eetgelegenheden. Milos is niet goedkoop, maar dit was geen avond om op de centen te letten.

Toen we op weg gingen, verliep het gesprek ongeveer als volgt:

'Is de vis vers?'

'Die zwemt nu nog rond.'

Bij aankomst: 'Waar zijn we?'

'Saint-Laurent, bij Saint-Viateur.'

We namen samen een Griekse salade en een portie gefrituurde zucchini. Harry nam krabbenpoten en ik rode snapper.

Na veel aandringen was ze bereid om over *Bones to Ashes* te praten.

'Toen ik het postkantoor van Bathurst belde, werd ik doorverbonden met een zekere mejuffrouw Schtumpheiss.' Harry sprak de naam uit met een overdreven Duits accent. 'Frau Schtumpheiss wilde bevestigen noch ontkennen dat Virginie LeBlanc een postbus bij haar kantoortje had gehuurd. Ik zweer het je, Tempe, je zou denken dat de vrouw een goelag leidde.'

'Stalag. Wat zei ze?'

'Dat die informatie vertrouwelijk was. Ik denk dat Frau Schtumpheiss gewoon geen zin had om van haar *frauenhintern* te komen.'

Ik hapte. 'Frauenhintern?'

'Achterwerk. Vrouwelijk.'

'Hoe weet je dat?'

'Conrad sprak Duits.'

Conrad was echtgenoot nummer twee. Of drie.

'Ik zou Hippo kunnen vragen om haar te bellen,' zei ik. 'Hij is afkomstig uit die streek.'

'Zou kunnen helpen.' Gereserveerd, maar niet vijandig. Harry's humeur begon op te klaren.

Gedurende de rest van de maaltijd hield ik het luchtig. Toen de koffie kwam, stak ik mijn arm uit en pakte de hand van mijn zus.

'Ik heb vandaag heel slecht nieuws van Hippo gehad.'

Harry staarde me ongerust aan.

Ik slikte. 'Obéline is misschien dood.'

Ontsteltenis op Harry's gezicht. 'O, wat erg!' Fluisterend: 'Hoe? Wanneer?'

Ik vertelde haar wat ik wist. Zette me schrap.

Harry pakte haar lepeltje op en roerde in haar koffie. Tikte ermee op de rand van haar kopje. Legde het lepeltje op tafel. Leunde achterover. Beet nadenkend op haar onderlip.

Geen tranen. Geen uitbarsting.

'Gaat het een beetje?'

Harry reageerde niet.

'Blijkbaar is de stroming daar erg sterk.'

Harry knikte.

De kalmte van mijn zus was verontrustend. Ik wilde iets zeggen. Ze gebaarde dat ik mijn mond moest houden.

Ik wenkte de ober om af te rekenen.

'Er is iets wat we kunnen doen,' zei ze. 'Als eerbetoon aan Évangéline en Obéline.'

Harry wachtte terwijl de ober mijn kopje volschonk.

'Herinner je je die knaap die bombrieven verstuurde naar universiteiten en luchtvaartmaatschappijen?'

'De Unabomber?'

'Ja. Weet je hoe dat afgelopen is?'

'Vanaf eind jaren zeventig tot begin jaren negentig doodde Theodore Kaczynski met zijn bombrieven drie mensen en verwondde er negenentwintig. De Unabomber was het doelwit van een van de kostbaarste klopjachten in de geschiedenis van de FBI. Wat heeft Kaczynski met Obéline te maken?'

Ze priemde een gemanicuurde nagel de lucht in. 'Hoe hebben ze hem uiteindelijk te pakken gekregen?'

'Zijn manifest: *Industrial Society and Its Future*. Kaczynski betoogde dat de bommen noodzakelijk waren om de aandacht te vestigen op zijn werk. Hij wilde anderen inspireren om te strijden tegen onderdrukking van de mens die bevorderd werd door technologische vooruitgang.'

'Ja, ja, ja. Maar hoe hebben ze die vent te pakken gekregen?'

'Halverwege de jaren negentig verstuurde Kaczynski brieven, sommige aan zijn vroegere slachtoffers, waarin hij eiste dat zijn 35.000 woorden tellende manifest afgedrukt zou worden in een van de grote landelijke dagbladen. Zo niet, dan dreigde hij nog meer mensen te zullen doden. Na uitvoerig overleg adviseerde het ministerie van Justitie om het manifest te publiceren. Zowel de *New York Times* als de *Washington Post* ging over tot publicatie in de hoop op een doorbraak.'

'En?' Harry hield vragend haar hand op, met de palm naar boven.

'Kaczynski's broer herkende de schrijfstijl en stelde de autoriteiten op de hoogte. Forensisch taalkundigen vergeleken stukken tekst die door Kaczynski's broer en moeder ter beschikking werden gesteld met het manifest van de Unabomber en stelden vast dat ze door dezelfde persoon waren geschreven.'

'Voilà.' Nu twee handen met de palm naar boven.

'Wat?' Ik kon het even niet meer volgen.

'Dat doen wij ook. Ter nagedachtenis aan Obéline. En Évangéline, natuurlijk. We laten een taalkundige de gedichten in *Bones to Ashes* vergelijken met gedichten die Évangéline als kind geschreven heeft. En vervolgens maken we van Évangéline een officiële dichteres.'

'Ik weet het niet, Harry. Een heleboel van die vroege gedichten werden voornamelijk gekenmerkt door puberale somberte.'

'Denk je soms dat de jonge Kaczynski een William Shakespeare was?'

Ik probeerde niet al te sceptisch te kijken.

'Je hebt het met Obéline over de moord op Évangéline gehad. Ik spreek geen Frans, maar ik heb wel geluisterd. Ik weet wat ik in haar stem hoorde. Schuldgevoel. Een verschrikkelijk, afschuwelijk, alles verterend schuldgevoel. Haar hele leven heeft die vrouw zich schuldig gevoeld omdat ze het feit verborgen hield dat ze op de hoogte was van de moord op haar zus. Zou ze dit niet gewild hebben?'

'Jawel, maar…'

'Ken jij een forensisch taalkundige?'

'Jawel, maar…'

'Goed genoeg om hem te vragen om een vergelijking uit te voeren?'

'Ik neem aan van wel.'

Harry legde beide handen op tafel en leunde voorover op haar onderarmen. 'Évangéline en Obéline zijn er allebei niet meer. Dat boekje is het enige wat we nog hebben. Wil je niet weten of Évangéline het geschreven heeft?'

'Natuurlijk wel, maar...'

'En Évangélines naam aan de vergetelheid ontrukken? Haar tot de gepubliceerde dichteres maken die ze altijd wilde zijn?'

'Maar wacht nou eens even. Dit is toch helemaal niet logisch? Jij suggereert dat Évangéline de gedichten schreef en dat Obéline ze liet drukken door O'Connor House. Maar waarom zou Obéline de naam Virginie LeBlanc gebruiken? En waarom zou ze Évangéline niet noemen als de auteur van de bundel?'

'Misschien moest ze het project verborgen houden voor haar griezel van een echtgenoot.'

'Waarom?'

'Jezus, Tempe, dat weet ik niet. Misschien wilde hij niet dat er kwalijke zaken uit het verleden opgerakeld zouden worden.'

'De moord op Évangéline?'

Harry knikte. 'We weten dat Bastarache Obéline regelmatig in elkaar sloeg. Waarschijnlijk was ze doodsbang voor hem.' Harry liet haar stem dalen. 'Tempe, denk je dat hij haar nu óók vermoord heeft?'

'Ik weet het niet.'

'Denk je dat ze überhaupt dood is? Ik bedoel, waar is het lijk?'

Inderdaad, dacht ik. Waar is het lijk?

De rekening werd gebracht. Ik controleerde hem en tekende.

'Er is een probleem, Harry. Als ik nog steeds enkele van Évangélines gedichten heb, en dat is nog maar zeer de vraag, zouden die zich in Charlotte bevinden. Hier in Montreal heb ik niets.'

Harry's lippen plooiden zich tot een glimlach.

24

Als Harry een aanval van terughoudendheid heeft, krijg je niets uit haar los. Ondanks mijn aandringen vertelde ze me niets. Mijn zus vindt het heerlijk om voor verrassingen te zorgen. Ik wist dat er mij ook een te wachten stond.

Twintig minuten later zaten we in mijn slaapkamer, waar diverse relicten uit mijn verleden ons aanstaarden. De vriendinnen arm in arm. Het toegangskaartje. Het servet.

Maar Harry bleef niet stilstaan bij die bladzijde uit het plakboek. Op de volgende had ze drie voorwerpen geplakt: een klein Acadisch vlaggetje, zijnde de Franse driekleur met een gele ster; een sticker met een ganzenpen; een crèmekleurige envelop met zilverkleurige voering en *Évangéline* op de buitenkant gesjabloneerd.

Harry deed de flap open, haalde er diverse pastelkleurige vellen papier uit en gaf die aan mij.

De kamer vervaagde. Ik was twaalf. Of elf. Of negen. Stond naast de brievenbus. Had uitsluitend aandacht voor de brief in mijn hand.

In een reflex snoof ik aan de envelop. Friendship Garden. Godallemachtig, hoe kon ik me de naam van een luchtje uit mijn jeugd herinneren?

'Waar heb je die gevonden?'

'Toen ik besloot om mijn huis in de verkoop te doen, begon ik dozen te doorzoeken. Het eerste wat ik tegenkwam was onze oude Nancy Drew-verzameling. Die vond ik tussen de bladzijden van *The Password to Larkspur Lane*. Zo is het idee voor een plakboek ontstaan. Ik vind die roze wel mooi. Lees maar eens.'

Dat deed ik.

En staarde in het onvoltooide landschap van Évangélines droom. Het gedicht had geen titel.

Late in the morning I'm walking in sunshine, awake and aware like I have not been before. A warm glow envelops me and tells all around,
'Now I am love!' I can laugh at the univers for he is all mine.

'En luister nu eens hiernaar.'

Harry sloeg het achterovergedrukte exemplaar van *Bones to Ashes* open en las:

'Laughing, three maidens walk carelessly, making their way to the river.
Hiding behind a great hemlock, one smiles as others pass unknowing.
Then with a jump and a cry and a laugh and a hug
the girls put their surprise behind them.
The party moves on through the forest primeval
in a bright summer they think lasts forever.
But not the one ailing.
She travels alone and glides through the shadows; others can not see her.
Her hair the amber of late autumn oak leaves, eyes the pale purple of dayclean.
Mouth a red cherry. Cheeks ruby roses. Young bones going to ashes.'

Harry en ik zwegen, verloren in herinneringen aan vier kleine meisjes, glimlachend naar het leven en wat het zou brengen.

Harry slikte. 'De twee gedichten klinken wel een beetje hetzelfde, vind je ook niet?'

Ik voelde een pijn zo diep dat ik me niet kon voorstellen dat hij ooit nog op zou houden. Ik kon geen antwoord geven.

Harry sloeg haar armen om me heen. Ik voelde haar borst op en neer gaan, hoorde een zacht hikkend snikje. Ze liet me los en glipte de kamer uit. Ik wist dat mijn zus net zo kapot was van Obélines dood als ik.

Ik kon het op dat moment niet opbrengen om de andere gedichten te lezen. Ik probeerde te slapen. Probeerde alles uit mijn hoofd te zetten. Tevergeefs. De gebeurtenissen van die dag lieten me niet met rust. Cormiers USB-stick. Hippo's woede. Obélines zelfmoord. Évangélines gedichten. Het skelet. Île-aux-Becs-Scies.

Bec scie. Eend. Ergens in mijn achterhoofd een fluistering. Zwak, onverstaanbaar.

Tot mijn verdriet kon ik me, wat ik ook probeerde, slechts een aquarelimpressie van Évangélines gezicht voor de geest halen. Een vaag gezicht op de bodem van een meer.

Liet mijn herinnering het afweten, opgebruikt door talloze bezoeken in de loop der jaren? Of was het juist het tegenovergestelde? In de geneeskunde kennen we het verschijnsel atrofie, het verschrompelen van bot of weefsel ten gevolge van inactiviteit. Was Évangélines gezicht vervlogen door verwaarlozing?

Ik ging overeind zitten met de bedoeling om de foto in het plakboek te bekijken. Terwijl ik mijn hand uitstak naar de lamp, kwam er een verontrustende gedachte bij me op.

Was de herinnering aan mijn vriendin afhankelijk geworden van fotografische voeding? Werden mijn herinneringen aan Évangéline gevormd door de grillen van licht en schaduw op bevroren momenten in de tijd?

Ik ging weer liggen, probeerde mijn geest leeg te maken en groef diep in mijn herinnering.

Weerbarstige donkere krullen. Opgeheven kin. Een hoofd, zorgeloos in de nek geworpen.

Opnieuw dat zeurende *pssst!* vanuit mijn onderbewuste.

Honingkleurige huid. Rossige sproeten op een door de zon verbrande neus.

Een opmerking…

Heldere groene ogen.

Een schakel die ik over het hoofd zag…

Een iets te vierkante kaak.

Een idee dat me dwarszat…

Slanke armen en benen. De aanzet van borstjes.

Iets over een eend…

En toen viel ik in slaap.

De volgende ochtend om acht uur bevond ik me op mijn kantoor in Wilfrid-Derome. Het zou een dag vol onderbrekingen worden.

Het lichtje van mijn telefoon knipperde als het waarschuwingslicht bij een spoorwegovergang. Ik keek wie er gebeld hadden, maar belde slechts één van hen terug. Francis Suskind, de marien bioloog van McGill.

Ik was de diatomeeënmonsters die ik had genomen van het tienermeisje dat in het Lac des Deux Montagnes was gevonden, helemaal vergeten. Ryans ongeïdentificeerde dode nummer drie.

Suskind nam meteen op.

'Doctor Brennan. Ik stond op het punt u nogmaals te bellen. Mijn studenten en ik zijn heel erg opgetogen over onze bevindingen.'

'U hebt informatie doorgegeven aan studenten?'

'Doctoraalstudenten, uiteraard. We vonden uw uitdaging buitengewoon bezielend.'

Uitdaging? Bezielend?

'Bent u bekend met het terrein van de limnologie?'

'Hebben diatomeeën hun eigen -ologie?' Bedoeld als grapje. Suskind lachte niet.

'Diatomeeën, of kiezelwieren, maken deel uit van de klasse Bacillariophyceae, afdeling Chrysophyta, van microscopische eencellige planten. Wist u dat de leden van deze groep zo talrijk zijn dat ze de rijkste zuurstofbron in onze atmosfeer vormen?'

'Dat wist ik niet.'

Ik begon figuurtjes te krabbelen.

'Ik zal u onze werkwijze uitleggen. Om te beginnen hebben we steeds twaalf monsters genomen op zeven verschillende plekken langs de rivier en rond het Lac des Deux Montagnes, dat in feite natuurlijk deel uitmaakt van de rivier, met inbegrip van L'Île-Bizard, in de buurt van de plek waar het lijk gevonden is. Die dienden als controlemonsters bij het bestuderen van diatomeeënverzamelingen die aangetroffen zijn op de specimens die u ons verschaft hebt, het botmonster en de sok van het slachtoffer.'

'Hm.' Ik tekende een schelp.

'Op elke plek namen we monsters van een aantal verschillende habitats. De rivierbedding. De rivieroever. De oever van het meer.'

Ik voegde spiralen toe aan de schelp.

'Onze controlemonsters leverden achtennegentig verschillende diatomeeënsoorten op. De diverse verzamelingen zijn vergelijkbaar en hebben vele soorten gemeen.'

Ik begon aan een vogel.

'De dominante soorten omvatten *Navicula radiosa, Achnan…*'

Er bestaan meer dan duizend soorten diatomeeën. Ik vermoedde dat Suskind op het punt stond ze allemaal de revue te laten passeren en viel haar in de rede. 'Misschien dat we daar even mee kunnen wachten tot ik uw rapport binnen heb.'

'Natuurlijk. Laat eens zien. Er is sprake van variaties in de aanwezigheid of afwezigheid van ondergeschikte soorten, en veranderingen in de proporties van de dominante soorten. Dat valt te verwachten, gezien de complexiteit van de microhabitats.'

Ik voorzag de vogel van staartveren.

'In principe kunnen de monsters verdeeld worden in drie locatiegroepen. Een midstroomse habitat met een diepte van meer dan twee meter, waar sprake is van een gematigde stroming. Een ondiepe waterhabitat van minder dan twee meter, met een trage stroming. En een rivier- of meeroeverhabitat, boven het waterniveau.'

Een oog. Nog meer veren.

'Misschien moet ik onze statistische benadering verklaren. We doen groepenanalyse, om de groepen die ik zojuist omschreven heb, te determineren.' Suskind produceerde een toeterend geluid waarvan ik aannam dat het een lach was. 'Uiteraard. Daarom wordt het groepenanalyse genoemd.'

Ik tekende een snavel.

'Om de controlemonsters te vergelijken met de op het slachtoffer aangetroffen monsters, maken we gebruik van een overbrengingsfunctie die moderne analoge techniek wordt genoemd. We berekenen de ongelijksoortigheid tussen een slachtoffermonster en het meest daarmee overeenkomende controlemonster, met gebruikmaking van de gemiddelde afstand als ongelijkheidscoëfficiënt…'

'Zullen we ook de kwantitatieve analyse laten rusten tot het rapport binnen is?'

'Natuurlijk. Waar het op neer komt is dit. We zijn erachter gekomen dat de kiezelwierverzamelingen die we op de sok hebben aangetroffen, een sterke overeenkomst vertonen met monsters die afkomstig zijn uit het midden en van de oever van het meer.'

Poten met zwemvliezen.

'Volgens onze analoge vergelijkingstechniek komt het aan de oever van het meer genomen monster het meest overeen met een controlemonster dat genomen is onder aan een boothelling in het natuurreservaat Bois de L'Île-Bizard, niet ver van de plek waar het lijk gevonden is.'

Mijn pen bleef bewegingloos boven het papier hangen.

'Kunt u de plek zo nauwkeurig vaststellen?'

'Natuurlijk. Wat we doen…'

'Waar ligt dat park?'

Ze vertelde het me. Ik noteerde het.

'Hoe zit het met het botmonster?'

'Ik ben bang dat dat wat ingewikkelder ligt.'

Suskind had nu mijn volle aandacht. 'Gaat u verder.'

'De diatomeeënflora op de buitenkant van het bot komt overeen met de diatomeeënflora die we op de sok hebben aangetroffen. In de mergholte hebben we geen diatomeeën aangetroffen.'

'En wat houdt dat precies in?'

'Het interpreteren van negatief bewijsmateriaal is altijd riskant.'

'Doet u eens een paar suggesties.'

'Diatomeeën komen het lichaam binnen via inademing, via voedselopname, en via het inademen van water. Via welke weg ze het lichaam ook binnengekomen zijn, als ze maar minuscuul genoeg zijn, verspreiden de diatomeeën zich door de organen en het merg van het lichaam. Diatomeeën worden aangetroffen in het beenmerg van ongeveer dertig procent van alle mensen die door verdrinking om het leven zijn gekomen. Dat percentage ligt aanzienlijk lager, misschien rond de tien, in gevallen van verdrinking in badkuipen of stadswateren.'

'Omdat diatomeeën en andere ongerechtigheden uit het drinkwater worden gefilterd,' giste ik.

'Uiteraard. Als ze daar al in voorkomen, zijn ze hoogstwaarschijnlijk afkomstig van huishoudelijke schoonmaakmiddelen. Maar dat zijn unieke en herkenbare soorten.'

203

'En die hebt u niet aangetroffen.'

'We hebben helemaal niets aangetroffen in de mergholte.'

'Dus het is mogelijk dat het slachtoffer verdronken is in behandeld of gefilterd water, niet in de rivier?'

'Dat is mogelijk. Maar laat me mijn verhaal even afmaken. De diatomeeënconcentratie in beenmerg is gewoonlijk evenredig aan de diatomeeënconcentratie in het water waarin het slachtoffer verdronken is. Die concentratie varieert als gevolg van de natuurlijke cyclus van bloei en afsterven. Op het noordelijk halfrond vindt de bloei van diatomeeën plaats in het voorjaar en in het najaar, waarbij ze gedurende de zomer voor continu hoge concentraties in rivieren en meren zorgen. In de winter zijn de concentraties normaal gesproken het laagst.'

'Dus het slachtoffer zou in de rivier verdronken kunnen zijn, maar dan vóór de bloei van dit jaargetijde.'

'Dat is ook een mogelijkheid.'

'Wanneer heeft de bloei van dit seizoen plaatsgevonden?'

'In april.'

Ik maakte aantekeningen naast mijn eerdere tekeningetjes.

'Er is inademing van water voor nodig om de diatomeeën te transporteren,' vervolgde Suskind. 'Het transportproces werkt omdat diatomeeën resistent zijn tegen het slijm van het ademhalingsstelsel en in staat zijn om via de bloedsomloop de inwendige organen binnen te dringen.'

Ik wist wat er ging komen. 'Bloed moet rondgepompt worden om diatomeeën in het merg te krijgen.'

'Uiteraard.'

'Dus misschien ademde het slachtoffer niet meer toen ze in het water terechtkwam.'

'Ook dat is een mogelijkheid. Maar vergeet niet dat diatomeeën slechts in een derde van alle verdrinkingsgevallen worden aangetroffen.'

'Waarom zo'n laag percentage?'

'Daar zijn vele redenen voor. Ik zal u de drie belangrijkste geven. Ten eerste kan het te maken hebben met de methode van verzameling. Als er slechts heel weinig diatomeeën aanwezig zijn in de mergholte, worden ze misschien gewoon over het hoofd gezien bij het nemen van de monsters. Ten tweede is het mogelijk dat slacht-offers die hyperventileren en onder water buiten bewustzijn raken, of die te maken krijgen met een spasme van het strottenhoofd, snel-ler overlijden, hetgeen leidt tot een verminderde hoeveelheid inge-ademd water. Ten derde, zoals u ongetwijfeld weet, stroomt er slechts een betrekkelijk geringe hoeveelheid bloed naar en door het bot en het beenmerg. En bij dit slachtoffer was het botmonster het enige waarover ik de beschikking had. Geen monsters van longen, hersens, nieren, lever, milt.'

'Wanneer mag ik uw rapport verwachten?'

'Ik leg er momenteel de laatste hand aan.'

Ik bedankte Suskind en verbrak de verbinding.

Fantastisch. Het meisje was verdronken of niet. In de rivier of el-ders.

Maar de boothelling. Dat was een nuttig gegeven.

Ik belde Ryan op zijn mobiel, maar hij nam niet op. Ik liet een boodschap achter.

Ik had de hoorn nog maar nauwelijks neergelegd toen de tele-foon weer ging.

'Heb je een leuke dag, wijfie?' Mannenstem. Accentloos Engels.

'Met wie spreek ik?'

'Doet er niet toe.'

Mijn geest speurde naar aanknopingspunten.

Cheech, het stuk geboefte uit Tracadie? Ik wist het niet zeker. Hij had maar een of twee zinnen gezegd.

'Hoe komt u aan dit nummer?'

'Je bent gemakkelijk te vinden.'

'Wat wilt u?'

'Druk bezig de misdaad te bestrijden?'

Ik weigerde me uit mijn tent te laten lokken.

'Een nobel streven. Het beschermen van de brave burgers van deze provincie.'

In de hal rinkelde een telefoon.

'Maar wel riskant.'

'Is dat een dreigement?'

'Mooie zus heb je trouwens.'

Er kronkelde zich een koude tentakel door mijn ingewanden.

'Wat doet kleine zus terwijl grote zus rechercheurtje speelt?'
Ik reageerde niet.
'Zij is óók heel gemakkelijk te vinden.'
'Lazer op,' zei ik, en ik kwakte de hoorn op de haak.

Ik bleef even met de draad van de telefoon zitten spelen. Cheech? En als hij het was, vormde hij dan een bedreiging, of was hij alleen maar een ongemanierde pummel met een te hoge dunk van zichzelf? Nee. Hij bracht namens iemand anders een dreigement over.

Waarom? Werkte hij voor Bastarache? Wat bedoelde hij met 'deze provincie'? Waar was hij?

Wíé was hij?

Hippo bellen?

Geen denken aan.

Fernand Colbert.

Goed idee, Brennan. Colbert was een technisch rechercheur die bij me in het krijt stond omdat ik regelmatig barbecuesaus uit North Carolina voor hem meebracht.

Ik belde hem.

Toen Colbert opnam, vertelde ik hem over het anonieme telefoontje. Hij beloofde me dat hij zou proberen na te gaan waar het vandaan gekomen was.

Toen ik ophing, viel mijn blik op mijn tekeningetjes.

Eend...

Schelp...

Laat nou maar. Concentreer je op lopende zaken. Ryans vermiste personen: Kelly Sicard. Anne Girardin. Claudine Cloquet. Phoebe Quincy. Ryans ongeïdentificeerde doden: Rivière des Mille Îles. Dorval. Lac des Deux Montagnes.

Eend...

Schelp...

De fluistering brak door en verdreef alle gedachten aan vermiste personen, ongeïdentificeerde doden of Cheech en zijn dreigement.

25

Ik haastte me naar de bibliotheek, haalde dezelfde atlas tevoorschijn die ik zaterdag had geraadpleegd en bladerde naar dezelfde kaart. Sheldrake Island lag in de monding van de Miramichi Rivier.

Ik sloeg er een Engels woordenboek op na.

Sheldrake. Mannetjesbergeend van de familie Tadorna...

Een *sheldrake* was een eend.

Een *bec-scie* was een eend.

Zou Sheldrake Island het Engelse equivalent kunnen zijn van Île-aux-Becs-Scies? Was dat de kortgesloten boodschap aan mijn hersenen? Zou Jerry O'Driscolls zwerver, Tom Jouns, een voormalig archeoloog, het skelet van het meisje meegenomen kunnen hebben van Sheldrake Island?

Ik ging terug naar mijn kantoor en logde in op internet. Voordat de Google-pagina verscheen, ging mijn telefoon weer. Ditmaal was het Harry.

'Heb je die forensisch taalkundige al gebeld?'

'Nog niet.'

Harry gebruikte stilte om haar afkeuring tot uitdrukking te brengen.

'Ik doe het heus wel.'

'Wanneer?'

'Vanochtend nog.'

Opnieuw een afkeurende stilte op de lijn.

'Ik doe het nu wel.'

'Mooi zo.'

'Wat ben jij aan het doen?'

'Niks bijzonders. Ik ben die gedichten aan het lezen. Ze zijn echt heel mooi.'

Ik hoorde aan haar stem dat ze neerslachtig was.

'Harry, herinner je je nog hoe wij samen kookten als mama een van haar slechte perioden had?'

'Ja.'

'Laten we dat vanavond weer eens doen. Jij en ik.'

'Jij speelde altijd de baas over me.'

'Kies jij maar een recept. Ik zal sous-chef zijn.'

'Bel jij die linguïst?'

'Zodra we opgehangen hebben.'

'Wat denk je van dat gerecht dat we wel eens in elkaar flansten met kip en aardappelprut?'

'Perfect.'

'Verstaan ze me in dat kruidenierswinkeltje op Sainte-Catherine?'

'Als je Engels spreekt, geen Texaans. En, Harry.' Ik aarzelde even. 'Hou je ogen open.'

'Waarvoor?'

'Wees nou maar gewoon voorzichtig.'

Rob Potter was bijna afgestudeerd in de antropologie toen ik met mijn doctoraalstudie aan Northwestern University begon. Ouder en wijzer dan ik, had hij een luisterend oor en een schouder om op uit te huilen geboden. Om nog maar niet te spreken over het feit dat iedereen in stilte verliefd op hem was. Onwaarschijnlijk genoeg was Rob, alvorens zich op de wetenschap te storten, in de jaren zeventig een onvervalste rockster geweest. Had gezongen op Woodstock. Droeg leren jacks en superstrakke goudlamé broeken. Kende Hendrix, Lennon en Dylan. Hij verdween uit de schijnwerpers omdat voor hem rock zijn glans verloor nadat Jimi en Janis overleden waren en omdat hij, in zijn eigen woorden, liever een belegen hoogleraar wilde worden dan een belegen – of overleden – rockster.

Terwijl ik met botten in de weer was geweest, had Rob zich verdiept in taal, zich concentrerend op de context in andere semiotische systemen, modaliteiten en kanalen. Hij had me ooit uitgelegd wat dat inhield. En ik had het begrepen. Min of meer.

Rob maakte inmiddels deel uit van de wetenschappelijke staf van

Columbia. Net als ik was hij in het wereldje van de forensische wetenschap terechtgekomen door rechercheurs en advocaten die behoefte hadden aan expertise. Hoewel we nooit samen aan een zaak gewerkt hadden, maakten we geregeld grapjes over de mogelijkheid.

Ik raadpleegde mijn ledenlijst van de American Academy of Forensic Sciences. Rob stond erin.

Ik belde zijn nummer. Hij nam op. Ik zei wie ik was.

'Ik heb aan je gedacht.'

'Ik heb het niet gedaan,' zei ik.

'En als je nou eens geacht werd het gedaan te hebben?'

'Dan heb ik het gedaan.'

'Fijn dat dat opgehelderd is. En als je dan toch zo consciëntieus bent, zou je willen overwegen om programmavoorzitter te zijn op het AAFS-congres van volgend jaar?'

'Kan ik erover nadenken?'

'Die vraag kan alleen jij beantwoorden.'

'Ik zal erover nadenken.'

'Oké. Wat heb je op je hart?'

'Ik wil je om een gunst vragen.'

'Vertel me eerst maar eens wat het gaat kosten.'

'Zou je twee staaltjes poëzie kunnen analyseren?'

'Dat zou ik kunnen doen.'

'Zou je het ook wíllen doen?'

'Natuurlijk. Voor jou doe ik alles. Gaat het om demografische informatie over de auteur, of moet er vastgesteld worden of er sprake is van één auteur?'

'Het laatste.'

'Ga door.'

'Eén gedicht is geschreven door een pubermeisje. De auteur van het andere is onbekend.'

'Je vermoedt dat de gedichten door dezelfde hand geschreven zijn.'

'Dat is een mogelijkheid.'

'Je moet wel beseffen dat die analyses nogal tijdrovend kunnen zijn.'

'Dat wil ik graag geloven. Maar er zit een addertje onder het gras.'

'En dat is?'

'Dit is geen officieel verzoek.'

'Dat betekent dus geen geld. Of moet ik de analyse vergeten zodra ik hem aan jou overhandigd heb?'

'Eh, allebei.'

'Een gunst dus. Een onofficiële. En geheim. En geen honorarium.'

'Ik zal…'

'O, je krijgt de rekening heus wel gepresenteerd. Misschien tijdens je volgende bezoek aan New York?'

'Lunch. Afgesproken.'

'Vertel eens wat over dit klusje.'

'Enkele van de gedichten staan in een in eigen beheer uitgebrachte bundel. Andere zijn met de hand geschreven.'

'Geef me eens wat achtergrondinformatie.'

Dat deed ik. Pawleys Island. Évangélines plotselinge verdwijning. Het recente uitstapje naar Tracadie. Harry's 'bevrijding' van *Bones to Ashes*. O'Connor House. Ik verzweeg alleen dat Obéline zelfmoord had gepleegd.

'Ik zal het materiaal vandaag naar je opsturen,' zei ik.

'Je begint met een thema.'

'Wat?'

'Een thema voor het congres. Een voorlopige opzet.'

'Het organiseren van een AAFS-programma is een enorme klus, Rob.'

'Fluitje van een cent.'

'Net zoals het in cultuur brengen van de Mojavewoestijn een fluitje van een cent is.'

'Ik zorg wel voor de kunstmest.'

Ik belde Harry, gaf haar Robs adres, en verwees haar naar een winkel op Rue de Maisonneuve waarvandaan ze de dichtbundel per FedEx kon versturen. Ze was enthousiast dat ze weer een missie had.

Ik was net aan mijn computer gaan zitten toen Hippo mijn kantoor binnen kwam lopen. Zijn stuurse blik wees niet bepaald op vergeven en vergeten. Ik zette me schrap voor weer de nodige misprijzende opmerkingen.

'Het zou kunnen dat we één vermiste minder hebben.'

Dat overviel me. 'Hoe bedoel je?'

Hippo kauwde op zijn kauwgom en vermeed zorgvuldig me aan te kijken. 'Girardins vader heeft zich gisteravond van kant gemaakt.'

'Anne Girardin? Het meisje uit Blaineville?'

Kort knikje. *Sans* oogcontact.

'Wat is er gebeurd?'

'Girardin was een zuiplap. Woensdag dronk hij zich een stuk in zijn kraag, vertelde een kroegmaat dat hij zijn dochter had vermoord en haar in het bos begraven had. Hij zat te klagen dat haar geest hem 's nachts niet met rust liet. Die rechtschapen burger overdacht de zaak, moreel dilemma, je weet wel, loyaliteit versus burgerplicht. Vanochtend ging hij Girardin opzoeken. Vond hem in de badkuip, een Remington met grendelactie tussen zijn tenen, zijn hersens tegen het plafond.'

'Godallemachtig.'

Hippo spuwde zijn kauwgom in zijn handpalm, nam twee maagzuurremmers in en stopte de kauwgom weer in zijn mond. 'De hond lijkt er zeker van te zijn dat er ergens achter de stacaravan iets te vinden is.'

'Heb je Ryan kunnen bereiken?'

Hippo knikte. 'Hij is al onderweg.'

Ik stond op.

'Laten we gaan.'

'Girardin had een hekel aan drukte, wantrouwde vreemden. Woonde in een stacaravan mijlenver overal vandaan.'

'Een eenzaam leven voor een meisje van tien.'

'Ja.' Hippo hield zijn blik op de weg gericht.

Opnieuw was ik onderweg naar Blaineville. Opnieuw kreeg ik informatie over een kind van wie ik het lijk mogelijk spoedig zou opgraven.

'Het meisje verdween in 2004. Adelaide, haar moeder, ging er een halfjaar later vandoor. Girardin bleef waar hij was.'

'Wat deed hij voor de kost?'

'Hij werkte in de bouw. Voornamelijk los werk.'

'Waar is Adelaide nu?'

'Joost mag het weten.'

'Komt ze hiervandaan?'

'Thunder Bay, Ontario.' Hippo nam een afslag. 'Maak je maar geen zorgen. We vinden haar wel.'

Naarmate we dichter bij onze bestemming kwamen, namen de tekenen van bewoning af. De weinige primitieve houten huisjes en stacaravans die we passeerden, waren regelrecht uit *Deliverance* afkomstig.

Girardins stacaravan was een rechthoekig geval, vaalgeel met oranje kozijnen. Rond de ingang was een geïmproviseerd terras getimmerd. Daarop stonden een kleine koelkast en een oranje relaxfauteuil met uitpuilende vulling.

Het erf was bezaaid met de gebruikelijke troep. Oude autobanden, roestige vaten, plastic meubilair, het geraamte van een grasmaaier. Ook stonden er een boottrailer en een oude Mustang.

Het busje van de technische recherche stond er al. De wagen van de lijkschouwer. Chenevier en Pasteur. Sylvain en de lijkencollie Mia. Ryan.

Buiten was het heet en de luchtvochtigheid had bijna haar verzadigingspunt bereikt.

Het leek sprekend op de speurtocht naar Kelly Sicard.

Helaas met een ander resultaat.

De zon stond laag aan de hemel toen we uiteindelijk het bundeltje naar boven haalden. Bundels licht vielen door het gebladerte en vormden grillige patronen op de ondiepe kuil, het multiplex, de grote plastic vuilniszak.

De vondst van het graf kwam niet onverwacht. We hadden onder de stacaravan een halflege zak ongebluste kalk gevonden. Een schop met een lange steel.

En Mia was zeker van haar zaak geweest.

De anderen keken toe terwijl ik het plastic opensneed. Er walmde een zoetige stank uit de zak op, als van rottende vegetatie. De stilte werd slechts verbroken door het krassen van een enkele kraai.

Het meisje was begraven in een gebloemde roze spijkerbroek, een roze sweatshirt met capuchon, roze schoenen van het merk

Keds. Rossige vlechtjes zaten nog aan de schedel vast, aangekoekt met vuil, dof geworden in de dood. Het gebit was in het stadium tussen kind en volwassene.

Allemaal herinnerden we ons de foto. De aangifte door Anne Girardins moeder.

Niemand zei iets. Dat was ook niet nodig.

Allemaal wisten we dat Anne gevonden was.

Ik vroeg Ryan om me bij het lab af te zetten. Hij zei dat dat belachelijk was, dat mijn analyse best tot maandag kon wachten. Pappie was dood. Het opsporen van mammie zou wel eens een tijdje kunnen duren.

Maar zo werkte dat niet. De familie kon pas op de hoogte worden gesteld als er sprake was van een officiële identificatie. Als moeder wist ik aan welke vertwijfeling Adelaide Girardin ten prooi moest zijn. Ik wilde zo snel mogelijk zekerheid.

Hippo bleef om Chenevier en Pasteur te helpen bij het sporenonderzoek in de stacaravan. Ryan bracht me naar Wilfrid-Derome. Onderweg belde ik Lisa, de laborante. Ze was bereid over te werken. Ik vroeg haar om uit te zoeken of de tandheelkundige gegevens van Anne Girardin voorhanden waren. En om Mark Bergeron te bellen, de odontoloog van het LSJML.

Ook belde ik Harry, bracht haar op de hoogte van de gebeurtenissen van die dag en deelde haar mee dat onze culinaire capriolen zouden moeten wachten. Ze vroeg hoe laat ik thuis zou komen. Laat. Ik vond het vervelend om haar zoveel alleen te moeten laten. Stel dat die twee kerels die naar mijn appartement hadden geïnformeerd, méér dan onroerend goed in gedachten hadden gehad? Stel dat het anonieme telefoontje werkelijk een dreigement was geweest?

Harry bood aan om iets te eten te halen tegen de tijd dat ik naar huis kwam. Ik bedankte haar en drukte haar op het hart om elke keer dat ze de deur uit ging het alarm te activeren. Voor mijn geestesoog kon ik haar haar ogen ten hemel zien slaan.

Het meisje was al in het mortuarium toen ik arriveerde. Ze had dossiernummer LSJML 57836-07 gekregen. Er waren al röntgenfoto's van haar gebit gemaakt.

Mensen denken dat ongebluste kalk het ontbindingsproces versnelt. Ze hebben het mis. Calciumoxide maskeert slechts de stank van het bederf. En het houdt aaseters op een afstand.

Maar de tijd maakt korte metten met vlees. Hoewel het stoffelijk overschot niet beschadigd was door dieren, was het ontvlezingsproces voltooid. Er zat nog wat haar op de schedel, maar er waren helemaal geen weke delen meer.

Lisa maakte foto's terwijl ik de rottende kledingstukken verwijderde en ze op het werkblad uitspreidde. Sweatshirt met capuchon. Spijkerbroek. Behaatje op de groei met AAA-cup. Katoenen onderbroekje bedrukt met barbiepoppetjes.

Ik had me goed weten te houden. Ondanks de droefheid en de vermoeidheid. Maar het ondergoed trof me als een mokerslag. Barbiepoppetjes en een behaatje. Een kind op het punt om vrouw te worden. Het was een hartverscheurend gezicht.

'Maar goed dat die smeerlap dood is, ja?' Lisa wierp me een neerslachtige blik toe. Ik kon wel zien dat ze zich net zo ellendig voelde als ik.

'Ja,' zei ik.

Concentreer je, dacht ik, terwijl ik botten op de autopsietafel rangschikte.

Lisa maakte foto's terwijl ik mijn analyse puntsgewijs afwerkte.

De schedel- en gezichtskenmerken van het meisje wezen op een Kaukasische afstamming.

Vergroeiing van de heup- en schaambeenderen duidde op een leeftijd boven de acht. De afwezigheid van een minuscuul rond botje onder aan de duim, een sesambeentje, duidde op prepuberteit. De ontwikkeling van de lange beenderen duidde op een leeftijd van negen tot tien jaar.

Het bepalen van het geslacht bij kinderen is lastig. Hoewel de kleding en de vlechtjes op het vrouwelijk geslacht wezen, liet ik dat gedeelte van het biologisch profiel blanco.

Bergeron belde terwijl ik de laatste hand aan mijn aantekeningen legde. Hij was boven en had Anne Girardins antemortemgegevens. De tandheelkundige gegevens klopten.

Geen verrassing.

Het liep al tegen tienen toen ik eindelijk thuiskwam. Nadat ik gedoucht had, aten Harry en ik Thais uit het restaurant op de hoek. Niet veel later ging ik naar bed.

Opnieuw verzette mijn geest zich tegen de slaap. Toen ik uiteindelijk indommelde, kwam ik in een landschap van onsamenhangende dromen terecht. Anne Girardin. Évangéline. Het skelet van Sheldrake Island. Hippo's meisje. Pawleys Island. Ryan.

Toen was ik weer wakker. Ik keek op de wekker. Tien over half drie. Ik deed mijn ogen weer dicht. Keek weer op de wekker. Tien over drie. Tien voor vier.

Om vier uur gaf ik het op. Ik gooide het beddengoed van me af, liep naar de keuken en zette een kop jasmijnthee. Vervolgens startte ik mijn laptop op en begon informatie op te zoeken over Sheldrake Island.

Het begon buiten al licht te worden toen ik eindelijk achteroverleunde. Verbijsterd. Ontzet.

Zeker van twee dingen.

Sheldrake Island was inderdaad Île-aux-Becs-Scies.

Hippo's meisje was een gruwelijke dood gestorven.

26

Ik vermoed dat slaapgebrek mijn denkvermogen had aangetast.

Of misschien was het Petes vroege telefoontje over echtscheidingsgronden. En het indienen van de benodigde paperassen. En het onvermogen van de jonge Summer om een cateraar te vinden.

Achteraf is er altijd het gênante vermoeden dat je het beter had kunnen doen.

Nadat ik met Pete gesproken had, maakte ik Harry wakker en vertelde haar wat ik op internet te weten was gekomen. Vervolgens verontschuldigde ik me omdat ik haar opnieuw in de steek moest laten.

Ik moet zekerheid hebben, zei ik.

Ze zei dat we misschien weer helemaal terug bij af waren.

'Ja,' beaamde ik.

Harry ging winkelen. Ik ging naar het lab.

Ik had maar een uur nodig met het skelet. De diagnose leek nu zo voor de hand liggend. Hoe had ik zo traag van begrip kunnen zijn wat die beschadigingen betrof?

Het is de gruwel van andere plaatsen, andere tijden, hield ik mezelf voor. Niet van Noord-Amerika in de twintigste eeuw.

Klopt. Niettemin, een armzalig verweer.

Toen ik klaar was met het skelet, zette ik mijn computer aan omdat ik me zo goed mogelijk wilde wapenen voor het komende gesprek met Hippo. Ik sloot net de zoekmachine af toen een *ping* me vertelde dat er een e-mail was binnengekomen.

Contact opnemen met een overheidsinstantie tijdens het weekend is als het bellen van de paus op de ochtend van paaszondag. Benieuwd wie er op een zaterdag ge-e-maild had, klikte ik naar mijn in-box.

Ik herkende de afzender niet: watching@hotmail.com.

Toen ik het bericht opende, schoten er ijzig-hete pijltjes door mijn borst.

Temperance:
Staring your severed head in the face...
Death. Fate. Mutilation.

Er was een foto onder de tekst geplaatst.

Donderdagavond. Harry en ik, in het licht van de lampen bij de ingang van Milos.

Ik staarde naar de foto terwijl de adem me in de keel stokte. Het was niet alleen de schok mezelf te zien. Of het idee dat ik door een onbekende in de gaten was gehouden. Er klopte iets niet.

Toen drong het tot me door.

Harry's hoofd bevond zich op mijn lijf, mijn hoofd op het hare.

Mijn blik gleed naar de cursieve regel in het bericht. Poëzie? Een songtekst?

Ik gaf nog een zoekopdracht met gebruikmaking van de woorden *death*, *fate* en *mutilation*. Elke verwijzing wees in dezelfde richting.

Death was een heavy metal-band die in 1983 was geformeerd en in 1999 ontbonden was. De oprichter, Chuck Schuldiner, werd beschouwd als de grondlegger van het death metal-genre. De elpee *Fate* van de groep werd uitgebracht in '92. Een van de nummers was getiteld 'Mutilation'.

Toen ik de songtekst op mijn scherm las, vloog mijn polsslag omhoog. Daar was de regel uit de e-mail. En het refrein. Steeds weer opnieuw.

You must die in pain.
Mutilation.

Jezus christus! Waar was Harry?

Ik belde haar mobieltje. Ze nam niet op. Ik liet een bericht achter. Bel me.

Wie was die griezel, watching@hotmail.com?

Zelfde automatische reactie als bij het telefoontje.

Cheech?

Dezelfde vragen dienden zich aan.

Hofmakerij van een alfamannetje? Dreigement? Waarom?

En toen werd ik nijdig.

Ik haalde diep adem en toetste het nummer van Fernand Colbert in. Hij nam op.

'Aan het werk op zaterdag?' vroeg ik.

'Ik zit iemand af te luisteren.'

Ik wist dat ik niet naar details moest vragen. 'Ik hoop dat mijn verzoek je niet voor het blok heeft gezet.'

'*Mais non.* En ik heb die barbecuesaus nodig.'

'Is het je nog gelukt dat telefoontje te achterhalen?'

'Ja en nee.'

'Kijk eens aan.'

'Ik zal het je uitleggen. Telefoonmaatschappijen houden alle binnenkomende en uitgaande gesprekken via een vaste verbinding bij, met mogelijke uitzondering van lokale gesprekken die via dezelfde centrale lopen. Dat geldt ook voor mobiele telefoons.'

'Ik neem aan dat dat het ja-gedeelte is.'

'Ja. Ik zal je zeggen hoe een gesprek van een mobiele telefoon naar een vast toestel in zijn werk gaat. Je belt een nummer op je mobieltje. Dat zoekt verbinding met de dichtstbijzijnde zendmast. Gebruikmakend van dezelfde technologie als je nummermelder zegt dat: "Ik ben Tempes toestel en ik wil 1-2-3-4-5 bellen." De zendmast stuurt jouw telefoontje door naar de centrale, die in verbinding staat met het vaste telefoonnet. Kun je het nog volgen?'

'Tot dusver wel. Ik heb het gevoel dat je nu aan het nee-gedeelte toekomt.'

'De mobiele centrale staat in verbinding met de hoofdcentrale van het vaste net die het gesprek doorstuurt naar de hoofdcentrale in de regio waar je naartoe belt. Daarvandaan gaat je gesprek naar de plaatselijke centrale op de plaats van bestemming en vandaar naar de telefoon op de plaats van bestemming.

Bij elke doorschakeling wordt de identificatie van je toestel genoteerd omdat iedereen die iets met het gesprek van doen heeft, geld wil vangen. Je nummer wordt niet alleen geassocieerd met jou maar ook met je provider. Het probleem is dat al jouw informatie niet op één plaats wordt bewaard, en maatschappijen geven die niet vrij zonder dagvaarding en vergoeding van de kosten die verbonden zijn aan het opzoeken van die informatie.

Het andere probleem is dat je bij sommige providers geen identificatie, laat staan een geldige identificatie, nodig hebt om van hun diensten gebruik te maken.'

'En elke mafkees kan tegenwoordig in elke supermarkt een wegwerpmobieltje kopen.'

'Precies. Je kunt het telefoonnummer wel hebben, maar daar schiet je niets mee op als je niet weet wie de eigenaar van het toestel is.'

'Mijn mafkees belde met een mobiele telefoon die hij bij de Wal-Mart heeft gekocht,' giste ik.

'Of bij Costco of K-Mart of Pop's Dollarama. Als het echt belangrijk is, zouden we er wel achter kunnen komen waar het toestel gekocht is, en met behulp van de bewakingscamera's van de zaak die vent kunnen opsporen.'

'Nee. Dat is op dit moment een beetje vergezocht. Maar ik heb wel een ander verzoek.'

'Dat gaat je heel wat barbecuesaus kosten.'

'Geen probleem.'

Ik beschreef het e-mailtje, zonder in detail op de inhoud in te gaan.

'Zelfde mafkees?'

'Dat weet ik niet zeker. Waarschijnlijk wel.'

'Heeft hij je bedreigd?'

'Niet openlijk.'

'Als die kerel zo slim is met de telefoon, heeft het waarschijnlijk geen zin om te proberen hem op te sporen via e-mail.'

'Ik dacht al dat je dat zou zeggen.'

'Scenario. Die gast rijdt rond met een laptop die is voorzien van een draadloos-netwerkkaart, en spoort met behulp daarvan netwerken op. Als hij er een vindt dat niet beveiligd is, maakt hij een hotmailaccount aan met behulp van valse informatie. Verzendt de e-mail. Zet zijn laptop uit en rijdt weg.'

'Je kunt gewoon vanuit je auto het netwerk van iemand anders gebruiken?'

'*Oui*. Het oorspronkelijke IP-adres behoort toe aan iemand die waarschijnlijk niet eens beschikt over een logboek om aan te tonen dat er een andere gebruiker op zijn netwerk zat. Sommige nerds doen het voor de lol. Ze noemen het *wardriving*, zelfs als ze het te voet doen. Ze zwerven rond op zoek naar kwetsbare wifi-netwerken, waarbij ze soms richtantennes fabriceren van lege Pringlesverpakkingen. Je kunt pennen kopen met een groen lampje dat oplicht als je binnen tien meter van een signaal komt.'

Geweldig. Nog iets om me zorgen over te maken.

'Hier is nog een truc,' zei Colbert. 'Veel hotels hebben draadloze netwerken die ze openlaten zodat ze de gasten niet hoeven te leren hoe ze moeten inloggen met een code, die wel tot tweeëndertig karakters lang kan zijn. Met een gesloten systeem moet de gebruiker een code intikken, maar met een open systeem wordt de code doorgegeven naar alle draadloze apparaten binnen het bereik van dat systeem. Dus als je op een parkeerterrein tussen twee luchthavenhotels gaat staan, kun je waarschijnlijk volledig anoniem inloggen op hun draadloze netwerk.'

'Ontmoedigend.'

'Ja. Maar ik wil er best eens een poging aan wagen.'

Ik bedankte Colbert en verbrak de verbinding.

Oké. Tijd om Ryan op de hoogte te brengen.

In plaats daarvan belde ik Hippo.

Hij nam meteen op. Dat is dan het vrije weekend in de glamourwereld van de recherche.

'Ik heb nieuws over het skelet uit Rimouski,' zei ik.

'O ja? Ik zit hier al zo lang tussen die verdomde kasten dat ik Gastons probleem helemaal vergeten was.'

'Agent Tiquet kreeg het skelet van de gebroeders Whalen die het weer gekocht hadden in Jerry O'Driscolls pandjeshuis in Miramichi. O'Driscoll had het op zijn beurt gekocht van Tom Jouns die beweerde dat hij het had opgegraven op een Indiaanse begraafplaats.'

'Lijkt wel zo'n autorally waar je aanwijzingen moet opvolgen.' Hippo maakte een slurpend geluid alsof hij op een caramel aan het kauwen was.

'O'Driscoll zei dat de begraafplaats zich op een eiland bevond. Ik vond de naam Île-aux-Becs-Scies op de schedel van het meisje geschreven.'

'Ja, ik herinner me dat je me een vraag stelde over *becs-scies*.'

'Île-aux-Becs-Scies heet tegenwoordig Sheldrake Island.'

Hippo zei iets onverstaanbaars.

'Ben je caramels aan het eten?'

'Toffees.'

'Sheldrake is een eilandje van zo'n dertien hectare in de Miramichi Rivier, ongeveer dertien kilometer ten oosten van Chatham. In het begin van de negentiende eeuw was het in gebruik als quarantainestation voor pas gearriveerde immigranten. In 1884 bepaalde de overheid van New Brunswick dat Sheldrake een leprakolonie zou worden.'

De kauwende geluiden hielden op. 'Wat?'

'Er was een uitbarsting van lepra in de provincie.'

'Zoals in de Bijbel? Mensen bij wie er vingers en tenen af vielen?'

'In sommige gevallen. Lepra wordt veroorzaakt door de *Mycobacterium leprae*-bacterie. Het wordt tegenwoordig de ziekte van Hansen genoemd.'

'Waren er leprozen in New Brunswick?'

'Ja, Hippo. In New Brunswick.'

'Hoe kan het dat ik daar nooit van heb gehoord?'

'Er rust een groot taboe op lepra. En in die tijd was dat nog veel erger. Veel mensen zeiden dat leprozen de ziekte over zichzelf afriepen door hun zonden of door een gebrek aan hygiëne. Hele families werden gemeden. Mensen praatten er liever niet over. Als ze dat wel deden, noemden ze het *la maladie*.'

'Wanneer was dat?'

'De eerste gevallen deden zich voor rond 1820. Gedurende de volgende twee decennia begonnen hoe langer hoe meer mensen symptomen te vertonen, aanvankelijk binnen families, later onder buren. Zeven mensen stierven aan de ziekte. Volksgezondheidsfunctionarissen begonnen in paniek te raken.'

'Je meent het.'

'Vergeet niet dat lepra een van de meest gevreesde ziektes is. Het komt al duizenden jaren voor, veroorzaakt misvormingen, en tot de jaren veertig van de vorige eeuw bestond er geen remedie tegen. Indertijd wist men niet eens of lepra besmettelijk was.'

'Is het dat?'

'Jawel, maar het is niet helemaal duidelijk hoe dat precies in zijn werk gaat. Jarenlang werd de overdracht van de ziekte toegeschreven aan langdurig contact tussen besmette en gezonde personen. Tegenwoordig denken de meeste onderzoekers dat de bacterie verspreid wordt via druppelinfectie. Net als bij tuberculose.'

'Dus het is wel degelijk gevaarlijk om bij leprozen in de buurt te komen?'

'Lepra is niet dodelijk en ook niet zeer besmettelijk. Het is een chronische aandoening die alleen overdraagbaar is aan personen met een genetische aanleg, waarschijnlijk ongeveer vijf procent van de bevolking. Maar dat wist men in de negentiende eeuw niet.'

'En dus werden die mensen verbannen?'

'In 1844 vaardigde de overheid van New Brunswick een wet uit die voorschreef dat iedereen die symptomen van lepra vertoonde, geïsoleerd diende te worden. Er werd een gezondheidsraad ingesteld die de bevoegdheid kreeg om mensen van wie men vermoedde dat ze besmet waren, te bezoeken, te onderzoeken en uit hun huizen te halen. Sheldrake werd gekozen omdat er een paar gammele gebouwtjes op het eiland stonden.'

'Net als op dat eilandje in Hawaï.'

'Molokai. Ja. Alleen was Sheldrake erger. De zieken werden achtergelaten met weinig voedsel, niet meer dan primitief onderdak, en vrijwel geen medische zorg. De kolonie heeft vijf jaar bestaan. Van de zevenendertig patiënten die er opgenomen werden, zijn er vijftien gestorven en op het eiland begraven.'

'Wat is er met de rest gebeurd?'

'Een handvol ontsnapte. Een van hen was een kind van tien.'

Barnabé Savoie. Zijn verhaal had me bijna aan het huilen gemaakt. Het doodsbange kind was Sheldrake ontvlucht naar het enige toevluchtsoord dat het kende. Thuis. Barnabé was onder bedreiging met een vuurwapen uit de armen van zijn vader weggerukt, met touwen vastgebonden en weer teruggebracht naar het eiland.

'Brachten ze daar ook kinderen heen?'

'Een heleboel. Er zijn baby's geboren op Sheldrake.'

'*Crétaque!* Die vluchtelingen, zijn die opgepakt?'

'De meesten werden weer gepakt en teruggebracht naar het eiland. Daarna werden er nog strengere beperkende maatregelen ingesteld. Alle zieken werden in één gebouw samengebracht, daar werd een omheining omheen gezet, en de tijd voor lichaamsbeweging in de frisse lucht werd beperkt. Er werd een gewapende bewaker ingehuurd om te zorgen dat de nieuwe voorschriften nageleefd werden.'

Er flitste een beeld door mijn hoofd. Kinderen met een mismaakt gezicht, hun vingers omwikkeld met vodden. Hoestend. Huilend om hun moeder. Ik verdrong het beeld.

'En de anderen, degenen die het overleefd hebben?'

'Ik weet niet precies wat er van hen geworden is. Dat ga ik nog uitzoeken.'

'Wat heeft dit te maken met Gastons skelet?'

'Het meisje had lepra.'

Ik hoorde wat onbestemde geluiden en stelde me voor hoe Hippo de hoorn naar zijn andere oor bracht terwijl hij de implicaties van mijn mededeling overdacht.

'Je wilt zeggen dat dat meisje honderdzestig jaar geleden gestorven is?'

'Daar ziet het inderdaad naar uit.'

'Dat is dus het eind van het verhaal.'

'Ik ken een archeologe aan de universiteit van New Brunswick in Fredericton. Zodra het skelet officieel vrijgegeven is, kan ik haar wel even bellen.'

Er klonk een bons, toen werd er op de achtergrond iets geroepen.

'Ogenblikje.'

De verbinding viel grotendeels weg doordat Hippo de hoorn vermoedelijk tegen zijn borst drukte. Toen hij weer aan de lijn kwam, klonk zijn stem opgewonden.

'Ben je daar nog?'

'Ja.'

'Dit zul je niet geloven.'

27

'Iemand heeft onze favoriete fotograaf doodgeschoten.'

'Cormier?'

'Het lijk werd vanochtend vroeg gevonden achter een pakhuis in de buurt van de Marché Atwater. Twee kogels in het achterhoofd. Ryan komt er net vandaan. Hij zegt dat Cormier ergens anders om het leven is gebracht en daarna gedumpt is. Volgens de tijdlijn na middernacht.'

'Jezus. Is Ryan bij je?'

'Ja. Ogenblikje.'

Even later kwam Ryan aan de lijn.

'Een nieuwe wending,' zei ik.

'Ja.'

'Bij alle opwinding over de opgraving van Anne Girardin ben ik helemaal vergeten je te vertellen dat ik bericht heb gehad van doctor Suskind.'

'Hm.' Ik merkte dat Ryan nauwelijks luisterde.

'Suskind is de marien bioloog van McGill. Haar bevindingen met betrekking tot het lijk in het Lac des Deux Montagnes zijn nogal gecompliceerd.'

'Geef me maar een korte samenvatting.'

'Ze heeft diatomeeën aangetroffen op het botoppervlak, maar niet in de mergholte.'

'En dat wil zeggen?'

'Ofwel het meisje was al dood toen ze in de rivier terechtkwam, ofwel ze is ergens anders verdronken in gezuiverd water, ofwel ze is verdronken vóór april, ofwel ze hyperventileerde en stierf snel, ofwel Suskinds onderzoekstechniek deugde niet.'

'Geweldig.'

'Suskind is wel iets nuttigs te weten gekomen. De diatomeeën-verzamelingen die op de sok zijn aangetroffen, komen het meest overeen met een controlemonster dat genomen is onder aan een boothelling in een natuurreservaat niet ver van de plek waar het lijk vast kwam te zitten in de schroef van een visboot ter hoogte van L'Île-Bizard.'

'Zeg dat nog eens.'

Dat deed ik.

'Dat zou de plek kunnen zijn waar het slachtoffer het water in ging,' zei Ryan.

'Of een plek waar het lijk een tijdje vast heeft gezeten. Nog nieuws over de identificatie?'

'Ik heb diverse instanties een verzoek toegestuurd om informatie over vrouwelijke blank-Indiaanse of blank-Aziatische vermiste tieners. Tot dusver nog niets.'

'Nog succes bij het opsporen van Adelaide Girardin?'

'Ik trek wat aanknopingspunten na. Maar op dit moment is Cormier het belangrijkst. Ik ben met die zaak belast omdat hij betrokken is bij de verdwijning van Phoebe Quincy.'

'Heb je Phoebes ouders al op de hoogte gebracht?'

'Nee. Op dat gesprek zit ik echt te wachten. Cormier was ons enige aanknopingspunt. Maar het goede nieuws is dat we nu de vrije beschikking hebben over die usb-stick. Al die dagvaardingsflauwekul kunnen we nu gerust vergeten.'

Ik wilde iets zeggen, maar weifelde. Ryan voelde mijn aarzeling.

'Wat?'

'Je hebt al meer dan genoeg op je bordje.'

'Voor de dag ermee.'

'Misschien is het niets.'

'Laat mij dat maar bepalen.'

'Ik heb het er met Hippo over gehad, maar ik dacht dat jij het misschien ook wel wilde weten.'

'Denk je dat je er vandaag nog aan toekomt?' Vriendelijk genoeg.

Ik vertelde hem over het anonieme telefoontje op het lab en de e-mail met de foto en de Death-songtekst.

'Fernand Colbert heeft tevergeefs geprobeerd het gesprek na te trekken. Hij is niet optimistisch over de e-mail.'

'Denk je dat het een van die twee hufters is die jullie lastigvielen in Tracadie?'

'Wie zou het anders kunnen zijn?'

'Jij hebt er een handje van om mensen tegen je in het harnas te jagen.'

'Ik doe mijn best.'

'En met succes.'

'Dank je.'

'Laat dit maar aan mij over.'

'Mijn held.'

Humoristisch bedoeld. We lachten geen van beiden. Volgende onderwerp.

'Ik heb die kwestie van Hippo's meisje opgelost,' zei ik, onbewust mijn bijnaam voor de zaak gebruikend.

'Hippo's meisje?'

'Het skelet dat ik heb laten confisqueren door de lijkschouwer in Rimouski. Het skelet dat Hippo's vriend Gaston een slecht geweten bezorgde.'

'En?'

'Het skelet is waarschijnlijk oud.'

'Niet je verdwenen vriendin.'

'Nee. Ik zal je te zijner tijd de bijzonderheden wel vertellen. Of anders doet Hippo dat wel.'

'Hebben jullie twee het bijgelegd?'

'Hippo is er het type niet naar om lang te blijven mokken.'

'Van je hart geen moordkuil maken, doorgaan met leven. Wel zo gezond.'

'Ja.'

Opnieuw zoemde het ongemak over de lijn.

'Zeg maar tegen Hippo dat ik hem morgen kom helpen met Cormiers dossiers.'

'Ik zal je laten weten wat ik te weten kom over dat tuig in Tracadie.'

Dat deed hij ook. Sneller dan ik voor mogelijk zou hebben gehouden.

Op zondagochtend kwam eindelijk de lang beloofde regen. Toen ik wakker werd, droop het water langs mijn slaapkamerramen, waardoor het zicht op de binnenplaats en de stad verderop vervormd werd. De takken van de boom buiten zwiepten heen en weer in de wind.

Terwijl Harry nog sliep, ging ik op weg naar Cormiers studio.

Terwijl ik door de stad reed, hielden mijn gedachten gelijke tred met het ritme van de ruitenwissers op mijn voorruit. Cormier is dood. Cormier is dood. Cormier is dood.

Ik wist nog niet waarom de fotograaf vermoord was. Wat ik wel wist, was dat het geen goed nieuws was.

In Rachel Street parkeerde ik mijn auto langs het trottoir, zette de capuchon van mijn sweatshirt op, en trok een sprintje. De buitendeur van het gebouw zat niet op slot. De binnendeur werd opengehouden met een opgerold exemplaar van *Le Journal de Montréal*. Ik nam aan dat Hippo al aan het werk was.

Aan de deur van dr. Brigaults tandartspraktijk hing een bordje. *Fermé*. Gesloten.

Ik nam de trap naar de eerste verdieping. Door het slechte weer leek het trappenhuis donkerder, dreigender dan tijdens mijn vorige bezoek. De vlagerige wind vulde de ruimte met een hol, jammerend geluid.

Hoe hoger ik kwam, hoe donkerder het werd. Ik bleef even staan om te kijken hoe dat precies zat. Het weinige licht dat hier doordrong, was afkomstig van beneden.

Ik keek omhoog. Aan de wand van het trappenhuis bevond zich een enkele kale gloeilamp. Hij was uit. Ik boog me voorover over de trapleuning en keek naar de gloeilamp op de overloop van de eerste verdieping. Die was ook uit.

Was de stroom uitgevallen door de storm?

Op dat moment hoorde ik iets op de eerste verdieping.

'Hippo?'

Niets.

'Ben jij dat, Hippo?'

Opnieuw geen reactie.

Met mijn zintuigen tot het uiterste gespannen vervolgde ik mijn weg naar de overloop van de eerste verdieping. De deur van Cormiers appartement stond op een kier. Opluchting. Natuurlijk. Hippo was achter in het huis en kon me niet horen.

Ik duwde de deur wijd open en stapte naar binnen. Schaduwen van door de wind bewogen voorwerpen speelden over de muren. Takken. Telefoonlijnen. Tegen de achtergrond van de storm was het in de studio bijna griezelig stil. Ik liep de gang in.

Bij de keuken voelde ik hoe de haartjes in mijn nek overeind gingen staan. De cijfertjes van de magnetron gloeiden groen op. De stroom was dus niet uitgevallen. Ik veegde mijn klamme handen af aan mijn spijkerbroek. Waarom was het donker in de gang? Had iemand de gloeilampen losgedraaid?

Ik luisterde met ingehouden adem. Wind. Regen die op de bovenkant van de raamairconditioningunit een verdieping hoger kletterde. Mijn eigen hartslag. Toen onderscheidde ik nog een ander geluid. Gerommel. Ongeduldig.

Zo zachtjes mogelijk sloop ik de gang door tot ik door de open badkamerdeur kon kijken. Wat ik zag deed me automatisch door mijn knieën zakken terwijl mijn trillende vingers steun zochten tegen de muur.

Er stond een man met zijn rug naar me toe, wijdbeens. Hij keek omlaag, alsof hij iets in zijn handen bestudeerde. De man was niet Hippo.

Elke haar op mijn lichaam volgde het voorbeeld van mijn nekhaartjes.

Buiten gierde de wind om het gebouw, deed ramen klapperen en joeg een metalen voorwerp de straat door.

Binnen kraakte er een vloerplank onder mijn voeten.

Adrenaline joeg door mijn aderen. Zonder erbij na te denken kwam ik half overeind en schuifelde achteruit. Te snel. Mijn hak bleef haken achter een gescheurd stuk vloerbedekking. Ik smakte achterover.

Vanuit de badkamer hoorde ik zolen op het linoleum. Voetstappen.

Razendsnel overwoog ik diverse opties. Wegrennen? Mezelf opsluiten in een slaapkamer en om hulp bellen?

Hadden die deuren eigenlijk wel sloten?

Mijn benen namen een besluit. Wegwezen!

Ik vloog de gang door, de deur uit. Heel even hoorde ik niets. Toen kwamen er dreunende voetstappen achter me aan.

Net toen ik de trap bereikte, knalde er iets massiefs tegen mijn rug op. Iemand greep mijn haar beet. Mijn hoofd werd achterover gerukt.

Ik ving een glimp op van de niet werkende gloeilamp. Ik rook nat nylon. Vettige huid.

Gespierde armen klemden mijn ellebogen tegen mijn lijf. Ik worstelde om me los te wringen. De greep werd alleen maar steviger.

Ik schopte achteruit, raakte een scheenbeen. Boog mijn knie om opnieuw te schoppen.

Eén kant van de bankschroef werd wat losser. Ik kreeg een harde klap tegen mijn slaap.

Ik zag alleen nog maar scherven wit licht.

Grommend tilde mijn aanvaller me op. Mijn voeten kwamen los van de vloer. Hij draaide me om en duwde.

Met molenwiekende armen tuimelde ik achterover, mijn hoofd bonkend op de trap, ruggenwervels die over de rand van elke trede schraapten. Ik kwam tot stilstand op de overloop halverwege de trap.

Ik lag daar met bonzend hoofd en brandende longen. Toen, door het geraas in mijn oren heen, hoorde ik een gedempte bons. In de hal beneden? In mijn hoofd?

Seconden of uren later voelde ik, meer dan ik het hoorde, een volgende bons. Voetstappen kwamen naar boven, aarzelden even, versnelden toen.

Door een mist hoorde ik een blikkerige stem.

Ik duwde mezelf overeind. Leunde met mijn schouders tegen de muur. Snakte naar adem.

Ik voelde druk in mijn nek. Boog mijn hoofd. Meegaand. Een lappenpop. Mijn hele wezen geconcentreerd op één wanhopige gedachte.

Ademen!

De blikkerige stem klonk weer, maar de woorden gingen verloren in het geraas in mijn oren.

Ademen!

Er hurkte een gestalte naast me neer. Iemand tikte me op mijn schouder.

Ademen!

Langzaam verloor de kramp zijn greep op mijn longen. Ik zoog lucht naar binnen. Het gedreun in mijn trommelvliezen begon weg te trekken.

'Doc, ben je ziek?' Hippo. Bezorgd.

Ik schudde mijn hoofd.

'Wil je dat ik...'

'Ik mankeer niks,' wist ik met moeite uit te brengen.

'Ben je gevallen?'

'Geduwd.'

'Iemand heeft je de trap af geduwd?'

Ik knikte. Voelde iets trillen onder mijn tong. Slikte.

'Waar was je?'

'Cormiers studio.'

'Is hij daar nog?'

'Dat denk ik niet. Ik weet het niet.'

'Heb je zijn gezicht kunnen zien?'

Ik pijnigde mijn verwarde brein. De man had met zijn rug naar me toe gestaan. En daarna was het allemaal te snel gegaan.

'Nee.'

'Ik heb niemand gezien.' Hippo's stem klonk aarzelend. Ik wist dat hij in tweestrijd verkeerde of hij zich om mij moest bekommeren of achter mijn belager aan moest gaan.

Waarom was ik aangevallen? Was ik herkend, het specifieke doelwit? Of was het een kwestie van toeval geweest, omdat ik een belemmering vormde voor een ongestoorde aftocht? Wiens aftocht?

Ik hief beide armen, ten teken dat ik overeind wilde komen.

'Ogenblikje.'

Hippo belde met zijn mobieltje, beschreef wat er gebeurd was, beantwoordde vragen met enkele gedecideerde 'oui's'. Nadat hij de verbinding verbroken had, keken we elkaar aan. We wisten het allebei. Er zou een politiewagen in de straat verschijnen, buren zouden ondervraagd worden. Zonder getuigen was de kans dat de man gepakt zou worden zo goed als nihil.

Ik wapperde met mijn handen.

Hippo sloeg een arm om mijn middel en sjorde.

Met trillende benen kwam ik overeind.

'We moeten boven gaan kijken,' zei ik.

'Misschien kun je beter even wachten tot er een dokter…'

Ik pakte de trapleuning beet en ging op weg naar Cormiers studio. Hippo volgde me. Zwak licht sijpelde door een kier tussen de deur en de deurstijl. Hippo gebaarde dat ik achter hem moest gaan staan en trok zijn vuurwapen.

'*Police!*'

Geen reactie.

'*Police!*' Hippo's stem klonk schril door de spanning. '*On défonce.*' We komen naar binnen.

Nog meer stilte.

Hippo maakte een 'blijf waar je bent'-gebaar en gaf een trap tegen de deur. Die vloog naar binnen open en klapte weer terug. Met zijn elleboog duwde hij hem open en stapte naar voren, beide handen om de kolf van zijn vuurwapen dat hij ter hoogte van zijn neus voor zich uit hield.

Ik hoorde Hippo's voetstappen terwijl hij zich door het appartement bewoog. Even later riep hij: 'Leeg.'

Ik ging naar binnen.

'Hier.' Hippo's stem kwam vanuit de badkamer waarin ik de indringer had zien staan.

Ik haastte me de gang door en keek naar binnen. Ditmaal vielen me details op die eerder aan mijn aandacht waren ontsnapt.

De bovenleidingen werden aan het oog onttrokken door een verlaagd plafond dat bestond uit in smalle metalen strips gevatte plafondtegels van zo'n dertig bij dertig centimeter. Verscheidene tegels waren losgerukt en in de wastafel gegooid.

Hippo stond op het ladekastje en scheen met zijn zaklantaarn in de ontstane opening.

Woede kreeg de overhand op mijn hoofdpijn. 'Hoe heeft iemand hier zomaar binnen kunnen lopen?'

Hippo ging op zijn tenen staan.

'Die klootzak wist precies waarnaar hij op zoek was. En precies waar hij moest zoeken,' fulmineerde ik, ondanks het feit dat Hippo niet luisterde.

'Krijg nou wat!'

Hippo reikte me zijn zaklantaarn aan zonder naar beneden te kijken.

'Wat? Zie je iets?'

Hippo stak zijn arm in het gat. Even later liet hij zich weer op zijn hielen zakken. In zijn hand had hij een gekreukt vel. Ik pakte het van hem aan.

Een fotovel. Ik keek naar de afbeeldingen.

Mijn hart sloeg op hol.

28

Ik had porno verwacht. Vrouwen met siliconentieten, zich wellustig kronkelend in quasi-erotische extase. Of knielend als poezen met hun billen in de lucht. Daar was ik op voorbereid.

Niet hierop.

De fotovel was sepiakleurig. Ofwel oud of speciaal bewerkt om er oud uit te zien. Het papier was zo gekreukt en verschoten dat ik dat niet met zekerheid kon zeggen.

Het vel bevatte twaalf opnames die in vier rijtjes van drie waren gerangschikt. Op elke opname was een meisje te zien. Jong. Mager. Naakt. Misschien door onoordeelkundig gebruik van het flitslicht, misschien door een opzettelijke belichtingsfoefje, glansde het vlees van het meisje spookachtig wit in het schemerdonker om haar heen.

In de eerste serie foto's zat het meisje met ronde rug, de schouders enigszins afgewend van de camera. Haar enkels en polsen waren met touw vastgebonden.

In de volgende serie was er een touw bij gekomen, dat om haar nek was geslagen en vast was gemaakt aan een haak in de muur boven haar hoofd. Rond de plek waar de haak was bevestigd, werd het pleisterwerk ontsierd door barstjes.

De laatste twee series toonden het meisje liggend op de vloer, eerst op haar rug, dan op haar buik. Touwen speelden een rol in diverse vormen van marteling. Handen op haar rug gebonden. Polsen aan haar enkels gebonden. Polsen gebonden en omhooggehesen naar de haak boven haar hoofd.

Op elke foto had het meisje haar blik afgewend. Gegeneerd? Bang? Volgens opdracht?

Plotseling voelde ik me alsof ik een dreun kreeg die nog harder aankwam dan die in het trappenhuis. De kamer vervaagde. Ik hoorde het doffe bonzen van bloed in mijn oren.

De wangen waren meer ingevallen, de ogen lagen dieper in hun kassen. Maar ik kende dat gezicht. Die wirwar van krullen.

Ik deed mijn ogen dicht in een poging me los te maken van het meisje dat wegkeek van de lens. Om mezelf wijs te maken dat het verschrikkelijke wat ik zag, niet had plaatsgevonden.

'Dat is het.' Hippo klauterde van de commode af. 'Dat heeft dat uilskuiken over het hoofd gezien.'

Had ze ermee ingestemd om zich op deze manier te laten misbruiken? Was ze ertoe gedwongen?

'Je kunt beter even gaan zitten, doc.' Hippo stond naast me. 'Dan krijg je misschien weer wat kleur op je wangen.'

'Ik ken haar.' Nauwelijks hoorbaar.

Ik voelde dat Hippo het fotovel zachtjes uit mijn vingers trok.

'Het is mijn vriendin,' fluisterde ik. 'Het is Évangéline.'

'O ja?' Weifelend.

'Ze was veertien toen ik haar voor het laatst gezien heb op Pawleys Island. Op deze foto's is ze ouder, maar niet veel.'

Ik voelde de lucht bewegen toen Hippo het vel omdraaide. 'Geen datum. Weet je zeker dat ze het is?'

Ik knikte.

'Ciel des boss.'

Ik deed mijn ogen open, maar ik was bang om iets te zeggen.

Hippo keek op van het fotovel en bracht mijn gedachte onder woorden. 'Dit zou wel eens de schakel kunnen zijn tussen Cormier en Bastarache.'

'Ga je hem arresteren?'

'Nou en of ik hem ga arresteren. Maar pas als ik hem…'

'Doe dat dan!' Nijdig.

'Hoor eens, ik wil niets liever dan die smeerlap te grazen nemen.' Hippo zwaaide met het fotovel. 'Maar dit is niet genoeg.'

'Ze is nog maar een kind!'

'Een tweederangsfotograaf heeft pornofoto's in zijn bezit van een meisje dat dertig jaar geleden het huis van pappie Bastarache schoonmaakte? Dat kun je nauwelijks hard bewijs noemen. De eerste de beste advocaat zou Bastarache vrij krijgen nog voordat hij moest pissen.'

Gezien mijn hoofdpijn, mijn verdriet over Évangéline, mijn woede ten opzichte van Cormier en mijn frustratie over het feit dat Hippo Bastarache niet wilde oppakken, weet ik niet precies hoe ik de rest van die dag doorgekomen ben. Adrenaline, neem ik aan. En koude kompressen.

Toen ik weigerde om naar huis te gaan, kocht Hippo een zak ijsblokjes en een paar sokken. Zo ongeveer om het uur drukte hij een vers kompres tegen mijn wang.

Tegen vijven waren we klaar met de laatste van Cormiers kasten. Alles bij elkaar hadden we slechts één interessante map gevonden.

De opnames van Opale St-Hilaire toonden een glimlachend pubermeisje met amandelvormige ogen en glanzend zwart haar. De envelop was gedateerd april 2005.

Hippo en ik waren het erover eens dat Opale er Aziatisch of Indaans uitzag, wat haar een kandidate maakte voor de drenkelinge uit het Lac des Deux Montagnes. Ryans ongeïdentificeerde dode nummer drie. Hippo beloofde daar op maandag achteraan te gaan.

Hoewel Hippo's ijstherapie de zwelling op mijn wang tot een minimum had beperkt, zag Harry de kneuzing zodra ik de kamer binnenkwam.

'Ik ben gevallen.'

'Gevallen.' Harry's ogen vernauwden zich.

'Van een trap.'

'Je verloor gewoon je evenwicht en ging van holderdebolder.' Als Harry achterdochtig is, is ze nog erger dan de priesters van de inquisitie.

'Een of andere hufter heeft me een handje geholpen.'

Harry's ogen werden spleetjes. 'Wie?'

'Het heerschap is niet blijven staan om me zijn visitekaartje te geven.'

'Hm.'

'Het is nauwelijks de moeite van het vermelden waard.'

'Een of andere klootzak laat je bijna je nek breken en dat is niet de moeite van het vermelden waard?' Harry sloeg haar armen over elkaar. Heel even dacht ik werkelijk dat ze met haar voet op de vloer zou gaan tikken.

'Het ergst van alles was Hippo. Hij bleef steeds maar met ijs gevulde sokken in mijn gezicht duwen.'

Ik glimlachte. Harry niet.

'Zijn er nog meer incidenten die niet de moeite van het vermelden waard zijn?'

'Oké. Oké. Ik heb een vreemd telefoontje en een vreemde e-mail gehad.'

'Vreemd? Zoals in bedreigend?'

Ik bewoog mijn hand op en neer. Misschien wel. Misschien niet.

'Vertel op.'

Dat deed ik.

'Denk je dat het diezelfde leip is die je van de trap af heeft geduwd?'

'Ik betwijfel het.'

Een gemanicuurde rode nagel priemde in de richting van mijn borst. 'Ik durf te wedden dat het die pikkies uit Tracadie zijn.'

'Cheech en Chong? Dat lijkt me nogal vergezocht. Laten we gaan eten.'

Nadat ik uit Cormiers studio vertrokken was, had ik sandwiches met rookvlees gehaald bij Schwartz' delicatessenwinkel op Saint-Laurent. Chez Schwartz Charcuterie hébraïque de Montréal. Cultureel syncretisme. Een specialiteit van de stad.

Terwijl we aten, vertelde ik Harry over het verlaagde plafond en het fotovel. Haar reactie was dezelfde als die van mij, maar dan overdreven. Hoe had Évangéline zoiets vernederends kunnen doen? Daar had ik geen antwoord op. Waarom zou Cormier de opnames in zijn bezit hebben? Ook daar had ik geen antwoord op. Waarom zou iemand inbreken om ze te stelen? Ook daar al niet op.

Om de stemming wat op te vrolijken vroeg ik Harry wat ze de afgelopen twee dagen gedaan had. Ze beschreef haar bezoek aan het Oratoire Saint-Joseph en liet me de buit van haar zaterdagse winkelexpeditie zien. Twee zijden blouses, een bustier, en een werkelijk opzienbarende rode leren broek.

Nadat ik de tafel had afgeruimd, keken Harry, Birdie en ik naar een oude film. Een boosaardige geleerde schiep vrouwelijke robots die genetisch geprogrammeerd waren om mannen boven de veertig te doden. Normaal gesproken zou de film aanleiding hebben gegeven tot de nodige hilariteit, maar vanavond werd er maar weinig gelachen.

Terwijl we naar onze kamers liepen, verraste Harry me door te zeggen dat ze plannen had gemaakt voor de volgende dag. Hoe ik ook op haar in praatte, ze liet verder niets los.

'Nou, als je maar geen verlaten steegjes in gaat en oplet wat er om je heen gebeurt,' zei ik. 'Zowel in de e-mail als in het telefoontje werd er een toespeling op jou gemaakt.'

Harry wuifde het met een nonchalant handgebaar weg.

Ryan stond te flirten met Marcelle, de LSJML-receptioniste, toen ik maandagochtend uit de lift naar het laboratorium stapte. Toen ze me zag, zette Marcelle grote ogen op. Dat verbaasde me niet. Mijn kneuzing had inmiddels het formaat van Marokko aangenomen.

Ryan liep achter me aan. Op mijn kantoor pakte hij me bij mijn kin en draaide mijn gezicht van links naar rechts. Ik duwde zijn hand weg.

'Heeft Hippo het je verteld?'

'In geuren en kleuren. Kun je die klootzak identificeren?'

'Nee.'

'Is je iets aan hem opgevallen?'

'Hij zou een kei van een *linebacker* zijn.'

Ryan pakte me bij mijn schouders, leidde me naar mijn stoel, haalde een aantal politiefoto's van verdachten tevoorschijn en gooide die op het vloeiblad.

Zware jongen. Zware jongen. Cheech. Iets minder zware jongen. Chong.

'De heren nummer drie en vijf.' Mijn huid brandde waar Ryans vingers mijn gezicht hadden aangeraakt. Ik hield mijn blik op mijn bureau gericht.

Ryan tikte op de foto's van het gespuis die ik had aangewezen. 'Michael Mulally. Louis-François Babin.'

'En de rest van het dream team?' Ik gebaarde naar de overige foto's.

'Krachtpatsers van Bastarache.'

'Heb je het fotovel uit Cormiers geheime bergplaats gezien?'

'Ja.' Hij zweeg even. 'Rot voor je.'

Ik bestudeerde Mulally's gezicht. Onverzorgd haar, wangen met donkere baardstoppels. Dreigende gangsta-blik. Babin was kleiner en gespierder, maar voor het overige een kloon.

'De e-mail. Het telefoontje. De trap.' Ryan hing met één bil op mijn bureau. 'Wat denk je er zelf van?'

'Dat zou pure speculatie zijn.'

'Speculeer maar.'

'Ik heb rondgesnuffeld in Tracadie en met de vrouw van Bastarache gepraat.' Er kwam een beeld bij me op. Obélines gezicht buiten de belvedère. Ik voelde een kille beklemming in mijn borst. Bleef praten. 'Ik stel een onderzoek in naar Cormier. Cormier heeft connecties met Bastarache, maar hij weet niet dat ik dat weet. Bastarache stelt mijn gesnuffel niet op prijs, en dus geeft hij zijn mensen opdracht mij te verjagen.'

'Waarom?'

'Ik laat me makkelijk verjagen.'

Ryans blik maakte me duidelijk dat hij niet geamuseerd was.

'Oké. Stel dat Bastarache niet begrijpt waarom ik plotseling naar Tracadie afreis en contact opneem met Obéline. Daar maakt hij zich zorgen over. Hij geeft Cheech en Chong opdracht om erachter te komen wat ik in mijn schild voer. Of om me de stuipen op het lijf te jagen.'

'Cheech en Chong?'

'Mulally en Babin. Heb je met ze gepraat?'

'Nog niet. Maar ik ken hun strafblad. Indrukwekkend.'

'Hippo zegt dat het nog te vroeg is om Bastarache te arresteren.'

'Daar heeft hij gelijk in. We komen pas in actie als we een waterdichte zaak hebben.'

'Weet je waar hij uithangt?'

'We houden hem in de gaten.'

Ryan bestudeerde zijn schoen. Schraapte zijn keel.

'*Call me Ishmael.*'

Verrast door zijn plotselinge overgang naar ons spelletje herkende ik het citaat. '*Moby Dick.*'

'En waar gaat het boek over?'

'Iemand die met een houten schip een walvis achternazit.' Ik glimlachte.

'Het gaat over een obsessie.'

'Wat wil je nou eigenlijk precies zeggen?'

'Je bijt je als een pitbull vast in de kwestie Évangéline. Misschien zou je wat gas terug moeten nemen.'

Mijn glimlach verdween. 'Gas terugnemen?'

'Je gedraagt je obsessief. Als haar zus de waarheid vertelde, is het meisje meer dan dertig jaar geleden overleden.'

'Of vermoord,' merkte ik vinnig op. 'Is dat niet waar het om gaat bij het onderzoek naar onopgeloste zaken?'

'Heb je gehoord wat je daarnet zelf gezegd hebt? Heb je er wel eens bij stilgestaan dat Hippo zich misschien terecht zorgen maakt om jouw veiligheid?'

'Hoe bedoel je?' Ik heb er een hekel aan als Ryan de beschermer uithangt. Ik had het gevoel dat hij die rol nu weer op zich nam, en dat irriteerde me.

'Obéline Bastarache wordt vermist en men gaat ervan uit dat ze verdronken is. Cormier is zo dood als een pier.'

'Dat weet ik ook wel.'

'Een of andere idioot probeerde jou gisteren uit de weg te ruimen door je van een trap af te gooien. Het is heel goed mogelijk dat dat Mulally of Babin was.'

'Denk je dat zij dat e-mailtje met die songtekst van Death verstuurd hebben?'

'Alles wat ik hoor wijst erop dat die onbenullen nog een gebruiksaanwijzing nodig hebben om klittenband te gebruiken. Ik heb zo'n idee dat internet voor hen wat te hoog gegrepen is.'

'Maar wie dan wel?'

'Ik weet het niet.' Ryan kwam overeind. 'Maar daar kom ik wel achter. Het is zeer waarschijnlijk dat er meerdere mensen bij betrokken zijn. Mensen die je niet zou herkennen. Dus je kunt jezelf beter niet tot doelwit maken. Zullen we samen lunchen?'

'Wat?'

'Lunch? Pindakaas en jam? Een roggebroodsandwich met tonijn?'

'Waarom?' Gemelijk.

'Je zult toch moeten eten. En daarna weet ik een goeie plek om het onderzoek voort te zetten.'

Tijdens het weekend was er een elf meter lange Catalina ontdekt op de bodem van de Ottawa River, in de buurt van Wakefield, Quebec. De kajuit van het jacht lag vol beenderen. Men dacht dat die afkomstig waren van Marie-Ève en Cyprien Dunning, een echtpaar dat al vermist werd sinds ze in 1984 in ruw weer uitgevaren waren.

Na Ryans vertrek hield ik me de rest van de dag bezig met de beenderen uit de boot.

Om tien uur belde Hippo om te zeggen dat Opale St-Hilaire in leven was en bij haar ouders in Baie-d'Urfé woonde. De St-Hilaires hadden een sessie met Cormier geregeld ter gelegenheid van Opales zestiende verjaardag. Alles was naar tevredenheid verlopen.

Om elf uur belde Ryan om onze lunchafspraak af te zeggen. Hij gaf geen reden op.

Om twaalf uur belde Harry terwijl ik in de cafetaria zat. Ze sprak geen bericht in. Ik belde haar terug maar kreeg haar voicemail.

Tegen vieren zette ik me aan het schrijven van een voorlopig rapport over de bootskeletten. Eén mannelijk. Eén vrouwelijk. Alles wees erop dat het de heer en mevrouw Dunning waren.

Ryan belde opnieuw om even over half vijf.

'Ga je al naar huis?'

'Zo dadelijk.'

'Dan zie ik je daar wel.'

'Waarom?'

'Ik dacht dat ik de foto's van Mulally en Babin maar eens aan je conciërge moest laten zien.'

'Die gasten die naar mijn appartement informeerden. Dat was ik helemaal vergeten.'

Ik hoorde hoe hij een lucifer afstreek en even later diep inhaleerde. Toen Ryan weer sprak, had zijn stem een subtiele verandering ondergaan.

'Ik ben vanochtend nogal tegen je uitgevaren.'

'Geen probleem. Je bent gefrustreerd vanwege je onopgeloste zaken. De onderzoeken naar het Lac des Deux Montagnes en Phoebe Quincy. En ik ben gefrustreerd vanwege Évangéline.' Ik slikte. 'En je maakt je zorgen over Lily.'

'Ze doet het goed. Volgt het programma.'
'Daar ben ik echt blij om, Ryan.'
'Hoe is het met Katy?'
'Nog steeds in Chili.'
'En Pete?'
'Verloofd.'
'Serieus?'
'Serieus.'
Ik hoorde Ryan inhaleren. De rook weer uitblazen.
'Het is moeilijk om terug te gaan.'
Lily naar een drugsvrije levenswijze? Ryan naar Lutetia? Ik vroeg het niet.
'Tempe...'
Ik wachtte terwijl hij weer inhaleerde, er niet zeker van waar dit gesprek naartoe ging.
'Ik zou graag meer willen weten over dat skelet van Hippo's kameraad.'
'Wanneer je maar wilt.'
'Vanavond?'
'Prima.'
'Zullen we ergens gaan eten?'
'Dat moet ik even met Harry opnemen.'
'Ze mag gerust met ons mee.'
'Op de een of andere manier klonk die uitnodiging heel erg niet-gemeend.'
'Dat was hij ook.'
Ho-ho, fluisterde er iets diep vanuit mijn brein.

29

Ryan zat met zijn benen over elkaar geslagen op zijn jeep toen ik mijn straat in draaide. Hij liet zich van de motorkap glijden en zwaaide even naar me. Ik zwaaide terug. Ik zag hem even in mijn achteruitkijkspiegel terwijl ik de ondergrondse garage binnenreed. Verschoten spijkerbroek. Zwarte polo. Zonnebril.

Na tien jaar bezorgde de man me nog altijd een schok. Bij wijze van uitzondering was ik het volkomen met Harry's oordeel eens. Ryan zag er verrekte goed uit.

De hele weg naar huis had ik ons telefoongesprek in mijn geest opnieuw afgespeeld. Wat was het dat Ryan op het punt had gestaan te zeggen? Tempe, ik ben de gelukkigste man ter wereld. Tempe, ik mis je. Tempe, ik heb last van brandend maagzuur door dat worstje bij de lunch.

Mijn brein maakte zich op voor het gebruikelijke debat.

Je bent aangevallen. Ryan zoekt een excuus om je in het oog te houden.

Je bent wel eerder bedreigd. Jouw veiligheid gaat Ryan niet langer persoonlijk aan.

Hij wil Winston ondervragen.

Dat zou hij ook in zijn eentje kunnen doen.

Hij wil informatie over Hippo's meisje.

Het Rimouski-skelet is zijn zaak niet.

Hij is nieuwsgierig.

Het is een excuus.

Dat waren zijn woorden.

Zijn stem zei iets anders.

Nadat ik mijn auto had geparkeerd, keek ik in Winstons werkplaats in het souterrain. Hij was er. Ik legde hem uit wat Ryan wilde. Hij ging ermee akkoord. Het was duidelijk dat hij nieuwsgierig was naar mijn gekneusde wang. Mijn houding maakte hem duidelijk dat het geen goed idee was om daarnaar te informeren.

Ryan stond in het portaal toen Winston en ik op de begane grond arriveerden. Ik liet hem de hal binnen.

'Leuke schoenen,' zei ik over Ryans rode hoge sneakers.

'Dank je.' Ryan keek Winston aan. 'Undercover.'

Winston knikte begrijpend.

Ik sloeg mijn ogen ten hemel.

'Heeft doctor Brennan je uitgelegd waarom ik hier ben?' Ryan.

'Ja zeker.' Winston, plechtig als een begrafenisondernemer.

Ryan haalde de politiefoto's van Mulally en Babin tevoorschijn.

Winston staarde naar de gezichten, zijn voorhoofd gefronst, zijn boventanden op zijn onderlip gedrukt. Na enkele ogenblikken schudde hij langzaam het hoofd.

'Ik weet het niet. Ik weet het gewoon niet.'

'Neem rustig de tijd,' zei Ryan.

Winston concentreerde zich opnieuw, haalde toen zijn schouders op.

'Sorry. Het was die dag zo hectisch. Vallen die kerels doctor Brennan lastig?'

Ryan borg de foto's weer op. 'Als je ze nog eens ziet, laat het me dan weten.' Ernstig.

'Zeker weten.' Nog ernstiger.

Ryan haalde een kaartje uit zijn portefeuille en gaf het aan Winston. 'Ik vind het een geruststellend idee dat jij hier bent.'

De mannen keken elkaar diep in de ogen, zich bewust van hun verantwoordelijkheid voor het vrouwvolk.

Ik zou nogmaals mijn ogen ten hemel geslagen hebben als ik niet zo'n last van mijn hoofd had gehad.

Ryan stak zijn hand uit. Winston drukte die en vertrok toen, een soldaat met een missie.

'Undercover?' snoof ik. 'Voor wie? De Disneypolitie?'

'Ik ben dol op deze schoenen.'

'Laten we maar eens gaan kijken wat mijn zus uitvoert.' Ik ging op weg naar mijn appartement.

Wat mijn zus ook aan het doen was, het vereiste haar aanwezigheid elders. Een plakbriefje op de koelkast meldde dat ze vertrokken was en in de loop van de week terug zou komen.

'Misschien begon ze zich te vervelen,' zei Ryan.

'Waarom zou ze dan weer terugkomen?'

'Misschien is er iets gebeurd waardoor ze naar huis moest.'

'Ze zou haar paspoort nodig hebben om naar Texas te gaan.'

Ryan liep achter me aan naar de logeerkamer.

Overal lagen kleren. Door elkaar in koffers, in hoopjes op het bed, over de stoel en over de openstaande kastdeur. Afgaand op mijn geheugen pakte ik een stapeltje truitjes van het bureau en trok de bovenste la open.

Harry's paspoort lag tussen mijn oude rekeningen en kwitanties.

'Ze is dus naar een plek hier in Canada,' zei ik. 'O, god. Waarschijnlijk is ze weer een van haar verrassingen aan het bekokstoven.'

'Of misschien vond ze het uitstapje niet de moeite van het vermelden waard.'

De moeite van het vermelden waard. De zinsnede riep een zorgwekkende gedachte bij me op.

'Gisteren heb ik Harry verteld over het telefoontje, de e-mail, en die knaap op de trap. Ze was woedend. Verdacht onmiddellijk dat stel in Tracadie.'

'Mulally en Babin.'

'Harry kent hun namen niet. Je denkt toch niet dat ze naar Tracadie is gegaan?'

'Dat zou idioot zijn.'

We keken elkaar aan. We kenden Harry allebei.

'Harry is er niet van overtuigd dat Obéline zelfmoord heeft gepleegd.' Mijn brein begon mogelijkheden op te werpen. 'Om eerlijk te zijn, hoewel ik het nooit hardop gezegd heb, ik ook niet. Obéline maakte een tevreden indruk toen we haar opzochten. Misschien dat Harry's vermoeden haar ertoe gebracht heeft op eigen houtje wat te gaan rondsnuffelen.'

'En tegelijkertijd te proberen Mulally en Babin op te sporen. Hun eens goed de waarheid te zeggen. Twee vliegen in één klap te slaan.'

Zelfs Harry zou zoiets stoms niet doen. Of wel? Ik probeerde alternatieve verklaringen te bedenken.

'Gisteravond hebben we het ook gehad over *Bones to Ashes.*'
Ryan keek me vragend aan.

Ik vertelde hem over het boekje dat Harry achterover had gedrukt van het nachtkastje van Obéline Bastarache. En over Flan en Michael O'Connors uitgeverij O'Connor House.

'Harry denkt dat Évangéline die gedichten geschreven heeft. Misschien is ze naar Toronto gegaan om met Flan O'Connor te praten.'

Een andere gedachte.

'Harry is erachter gekomen dat de drukopdracht voor *Bones to Ashes* afkomstig was van een vrouw genaamd Virginie LeBlanc. LeBlanc maakte gebruik van een postbus in Bathurst. Misschien is Harry naar Bathurst gegaan.'

'Niet bepaald de makkelijkst bereikbare plaats.'

'Jezus, Ryan. Stel dat ze wél naar Tracadie is gegaan?' Zelfs in mijn eigen oren begon ik een beetje mesjogge te klinken.

'Bel haar.'

'Maar als...'

Ryan legde een hand op mijn arm. 'Bel je zus op haar mobiel.'

'Natuurlijk. Ik ben een idioot.'

Ik pakte mijn mobieltje, toetste Harry's nummer in, en luisterde naar bliepjes terwijl de verbinding tot stand werd gebracht. In mijn rechteroor hoorde ik een telefoon overgaan. In mijn linker kweelden Buddy Holly en de Crickets 'That'll Be the Day'.

Ryan en ik keken allebei naar de stoel.

Ik pakte Harry's nieuwe rode leren broek en voelde in de zakken. En deinsde terug toen mijn vingers metaal voelden.

'Ze heeft een andere broek aangetrokken en is haar mobieltje vergeten,' zei ik terwijl ik Harry's glimmend roze toestel tevoorschijn haalde.

'Er is niets met haar aan de hand, Tempe.'

'De vorige keer dat Harry zoiets deed, was er wel degelijk iets met haar de hand.' Mijn stem brak. 'De vorige keer was ze bijna dood geweest.'

'Harry is een grote meid. Het komt allemaal best in orde.' Ryan spreidde zijn armen uit. 'Kom hier.'

Ik bewoog me niet.

Ryan pakte mijn handen en trok me naar zich toe. Als in een reflex sloeg ik mijn armen om hem heen.

Angstaanjagende beelden speelden door mijn hoofd, herinneringen aan de flirt van mijn zus met een stel gestoorden lang geleden. Een beijzelde voorruit. Het geluid van schoten.

Ryan maakte troostende geluidjes. Klopte me op de rug. Mijn wang vlijde zich tegen zijn borst.

Harry gedrogeerd en hulpeloos.

Ryan streek over mijn haar.

Een marionettendans van mensen in een donker huis.

Ik sloot mijn ogen. Probeerde mijn overspannen zenuwen tot bedaren te brengen.

Ik weet niet hoe lang we daar zo stonden. Hoe lang het duurde voordat de klopjes op mijn rug overgingen in strelingen. Trager werden. Overgingen in liefkozingen.

Andere herinneringen namen het langzaam over. Ryan in een kleine Guatemalteekse *posada*. Ryan in mijn slaapkamer in Charlotte. Ryan in de slaapkamer aan de andere kant van de muur.

Ik voelde hoe Ryan zijn neus in mijn haar begroef. Inademde. Woordjes mompelde.

Langzaam, onmerkbaar, herdefinieerde het moment zich. Ryans omhelzing werd steviger. De mijne ook. Onbewust drukten onze lichamen zich tegen elkaar aan.

Ik voelde Ryans lichaamswarmte. De vertrouwde welving van zijn borst. Zijn heupen.

Ik begon iets te zeggen. Protesteren? Twijfelachtig.

Ryans handen gleden naar mijn hals. Mijn gezicht. Hij tilde mijn kin op.

Ik realiseerde me dat ik nog steeds Harry's mobieltje vasthield. Ik wilde me omdraaien om het op het bureau te leggen.

Ryan pakte mijn haar in zijn vuist, kuste me hard op mijn mond. Ik kuste hem terug.

Liet het mobieltje uit mijn hand vallen.

Onze vingers tastten naar knopen en ritssluitingen.

Mijn wekker gaf 8.34 uur aan. Op een gegeven moment was ik, of waren we, verhuisd naar mijn bed. Ik draaide me op mijn rug en stak een arm uit.

Ik voelde koude naalden in mijn borst prikken. Ik was alleen.

Ik hoorde het geluid van de koelkastdeur die openging en een la die opengetrokken werd.

Opgelucht pakte ik mijn ochtendjas en haastte me naar de keuken.

Ryan was helemaal aangekleed en staarde met een biertje in zijn hand in de verte. Plotseling viel het me op. Hij zag er uitgeput uit.

'Hoi,' zei ik.

Ryan schrok toen hij mijn stem hoorde. 'Hoi.'

We keken elkaar aan. Ryan glimlachte. Het was een glimlach die ik niet kon duiden. Droefheid? Nostalgie? Postcoïtale loomheid?

'Alles in orde?' vroeg Ryan, terwijl hij een arm naar me uitstrekte.

'Ja hoor.'

'Je ziet er gespannen uit.'

'Ik maak me zorgen over Harry.'

'Als je wilt, kan ik wel wat informatie opvragen bij luchtvaartmaatschappijen, spoorwegen, autoverhuurbedrijven.'

'Nee. Nog niet. Ik…' Ik wát? Reageer overdreven? Stel me aan? Het anonieme telefoontje en de e-mail hadden niet alleen een dreigement aan mijn adres, maar ook aan dat van mijn zus ingehouden. 'Harry is zo impulsief. Ik weet nooit wat ze zal gaan doen.'

'Kom hier.'

Ik liep naar Ryan toe. Hij sloeg zijn armen om me heen.

'Dus,' zei Ryan.

'Dus,' herhaalde ik.

Er viel een ongemakkelijke stilte in de keuken die verbroken werd toen Birdie binnen kwam wandelen.

'Birdster!' Ryan liet zich op zijn hurken zakken en krabde de kat achter zijn oren.

'Moet je er weer gauw vandoor?' vroeg ik. Naar Lutetia, bedoelde ik.

'Is dat een hint?'

'Helemaal niet. Als je honger hebt, kan ik wel iets in elkaar flansen. Maar ik begrijp het als je terug moet…'

Ryans knie knakte toen hij overeind kwam. 'Ik sterf van de honger.'

Ik improviseerde een maaltijd van linguine met mosselsaus en een gemengde salade. Tijdens het bereiden van de maaltijd en onder het eten vertelde ik Ryan wat ik te weten was gekomen over Hippo's meisje. Hij luisterde, stelde de juiste vragen.

'Lepra. Als in ratel en bel, onrein, wegwezen?'

'De bel was evenzeer bedoeld om mensen tot liefdadigheid aan te zetten als om hen te waarschuwen dat ze in de buurt van de zieken kwamen. Tussen haakjes, tegenwoordig heet het de ziekte van Hansen.'

'Hoe dat zo?'

'*Mycobacterium leprae* werd in 1873 ontdekt door ene Hansen. Het was de eerste bacterie waarvan vastgesteld werd dat ze ziekte bij de mens veroorzaakt.'

'Hoe je het ook noemt, je wilt het niet hebben.'

'Lepra komt in feite in twee vormen voor, tuberculoïde en lepromateuze. De eerste vorm is veel milder, en leidt soms alleen maar tot ontkleuringen van de huid. Lepromateuze lepra is veel ernstiger. Huidafwijkingen, knobbels, verdikkingen van de lederhuid. In sommige gevallen raakt het neusslijmvlies aangetast, wat chronische verstopping en neusbloedingen tot gevolg heeft.'

'Om nog maar te zwijgen over het feit dat die kleine krengen je vlees laten wegrotten.'

'Dat is in feite een misvatting. Dat is de poging van het lichaam om zich te ontdoen van de bacterie die verantwoordelijk is voor de vernietiging van het weefsel, de buitensporige regeneratie, en uiteindelijk de verminking, niet de bacterie zelf. Nog wat sla?'

'Graag.'

Ik gaf Ryan de slakom aan.

'Ik zie steeds maar die scène uit *Ben Hur* voor me.'

Ik trok mijn wenkbrauwen op.

'De zus en moeder van Ben Hur kregen lepra, dus ze moesten in een grot in een verlaten steengroeve wonen. De kolonie werd van voedsel voorzien door het over de rand van de groeve te laten zakken.'

'Oké.'

Ryan draaide de laatste hap van zijn pasta om zijn vork en stak die in zijn mond. 'Nu ik erover nadenk, herinner ik me vaag geruchten over lepra in de maritieme provincies. Maar er werd altijd heel geheimzinnig over gedaan. Ik geloof dat er daar ergens een leprakolonie was.'

'Klopt. Sheldrake Island.'

'Nee.' Ryan fronste nadenkend zijn voorhoofd. 'Het was een hospitaal. Er staat me iets bij van New Brunswick. Campbellton? Caraquet?' Ryan slikte, prikte toen met zijn vork in de lucht toen het hem te binnen schoot. 'Verdomd. Het was Tracadie. Er was een lazaret in Tracadie.'

'De plaats Tracadie? De woonplaats van Évangéline? Obéline? Bastarache?' Ik was zo geschokt dat ik klonk als een idioot. Of een leraar die de namen afroept.

'Hippe plaats.'

'Niemand had ooit gehoord van Tracadie, en nu kom ik de naam om de haverklap tegen.' Ik schoof mijn stoel achteruit. 'Laten we maar eens zien wat we op internet kunnen vinden.'

Ryan sloeg zijn ogen neer. Met een zucht legde hij zijn vork neer. Ik wist wat er komen ging.

'Moet je ervandoor?' Ik probeerde opgewekt te klinken. Tevergeefs.

'Het spijt me, Tempe.'

Ik haalde mijn schouders op, een onoprechte glimlach op mijn gezicht geplakt.

'Ik zou liever blijven.' Ryans stem klonk heel zacht.

'Waarom doe je dat dan niet?' zei ik.

'Ik wou dat het zo eenvoudig was.'

Ryan stond op, raakte mijn wang even aan, en was verdwenen.

Birdie hoorde de deur dichtgaan en tilde zijn kop op.

'Wat is er vannacht gebeurd, Bird?'

De kat geeuwde.

'Waarschijnlijk niet zo'n verstandige actie geweest.' Ik stond op en pakte onze borden van tafel. 'Maar de seks was fantastisch.'

Nadat ik gedoucht had, logde ik in op internet en googelde de woorden 'lepra' en 'Tracadie'.

Ryans geheugen had hem niet bedrogen.

30

Die avond en nacht zat ik lang aan mijn computer en opende verwijzing na verwijzing. Ik verdiepte me in de geschiedenis van de leprozerie in Tracadie, ofwel lazaretto in het plaatselijke dialect. Ik las persoonlijke verhalen. Stelde me op de hoogte van de oorzaak, classificatie, diagnose en behandeling van lepra. Zag de veranderingen in het beleid met betrekking tot de ziekte.

Wat Tracadie betrof, kwam ik het volgende aan de weet.

In 1849, na vijf jaar van schrikbarende sterftecijfers, erkende de gezondheidsraad van New Brunswick de onmenselijkheid van gedwongen quarantaine op Sheldrake Island. Er werd een locatie gekozen in een geïsoleerde plaats genaamd Tracadie en er werden schamele fondsen ter beschikking gesteld voor de bouw van een lazaret.

Het was een houten gebouw van twee verdiepingen, de bovenverdieping om te slapen, de benedenverdieping om te zitten en te eten. De toiletten bevonden zich achter het gebouw. Hoewel de kamers klein en primitief waren, moeten de zeventien mensen die het eiland overleefd hadden, ze luxueus hebben gevonden.

Ze werden nog steeds gevangen gehouden, maar de zieken hadden nu wel wat mogelijkheden tot contact met de buitenwereld. Families woonden dichter in de buurt en konden op bezoek komen. In de loop der decennia toonden artsen een wisselende mate van betrokkenheid. Charles-Marie LaBillois. James Nicholson. A.C. Smith. E.P. LaChapelle. Aldoria Robichaud. Priesters kwamen en gingen. Ferdinand-Edmond Gauvreau. Joseph-Auguste Babineau.

Ondanks de verbeterde omstandigheden bleef het aantal sterfgevallen de eerste jaren hoog. Gedreven door medelijden, bood een in Montreal gevestigde orde van ziekenzusters, les Hospitalières de Saint-Joseph, zich vrijwillig aan om de zieken te verzorgen. De nonnen arriveerden in 1868 en gingen nooit meer weg.

Ik staarde naar korrelige beelden van deze dappere zusters, somber in hun stijve witte kappen en lange zwarte sluiers. Alleen, in het donker, sprak ik hun muzikale namen uit. Marie Julie Marguerite Crére. Eulalia Quesnel. Delphine Brault. Amanda Viger. Clémence Bonin. Philomène Fournier. Ik vroeg me af of ikzelf ooit zo onbaatzuchtig had kunnen zijn. Zou ik de geestkracht hebben gehad om mezelf zo volledig op te offeren?

Ik tuurde naar foto's van patiënten, afkomstig uit de archieven van het Musée historique de Tracadie. Twee jonge meisjes, het hoofd kaalgeschoren, handen verborgen onder hun oksels. Een man met een ruige baard en een weggevreten neus. Een omaatje met een hoofddoek en omzwachtelde voeten. Circa 1886, 1900, 1924. De mode veranderde. De gezichten ook. De uitdrukkingen van wanhoop bleven hetzelfde.

Ooggetuigenverslagen waren nog hartverscheurender. In 1861 beschreef een priester die in het lazaret werkte het uiterlijk van een lepralijder in het eindstadium van de ziekte: '… gelaatstrekken zijn nog slechts diepe groeven, de lippen grote etterende zweren, de bovenlip wanstaltig opgezwollen en omgekruld in de richting van de verdwenen neus, de onderlip hangend over de glimmende kin.'

Het leven van deze mensen was te pijnlijk om je voor te stellen. Veracht door onbekenden. Gevreesd door familie en vrienden. Verbannen naar een levende graftombe. Dood te midden van de levenden.

Af en toe moest ik even bij de computer vandaan. Door de kamers van mijn appartement lopen. Theezetten. Even pauzeren voordat ik weer verder kon gaan.

En al die tijd werden mijn gedachten gekweld door het probleem Harry. Waar was ze heen gegaan? Waarom belde ze niet? Het feit dat ik mijn zus niet kon bereiken, zorgde ervoor dat ik me prikkelbaar en hulpeloos voelde.

Het lazaret werd drie keer verbouwd. Een stukje verplaatst. Uitgebreid. Verbeterd.

Diverse behandelmethodes werden uitgeprobeerd. Een patent-geneesmiddel genaamd Fowle's Humor Cure. Chaulmoogra-olie. Chaulmoogra-olie met kinine of siroop van wilde kersen. Toegediend door middel van injecties. Door middel van capsules. Niets werkte.

Toen, in 1943, bracht dr. Aldoria Robichaud een bezoek aan Carville, Louisiana, waar zich een leprozerie van vierhonderd bedden bevond. De artsen in Carville experimenteerden met sulfapreparaten.

Bij Robichauds terugkeer werd de behandeling met diasone in Tracadie geïntroduceerd. Ik kon me de vreugde, de hoop voorstellen. Voor het eerst was er genezing mogelijk. De naoorlogse jaren gaven meer farmaceutische doorbraken te zien. Dapsone. Rifampicin. Clofazimine. Behandeling met medicijncocktails.

In totaal werden er in New Brunswick 327 personen voor lepra behandeld. Behalve Canadezen waren er onder de zieken patiënten uit Scandinavië, China, Rusland, Jamaica en nog andere landen.

Naast de 15 lijken die op Sheldrake Island achterbleven, waren er 195 begraven in Tracadie, 94 op de begraafplaats van de stichters, 42 op het kerkhof, en 59 op de leprozenbegraafplaats naast het lazaret.

Hippo's meisje was afkomstig van Sheldrake Island. Terwijl ik aan haar dacht, bestudeerde ik de namen van de doden. Sommigen waren deerniswekkend jong. Mary Savoy, zeventien. Marie Comeau, negentien. Olivier Shearson, achttien. Christopher Drysdale, veertien. Romain Dorion, vijftien. Ik vroeg me af of ik misschien nóg zo'n jong slachtoffer in mijn lab had. Een meisje van zestien dat als paria gestorven was?

Mijn blik gleed van mijn laptop naar mijn mobieltje. Ik wilde dat het over zou gaan. Bel, Harry. Pak een telefoon en bel. Je moet toch weten dat ik me zorgen maak. Zelfs jij kunt niet zo onattent zijn.

Het toestel bleef koppig zwijgen.

Waarom?

Ik stond op van mijn bureau, rekte me uit. De klok wees twaalf over twee aan. Ik wist dat ik zou moeten gaan slapen. In plaats daarvan ging ik weer aan de computer zitten, met afschuw vervuld maar tegelijkertijd gefascineerd door wat ik te weten kwam.

Onder de laatste patiënten van het lazaret waren twee oudere vrouwen, Archange en Madame Perehudoff, en een oude Chinese heer die Hum werd genoemd. Alle drie waren ze oud geworden in de inrichting. Alle drie hadden ze geen contact meer met hun familie.

Hoewel ze genezen waren met behulp van diasone, wenste noch Madame Perehudoff noch Hum te vertrekken. Beiden stierven in 1964. Ironisch genoeg kreeg Archange nooit lepra, hoewel haar ouders en zeven broers en zussen de ziekte gehad hadden. Archange, die als tienjarige opgenomen werd, zou de laatste bewoner van het lazaret worden.

Toen er nog maar één patiënt over was, besloten de brave nonnen dat het tijd werd om de boel te sluiten. Maar Archange vormde een probleem. Omdat ze haar hele leven te midden van leprozen had geleefd, was ze in geen enkel bejaardenhuis in de stad welkom.

Ik huilde niet toen ik dat las, maar het scheelde niet veel.

Na lang zoeken werd er een plek voor Archange gevonden buiten Tracadie. Honderdzestien jaar na de opening sloot het lazaret definitief zijn deuren.

Het jaartal was 1965.

Ik staarde naar de datum, terwijl ik alweer een fluistering vanuit mijn onderbewuste hoorde.

Net als eerder probeerde ik uit alle macht de boodschap te ontcijferen. Mijn uitgeputte brein weigerde nog iets nieuws te verwerken.

Er kwam iets op mijn schoot terecht. Ik schrok ervan.

Birdie snorde en wreef met zijn kop tegen mijn kin.

'Waar is Harry, Bird?'

De kat snorde weer.

'Gelijk heb je, Bird.'

Ik pakte de kat op en kroop in bed.

Harry zat op een handgemaakte houten bank buiten Obélines belvedère, terwijl de totempaal schaduwen in diervorm op haar gezicht wierp. Ze had een plakboek in haar hand en stond erop dat ik er in zou kijken.

De bladzijde was zwart. Ik zag niets.

Harry sprak woorden die ik niet kon verstaan. Ik wilde de bladzijde omslaan, maar mijn arm schokte onbeheersbaar. Ik probeerde het steeds weer opnieuw, met hetzelfde spastische resultaat.

Gefrustreerd staarde ik naar mijn hand. Ik droeg handschoenen met afgeknipte vingers. Er stak niets uit de gaten.

Ik probeerde mijn ontbrekende vingers te bewegen. Mijn arm begon weer te schokken.

De hemel werd donker en een doordringend gekrijs doorkliefde de lucht. Ik keek op naar de totempaal. De snavel van de adelaar ging open en de met de hand gesneden vogel krijste opnieuw.

Langzaam deed ik mijn ogen open. Birdie gaf kopjes tegen mijn elleboog. De telefoon rinkelde.

Ik bracht het toestel naar mijn oor en nam het gesprek aan.

'Ja.'

Ryan maakte geen van zijn gebruikelijke slapende prinses-grapjes. 'Ze hebben de code gekraakt.'

'Wat?' Nog niet helemaal wakker.

'Cormiers USB-stick. We zitten erin. Ben je beschikbaar om gezichten te bekijken?'

'Natuurlijk, maar...'

'Heb je een lift nodig?'

'Ik kan zelf wel rijden.' Ik keek op de wekker. 8.13 uur.

'Tijd om jezelf verdienstelijk te maken, prinses.' De oude Ryan.

'Ik ben al uren op.' Ik keek naar Bird. De kat keek terug. Afkeurend?

'Ja, vast.'

'Ik heb tot half vier op internet gezeten.'

'Ben je veel te weten gekomen?'

'Ja.'

'Het verbaast me dat je wakker kon blijven na zulke intensieve lichamelijke activiteit.'

'Het koken van pasta?'

Stilte.

'Geen probleem wat gisteravond betreft?' Ryans stem klonk nu ernstig.

'Wat is er gisteravond gebeurd?'

'Hoofdkwartier. Zo snel mogelijk.'

Kiestoon.

Vijftig minuten later betrad ik een vergaderruimte op de derde verdieping van Wilfrid-Derome. De kleine ruimte bevatte een gammele van overheidswege verstrekte tafel en zes gammele van overheidswege verstrekte stoelen. Een schoolbord aan de wand. Verticale jaloezieën voor een groezelig raam.

Op de tafel bevonden zich een kartonnen doos, een telefoontoestel, een rubberen slang, een laptop en een 17 inch-monitor. Solange Lesieur was bezig de twee laatstgenoemde apparaten op elkaar aan te sluiten.

Ryan arriveerde terwijl Lesieur en ik speculeerden over de herkomst van het reptiel. Hippo volgde in zijn kielzog. Met koffie.

Toen hij mij zag, fronste Hippo zijn voorhoofd.

'Brennan is goed met gezichten,' zei Ryan ter verklaring.

'Beter dan met welgemeend advies?'

Lesieur sprak voordat ik hem van repliek kon dienen. 'Ik geen koffie.'

'Ik heb genoeg meegebracht,' zei Hippo.

Lesieur schudde het hoofd. 'Ik heb al meer dan genoeg koffie op.'

'Wat doet Harpo hier?' Hippo veegde het reptiel opzij en zette het dienblad op tafel.

Lesieur en ik keken elkaar aan. De slang heette Harpo?

Iedereen ging zitten. Terwijl Lesieur de laptop opstartte, deden wij melkpoeder en/of suiker in de donkerbruine drab in onze piepschuimbekers. Hippo nam twee pakjes van beide.

'Zijn we zover?'

Iedereen knikte.

Lesieur stopte Cormiers USB-stick in de laptop. Het apparaat *boing-boingde.*

'Cormier probeerde de boel wel te beveiligen, maar hij was een amateur.' Lesieurs vingers bewerkten het toetsenbord. 'Willen jullie weten welk systeem hij gebruikte?'

'Als je maar wel snel praat, want dit spul is dodelijk.' Ryan sloeg met een vuist op zijn borst.

'De volgende keer breng je je eigen koffie maar mee.' Hippo stak zijn middelvinger op naar Ryan.

Ryan sloeg weer met zijn vuist op zijn borst.

Ik wist dat beide mannen alleen maar zaten te dollen. Mortuariumhumor. Iedereen was gespannen, nerveus over de beelden die we zo dadelijk misschien te zien zouden krijgen.

'De beste wachtwoorden zijn alfanumeriek,' begon Lesieur.

'Tjezus,' zei Hippo spottend. 'Het is niet de koffie maar het jargon dat ons de das omdoet.'

'Een alfanumeriek wachtwoord is samengesteld uit zowel cijfers als letters. Hoe willekeuriger de combinatie, en hoe meer letters en cijfers die bevat, hoe beter de beveiliging is.'

'Vertrouw niet op de naam van je puppy achterstevoren,' zei ik.

Lesieur vervolgde alsof ik niets gezegd had: 'Cormier gebruikte een oude truc. Kies een songtekst of een gedicht. Neem de eerste letter van elk woord van de openingsregel. Vul die reeks letters aan met cijfers, waarvoor je de datum gebruikt waarop je het wachtwoord installeert, de dag aan het begin, de maand aan het eind.'

Het Windows-scherm verscheen en Lesieur sloeg weer enkele toetsen aan.

'Dat levert een behoorlijk goede versleuteling op, maar een heleboel van mijn collega-nerds kennen die truc.'

'Een patroon van twee cijfers, meerdere letters, en dan weer twee cijfers,' zei ik.

'Precies.'

Ryan had gelijk. De koffie was niet te drinken. Hoe weinig ik ook geslapen had, ik schoof de beker van me af.

'Uitgaande van de veronderstelling dat het wachtwoord dit jaar gecreëerd is, heb ik hitparades nagepluisd, lettercombinaties samengesteld uit de openingsregels van de top-vijftiensongs van elk van de tweeënvijftig weken, en daarna elke dag-maandcombinatie gedraaid met alle letterreeksen. Bij de vierhonderdvierenzeventigste alfanumerieke versleuteling van het programma was het raak.'

'Vierhonderdvierenzeventig maar?' Hippo's afkeer van technologie klonk duidelijk door in zijn sarcasme.

'Ik moest het zowel in het Frans als in het Engels proberen.'

'Laat me eens raden. Cormier was een fan van Walter Ostanek.'

Drie wezenloze blikken.

'De polkakoning?'

Nog altijd wezenloze blikken.

'De Canadese Frank Yankovic?'

'Ben jij een liefhebber van polka?' Ryan.

'Ostanek is hartstikke goed.' Defensief.

Niemand trok dat in twijfel.

'Jullie zouden hem toch moeten kennen. Hij komt hier uit de buurt vandaan. Duparquet, Québec.'

'Cormier maakte gebruik van Richard Séguin,' zei Lesieur.

Hippo haalde zijn schouders op. 'Séguin is ook goed.'

'In de week van 29 oktober stond Séguins "Lettres Ouvertes" op nummer dertien in Montreal. Hij gebruikte de openingsregel van een song van dat album.'

'Ik ben diep onder de indruk,' zei ik. Dat was ik ook.

'Een alfanumerieke code van veertien karakters houdt de gemiddelde hacker buiten de deur.' Lesieur sloeg ENTER aan. 'Maar ik ben niet de gemiddelde hacker.'

Het scherm werd zwart. In de rechterbovenhoek stond een pictogram van een ouderwetse filmspoel, met daaronder een lijst met een tiental keuzes zonder titel. Achter elk ervan stond de tijdsduur aangegeven. De meeste duurden tussen de vijf en tien minuten.

'De USB-stick bevat videobestanden, sommige kort, sommige met looptijden tot een uur. Ik heb geen enkel bestand geopend, want ik ging ervan uit dat jullie alles als eersten wilden zien. Ik ging er ook van uit dat jullie met de kortere clips zouden willen beginnen.'

'Vooruit maar.' Er was nu geen spoor van humor meer in Ryans stem te bekennen.

'Dit is maagdelijk terrein, mensen.' Lesieur dubbelklikte de eerste keuzemogelijkheid.

De kwaliteit was slecht, de duur zes minuten.

Er werden dingen vertoond die ik nooit voor mogelijk had gehouden.

31

De video was opgenomen met één enkele handcamera. Er was geen geluid.

Het decor is een goedkope motelkamer. Het blad van het bureau is van plastic met een houtnerfmotief. Op het tweepersoonsbed ligt een geruite sprei. Boven het hoofdeinde steekt een spijker uit de muur.

Normaal gesproken zou mijn geest met dat gegeven spelen. Wat was er weggehaald? Vreselijke massamarktkunst? Een prent van bierdrinkende, kaartende honden? Iets wat de naam of de locatie van het motel zou kunnen onthullen?

Ditmaal geen speculaties. Al mijn zintuigen waren gericht op de gruwelen die zich op de monitor afspeelden.

Er ligt een meisje op het bed. Ze is bleek en ze heeft korenblond haar. Gestrikte linten onder aan haar vlechtjes.

De adem stokte me in de keel.

Het meisje is naakt. Ze kan niet ouder dan acht zijn.

Ze richt zich op haar ellebogen op en draait haar gezicht naar iets buiten beeld. Haar ogen glijden langs de cameralens. De pupillen zijn spelonken, de blik is vaag.

Het meisje tilt haar kin op, volgt met haar blik iemand die haar nadert. Er kruipt een schaduw over haar lichaam.

Het meisje schudt het hoofd en slaat haar ogen neer. Er verschijnt een hand in beeld die op haar borst drukt. Het meisje laat zich achterovervallen en doet haar ogen dicht. De schaduw beweegt zich over haar lichaam.

Mijn zenuwen gaven tegengestelde reflexen af.

Niet kijken!

Blijf kijken! Help dat meisje!

Mijn blik bleef strak gevestigd op de monitor.

Een man komt het beeld binnen. Zijn blote rug is naar de camera gekeerd. Zijn haar is zwart, tot een staartje gebonden in zijn nek. Zijn billen zijn bespikkeld met akelige rode pukkels. De huid eromheen heeft de kleur van pus.

Mijn vingers zochten elkaar, knepen hard. Ik voelde me duizelig bij het vooruitzicht van de nachtmerrie die zich zo dadelijk af zou gaan spelen.

De man pakt de polsen van het kind en tilt haar dunne armpjes op. Haar tepels zijn stipjes op de welving van haar ribbenkast.

Ik keek naar beneden. Mijn nagels hadden halvemaantjes in de rug van mijn handen gekerfd. Ik haalde twee keer diep adem en concentreerde me weer op de monitor.

Het meisje is op haar buik gedraaid. Ze ligt voorover, hulpeloos en stil. De man is op het bed geklommen. Hij zit op zijn knieën. Hij maakt aanstalten om schrijlings op haar te gaan zitten.

Ik vloog overeind en holde de kamer uit. Geen bewuste actie. Limbische impuls rechtstreeks naar de motorische neuronen.

Er kwam iemand achter me aan. Ik keek niet achterom.

In de hal ging ik voor een raam staan, met mijn armen om mezelf heen geslagen. Ik had de realiteit nodig om weer enigszins tot mezelf te komen. De skyline. Zonlicht. Beton. Verkeer.

Een hand raakte mijn schouder aan.

'Gaat het?' zei Ryan zachtjes.

Ik antwoordde zonder me naar hem om te draaien. 'De smeerlappen. De vieze vuile gore rotschoften.'

Ryan zei niets.

'Waarvoor? Voor hun eigen perverse genot? Een onschuldig kind zo bezeren om aan hun gerief te komen? Of gaat het in feite om het genot van de toeschouwers? Lopen er zo veel smeerkezen rond dat er een markt is voor video's van een dergelijke schandelijke verdorvenheid?'

'We krijgen ze wel te pakken.'

'Die perverse smeerlappen vervuilen de aarde. Ze verdienen het niet om onze lucht in te ademen.'

'We krijgen ze wel te pakken.' Ryans toon weerspiegelde de walging die ik voelde.

Er liep een traan over mijn wang. Ik veegde hem weg met de rug van mijn hand.

'Wie krijgen jullie te pakken, Ryan? Het tuig dat deze smeerlapperij maakt? De pedofielen die ervoor betalen om ernaar te kijken, die dat soort filmpjes verzamelen en ruilen? De ouders die hun kinderen prostitueren om een paar dollar in hun zak te kunnen steken? De roofdieren die chatrooms afstruinen in de hoop contact te leggen?'

Ik draaide me om en keek hem aan.

'Hoeveel kinderen gaan we te zien krijgen op die USB-stick? Alleen. Doodsbang. Machteloos. Van hoeveel kinderen is de jeugd verwoest?'

'Inderdaad. Die gasten zijn morele mutanten. Maar mijn prioriteit ligt bij Phoebe Quincy, Kelly Sicard, Claudine Cloquet en drie meisjes die dood zijn aangetroffen in mijn district.'

'Het is Bastarache.' Met opeengeklemde kaken. 'Ik vóél het gewoon.'

'Het feit dat hij in de seksbusiness zit, wil nog niet zeggen dat hij in kinderporno handelt.'

'Dit is Cormiers smerige collectie. Cormier had foto's van Évangéline. Évangéline werkte voor Bastarache.'

'Dertig jaar geleden.'

'Cormier...'

Ryan legde een vinger op mijn lippen.

'Het is mogelijk dat Bastarache erbij betrokken is. Het is mogelijk dat Cormier een schakel in het netwerk is. Of misschien blijkt hij alleen maar een gestoorde pedo te zijn. Hoe dan ook, alles op die USB-stick gaat naar het NCECC.'

Ryan verwees naar Canada's National Child Exploitation Coordination Center.

'Hè ja,' viel ik tegen hem uit, 'en wat doen die?'

'Zij houden zich fulltime bezig met het onderzoek naar dit soort praktijken. Het NCECC houdt er een database op na van afbeeldingen van misbruikte kinderen en beschikt over geavanceerde programma's voor digitale bewerking. Ze ontwikkelen manieren om de smeerlappen te identificeren die deze rotzooi van internet downloaden.'

'Er worden jaarlijks meer onderzoeken ingesteld naar autodiefstal dan naar kindermisbruik.' Smalend.

'Je weet best dat dat niet eerlijk is. Er zijn heel wat meer autodiefstallen te onderzoeken. De mensen van het NCECC werken zich uit de naad om die kinderen te redden.' Ryan maakte een handgebaar in de richting van het zaaltje.

Ik zei niets, in de wetenschap dat hij gelijk had.

'Ik concentreer me op Quincy, Sicard, Cloquet. De ongeïdentificeerde doden.' Zijn gebalde vuist zette zijn woorden kracht bij. 'Ik zal niet rusten tot ik al die zaken afgesloten heb.'

'Ik vind het afschuwelijk om ernaar te moeten kijken.' Mijn stem was nauwelijks hoorbaar. 'Ik kan helemaal niets doen om haar te helpen.'

'Het is hartverscheurend. Ik weet het. Ik kan zelf nauwelijks blijven zitten. Maar ik blijf mezelf steeds één ding voorhouden. Probeer iets op te pikken. Een straatnaam. Een opschrift op een bestelwagen. Een motellogo op een badhanddoek. Als je zoiets ziet, ben je een stap dichter bij het opsporen van een kind. En waar dat ene kind is, zullen er ongetwijfeld meer zijn. Misschien wel een paar naar wie ik op zoek ben.'

In Ryans ogen zag ik een intensiteit die ik nooit eerder had gezien.

'Oké,' zei ik, terwijl ik met mijn handpalmen de tranen van mijn wangen veegde. 'Oké.' Ik liep terug in de richting van de vergaderruimte. 'Laten we maar weer gaan kijken of we iets kunnen ontdekken.'

En dat is precies wat er gebeurde.

De volgende drie uur behoorden tot de afschuwelijkste van mijn leven.

Voordat ze vertrok, legde Lesieur uit dat Cormier zijn collectie opgeslagen had in een serie digitale mappen. Sommige waren voorzien van een titel. 'Teen Dancers.' 'Kinders.' 'Aux privés d'amour.' 'Japonaise.' Andere waren genummerd of voorzien van een lettercode. Elk bestand was voorzien van dezelfde datum, waarschijnlijk de dag dat het overgezet was op de USB-stick.

Hippo, Ryan en ik werkten gestaag map na map, video na video door.

Niet elke clip was net zo afschuwelijk als de eerste. Sommige toonden overdadig opgemaakte kinderen in stoeipoezenlingerie. In andere waren jonge meisjes of pubers te zien die zich onwennig als vamp gedroegen, of strippers of paaldanseressen imiteerden. In een groot aantal was sprake van marteling en volledige penetratie.

Artistieke vaardigheid en technische kwaliteit waren wisselend. Sommige video's zagen er oud uit. Andere leken kortgeleden opgenomen te zijn. Sommige gaven blijk van talent. Sommige waren amateuristisch.

De collectie was opgebouwd rond één gemeenschappelijk element. Elke video toonde een of meer jonge meisjes. In enkele van de meest afschuwelijke speelden peuters een rol.

Op gezette tijden hielden we even pauze. Dronken koffie. Verdrongen onze walging. Concentreerden ons opnieuw op ons doel.

Elke keer checkte ik of er berichten op mijn mobieltje waren binnengekomen. Geen telefoontjes van Harry.

Tegen twaalf uur 's middags waren mijn zenuwen overbelast en was de sfeer gespannen.

Ik opende een nieuwe map toen Hippo het woord nam.

'Wat schieten we hier in godsnaam mee op? Laten we deze rotzooi overdragen aan het NCECC en weer gewoon aan het werk gaan.'

De nieuwe map was niet voorzien van een titel. Hij bevatte acht bestanden. Ik dubbelklikte de eerste aan en de video werd opgestart.

'Eén bekend gezicht.' Ryan trommelde met zijn vingers op het tafelblad. Ik wist dat hij verlangde naar een sigaret. 'Eén achtergronddetail.'

'Ja?' De raspende stem klonk zwaar geïrriteerd. 'En wat schieten we daarmee op?'

Ryan liet zijn stoel achterover wippen en legde zijn voeten op tafel. 'Momenteel is dat onze beste kans op een aanknopingspunt.'

'Cormier was een smeerlap. Hij is dood.' Hippo nam zijn zoveelste maagzuurremmer.

'Hij heeft foto's gemaakt van Quincy en Sicard.' Ryan liet zich niet van de wijs brengen door Hippo's slechte humeur.

'Hall-o. De man was fotograaf.'

Meende Hippo het serieus? Of speelde hij voor advocaat van de duivel?

'Cormier zou ons naar Bastarache kunnen leiden,' zei ik. 'Is het niet je grote droom om die schoft te pakken te krijgen?'

De monitor werd zwart, toen begon er een volgende scène.

De camera is op een deur gericht.

'We hebben helemaal niets.' Er kraakte vinyl toen Hippo ging verzitten.

'We hebben het fotovel.'

'Dat is nog ouder dan de weg naar Rome.'

'Het meisje op dat fotovel was mijn vriendin. Ze werkte in het huis van Bastarache.'

'In het grijze verleden.'

'Toen ze vermoord werd!'

'Laten we ons concentreren.' Ryan. Scherp.

Er verschijnt een meisje in de deuropening, jong, misschien vijftien of zestien. Ze draagt een zwarte avondjurk met een laag uitgesneden boven-stukje. Ze heeft het haar opgestoken. Ze heeft te veel lipstick op.

De camera zoomt in. Het meisje kijkt recht in de lens.

Naast me hoorde ik iemand scherp inademen.

De ogen van het meisje staren ons recht aan. Ze houdt haar hoofd schuin, trekt subtiel één wenkbrauw op. Glimlacht flauwtjes.

'Heilige moeder Maria,' zuchtte Hippo.

Ryan trok met een ruk zijn voeten van tafel. De poten van zijn stoel bonkten op de vloer.

Het meisje brengt haar handen achter haar nek en maakt het boven-stukje los. De jurk glijdt omlaag, maar ze houdt hem tegen haar borst ge-drukt.

Het was doodstil in het vertrek.

Het meisje buigt zich voorover en doet haar mond open. Ze likt met haar tong over haar lippen. De camera zoomt in en haar gezicht vult het scherm.

Ryan priemde met zijn vinger naar het scherm. 'Zet het beeld stil!'

Ik liep naar het toetsenbord. Drukte op de pauzetoets. Het beeld stond stil.

Allemaal staarden we naar het gezicht.

Ryan zei de naam hardop.

'Kelly Sicard.'

'Sicard poseerde voor Cormier als Kitty Stanley,' zei ik.

'*Crétaque.*'

'De schoft gebruikte zijn atelier om contact te leggen met jonge meisjes.' Ryan dacht hardop. 'En lokte ze vervolgens de porno-industrie binnen.'

'Streek waarschijnlijk een premie op voor elk grietje dat hij afleverde.' Hippo.

'Mogelijk. Maar pedofielen zijn geen doorsneecriminelen. Het gaat hen niet alleen om geld. Het gaat hen om het product. Het is een obsessie.'

'Denk je dat die smeerlap het met meisjes aanlegde om zijn collectie uit te breiden?'

'Cormiers motief doet er niet toe,' bracht ik in het midden. 'Als we te weten willen komen wat er met Sicard, of Quincy, of met welk van zijn andere slachtoffers dan ook is gebeurd, is het zijn afnemer die we moeten hebben. De griezel die deze vuiligheid produceert.'

Ryan en Hippo keken elkaar aan.

'Bastarache,' zei ik. 'Die moet het zijn.'

Hippo wreef over zijn kin.

'Ze zou best wel eens gelijk kunnen hebben. Bastarache verdient zijn geld in de seksindustrie. Massagesalons, striptenten, prostitutie.'

'Vandaar is het maar een klein stapje naar porno,' zei ik. 'En vervolgens kinderporno.'

'Bastarache mag dan een porno-ondernemer zijn,' zei Ryan, 'maar we hebben niets om hem hiermee in verband te brengen.'

'Het fotovel,' zei ik.

'Hij zal ontkennen dat hij daar iets vanaf weet,' zei Ryan.

'Ook al is dat zo, dan is het nog altijd kinderporno.'

Ryan schudde het hoofd. 'Het is te oud.'

'Évangéline heeft voor hem gewerkt.'

'Je lijkt wel een oude grammofoonplaat.'

'Wat hebben we dán nodig?'

'Een direct verband.'

Gefrustreerd zakte ik onderuit in mijn stoel en drukte op de Play-toets.

De camera zoomt uit. Sicard komt overeind, draait haar rug naar de camera, wenkt speels met een vinger. Volg me.

De camera volgt haar terwijl ze traag de kamer door loopt. Terwijl ze nog steeds de bandjes van het bovenstukje vasthoudt, laat Sicard zich op de matras zakken. Krult zich op als een kat.

Terwijl ik toekeek, vroeg ik me af welke dromen er door haar hoofd speelden. Door spotlights verlichte catwalks? Glossy tijdschriften en premières met rode lopers?

Sicard glimlacht samenzweerderig. Laat één bandje van het bovenstukje vallen. Een man komt binnen en loopt naar het bed. Sicard, zuigend op een vinger, kijkt op en glimlacht. Gaat op haar knieën zitten, laat de jurk tot haar middel zakken.

Het duurde tot halverwege de middag. De map was getiteld *Vintage*. Het waren oude opnamen. Haarstijl en kleding in sommige scènes leken te duiden op de jaren vijftig en zestig.

Filmpje nummer zeven. Het script was nauwelijks origineel.

Het meisje is een jaar of vijftien, met donker haar met een scheiding in het midden. Ze draagt een zwarte bustier, kousenbanden en een visnetpanty. Ze lijkt slecht op haar gemak.

Het meisje kijkt naar links. De camera volgt haar als ze een kamer door loopt en gaat zitten op een bankje onder een raam. Weer kijkt ze naar links, alsof ze op aanwijzingen wacht. Zonlicht valt op haar haar.

Mijn blik gleed naar het raam dat het meisje omlijstte. Bestudeerde de gordijnen. Het houtwerk. Het wazige landschap aan de andere kant van het glas.

Het duurde even voor het tot me doordrong.

Ik drukte op de pauzetoets en bestudeerde het beeld. Bestudeerde de gestalte. De vage contour erachter.

Ergens, een miljoen mijl verderop, klonken stemmen.

Ik drukte op PLAY. STOP. PLAY.

Spoelde terug. Nogmaals. En nogmaals.

'Ik heb hem.' Kalm, hoewel mijn hart in mijn keel klopte.

De stemmen zwegen.

'Ik heb hem te pakken, die vuile vrouwenmishandelaar.'

32

Hippo en Ryan kwamen naast me staan.

'Deze video is opgenomen in het huis van Bastarache in Tracadie.' Ik wees naar het bevroren beeld op de monitor. 'Door het raam kun je totempalen zien.'

Hippo boog zich zo ver voorover dat de tandenstoker in zijn mondhoek bijna mijn wang raakte.

'Naast dat rare schuurtje?'

'Dat is een belvedère.'

'Waarom die tamtamkitsch?'

'Daar gaat het nu niet om.'

Met gefronst voorhoofd liet Hippo de tandenstoker naar het midden van zijn mond rollen.

'Heb je die totempalen en die belvedère op het perceel van Bastarache gezien?' vroeg Ryan.

'In de achtertuin.'

'Weet je dat zeker?'

'Ja. En ik heb mogelijk ook de handgemaakte bank gezien waar het meisje op zit.'

Hippo rechtte zijn rug, richtte de tandenstoker op Ryan en sprak eromheen.

'De video is oud.'

'Het meisje niet.'

'En ze laat haar tieten vereeuwigen in Bastaraches optrekje.'

'Ja.'

'Is dat genoeg om hem op te pakken?'

'Wat mij betreft wel.'

'Voldoende bewijsmateriaal?'

'Ik denk dat een rechter vindt van wel.'

'Zal ik de collega's van Quebec City bellen terwijl jij achter een huiszoekingsbevel aan gaat?'

Ryan knikte.

Toen Hippo vertrokken was, wendde Ryan zich tot mij.

'Goed gezien van je.'

'Dank je.'

'Denk je dat je dit nog even vol kunt houden?' Ryan knikte naar de monitor.

'Dat zal wel lukken.'

'Mooi zo.'

Tegen vieren bevond Bastarache zich in hechtenis en had Ryan huiszoekingsbevelen voor zijn appartement en bar in Quebec City. Niet voor het huis in Tracadie, aangezien Bastarache daar niet woonde.

Ryan trof me in de vergaderruimte waar ik nog steeds pornofilmpjes aan het bekijken was. Afgezien van de keren dat ik even gestopt was om mijn telefoon thuis, op kantoor, en mijn mobieltje te checken of Harry gebeld had, had ik geen pauze genomen.

'De advocaat van Bastarache was al bij de gevangenis voordat de celdeur dichtsloeg. Hoogst verontwaardigd. Kun je het je voorstellen?'

'Is hij ervan op de hoogte dat zijn cliënt zich bezighoudt met kinderpornografie?'

'Zij. Isabelle Francoeur. Volgens Francoeur staat Bastarache op het punt voorgedragen te worden voor de Order of Canada.'

'Is hij weer op vrije voeten?'

'Daar is Francoeur mee bezig. De politie van Quebec City zegt dat ze hem vierentwintig uur kunnen vasthouden. Daarna moeten ze hem in staat van beschuldiging stellen of hem laten gaan.'

'Wat gebeurt er nu?'

'Hippo gaat huiszoeking doen bij Bastarache terwijl ik een praatje met hem ga maken.'

'Je gaat naar Quebec?'

'Hippo rijdt op dit moment de auto voor.'

'Ik wil met je mee.'

Ryan keek me geruime tijd aan, zich ongetwijfeld bewust van mijn verborgen agenda.

'Als jouw vriendinnen ter sprake komen, dan is dat omdat ík ze ter sprake breng.'

Ik wilde protesteren, maar bedacht me toen. 'Oké.'

'Hoe heten ze ook weer?'

'Évangéline en Obéline.'

'Jij bent uitsluitend toehoorster.'

'Ik zal toehoren als de beste.'

Tien minuten later reden we in noordoostelijke richting over Highway 40, evenwijdig aan de oever van de Sint-Laurens. Hippo reed. Ryan zat naast hem. Ik zat achterin, hotsend en botsend en proberend om niet te kotsen.

Onderweg legde Ryan het plan uit. Ik kon hem nauwelijks verstaan boven het statische geknetter van de radio uit. Op mijn verzoek zette Hippo het apparaat uit.

De strategie. Ryan en ik zouden naar la prison d'Orsainville gaan, waar Bastarache vastgehouden werd. Hippo zou doorrijden naar de stad om toezicht te houden op het doorzoeken van de bar van Bastarache.

De rit vanuit Montreal duurt gewoonlijk een uur of drie. Hippo deed er iets meer dan twee uur over. Ik bleef voortdurend mijn mobieltje checken. Geen Harry. Ik hield mezelf voor dat ze wel vaker zoek was. Niettemin begon ik me steeds ongeruster te maken. Waarom belde ze niet?

Ryan belde om onze komst aan te kondigen toen we de buitenwijken van de stad naderden. Hippo zette ons af bij de gevangenis en scheurde toen weer weg. Tegen de tijd dat we de veiligheidscontrole achter de rug hadden, bevond Bastarache zich al in een verhoorkamer. Er stond een cipier bij de deur die eruitzag alsof hij last van zijn voeten had.

Misschien had ik te veel afleveringen van de *Sopranos* gezien. Ik verwachtte een maffioos type. Haar stijf in het vet. Gouden kettingen. Door het gebruik van anabole steroïden opgezwollen spierbundels. In plaats daarvan zag ik een dikzak in polyester met kleine varkensoogjes.

Het vertrek bevatte de gebruikelijke vier stoelen en een tafel.

Ryan en ik namen plaats aan een kant van de tafel. Bastarache zat tegenover ons. Het verbaasde me dat Francoeur er niet bij was.

Ryan stelde zich voor, legde uit dat hij van de SQ was en dat hij uit Montreal was gekomen.

De varkensoogjes gleden mijn richting uit.

'Wil je liever wachten op je advocaat?' vroeg Ryan, die het vertikte om Bastaraches nieuwsgierigheid te bevredigen. Heel goed. Laat hem maar in het onzekere over mij.

'*Frippe-moi l'chu.*' Vrij vertaald uit het chiac: 'Lik mijn reet.' 'Ik bezit bars. Ik hou me aan de regels. Wanneer dringt dat nou eens tot jullie uilskuikens door?'

'Je hebt ook striptenten.'

'Voor zover ik weet, is exotisch dansen nog steeds legaal in dit land. Al mijn meisjes zijn boven de achttien.' Bastarache sprak met eenzelfde soort intonatie als Hippo.

'Weet je dat zeker?'

'Ik controleer de identiteitspapieren.'

'Zijn er misschien een paar onder je radar door geglipt?'

Bastarache kneep zijn lippen op elkaar en ademde door zijn neus. Het maakte een snuivend geluid.

'Ik heb het nu over sweet sixteen. Ik vraag me af of ze haar beugel al kwijt is?'

Er kroop een blos omhoog vanuit Bastaraches boord. 'Ze heeft gelogen.'

Ryan klakte met zijn tong en schudde het hoofd. 'Die jeugd van tegenwoordig toch.'

'Ze klaagde niet.'

'Hou je van het jongere spul, Dave?'

'Ze bezwoer me dat ze drieëntwintig was.'

'Geschikte leeftijd voor een vent als jij.'

'Hoor eens, er zijn twee soorten vrouwen op deze wereld. Vrouwen die je een beurt geeft en vrouwen die je meeneemt naar je familie. Dit grietje was niet op weg naar een stoofschotel bij grandmère, als je begrijpt wat ik bedoel.'

'Jij hebt de derde soort in dienst genomen.'

Bastarache hield zijn hoofd schuin.

'Een minderjarige.'

De blos verspreidde zich over Bastaraches gezicht. 'Hetzelfde ouwe liedje. Ze zei dat ze meerderjarig was. Wat willen jullie dat ik doe, haar gebit controleren?'

'En prostitutie? Is dat tegenwoordig legaal?'

'Zodra een meisje de bar verlaat, hebben we geen zeggenschap meer over haar privéleven.'

Ryan bleef zwijgen, in de wetenschap dat de meeste ondervraagden zich geroepen voelen om de stilte op te vullen. Dat gold niet voor Bastarache.

'Er worden bij ons in de buurt een paar meisjes vermist,' vervolgde Ryan. 'En we hebben ook een paar overleden meisjes. Weet jij daar toevallig iets van?'

'Ik heb geen banden met Montreal.'

Ryan gebruikte een andere ondervragingstruc die ik hem al eens eerder had zien toepassen. Plotseling veranderen van onderwerp.

'Hou je van films, Dave?'

'Wat?'

'Licht! Camera! Actie!'

'Waar heb je het in godsnaam over?'

'Laat me raden. Je besloot om je activiteiten uit te breiden. Filmpjes te gaan maken.'

De handen van Bastarache lagen op tafel, de vingers ineen gestrengeld als korte dikke worstjes. Bij Ryans vraag knepen de worstjes zich samen.

'Paaldansen is per slot van rekening maar een armoedige bedoening.'

Bastarache wierp Ryan een vuile blik toe maar zei niets.

'Films, dat is het betere werk.'

'Je bent niet goed wijs.'

'Laten we voor de aardigheid eens aannemen dat er een meisje langskomt dat graag een paar dollar wil verdienen. Jij oppert de mogelijkheid van wat seks voor de camera. Zij gaat akkoord.'

'Wat?'

'Ga ik een beetje te snel voor je, Dave?'

'Waar heb je het over?'

'Je weet best waar ik het over heb.'

'Pornofilms?'

'Van een heel bepaald genre.'

'Sorry, maar ik kan je niet volgen, maat.'

Ryans stem werd ijzig. 'Ik heb het over kinderporno, Dave. Kinderen.'

Bastarache haalde zijn handen uit elkaar en sloeg ermee op tafel. 'Ik. Rotzooi. Niet. Met. Kinderen.'

De cipier stak zijn hoofd om de hoek van de deur. 'Alles in orde?'

'Ja hoor,' zei Ryan.

Terwijl Bastarache Ryan woedend aankeek, nam ik hem heimelijk op. De rollen in zijn nek en op zijn maag zagen er hard uit en zijn armen waren gespierd. De man was niet de vetklep waarvoor ik hem in eerste instantie gehouden had.

Zonder het oogcontact met Bastarache te verbreken, stak Ryan een hand in zijn zak en haalde er een van de afdrukken uit die ik geprint had van de video in Cormiers *Vintage*-map. Zonder iets te zeggen schoof hij de afdruk over de tafel.

Bastarache keek neer op het meisje op de bank. Ik bestudeerde zijn lichaamstaal. Zag geen tekenen van toegenomen spanning.

'Heb je het legitimatiebewijs van dit meisje gecontroleerd?' vroeg Ryan.

'Ik heb haar nog nooit gezien.'

'Hoe heet ze?'

'Wat zeg ik nou net?' De varkensoogjes werden ten hemel geslagen. 'Ik heb de jongedame nooit ontmoet.'

'Ken je een fotograaf genaamd Stanislas Cormier?'

'Sorry.' Bastarache volgde met een duimnagel een kras in het tafelblad.

Ryan wees naar de afdruk. 'Die opname is afkomstig uit Cormiers computer. Een fragment uit een smerig filmpje. Er staat een complete verzameling op zijn USB-stick.'

'Er lopen op de wereld heel wat smeerlappen rond.'

'Is dat jouw huis?'

De duimnagel hield stil. 'Waar heb je het verdomme over?'

'Fraaie tuin.'

Bastarache wierp nog een blik op de afdruk, schoof hem toen met een vlezige vinger terug naar Ryan.

'En wat dan nog? Ik was nog maar net van school af toen dat

meisje voor Indiaans prinsesje speelde.'

Er begon een belletje in mijn hoofd te rinkelen. Wat klopte daar niet? Ik zette het van me af tot een later tijdstip.

Een voor een legde Ryan de foto's van Phoebe Quincy, Kelly Sicard, Claudine Cloquet en de gezichtsreconstructie van het meisje uit de Rivière des Mille Îles op tafel. Bastarache keek er nauwelijks naar.

'Sorry, maat. Ik wou dat ik je kon helpen.'

Ryan voegde er autopsiefoto's van de drenkelinge uit het Lac des Deux Montagnes en het meisje uit Dorval aan toe.

'Jezus christus.' Bastarache knipperde met zijn ogen, maar wendde zijn blik niet af.

Ryan tikte op de foto's van Quincy en Sicard. 'Deze meisjes komen eveneens voor in Cormiers collectie.' Dat was niet helemaal waar in het geval van Quincy, maar alla. 'Nu worden ze vermist. Ik wil weten waarom.'

'Ik zal het nog één keer zeggen. Ik weet helemaal niks van pornofilms of vermiste kinderen.'

Bastarache keek naar het plafond. Op zoek naar kalmte? Bijdehante antwoorden? Toen hij ons weer aankeek, was zijn gezicht uitdrukkingloos.

'Heb je toevallig een stel idioten genaamd Babin en Mulally in dienst?' Opnieuw veranderde Ryan abrupt van onderwerp.

'Ik wacht nu eerst tot mijn advocaat er is. Ik vind het best gezellig hier, maar het wordt tijd dat ik er weer eens vandoor ga. Ik heb het erg druk.'

Ryan leunde achterover en sloeg zijn armen over elkaar.

'Je verbaast me, Dave. Zo'n gevoelige knaap als jij. Ik dacht dat je nog wel in de rouw zou zijn vanwege je vrouw.'

Was het mijn verbeelding, of verstrakte Bastarache bij Ryans verwijzing naar Obéline?

'Maar ach, het is ook alweer bijna een week geleden.'

Bastarache stak twee vlezige handpalmen op. 'Begrijp me niet verkeerd. Ik ben niet de ongevoelige schoft voor wie jij me houdt. Ik heb er best wel verdriet van. Maar het overlijden van mijn vrouw kwam niet bepaald onverwacht. Ze liep al jaren met zelfmoordplannen rond.'

'Mepte je haar daarom af en toe in elkaar? Om haar levenslust een beetje op te peppen?'

Bastarache staarde Ryan met zijn varkensoogjes aan. Strengelde zijn vingers weer ineen. 'Mijn advocaat heeft me hieruit voordat jij weer goed en wel op weg bent naar Montreal.'

Ik keek naar Ryan, hem als het ware dwingend om Bastarache te confronteren met het fotovel van Évangéline. Dat deed hij niet.

'Je advocaat hoeft zich niet te haasten.' Ryan bleef Bastarache strak aankijken. 'De technische recherche is momenteel bij jou thuis. Als ik hier wegga, ga ik hen helpen je leven tot op het bot te ontleden.'

'Sodemieter toch op.'

'En ik zal je eens wat zeggen, Dave.' Ryans stem was hard als staal. 'Als we ook maar één naam vinden, één telefoonnummer, één foto van een kind in een bikini, ben je zo de lul dat je zou wensen dat je ouders besloten hadden om celibatair te blijven.'

Ryan schoof zijn stoel achteruit en stond op. Ik volgde zijn voorbeeld. We waren bij de deur toen Bastarache blafte: 'Je hebt geen idee wat er aan de hand is.'

We bleven allebei staan en draaiden ons om.

'Waarom vertel je me dat dan niet?' zei Ryan.

'Die meisjes noemen zichzelf performanceartiesten. Elk van hen droomt ervan de volgende Madonna te zijn.' Bastarache schudde zijn hoofd. 'Artiesten, mijn reet. Het zijn roofdieren. Als je ze iets in de weg legt, bijten ze je pik eraf.'

Hoewel ik beloofd had om mijn mond te houden, vond ik de man zo weerzinwekkend dat ik me niet langer kon inhouden.

'En hoe zit het met Évangéline Landry? Heeft zij ook gevraagd of ze in een van uw vieze filmpjes mocht optreden?'

De worstvingers omknelden elkaar zo hard dat de knokkels geel-wit werden. Opnieuw kneep hij zijn lippen op elkaar. Nadat hij enkele malen snuivend door zijn neus had geademd, antwoordde Bastarache, maar hij richtte het woord tot Ryan.

'Je zit er helemaal naast.'

'Werkelijk?' Ik liet mijn walging duidelijk doorklinken in mijn stem.

Nog steeds negeerde Bastarache me. 'Je zit er zo ver naast dat je net zo goed in Botswana zou kunnen zitten.'

'Waar zouden we dan wél moeten zoeken, meneer Bastarache?' vroeg ik.

Eindelijk richtte hij het woord tot mij.

'Niet in mijn achtertuin, liefje.' Er klopte een kronkelende ader op Bastaraches voorhoofd.

Ryan en ik draaiden hem allebei de rug toe.

'Kijk verdomme maar in je eigen achtertuin.'

33

Quebec City is voor de Quebeckers gewoon Quebec. Het is de hoofdstad van de provincie Quebec. En door en door Frans.

Vieux-Québec, het oude stadsdeel, is gedeeltelijk nog voorzien van een omwalling en is de enige fortificatie in Noord-Amerika. Binnen dezelfde postcode vind je het Château Frontenac, de Assemblée nationale, en het Musée national des beaux-arts. Hotel, parlement en museum voor de schone kunsten dus. Het markante, met ronde straatkeien geplaveide Vieux-Québec staat op de Werelderfgoedlijst van de Unesco.

Bastaraches hoekje van de *ville* was dat beslist niet.

Le Passage Noir, gelegen in een morsig straatje ter hoogte van de Chemin Sainte-Foy, was een kroeg te midden van andere kroegen waar vrouwen uit de kleren gingen. Het was geen aantrekkelijke buurt, maar ze vervulde een functie in het stedelijke ecosysteem van Quebec City. Behalve strippers die op een podium met tieten en kont te koop liepen, boden drugsdealers hun waar te koop aan op straathoeken en boden hoeren seks aan vanuit goedkope logementen en taxi's.

Een agent van de SQ reed ons naar het adres dat op Ryans huiszoekingsbevel vermeld stond. Hippo's auto stond langs het trottoir samen met een busje van de technische recherche en een politieauto met Service de police de la Ville de Québec op de zijkant.

Toen Ryan en ik de zware houten deur van Le Passage Noir openduwden, sloeg de lucht van verschaald bier en opgedroogd zweet ons tegemoet. De zaak was zo klein als een bar maar kan zijn zonder een kiosk te worden. Het was duidelijk dat Bastarache niet veel geld uitgaf aan verlichting.

Het midden van de ruimte werd in beslag genomen door een bar. Achterin bevond zich een primitief podium. Aan de rechterkant gloeide een Rock-Ola-jukebox uit de jaren veertig op. Aan de linkerkant stond een biljarttafel waar ballen en keus op waren achtergelaten door haastig vertrokken klanten.

Een geüniformeerde agent stond bij de ingang, wijdbeens, duimen achter zijn riem gehaakt. Op zijn insigne stond *C. Deschênes, SPVQ*.

Op een van de acht barkrukken hing een man met een wit overhemd, een zwarte pantalon met messcherpe vouw en gepoetste zwarte instappers. Gouden manchetknopen. Gouden horloge. Gouden halsketting. Geen naamplaatje. Ik nam aan dat meneer Chic de abrupt op non-actief gestelde barkeeper was.

Twee vrouwen zaten te roken en te praten aan een van de tien tafeltjes bij het podium. Allebei droegen ze felroze polyester kimono's.

Een derde vrouw zat in haar eentje te roken. Anders dan haar collega's droeg zij gewone kleren. Korte broek. Met lovertjes bezaaid topje. Romeinse sandalen met veters tot aan haar knieën.

Verder was de zaak leeg.

Terwijl Ryan met Deschênes praatte, nam ik de dames heimelijk op.

De jongste was lang, misschien achttien, met dof bruin haar en vermoeide blauwe ogen. Haar metgezel, een roodharige vrouw van in de dertig, had beslist een deel van haar salaris aan een borstvergroting besteed.

De eenzame rookster had dor platinablond haar dat in slierten langs haar oren hing. Ik schatte haar op een jaar of veertig.

Bij het horen van stemmen, of misschien omdat ze zich bewust was van mijn belangstelling, wierp de blondine me een zijdelingse blik toe. Ik glimlachte. Ze keek weg. De andere vrouwen vervolgden hun gesprek, niet geïnteresseerd.

'Bastarache heeft een kantoortje achterin. Hippo is daar bezig.' Ryan sprak op gedempte toon naast mijn schouder. 'Zijn woonruimte is op de eerste verdieping. Die is de technische recherche momenteel aan het uitkammen.'

'Is het personeel al ondervraagd?' Mijn handgebaar omvatte de vrouwen en de barkeeper.

'Bastarache is de baas. Zij zijn alleen maar werknemers en weten van niets. O, en de barkeeper zegt dat we zijn behaarde Franse reet kunnen kussen.'

Opnieuw keek de blondine onze richting uit, keek weer weg.

'Heb je er bezwaar tegen als ik even met die vrouw ga praten?' vroeg ik.

'Op zoek naar nieuwe danspasjes?'

'Kunnen we de barkeeper en de kimonozusjes hier weg krijgen?'

Ryan wierp me een vragende blik toe.

'Ik heb het gevoel dat die blondine misschien wel wil praten als er geen anderen meeluisteren.'

'Ik zal Deschênes vragen om de anderen naar mij toe te sturen.'

'Oké. Speel nu het spelletje even mee.'

Voordat Ryan kon reageren, deed ik een stap achteruit en snauwde: 'Hou nou eens op met zeggen wat ik moet doen. Ik ben niet achterlijk, weet je.'

Ryan begreep het. 'Het is dat je het zelf zegt,' zei hij, luid en op neerbuigende toon.

'Mag ik tenminste mijn foto's terug?' Ik hield hooghartig mijn hand op.

'Jij je zin.' Geïrriteerd.

Ryan haalde de envelop met de afdrukken, de gezichtsreconstructies en de autopsiefoto's tevoorschijn. Ik griste hem uit zijn hand, stampte de bar door, greep een stoel en plofte erop neer aan een tafeltje.

De blondine had onze woordenwisseling met belangstelling gadegeslagen. Nu was haar blik gericht op haar asbak.

Na even met Deschênes gepraat te hebben, liep Ryan door een achterdeur met daarboven een rood verlicht bordje *Sortie*.

Deschênes haalde de barkeeper op en liep toen naar de kimonotweeling. 'Kom maar mee, meiden.'

'Waarheen?'

'Ik heb begrepen dat jullie hier een prachtige kleedkamer hebben.'

'En zij dan?'

'Zij komt ook nog wel aan de beurt.'

'Kunnen we ons tenminste even aankleden?' jengelde de vrouw

met het rode haar. 'Ik sterf van de kou.'

'Risico van het vak,' zei Deschênes. 'Kom op.'

Met tegenzin volgden de vrouwen Deschênes en de barkeeper door dezelfde uitgang die Ryan had gebruikt.

Terwijl ik zogenaamd nijdig op een stoel was neergeploft, had ik zorgvuldig een tafeltje gekozen dat dichtbij genoeg was om met de blondine te kunnen praten, maar ook weer niet zo dichtbij dat ze zou kunnen denken dat ik toenadering zocht.

'Hufter,' mompelde ik.

'Het mannelijk geslacht is één lange parade van hufters,' zei de vrouw terwijl ze haar sigaret uitdrukte.

'Die gozer is echt de grootmeester.'

De vrouw grinnikte.

Ik draaide me om en keek haar aan. Van dichtbij zag ik dat het haar vlak bij haar schedel donkerder was. Er zat uitgedroogde make-up bij haar oog- en mondhoeken.

'Dat is grappig.' De vrouw plukte een sliertje tabak van haar tong en knipte het weg. 'Ben jij van de politie?'

'Dát noem ik nog eens grappig.'

'Mr. Macho daar?'

Ik knikte. 'Stoere jongen. Heeft een héél grote badge.'

'Rechercheur Hufter.'

Nu grinnikte ik. 'Rechercheur Hufter. Da's een goeie.'

'Je mag hem niet zo.'

'Die eikel wordt verondersteld me te helpen.'

De blondine hapte niet. Ik drong niet aan.

Schijnbaar nog steeds nijdig, sloeg ik mijn benen over elkaar en begon met mijn voet te wippen.

De blondine stak weer een sigaret op en inhaleerde diep. Haar vingers onder de roze kunstnagels waren verkleurd door de nicotine.

Verscheidene minuten zaten we daar zonder iets te zeggen. Zij rookte. Ik probeerde me te herinneren wat ik van Ryan had geleerd over de kunst van het verhoren.

Ik stond op het punt om het erop te wagen toen de blondine de stilte verbrak.

'Ik ben al zo vaak opgepakt dat ik elke rechercheur van de zeden-politie hier in de stad bij zijn voornaam ken. Ik heb die rechercheur Hufter van jou nog nooit eerder gezien.'

'Hij is van de sq in Montreal.'

'Een beetje ver van huis.'

'Hij is op zoek naar een paar vermiste meisjes. Een ervan is mijn nichtje.'

'Zijn die meisjes hiervandaan verdwenen?'

'Zou kunnen.'

'Als jij niet van de politie bent, waarom laten ze je dan meelopen?'

'We kennen elkaar al heel lang.'

'Ga je soms met hem naar bed?'

'Niet meer,' zei ik op minachtende toon.

'Heeft hij je die kneuzing bezorgd?'

Ik haalde mijn schouders op.

De vrouw inhaleerde en blies toen rook naar het plafond. Ik keek toe hoe die wegdreef en oploste in het neonlicht boven de bar.

'Werkte je nichtje hier?' vroeg de blondine.

'Ze heeft het misschien aangelegd met de eigenaar. Ken je die?'

'Nou en of ik die ken. Ik werk al twintig jaar met tussenpozen voor meneer Bastarache. Voornamelijk in Moncton.'

'Wat vind je van hem?'

'Hij betaalt goed. Accepteert niet dat klanten zijn meisjes mishandelen.' Ze tuitte haar lippen terwijl ze het hoofd schudde. 'Maar ik zie hem maar zelden.'

Dat leek merkwaardig als Bastarache boven de bar woonde. Ik sloeg haar opmerking in mijn geheugen op om er later nog eens over na te denken.

'Mijn nichtje is mogelijk ergens bij betrokken geraakt,' zei ik.

'Iedereén is wel ergens bij betrokken, schat.'

'Iets méér dan dansen.'

De blondine reageerde niet.

Ik liet mijn stem dalen. 'Ik denk dat ze in pornofilms optrad.'

'Je moet wát doen voor de kost.'

'Ze was nog maar net achttien.'

'Hoe heet je nichtje?'

'Kelly Sicard.'

'En hoe heet jij?'

'Tempe.'

'Céline.' Ze grinnikte weer. 'Niet Dion, maar evengoed met de nodige flair.'

'Prettig kennis met je te maken, Céline Niet Dion.'

'Mooi stel zijn wij.'

Céline snoof, veegde toen met de rug van haar hand over haar neus. Terwijl ik mijn hand in mijn tasje stak, liep ik naar haar tafeltje en gaf haar een papieren zakdoekje aan.

'Hoe lang ben je al op zoek naar die Kelly Sicard?'

'Bijna tien jaar.'

Céline keek me aan alsof ik had gezegd dat Kelly afgemarcheerd was naar de slag om Gallipoli.

'Het andere meisje wordt pas sinds twee weken vermist.' Ik zei niets over Évangéline die al meer dan dertig jaar werd vermist. 'Haar naam is Phoebe Jane Quincy.'

Céline nam een heel lange trek en drukte toen haar sigaret uit.

'Phoebe is pas dertien. Ze verdween terwijl ze te voet op weg was naar dansles.'

Célines hand hield even stil, ging toen weer door met het uitdrukken van de peuk. 'Heb jij kinderen?'

'Nee,' zei ik.

'Ik ook niet.' Céline staarde naar de asbak, maar ik geloofde niet dat ze die zag. Ze keek naar een plaats en tijd die ver verwijderd waren van het tafeltje in Le Passage Noir. 'Dertien jaar. Op die leeftijd wilde ik ballerina worden.'

'Dit is Phoebe.' Ik haalde een foto uit Ryans envelop en legde die op tafel. 'Het is haar schoolfoto van de brugklas.'

Céline bekeek de foto. Ik lette op een eventuele reactie, maar die zag ik niet.

'Leuke meid.' Céline schraapte haar keel en wendde haar blik af.

'Heb je haar ooit wel eens hier gezien?' vroeg ik.

'Nee.' Céline bleef in de ruimte staren.

Ik verving Phoebes foto door die van Kelly Sicard.

'En haar?'

Ditmaal trilden haar lippen en knipperde ze met haar ogen. Nerveus wreef ze met de rug van haar pols over haar neus.

'Céline?'

'Ik heb haar gezien. Maar zoals je al zei, het was een hele tijd geleden.'

Ik voelde een vleug van opwinding. 'Hier?'

Céline keek over haar schouder naar de bar.

'Meneer Bastarache heeft een bar in Moncton. Le Chat Rouge. Dit meisje heeft daar gedanst. Maar niet lang.'

'Heette ze Kelly Sicard?'

'Zegt me niets.'

'Kitty Stanley?'

Ze stak een vinger met een roze kunstnagel op. 'Ja. Ik weet het weer. Ze danste onder de naam Kitty Chaton. Leuk verzonnen, hè? Kitty Katje.'

'Wanneer was dat?'

Een bitter lachje. 'Te lang geleden, schat.'

'Weet je wat er met haar gebeurd is?'

Céline tikte weer een sigaret uit haar pakje. 'Kitty trok een lot uit de loterij. Trouwde met een vaste klant en stapte uit de business.'

'Herinner je je de naam van die man nog?'

'Zo'n soort business is het niet.'

'Kun je je nog iets van hem herinneren?'

'Hij was klein en mager.'

Céline stak haar sigaret aan, wuifde met één hand de rook uit haar gezicht. 'Wacht even. Er is nóg iets. Iedereen noemde hem Bouquet Beaupré.'

'Waarom?'

'Hij had een bloemenzaak in Sainte-Anne-de-Beaupré.'

Célines blik was nu rustig en er speelde een glimlachje rond haar mondhoeken. 'Ja. Kitty Katje is eruit gestapt.'

Terwijl ik naar de vrouw keek, voelde ik een onverwachte droefheid. Ze was ooit mooi geweest, zou dat nog steeds kunnen zijn zonder de overdreven make-up en blondering. Ze was van mijn leeftijd.

'Dank je,' zei ik.

'Kitty was een aardige meid.' Ze tikte haar as op de vloer.

'Céline,' zei ik. 'Jij zou er ook uit kunnen stappen.'

Ze schudde langzaam haar hoofd, met een blik die aangaf dat ze geen enkele illusie meer koesterde.

Op dat moment verscheen Ryan.

'We hebben iets merkwaardigs gevonden.'

34

Céline en ik volgden Ryan door de verlichte *sortie* een duister gangetje in. Deschênes sloeg onze nadering met verveelde slaapogen gade. Rechts van hem bevond zich een kleine kleedkamer waarvan de deur op een kier stond. Door een nevel van sigarettenrook zag ik de barkeeper en de kimonomeisjes te midden van spiegels en makeup en dingen met lovertjes, ongetwijfeld kostuums.

Aan de linkerkant bevond zich een vertrek met nephouten lambrisering. Daar zat Hippo aan een bureau in paperassen te snuffelen.

Céline voegde zich bij haar collega's. Ryan en ik voegden ons bij Hippo.

'Al iets gevonden?' vroeg Ryan.

'Het ziet ernaar uit dat hij dit kantoor al geruime tijd niet meer gebruikt heeft. De rekeningen en kwitanties zijn allemaal minstens twee jaar oud.'

'Ik ben iets te weten gekomen.'

Beide mannen keken me aan.

'Die blonde danseres, Céline, zei dat Kelly Sicard in Bastaraches bar in Moncton heeft gewerkt onder de naam Kitty Stanley. Ze noemde zich Kitty Chaton. Trouwde met een bloemist uit Sainte-Anne-de-Beaupré.'

'Wanneer?'

'Céline is nogal vaag wat data betreft.'

'Het zou niet al te moeilijk moeten zijn om die knaap op te sporen,' zei Ryan.

Hippo haalde zijn mobieltje al tevoorschijn. 'Ik ga er meteen achteraan.'

Een zijdeur in het kantoor gaf toegang tot een trap. Ryan en ik beklommen die en kwamen terecht in een zolderappartement.

Het appartement bestond uit een grote vierkante ruimte met een slaap-, eet- en woongedeelte en een keukeneiland. De zitkamer was gemeubileerd met een bank, een stoel en een relaxfauteuil van chroom en zwart leer. Ook stond er een flatscreen-tv op een standaard van glas en staal. Het slaapgedeelte bevatte een extra breed tweepersoonsbed, een zeer groot houten bureau, een wandtafel en een kleerkast. De ruimte werd begrensd door een L van zwartmetalen dossierkasten. In een hoek bevond zich een badkamertje, afgescheiden door wanden en een deur.

Twee mensen van de technische recherche deden wat mensen van de technische recherche plegen te doen. Poeder aanbrengen in de hoop vingerafdrukken te vinden. Kasten doorzoeken. Speuren naar iets verdachts of illegaals. Het leek erop dat ze nog niet veel hadden gevonden.

'Ik wil dat je hier even naar luistert.'

Ryan leidde me naar het bureau en drukte op een knopje van het telefoontoestel. Een mechanische stem meldde dat er geen nieuwe berichten waren, drieëndertig oude, en waarschuwde dat de mailbox vol was. Ryan drukte op '1' om oude berichten af te luisteren.

Negenentwintig bellers hadden gereageerd op een advertentie over een Lexus. Een vrouw van een schoonmaakbedrijf had twee keer gebeld om een afspraak te verzetten. Een zekere Léon wilde dat Bastarache mee uit vissen ging.

De laatste stem was vrouwelijk, het Frans duidelijk *chiac*, het dialect van Acadia.

'Het is geen goede dag. Ik heb het recept nodig. Ob…'

Het bandje sloeg af.

'Ging ze Obéline zeggen?' vroeg Ryan.

'Ik denk van wel.' Ik voelde me helemaal opgewonden. 'Laat nog eens horen.'

Dat deed Ryan. Tot twee keer toe.

'Het lijkt op Obéline, maar ik ben er niet zeker van. Waarom heeft die sukkel zijn mailbox niet leeggemaakt?'

'Moet je kijken,' zei Ryan. 'Het toestel heeft nummeridentificatie. Tenzij degene die het nummer draait, het systeem blokkeert, verschijnen namen of nummers op het display, samen met de datum en het tijdstip waarop de verbinding tot stand kwam. Als het om een geblokkeerd nummer gaat, meldt het display "privénummer".' Ryan begon de lijst door te scrollen, waarbij hij even pauzeerde bij meldingen van 'privénummer'. 'Let eens op de tijdstippen en de data.'

'Er belt een "privénummer" elke avond rond zeven uur,' zei ik.

'Het afgebroken bericht was het laatste wat de mailbox binnen-kwam. Het was een "privénummer" en werd ingesproken gister-avond om acht minuten over zeven.'

'Misschien is Obéline nog in leven,' zei ik, terwijl de implicatie daarvan langzaam tot me door begon te dringen. 'En meldt ze zich elke avond.'

'Precies. Maar waarom?'

'Als het Obéline is, waarom dan die in scène gezette zelfmoord?' vroeg ik. 'En waar is ze dan?'

'Scherpzinnige vragen, doctor Brennan. We zullen de gesprek-ken natrekken.'

Ik zag een mannetje van de technische recherche aan het werk in de keuken. 'Hebben ze al iets gevonden wat Bastarache in verband brengt met Quincy of Sicard? Of met Cormier?'

'Het ziet er niet naar uit dat Bastarache hier veel tijd doorbracht.'

'Dat kan wel kloppen. Céline zei dat ze hem vrijwel nooit zag. Maar waar woont hij dan?'

'Er komt gewoon geen eind aan je scherpzinnigheid.' Ryan glim-lachte.

Ik was meteen verkocht. Dat is vaste prik als Ryan tegen me glim-lacht.

Ik begon rond te lopen, muurkasten, kleerkasten en laden open te trekken die al onderzocht waren op vingerafdrukken. Ryan had gelijk. Behalve diepvriesgarnalen en een pak ernstig gekristalliseerd Ben & Jerry's, bevatte de koelkast olijven, groentesap, een halfvolle pot zure haring, een uitgedroogde citroen en wat beschimmelde groene hompen die waarschijnlijk kaas waren. Afgezien van aspiri-ne, scheerschuim en een wegwerpscheermesje was het medicijn-kastje leeg.

We waren twintig minuten in het appartement toen Hippo de trap op kwam stampen.

'Ik heb Sicard gevonden. Sinds haar huwelijk heet ze Karine Pitre. Manlief verkoopt nog steeds lelies en tulpen in Sainte-Anne-de-Beaupré.'

'Sodeju,' zei Ryan.

'Ze is om elf uur in een cafetaria aan Route 138.'

Ryan en ik moeten verbaasd hebben gekeken.

'De dame heeft kinderen. Ze vertelt liever over haar ervaringen in de showbiz zonder dat haar gezinnetje meeluistert.'

Le Café Sainte-Anne was een typisch chauffeurscafé. Toonbank. Vinyl zitjes. Verschoten gordijnen. Vermoeide serveerster. Op dat tijdstip van de avond was de zaak vrijwel verlaten.

Hoewel ze ouder was, en het roodblonde haar kort droeg, was Kelly herkenbaar van haar foto's. Dezelfde blauwe ogen en Brooke Shields-wenkbrauwen. Ze zat in een zitje achterin, met een bekertje warme chocolademelk voor zich. Ze glimlachte niet.

Ryan liet zijn identificatie zien. Kelly knikte zonder de moeite te nemen ernaar te kijken.

Ryan en ik gingen zitten. Hij begon in het Frans.

'Een heleboel mensen zijn naar je op zoek geweest, Kelly.'

'Ik heet nu Karine. Karine Pitre.' Ze antwoordde in het Engels, nauwelijks hoorbaar.

'Het is ons er niet om te doen jou in de problemen te brengen.'

'O nee? Als mijn verleden in de kranten komt, zal het niet meevallen om nog speelafspraken voor mijn kinderen te maken.'

'Je weet wat ze zeggen over zaaien en oogsten.'

'Ik was jong en onnozel. Ik ben al bijna acht jaar uit die business. Mijn dochters weten er niets van.' Terwijl ze sprak, liet ze haar blik door de cafetaria dwalen. Ik zag dat ze nerveus en gespannen was.

De serveerster kwam naar ons tafeltje. Haar naam was Johanne. Ryan en ik bestelden koffie. Karine bestelde nog een warme chocolademelk.

'Ik zal mijn best doen om dit zo discreet mogelijk af te handelen,' zei Ryan toen Johanne weer vertrokken was. 'Het is ons niet om jou te doen.'

Karine ontspande zich een beetje. 'Om wie dan wel?'

'David Bastarache.'

'Wat is er met hem?'

Ryan hield zijn felblauwe ogen strak op haar gericht. 'Vertel jij ons dat maar.'

'Bastarache bezit bars.' Opnieuw liet Karine haar blik door de ruimte dwalen. 'Ik heb in een ervan gedanst. Le Chat Rouge in Moncton. Daar heb ik mijn man leren kennen.'

'Wanneer heb je Bastarache voor het laatst gezien?'

'Een tijdje voordat ik ermee ophield. Dat was geen enkel probleem. Meneer Bastarache vond het best.'

'Was dat het enige, Karine? Alleen maar erotisch dansen?'

Johanne kwam terug met onze bestelling. Karine wachtte tot ze weer vertrokken was.

'Ik weet waar u op doelt. Maar ik ging niet met klanten naar bed. Het enige wat ik deed, was strippen.'

'Nooit eens wat bloot op film laten zien?'

Karine tilde haar bekertje op, zette het weer neer zonder ervan gedronken te hebben. Ik zag dat haar hand trilde.

'Vertel ons eens over Stanislas Cormier,' zei Ryan.

Karine richtte haar blik op mij. 'Wie is zij?'

'Mijn partner. Stanislas Cormier?'

'Jullie pakken de zaken grondig aan.'

'Het kan altijd nog grondiger.'

'Ik was vijftien. Ik wilde een Spice Girl zijn.' Ze liet de warme chocolademelk ronddraaien in haar bekertje. 'Ik wilde in Hollywood wonen en in *People* staan.'

'Ga door.'

'Ik ging naar Cormier om een portfolio te laten maken. U weet wel, een serie glamourfoto's. Ik had een artikel gelezen waarin stond dat dat de manier was om het film- en modellenwereldje binnen te komen. Wist ik veel. Tijdens de sessie raakten we aan de praat. Cormier bood aan me in contact te brengen met een agent.'

'Als jij instemde met wat twijfelachtige poses.'

'Het leek onschuldig.'

'Was het dat ook?'

Ze schudde het hoofd.

'Ga door.'

'Het valt niet mee om erover te praten.'

'Probeer het toch maar.'

Karine hield haar blik op haar bekertje gericht. 'Ongeveer een week nadat ik voor Cormier geposeerd had, belde er een man die zei dat hij een rolletje voor me had in een film. Ik was zo opgewonden dat ik het bijna in mijn broek deed. Dacht dat ik een ticket naar de vrijheid had gevonden, weg van mijn fascisten van ouders.'

Karine schudde bedroefd het hoofd. Bedroefd waarover? vroeg ik me af. Haar vervreemde ouders? Haar verloren jeugd? Verloren dromen over het sterrendom?

'De man nam me mee naar een achenebbisj motel. Ik droeg mocassins terwijl een gozer in een lendendoek me neukte. Ik kreeg er vijftig dollar voor.'

'Bastarache.'

Karin keek op, verbaasd. 'Nee. Pierre.'

'Achternaam?'

'Die heeft hij nooit verteld en ik heb er nooit naar gevraagd.' Ze slikte. 'Pierre zei dat ik talent had. Zei dat als ik exclusief voor hem zou werken, hij mijn acteercarrière op gang zou helpen.'

'Geloofde je echt dat die Pierre een ster van je zou maken?' Ik probeerde het ongeloof uit mijn stem te houden.

'Cormier beweerde dat Pierre een invloedrijke agent was. Wist ik veel? Hij sprak het taaltje. Beweerde dat hij al de juiste mensen kende. Ik vertrouwde hem.'

Achter ons was Johanne in de weer met serviesgoed.

'Ga door,' zei Ryan.

'Na een paar weken zei Pierre dat ik thuis weg moest. Op een avond zei ik tegen mijn ouders dat ik bij een vriendin huiswerk ging maken. In plaats daarvan ging ik naar een bar. Pierre pikte me daar op en we reden naar een groot oud huis ergens midden in de rimboe. Het was een beetje vervallen, maar beter dan wat ik gewend was in Rosemère. Er woonden daar nog een paar andere meisjes, dus het leek oké. Pierre hielp me bij het knippen en verven van mijn haar. Zei dat ik er daardoor ouder uitzag. Image, weet je wel.'

Ik durfde nauwelijks mijn handen te bewegen of met mijn ogen te knipperen.

'Het duurde zes, zeven maanden voordat ik me realiseerde dat ik in de maling genomen was. Toen ik ermee op wilde houden, bedreigde die lul me. Zei dat als ik met iemand praatte of probeerde te vertrekken, hij ervoor zou zorgen dat me iets ernstigs zou overkomen en dat mijn gezicht verminkt zou worden.'

'Hoe ben je er uiteindelijk weggekomen?'

'De films van Pierre hadden allemaal belachelijke thema's. *Nymfomane nonnen. Studentensletten.* Dat soort werk. Hij dacht dat een thema zijn producten een zekere klasse verleende. Zo noemde hij het, een thema. Zijn films waren waardeloos.

We waren in Moncton voor de opnames van weer zo'n wansmakelijk geval met de titel *Amorele Acadiërs.* Een ander meisje en ik gingen na de opnames vaak naar een bar aan Highway 106. Le Chat Rouge. Meneer Bastarache was de eigenaar, en af en toe probeerde hij het met ons aan te leggen. Op een avond had ik behoorlijk wat gedronken en begon te zeuren dat ik me zo ongelukkig voelde. De volgende ochtend vertelt Pierre me dat ik niet langer voor hem werk maar voor Bastarache. Ik wist niet wat ik hoorde.'

'Je hebt niet gevraagd waarom je ontslagen was?' Ryan.

'Dat was Pierres stijl. De ene dag was een meisje zijn favoriete, de volgende dag was ze verdwenen. Het zou me een zorg zijn. Ik was blij dat ik uit de porno vandaan was.'

'Wist je dat de politie naar je op zoek was in Montreal?'

'Aanvankelijk niet. Tegen de tijd dat ik daar achter kwam, dacht ik dat het te laat was. Pierre overtuigde me ervan dat ik een forse boete zou krijgen, en vervolgens de cel in zou gaan als ik die niet kon betalen. Algauw verloren de media hun belangstelling. Ik zag er het nut niet van in om mezelf problemen te bezorgen.'

'Misschien had je dat beter wel kunnen doen.'

Ryan haalde een envelop tevoorschijn en legde foto's neer van Claudine Cloquet en het meisje dat in Dorval gevonden was.

Karine keek naar de gezichten. 'Ik ken ze niet.'

Er kwam een foto van Phoebe Jane Quincy bij.

'Grote god, ze is maar een paar jaar ouder dan mijn dochter.'

Ryan voegde de foto met de gezichtsreconstructie van het meisje uit de Rivière des Mille Îles aan het rijtje toe.

Karines hand vloog naar haar mond. 'O, nee. Nee.'

Ik hield mijn adem in. Bewoog geen spier.

'Dat is Claire Brideau.'

'Kende je haar?'

'Claire was een van de meisjes die in Pierres huis woonden. Zij was degene met wie ik regelmatig in Le Chat Rouge kwam.' Karines neus was rood geworden en haar kin trilde. 'Ze was bij me die laatste avond voordat ik ontslagen werd.'

'Kende Claire Bastarache?'

'Het was meestal Claire die hij probeerde te versieren. Om de een of andere reden praatte hij die avond met mij.' Haar stem haperde. 'Is ze dood?'

'Ze is in 1999 gevonden, verdronken.'

'Christus!' Karines borst schokte terwijl ze tegen haar tranen vocht. 'Waarom die rare schets? Hadden ze haar te pakken genomen?'

Ik vond het een merkwaardige vraag. Als Ryan dat ook vond, dan liet hij dat niet merken.

'Ze had een hele tijd in het water gelegen.'

Karines handen frunnikten aan de sluiting van haar tasje.

'Waar kwam Claire vandaan?' vroeg Ryan.

'Dat heeft ze nooit verteld.' Ze haalde een papieren zakdoekje tevoorschijn en veegde haar ogen af.

'Speelde Claire in pornofilms van Pierre?'

Karine knikte, het zakdoekje verfrommelend in een vuist onder haar neus.

'Weet je waar Pierre nu is?'

'Ik heb sinds 1999 niets meer van hem gezien of gehoord.'

'Zou je zijn huis terug kunnen vinden als het moest?'

Ze schudde het hoofd. 'Het was te lang geleden. En ik heb nooit zelf gereden. Nooit opgelet.'

Ze liet haar voorhoofd op haar vuist zakken en haalde hortend adem. Ik legde mijn hand zachtjes op de hare. Haar schouders trilden terwijl er tranen over haar wangen gleden.

Ryan ving mijn blik op en maakte een hoofdbeweging in de richting van de deur. Ik knikte. Meer zouden we op dit moment toch niet te weten komen, en we wisten waar we Karine Pitre konden vinden.

Ryan stond op en liep naar de kassa.

'Ik heb nooit problemen willen veroorzaken.' Ze slikte toen er een snik in haar keel opwelde. 'Ik wilde daar alleen maar weg. Ik dacht dat niemand me zou missen.'

'Je ouders?' vroeg ik.

Ze keek op en depte haar ogen met het verfrommelde papieren zakdoekje. 'We hebben nooit met elkaar overweg gekund.'

'Misschien zouden ze wel graag de kans willen om met hun kleinkinderen overweg te kunnen.' Ik maakte aanstalten om te vertrekken.

Karine stak haar arm uit en pakte mijn pols beet. 'Mijn man weet niets over die pornofilms.'

Ik keek haar aan. Ik kon me niet voorstellen wat voor soort leven ze geleid had. Wat voor soort leven ze nu leidde.

'Misschien zou je het hem moeten vertellen,' zei ik zachtjes.

Er flikkerde iets in haar ogen. Angst? Verzet. Ze verstevigde haar greep op mijn pols.

'Weten jullie wie Claire heeft vermoord?' vroeg ze.

'Denk je dat iemand haar heeft vermoord?'

Karine knikte, haar vingers zo stijf dichtgeknepen dat het papieren zakdoekje nog maar een klein wit propje was.

35

'Wat nu?'

We zaten in Hippo's auto, op weg naar Le Passage Noir. Het was al na middernacht; ik had de afgelopen nacht minder dan vijf uur slaap gehad, maar ik was helemaal opgefokt.

'Ik ga achter Claire Brideau aan,' zei Ryan. 'En achter een smeerlap genaamd Pierre.'

'Cormier heeft Sicard aan Pierre gekoppeld voor zijn pornofilms. Pierre deed haar over aan Bastarache om in zijn bar te strippen. Dat zou genoeg moeten zijn om Bastarache in staat van beschuldiging te stellen.'

'Sicard was niet minderjarig toen ze voor Bastarache werkte.'

'Ze is van Cormier naar Bastarache overgeheveld via die Pierre. Cormier heeft ook Phoebe Quincy gefotografeerd. Dat legt een verband tussen Bastarache en Quincy, al is het maar indirect.'

'Schuld door associatie.' Ryans beknopte antwoorden duidden er onmiskenbaar op dat hij geen zin had om te praten.

Het werd stil in de auto. Om mijn geest bezig te houden, liet ik het verhoor van Bastarache nogmaals de revue passeren. Wat had hij precies gezegd dat me dwarszat?

Toen schoot het me ineens te binnen.

'Ryan, herinner je je die opmerking van Bastarache toen je hem de foto van het meisje op de bank liet zien?'

'Hij zei dat hij nog maar net van school af was toen dat meisje voor Indiaans prinsesje speelde.'

'Wat klopt daar niet aan?'

'Het bewijst dat Bastarache een ijskouwe schoft is.'

'Ik heb die afdruk gemaakt vanaf de video. Vandaag. Moderne printer, modern papier. Er is helemaal niets op die foto te zien wat aangeeft wanneer hij genomen is.'

Ryan keek me aan. 'Dus waarom dacht Bastarache dan dat hij al tientallen jaren oud was?'

'Hij weet wat er aan de hand is. Hij weet wie dat meisje is.'

Ik zag dat Ryans knokkels op het stuur wit werden.

'Als hij niet in staat van beschuldiging wordt gesteld, wordt Bastarache morgen in vrijheid gesteld.'

'Om hem in staat van beschuldiging te stellen, heb je bewijsmateriaal nodig.'

Gefrustreerd zakte ik weer achterover in mijn stoel, wetend dat Ryan gelijk had. Het onderzoek had maar heel weinig opgeleverd wat Bastarache in verband bracht met een van de vermiste of overleden meisjes. Oké, Kelly Sicard had voor hem gedanst. En Claire Brideau had jaren daarvoor zijn bar bezocht. Maar een openbaar aanklager zou concreet bewijs of veel sterkere aanwijzingen verlangen. Niettemin verbaasde ik me over Ryans ogenschijnlijke neerslachtigheid.

'Je zou in je nopjes moeten zijn, Ryan. Sicard is nog in leven en we hebben haar gevonden.'

'Ja. Geweldig.'

'Ben je van plan haar ouders te bellen?'

'Op dit moment nog niet.'

'Ik heb zo het gevoel dat Kelly zelf contact met hen zal opnemen.'

'Karine.'

'Kelly. Kitty. Karine. Denk je dat ze ons alles heeft verteld wat ze weet?'

Ryan maakte een geluid dat ik in het donker niet kon interpreteren.

'Ik heb het idee dat ze praatte als haar iets gevraagd werd, maar dat ze maar weinig uit zichzelf vertelde.'

Ryan zei niets.

'Ze maakte een interessante opmerking toen jij aan het afrekenen was.'

'Bedankt voor de chocolademelk?'

'Ze denkt dat Brideau vermoord is.'

'Door?'

'Dat zei ze niet.'

'Ik zet mijn geld op onze vriend Pierre.'

'Hij heeft haar bedreigd. Maar Bastarache probeerde haar regelmatig te versieren.'

Ik keek naar Ryan, zijn silhouet, dan een gezicht dat langzaam verlicht werd door tegemoetkomende koplampen. Het gezicht was als uit steen gehouwen.

'Je hebt twee zaken opgelost, Ryan. Zaken die morsdood waren. Anne Girardin en Kelly Sicard. Als Sicard gelijk heeft, zal het lijk uit de Rivière des Mille Îles geïdentificeerd worden als Claire Brideau. Er zit schot in de zaak.'

'Eén nog in leven, vier dood, twee nog altijd vermist. Trek de champagne maar open.'

Er daverde een vrachtwagen voorbij. De Impala slingerde even, stabiliseerde weer.

Ik haalde mijn mobieltje tevoorschijn en keek of er nog berichten waren binnengekomen.

Nog steeds niets van Harry.

Rob Potter had om 10.42 uur gebeld. Hij had de gedichten geanalyseerd en was tot een conclusie gekomen. Hoewel ik nieuwsgierig was, vond ik dat het te laat was om hem terug te bellen.

Ik liet mijn hoofd tegen de hoofdsteun rusten en deed mijn ogen dicht. Gedachten dwarrelden door mijn brein terwijl we door de nacht stoven.

Waarom belde Harry niet? Plotselinge verontrustende beelden. De woesteling in Cormiers studio. De Death e-mail en het anonieme telefoontje. De twee mannen die rondsnuffelden bij mijn appartement.

Cheech en Chong. Mulally en Babin.

Als Harry nu eens niet in haar eentje vertrokken was?

Niet aan denken, Brennan. Nog niet. Ze is pas sinds gisteren weg. Als Harry morgen nog steeds niets van zich heeft laten horen, vraag je Hippo of Ryan om Mulally en Babin in de peiling te houden.

Leefde Obéline nog en had ze regelmatig contact met Bastarache? Waarom? De man had haar arm gebroken en haar in brand gestoken. En zo ja, waarom dan die geënsceneerde zelfmoord?

Tot welke conclusie was Rob gekomen? Waren alle gedichten door dezelfde persoon geschreven? Was Évangéline de auteur? En zo ja, had Obéline ervoor betaald om de bundel te laten publiceren door O'Connor House? Waarom anoniem? Had Bastarache haar zo meedogenloos getiranniseerd dat ze het nodig had gevonden om alles in het geniep te doen?

Was Obéline werkelijk getuige geweest van de moord op Évangéline? Zo ja, wie had haar vermoord? Bastarache was indertijd een jonge man. Was hij erbij betrokken? Hoe?

Wat was er met het lijk van Évangéline gebeurd? Was ze terechtgekomen in een anoniem graf, net als Hippo's meisje, het skelet van Sheldrake Island? Wie was Hippo's meisje? Zouden we dat ooit te weten komen?

Had Bastarache Cormier vermoord? Had Pierre dat gedaan? Had een van hen beiden Claire Brideau vermoord? En zo ja, waarom? Had een van hen beiden Claudine Cloquet vermoord? Phoebe Quincy? Het meisje dat aangespoeld was in Dorval? Het meisje dat uit het Lac des Deux Montagnes was opgevist?

Waren die meisjes vermoord? Waren Cloquet en Quincy dood? En zo niet, waar waren ze dan?

Te veel vragen.

En waar hing Harry verdomme uit?

Hippo stond op de stoep een sigaret te roken toen we bij Le Passage Noir arriveerden. Ryan vroeg hem om een vuurtje en stak er een op terwijl ik Hippo over ons gesprek met Kelly Sicard/Karine Pitre vertelde.

Hippo luisterde, terwijl zijn kin rees en daalde als een jaknikker.

'Ik heb het personeel nogmaals ondervraagd,' zei Hippo toen ik uitgesproken was. 'Ik heb ze ongeveer een uur geleden naar huis gestuurd. Ik heb ze gezegd dat ze voorlopig ter beschikking moeten blijven.'

'Heb je nog iets van Orsainville gehoord?' vroeg Ryan.

Hippo knikte. 'De advocaat van Bastarache schreeuwt moord en brand. Tenzij we iets vinden op grond waarvan we die klootzak in staat van beschuldiging kunnen stellen, laten ze hem bij het aanbreken van de dag vrij.'

Ryan liet zijn peuk vallen en trapte hem met zijn hak uit. 'Dan kunnen we maar beter zorgen dat we iets vinden.' Hij rukte de deur open en ging de bar binnen.

Terwijl Ryan en Hippo Bastaraches dossiers doorploegden, liep ik naar de Impala, pakte mijn laptop en zette die aan. De internetverbinding kwam tergend langzaam tot stand. Ik zette de zoekmachine aan en zocht onder 'pornoproducenten', 'pornomakers', 'pornobedrijven', 'seksfilmindustrie', enzovoorts, enzovoorts.

Ik ontdekte de Religieuze Alliantie Tegen Pornografie. Las artikelen over procureurs-generaal en openbare aanklagers die rechtszaken voerden. Zag virtuele schootdanseressen, overdreven orgasmes, en bootladingen siliconen. Kwam de namen te weten van producenten, acteurs en actrices, websites en productiemaatschappijen.

Ik vond niemand die zich Pierre noemde.

Tegen half vijf had ik het gevoel dat ik dringend toe was aan een douche. En aan antibiotica.

Ik deed mijn laptop dicht en liep naar de relaxfauteuil met de bedoeling mijn ogen vijf minuten rust te gunnen. Aan de andere kant van het vertrek hoorde ik Ryan en Hippo laden opentrekken en dichtduwen en kwitanties en facturen doorspitten.

Toen was ik met Harry aan het ruziën. Zij wilde dat ik mocassins aantrok. Ik had daar geen zin in.

'Dan zijn we Indiaanse prinsesjes,' zei ze.

'Verkleden is voor kleine kinderen,' zei ik.

'We zullen het moeten doen voordat we ziek worden.'

'Er wordt niemand ziek.'

'Ik moet weg.'

'Je kunt blijven zolang je maar wilt.'

'Dat zeg je altijd. Maar ik heb het boek.'

Ik zag dat Harry haar plakboek in haar hand had.

'Je hebt het stuk over Évangéline niet gezien.'

'Wel waar,' zei ik.

Toen ik mijn hand uitstak naar het boek, draaide Harry zich om. Over haar schouder heen zag ik een meisje met lang blond haar.

Harry sprak tegen haar, maar ik kon haar woorden niet verstaan.

Harry liep op het meisje af, het boek nog steeds in haar hand. Ik probeerde haar te volgen, maar de mocassins bleven van mijn voeten glippen, waardoor ik struikelde.

Toen tuurde ik door een getralied raam in het zonlicht. Om me heen was alles donker. Harry en het meisje staarden naar me. Alleen was het geen meisje. Het was een oude vrouw. Haar wangen waren ingevallen en haar haar was een zilvergrijze nimbus die haar hoofd omkranste.

Terwijl ik keek, verschenen er barstjes in de gerimpelde huid rond de lippen van de vrouw en onder haar ogen. Haar neus veranderde in een gapend zwart gat.

Onder het gezicht van de vrouw begon een ander gezicht tevoorschijn te komen. Langzaam kreeg het vorm. Het was het gezicht van mijn moeder. Haar lippen trilden en er glinsterden tranen op haar wangen.

Ik stak mijn armen naar haar uit door de tralies heen. Mijn moeder stak een hand op. Er zat een verfrommeld papieren zakdoekje in.

'Kom uit het ziekenhuis,' zei mijn moeder.

'Ik weet niet hoe,' zei ik.

'Je moet naar school.'

'Bastarache is niet op school geweest,' zei ik.

Mijn moeder gooide het papieren zakdoekje naar me toe. Het raakte me op de schouder. Ze gooide er nog een. En nog een.

Ik deed mijn ogen open. Ryan tikte me op mijn mouw.

Ik ging zo snel overeind zitten dat de relaxfauteuil rechtop schoot.

'Bastarache wordt over een uur vrijgelaten,' zei Ryan. 'Ik ga achter hem aan, kijken waar hij heen gaat.'

Ik keek op mijn horloge. Het was bijna zeven uur.

'Jij zou hier bij Hippo kunnen blijven. Of ik zou je bij een motel kunnen afzetten, je oppikken...'

'Vergeet het maar.' Ik stond op. 'Laten we gaan.'

Onder het rijden ontleedde ik wat ik me van de droom kon herinneren. De inhoud was standaardkost, mijn brein dat aan de haal ging met recente gebeurtenissen. Ik vroeg me dikwijls af wat critici zouden kunnen schrijven over mijn nachtelijke kronkelingen. *Surrealistische beelden zonder duidelijke scheidslijn tussen fantasie en werkelijkheid.*

De oogst van vannacht was een kenmerkend retrospectief vanuit mijn onderbewustzijn. Harry en haar plakboek. Kelly Sicards verwijzing naar mocassins. Haar verfrommelde papieren zakdoekje. Bastarache. Het beeld van het getraliede raam was er ongetwijfeld aan toegevoegd door mijn id om frustratie uit te beelden.

Maar de verschijning van mijn moeder stelde me voor een raadsel. En waarom die verwijzing naar een ziekenhuis? En ziekte? En wie was die oude vrouw?

Ik keek toe hoe andere auto's ons passeerden terwijl ik me afvroeg hoe het mogelijk was dat er zo vroeg al zoveel op de weg waren. Waren de bestuurders op weg naar hun werk? Brachten ze hun kinderen weg naar een vroege zwemles? Waren ze op weg naar huis na een nacht lang hamburgers en frites te hebben geserveerd?

Ryan reed een parkeerterrein in de buurt van de hoofdingang van de gevangenis op, parkeerde de auto en leunde opzij tegen het portier. Hij had duidelijk behoefte aan rust, dus hield ik me met mijn eigen gedachten bezig.

De minuten kropen om. Tien. Vijftien.

We zaten er een halfuur toen er een door de droom geïnspireerde impulsoverdracht plaatsvond.

Moeder. Ziekenhuis. Ziekte. 1965.

De fluistering die ik had gehoord toen ik las over het lazaret van Tracadie borrelde op in mijn brein en voegde zich bij andere ongelijksoortige beelden en herinneringen.

Ik schoot overeind. Heilige maagd Maria. Zou dat het werkelijk kunnen zijn?

Diep vanbinnen wist ik dat ik het antwoord gevonden had. Vijfendertig jaar later begreep ik het eindelijk.

In plaats van triomf voelde ik alleen maar droefheid.

'Ik weet waarom Évangéline en Obéline verdwenen zijn,' zei ik, terwijl de opwinding mijn stem vervormde.

'Werkelijk?' Ryan klonk uitgeput.

'Laurette Landry bracht haar dochters naar Pawleys Island toe toen ze haar baan in het ziekenhuis kwijtraakte en twee baantjes moest aannemen, in een conservenfabriek en een motel. Évangéline en Obéline werden halsoverkop teruggehaald naar Tracadie toen Laurette ziek werd.'

'Dat wist je al.'

'De meisjes kwamen voor het eerst naar het eiland in 1965, hetzelfde jaar dat het lazaret van Tracadie zijn deuren sloot.'

'Misschien was er nog een ander ziekenhuis in Tracadie.'

'Dat denk ik niet. Ik zal uiteraard oude personeelsgegevens doornemen, maar ik durf te wedden dat Laurette Landry in het lazaret werkte.'

Ryan wierp me een zijdelingse blik toe, keek toen snel weer terug naar de ingang van de gevangenis.

'Évangéline vertelde me dat haar moeder jarenlang in een ziekenhuis had gewerkt. Als Laurette in het lazaret werkte, zou ze in nauw contact hebben gestaan met lepralijders. Het is een feit dat ze een ziekte opliep waardoor ze dagelijks door Évangéline verzorgd moest worden.'

'Zelfs al liep Laurette inderdaad lepra op, je hebt het over de jaren zestig. Er bestaat al een behandeling sinds de jaren veertig.'

'Denk eens aan het taboe, Ryan. Hele families werden gemeden. Het werd mensen verboden om leprozen of leden van hun gezin in dienst te nemen als degene bij wie de ziekte was vastgesteld, thuis woonde. En het waren niet alleen individuele levens die geruïneerd werden. De aanwezigheid van het lazaret had een verwoestende uitwerking op de economie van Tracadie. Jarenlang was er geen product dat de naam van het stadje op zijn etiket vermeld wilde hebben. Als een bedrijf met Tracadie geassocieerd werd, betekende dat dikwijls een faillissement.'

'Dat was tientallen jaren geleden.'

'Zoals Hippo zegt, het Acadische geheugen vergeet niet snel. De Landry's waren geen ontwikkelde mensen. Misschien kozen ze ervoor om haar verborgen te houden. Misschien wantrouwden ze de overheid. Net als Bastarache.'

Ryan maakte een onbestemd geluid.

'Misschien was Laurette bang dat ze in quarantaine geplaatst zou worden in een of ander lazaret. Misschien was ze vastbesloten om thuis te sterven en smeekte ze haar familie om haar ziekte geheim te houden.'

Op dat moment ging Ryans mobieltje.

'Ryan.'

Mijn gedachten maakten een sprong van Laurette naar Hippo's meisje. Waren die twee werkelijk aan dezelfde ziekte overleden?

'Daar is-ie.'

Ryans stem bracht me plotseling weer terug in het heden. Ik volgde zijn blik naar de ingang van de gevangenis.

Bastarache kwam onze richting uit. Naast hem liep een vrouw met donker haar in een onflatteus grijs mantelpak. De vrouw droeg een aktetas en gebaarde met één hand terwijl ze sprak. Ik nam aan dat het Isabelle Francoeur was, de advocate van Bastarache.

Francoeur en Bastarache liepen het parkeerterrein over en stapten in een zwarte Mercedes. Nog steeds druk pratend startte Francoeur de wagen, schakelde en reed weg.

Ryan wachtte tot de Mercedes had ingevoegd en volgde toen op enige afstand.

36

Ryan en ik reden in stilte. Het was spitsuur en ik was bang dat als ik de Mercedes ook maar even uit het oog zou verliezen, onze prooi zou kunnen opgaan in de zee van bumpers en achterlichten die zich in zuidelijke richting naar de stad bewoog.

Ryan voelde aan hoe gespannen ik was.

'Rustig maar,' zei hij. 'Ik raak ze heus niet kwijt.'

'Misschien moeten we wat dichter achter ze gaan rijden.'

'Dan krijgen ze ons misschien in de gaten.'

'We zitten in een ongemarkeerde auto.'

Ryan grinnikte bijna. 'Je kunt op kilometers afstand zien dat dit een politieauto is.'

'Ze rijdt naar de stad.'

'Ja.'

'Denk je dat ze hem bij Le Passage Noir afzet?'

'Ik heb geen idee.'

'Zorg dan dat je haar niet kwijtraakt.'

'Maak je maar geen zorgen.'

We naderden centre-ville toen de Mercedes richting aangaf.

'Ze slaat rechts af,' zei ik.

Enkele auto's achter haar nam Ryan eveneens de rijbaan voor rechtsafslaand verkeer.

Nog twee keer richting aangeven. Twee keer afslaan. Ik hield mijn blik op de Mercedes gericht terwijl ik op de nagelriem van mijn rechterduim kauwde.

'Keurige chauffeur,' zei ik.

'Maakt het voor mij gemakkelijker.'

'Als je haar maar niet…'

'Uit het oog verliest. Maak je nou maar geen zorgen.'

De Mercedes sloeg nóg een keer af en parkeerde vervolgens op de Boulevard Lebourgneuf. Ryan reed er voorbij en zette de auto een stukje verderop langs de kant. Ik keek in de zijspiegel terwijl Ryan de achteruitkijkspiegel gebruikte.

Francoeur legde iets op het dashboard en vervolgens stapten zij en Bastarache uit en gingen een grijs stenen gebouw binnen.

'Ze gaan waarschijnlijk naar haar kantoor,' zei ik.

'Ze legde een soort parkeervergunning achter de voorruit,' zei Ryan. 'Als dit haar kantoor is, moet ze toch een eigen parkeerplek hebben. Waarom zou ze die niet gebruiken?'

'Misschien gaan ze zo weer weg,' zei ik.

Wat Bastarache en Francoeur ook uitvoerden, het duurde zo lang dat ik me stierlijk begon te vervelen. Ik keek naar kantoorbedienden die zich voort haastten met bekers Starbucks-koffie met dekseltjes erop. Een moeder met een wandelwagentje. Twee blauwharige punkers met skateboards onder de arm. Een gebodypainte straatartiest met een paar stelten.

Het werd warm en benauwd in de Impala. Ik draaide mijn raampje open. Stadsgeuren dreven naar binnen. Cement. Afval. Zout en benzine vanaf de rivier.

Ik vocht tegen de slaap toen Ryan de motor startte.

Ik keek naar het gebouw waar Bastarache en Francoeur naar binnen waren gegaan. Onze knaap kwam naar buiten en liep naar de Mercedes. Hij maakte het portier open, plofte op de bestuurdersstoel neer, startte de wagen en voegde in in het verkeer. Toen de Mercedes ons voorbijreed, liet Ryan enkele auto's passeren en volgde toen.

Bastarache reed via doorgaande wegen naar de Boulevard Sainte-Anne, zich ogenschijnlijk niet bewust van onze aanwezigheid. Zijn hoofd bleef op en neer gaan, en ik nam aan dat hij bezig was met de radio of een cd in de cd-speler stak.

Enkele kilometers buiten de stad sloeg Bastarache rechts af naar een brug over de Sint-Laurens.

'Hij gaat naar Île d'Orléans,' zei Ryan.

'Wat is daar zoal te vinden?' vroeg ik.

'Boerderijen, een paar zomerhuizen en B&B's, een handvol kleine dorpjes.'

Bastarache reed het eiland over via de Route Prévost en sloeg toen links af de Chemin Royal op, een tweebaans asfaltweg die de kustlijn volgde. Even verderop glinsterde het water blauwgrijs in de vroege ochtendzon.

Er was nu niet veel verkeer meer, waardoor Ryan gedwongen was de afstand tussen ons en de Mercedes te vergroten. Voorbij het gehucht Saint-Jean sloeg Bastarache plotseling rechts af en verdween uit het zicht.

Toen Ryan de hoek om sloeg, was Bastarache nergens meer te zien. In plaats van commentaar te geven, knauwde ik op mijn nagelriem. Die was inmiddels vuurrood.

Terwijl we over het asfalt reden, nam ik het landschap in me op. Aan beide kanten van de weg bevonden zich wijngaarden. Dat was alles. Hectare na hectare groene wijngaarden.

Na ongeveer vierhonderd meter hield de weg op bij een t-kruising. De rivier bevond zich recht voor ons, achter drie typische Quebecse huizen. Grijze stenen muren, houten veranda's, hoge schuine daken, dakkapellen op de bovenverdieping, plantenbakken in de vensterbanken van de benedenverdieping. De Mercedes stond geparkeerd op een oprit naast het meest oostelijke huis.

De weg langs de rivier liep door naar links, maar liep tien meter naar rechts dood. Ryan reed het doodlopende gedeelte in, keerde, en zette de motor af.

'Wat nu?' Dat zei ik de laatste tijd nogal vaak.

'Nu wachten we af.'

'We gaan niet naar binnen?'

'Eerst maar eens de kat uit de boom kijken.'

'Zei je echt de kat uit de boom kijken?'

'We doen een code zes op de schooier.' Ryan reageerde op mijn plagerij met een staaltje politiejargon.

'Heel geestig.' Ik vertikte het om te vragen wat een code zes was.

Veertig minuten later ging de deur open en de schooier haastte zich naar de Mercedes. Zijn haar was nat en hij had een abrikooskleurig overhemd aangetrokken.

Zonder naar links of rechts te kijken, scheurde Bastarache achteruit de oprit af, waarbij de banden van de Mercedes het grind deden opspatten. Ryan en ik keken hem na terwijl hij met hoge snelheid in de richting van de Chemin Royal reed, waarbij hij een flinke stofwolk opwierp.

Ryan stak zijn hand in het dashboardkastje en haalde er een heuptasje uit. Ik wist wat erin zat. Handboeien, extra patroonmagazijnen, badge, en een Glock 9mm. Ryan gebruikte dat ding als hij geen jasje droeg.

Hij trok zijn overhemd uit zijn broek, maakte het tasje vast op zijn buik en controleerde het koordje waarmee de ritssluiting openging. Daarna startte hij de motor en trok langzaam op.

Bij de bungalow stapten we uit de Impala en keken om ons heen. Het enige wat bewoog was een schurftige bruine spaniël die twintig meter verderop in de berm aan een platgereden dier stond te snuffelen.

Ik keek Ryan aan. Hij knikte. We liepen naar de voordeur.

Ryan drukte op de bel met de wijsvinger van zijn linkerhand. Zijn rechterhand bleef onopvallend in de buurt van de Glock in het heuptasje.

Binnen enkele seconden klonk er een vrouwenstem vanachter de deur.

'*As-tu oublié quelque chose?*' Ben je iets vergeten? Het familiaire *tu*.

'*Police*,' riep Ryan.

Het bleef even stil, toen: 'U zult moeten wachten tot later.'

Het hart klopte me in de keel. Hoewel de stem gedempt klonk, was hij vertrouwd.

'We willen u een paar vragen stellen.'

De vrouw reageerde niet.

Ryan drukte nogmaals op de bel. En nog eens. En nog eens.

'Gaat u weg!'

Ryan deed zijn mond open om iets te zeggen. Ik greep hem bij zijn arm. De spieren stonden strakgespannen.

'Wacht,' fluisterde ik.

Ryan kneep zijn lippen op elkaar. Zijn rechterhand bleef in de buurt van zijn heuptasje.

'Obéline?' zei ik. '*C'est moi, Tempe.* Laat ons binnen, alsjeblieft.'

De vrouw zei iets wat ik niet kon verstaan. Even later zag ik vanuit mijn ooghoeken iets bewegen.

Ik draaide me om. Een dicht rolgordijn bewoog zachtjes. Was het opgetrokken geweest toen we het huis naderden? Ik kon het me niet herinneren.

'Obéline?'

Stilte.

'Alsjeblieft, Obéline?'

Er werden sloten omgedraaid, de deur ging een stukje open en Obélines gezicht verscheen in de kier. Net als eerder had ze haar hoofd bedekt met een sjaal.

Ze verraste me door Engels te spreken. 'Mijn man komt zo dadelijk terug. Hij zal boos zijn als hij jullie hier ziet.'

'We dachten dat je dood was. Ik was er helemaal kapot van. En Harry ook.'

'Ga alsjeblieft weg. Ik mankeer niets.'

'Vertel me wat er is gebeurd.'

Haar lippen vormden een dunne, strakke streep.

'Wie heeft die zelfmoord in scène gezet?'

'Ik wil alleen maar met rust worden gelaten.'

'Dat ben ik niet van plan, Obéline.'

Ze wierp een blik over mijn schouder, naar de weg die naar de Chemin Royal leidde.

'Rechercheur Ryan en ik zullen je helpen. We zullen ervoor zorgen dat hij je geen kwaad doet.'

'Je begrijpt het niet.'

'Help me dan het te begrijpen.'

Er verscheen een blos op het onbeschadigde deel van haar gezicht, waardoor het gemarmerde littekenweefsel aan de rechterzijde des te meer opviel.

'Ik hoef niet gered te worden.'

'Volgens mij wel.'

'Mijn man is geen slecht mens.'

'Hij heeft mogelijk mensen vermoord, Obéline. Jonge meisjes.'

'Het is niet wat je denkt.'

'Dat is precies wat hij ook al zei.'

'Ga alsjeblieft weg.'

'Wie heeft je arm gebroken? Wie heeft je huis in brand gestoken?'

Haar ogen werden donker. 'Waarom die obsessie met mij? Je komt hier zomaar opdagen. Je rakelt zaken op die alleen maar verdriet veroorzaken en die je het best met rust kunt laten. Nu wil je mijn huwelijk kapotmaken. Waarom kun je me niet gewoon met rust laten?'

In navolging van Ryan veranderde ik abrupt van onderwerp. 'Ik weet wat er met Laurette is gebeurd.'

'Wat?'

'Het lazaret. De lepra.'

Obéline zag eruit alsof ik haar een klap had gegeven. 'Wie heeft je dat verteld?'

'Wie heeft Évangéline vermoord?'

'Ik weet het niet.' Bijna wanhopig.

'Was het je man?'

'Nee!' Haar ogen schoten heen en weer als die van een opgejaagde duif.

'Hij heeft waarschijnlijk twee jonge meisjes vermoord.'

'Alsjeblieft. Alsjeblieft. Je hebt het helemaal mis.'

Ik bleef haar onverbiddelijk recht in de ogen kijken. Bleef haar bestoken. 'Claudine Cloquet? Phoebe Quincy? Heb je die namen ooit gehoord?'

Ik stak mijn hand in mijn tasje, pakte de envelop, haalde de foto's van Quincy en Cloquet tevoorschijn en stak die haar toe.

'Kijk,' zei ik. 'Kijk naar die gezichten. Het verdriet van hun ouders gaat nooit over.'

Ze wendde het hoofd af, maar ik duwde de foto's door de kier van de deur en hield ze in haar gezichtsveld.

Ze deed haar ogen dicht en liet haar schouders hangen. Toen ze weer sprak, klonk er verslagenheid door in haar stem.

'Wacht.' De deur werd dichtgedaan, er rammelde een ketting, toen ging de deur weer open. 'Kom binnen.'

Ryan en ik stapten een hal binnen met aan weerskanten afbeeldingen van heiligen. Judas. Rosa van Lima. Franciscus van Assisi. Een man met een staf en een hond.

Obéline ging ons voor langs een eetkamer en een studeerkamer naar een zitkamer met een vloer van brede planken, zware eikenhouten tafels, een versleten leren bank en comfortabele fauteuils.

Een van de wanden bestond vanaf de vloer tot aan het plafond uit glas. Een spectaculair uitzicht op de rivier werd gedeeltelijk belemmerd door een stenen haard.

'Ga zitten.' Obéline wees naar de bank.

Ryan en ik gingen zitten.

Obéline bleef staan, haar blik op ons gericht, één knokige hand voor haar mond. Ik kon niets opmaken uit haar gelaatsuitdrukking. De seconden verstreken. Er gleed een enkel zweetdruppeltje langs haar slaap. Het was alsof dat haar tot actie aanzette.

'Wacht hier.' Ze draaide zich om en liep de kamer uit.

Ryan en ik keken elkaar aan. Hij was zichtbaar gespannen.

De ochtendzon scheen op het glas. Hoewel het nog maar nauwelijks elf uur was, was het in het vertrek drukkend warm. Ik voelde dat mijn blouse aan mijn lijf begon te plakken.

Er ging een deur open en er naderde mensen vanuit de hal. Obéline verscheen weer, samen met een meisje van een jaar of zeventien.

Het tweetal liep het vertrek door en bleef voor ons staan.

Ik voelde iets zwellen in mijn borst.

Het meisje was nog geen een meter vijftig lang. Ze had een bleke huid, blauwe ogen en dik zwart haar, recht afgeknipt ter hoogte van haar kin. Het was haar glimlach die mijn blik gevangen hield. Een glimlach die ontsierd werd door één enkele onvolkomenheid.

Naast me voelde ik Ryan verstijven.

De dag had een totaal onverwachte wending genomen.

37

Ik had nog steeds de foto van Claudine Cloquet in mijn hand. Ryans vermiste nummer twee. Het twaalfjarige meisje dat in 2002 was verdwenen terwijl ze aan het fietsen was in Saint-Lazare-Sud.

Ik keek van het meisje naar de foto. Winterbleke huid. Zwart haar. Blauwe ogen. Smalle, puntige kin.

Een rij witte tanden, ontsierd door een scheef staande hoektand.

'Dit is Cecile,' zei Obéline, terwijl ze een hand op de schouder van het meisje legde. 'Cecile, zeg onze gasten eens gedag.'

Ryan en ik kwamen overeind.

Cecile keek me aan met onverholen nieuwsgierigheid. 'Zijn die oorbellen *authentique*?'

'Echt glas,' zei ik met een glimlach.

'Ze fonkelen zo mooi. Mooi-o.'

'Wil je ze hebben?'

'Dat meent u niet!'

Ik deed de oorbellen af en gaf ze aan haar. Ze hield ze met stil ontzag in haar handpalm alsof het de kroonjuwelen waren.

'Cecile woont al bijna drie jaar bij ons.' Obéline keek me recht in de ogen.

'*Je fais la lessive,*' zei Cecile. '*Et le ménage.*'

'Je doet de was en het schoonmaakwerk. Dat moet een geweldige hulp zijn.'

Ze knikte iets te energiek. 'En ik ben heel goed met planten. Goed. Goed-o.'

'O ja?' vroeg ik.

Cecile wierp me een verblindende glimlach toe. 'Mijn lidcactus heeft wel duizend bloemen.' Haar handen beschreven een grote cirkel in de lucht.

'Dat is fantastisch,' zei ik.

'*Oui.*' Ze giechelde als een klein meisje. 'Die van Obéline heeft er geen een. Mag ik de oorbellen echt houden?'

'Natuurlijk,' zei ik.

'Wil je ons nu even alleen laten?' zei Obéline.

Cecile haalde een schouder op. 'Oké. Ik zat naar de Simpsons te kijken, maar het beeld wordt steeds wazig. Kun je dat in orde maken?' Ze keek mij aan. 'Homer is zo grappig.' Ze gaf het 'zo' meerdere o's. '*Drôle. Drôle-o.*'

Obéline stak een vinger op om aan te geven dat ze zo weer terug zou zijn. Toen haastten zij en Cecile zich de kamer uit.

'Claudine Cloquet,' zei ik zachtjes. Ryan knikte alleen maar. Hij was een nummer op zijn mobieltje aan het intoetsen.

'Hoe denk je verdo…'

Ryan stak een hand op om me tot zwijgen te brengen.

'Met Ryan.' Hij sprak in zijn mobieltje. 'Bastarache houdt Cloquet vast in een woning op Île d'Orléans.' Het bleef even stil. 'Het meisje mankeert voorlopig niets. Maar Bastarache is op pad.'

Ryan gaf kleur, model, bouwjaar en kenteken van de Mercedes door, en daarna het adres en de locatie van Obélines huis. Zijn kaakspieren spanden zich terwijl hij luisterde naar degene aan de andere kant van de lijn. 'Laat het me weten als jullie hem te pakken hebben. Als hij hierheen komt, grijp ik hem.'

Ryan verbrak de verbinding en begon door het vertrek te ijsberen.

'Denk je dat hij weer terugkomt?' vroeg ik.

'Zij verwacht…'

Ryan verstijfde. We keken elkaar aan toen we ons gelijktijdig bewust werden van een zacht gebrom, meer een trilling van de lucht dan een geluid. Het gebrom werd luider. Werd het geronk van een automotor.

Ryan vloog de hal door en de eetkamer in. Ik volgde hem. Samen gluurden we voorzichtig uit het raam.

De wazige omtrek van een auto verscheen op het hoogste punt van de asfaltweg die zich van de Chemin Royal afsplitste.

'Is het hem?' vroeg ik, onnodig fluisterend.

Ryan trok aan het koordje van zijn heuptasje. Samen zagen we de wazige omtrek de vorm aannemen van een zwarte Mercedes.

Toen het plotselinge besef.

'De auto staat voor het huis geparkeerd,' fluisterde ik.

'*Tabarnac!*'

Ongeveer een kilometer verderop stopte de Mercedes, bleef even staan en maakte toen plotseling een slordige u-bocht.

Ryan holde de hal in, de deur uit en de oprit af. Even later schoot de Impala vooruit terwijl de achterwielen grind deden opspatten. Ik keek de auto na tot hij over de horizon verdween.

'Wat is er aan de hand? Waar is hij heen?'

Ik slikte en draaide me om. Obéline stond in de deuropening.

'Dat meisje heet geen Cecile,' zei ik. 'Ze heet Claudine. Claudine Cloquet.'

Ze staarde me aan, terwijl ze met haar vingers aan haar sjaal frommelde zoals ze ook al had gedaan bij de belvedère in Tracadie.

'Je man heeft Claudine bij haar familie weggehaald. Heeft haar waarschijnlijk gedwongen om zich uit te kleden voor zijn smerige filmpjes. Ze was twaalf, Obéline. Twaalf jaar oud.'

'Zo is het niet gegaan.'

'Ik ben het zat om dat te horen,' snauwde ik.

'Cecile is gelukkig bij ons.'

'Ze heet Claudine.'

'Ze is hier veilig.'

'Ze was veilig bij haar familie.'

'Nee. Dat was ze niet.'

'Hoe zou jij dat kunnen weten?'

'Haar vader was een monster.'

'Je man is een monster.'

'Alsjeblieft.' Haar stem trilde. 'Ga mee naar binnen en ga zitten.'

'Dus jij kunt me vertellen dat de dingen niet zijn wat ze lijken?' Ik was nu nijdig en probeerde niet langer vriendelijk te zijn.

'Claudines vader heeft haar voor vijfduizend dollar verkocht aan de kinderporno-industrie.'

Dat had ik niet verwacht.

'Aan wie?'

'Een slechte man.'

'Hoe heet hij?'

'Dat weet ik niet.' Ze sloeg haar ogen neer, keek toen weer op. Ik vermoedde dat ze loog.

'Wanneer heeft dat plaatsgevonden?'

'Vijf jaar geleden.'

Het jaar dat Claudine verdween uit Saint-Lazare-Sud. Vijf jaar na Kelly Sicard. Vijf jaar voor Phoebe Jane Quincy.

Kelly Sicard. Een plotselinge inval.

'Heette die man soms Pierre?'

'Ik heb zijn naam nooit geweten.'

Ik draaide me om en keek uit het raam. De weg was verlaten. De spaniël stond nu te piesen tegen een paal bij de T-kruising.

De tijd kroop voorbij. Achter me hoorde ik dat Obéline op een stoel aan de tafel ging zitten. De gedempte stemmen van Homer en Marge Simpson dreven binnen van een tv achter in het huis.

Ten slotte keerde ik me weer naar haar om.

'Hoe kende jouw echtgenoot die man die Claudine "kocht"?' Met mijn vingers voorzag ik het woord van aanhalingstekens.

'Hij werkte voor Davids vader. Lang geleden. Voordat we trouwden.'

'Dus striptenten waren nog niet genoeg. Je man ging samen met die smeerlap kinderporno maken.'

'Nee.' Fel. 'David haat die man. Af en toe…' Ze zweeg even, koos haar woorden zorgvuldig. '… hebben ze elkaar nodig.'

'Dus die slechterik hevelde Claudine gewoon maar over naar jouw man. Waarom? Werd ze soms te oud voor zijn doelgroep?'

Opnieuw sloeg Obéline haar ogen even neer, keek toen weer op. 'David heeft hem geld gegeven.'

'Natuurlijk. David Bastarache, redder van jonge meisjes in nood.'

Ik geloofde er niets van, maar het verhaal van Kelly Sicard over haar bevrijding van Pierre liet me niet met rust.

Ik keek op mijn horloge. Ryan was al bijna twintig minuten weg.

'Waar heeft die man zijn werkterrein?'

'Dat weet ik niet.'

Op dat moment ging mijn mobieltje. Het was Ryan. Bastarache

had de snelweg weten te bereiken en reed in westelijke richting. Ryan volgde hem op discrete afstand, in de hoop dat Bastarache zich nog dieper in de nesten zou werken. Hij zou nog wel een tijdje wegblijven.

Geweldig. Ik zat voor Joost mocht weten hoe lang zonder auto vast in dit gat.

Ik had mijn mobieltje nog maar nauwelijks teruggestopt in mijn tas, of het toestel ging opnieuw. Het netnummer was een verrassing. New York. Toen herinnerde ik me het weer. Rob Potter.

Met mijn blik strak op Obéline gericht, nam ik het gesprek aan.

'Hé, Rob. Sorry dat ik je telefoontje gisteravond niet meer kon beantwoorden.'

'Geen probleem. Heb je even? Ik heb een paar hypothesen die je mogelijk interessant zult vinden.'

'Een ogenblikje.'

Ik hield mijn mobieltje tegen mijn borst terwijl ik tegen Obéline zei: 'Ik moet even privé bellen.'

'Waar is die rechercheur gebleven?'

'Die gaat je man oppakken.'

Ze kromp ineen alsof ik gedreigd had haar te slaan.

'En jij zit met mij opgescheept.'

Ze kwam overeind.

'En probeer hem niet te bellen,' voegde ik eraan toe. 'Als je David waarschuwt, zou je wel eens als weduwe kunnen eindigen.'

Stijf als een plank liep ze de kamer uit.

Ik haalde een pen en een notitieboekje uit mijn tasje. Daarna deed ik mijn oortje in, legde mijn mobieltje op de tafel, en hervatte mijn gesprek met Rob, blij met de afleiding.

'Zeg het maar,' zei ik.

'De lange of de korte versie?'

'Genoeg om te zorgen dat ik het begrijp.'

'Heb je de bundel voor je?'

'Nee.'

Ik hoorde pannen rammelen en nam aan dat Obéline naar de keuken was gegaan, niet ver van de plek waar ik me bevond.

'Doet er niet toe. We komen er zo ook wel uit. Om te beginnen, *V* is de code voor gedichten die geschreven zijn door je vriendin in de jaren zestig, en *O* verwijst naar de gedichten in de bundel *Bones to Ashes*.'

'Vriendin versus onbekend,' giste ik.

'Inderdaad. Gelukkig voor de analyse, zoals ik nog duidelijk zal maken, zijn zowel de *V*- als de *O*-gedichten in het Engels geschreven, ondanks het feit dat je vriendin Frans als moedertaal had.'

Ik onderbrak hem niet.

'Een interessant gegeven is het feit dat, ook al proberen mensen hun moedertaal te maskeren, of het taalgebruik van iemand anders te imiteren, een forensisch taalkundige dikwijls onder de oppervlakte kan kijken naar gebieden die de spreker niet goed weet. Bijvoorbeeld, de meeste mensen in de Verenigde Staten zeggen dat ze "in line" staan in het postkantoor. In New York zeggen de mensen dat ze "on line" staan. Amerikaanse sprekers, of ze nu in New York of ergens anders wonen, lijken zich daar niet van bewust te zijn. Het is heel kenmerkend, maar onder het bewustzijnsniveau van de meeste mensen.'

'Dus iemand die een New Yorker imiteert, zou dat moeten weten. Of een New Yorker die zijn taalgebruik probeert te maskeren, zou zich daarvan bewust moeten zijn.'

'Precies. Maar over het algemeen zijn de mensen zich totaal niet bewust van dergelijke eigenaardigheden. Grammaticale verschillen kunnen nog subtieler zijn, om nog maar te zwijgen over de uitspraak.'

'Maar we hebben het hier over geschreven gedichten.'

'Geschreven gedichten maken gebruik van alle taalniveaus. Verschillen in uitspraak zouden het rijmschema kunnen beïnvloeden.'

'Dat is zo.'

'Nu we het toch over woorden en bewustzijn hebben, heb je ooit gehoord van het "devil strip"-losgeldbriefje?'

'Nee.'

'Dat was een zaak die voorgelegd werd aan mijn mentor Roger Shuy. Hij bekeek het briefje, concludeerde dat de ontvoerder een ontwikkeld man uit Akron was. Ik hoef je natuurlijk niet te zeggen dat de politie nogal sceptisch reageerde. Schrijf het maar even op. Het is kort, en het zal je helpen begrijpen wat ik met die gedichten van jou heb gedaan.'

Ik schreef op wat Rob dicteerde.

'Do you ever want to see your precious little girl again? Put $10,000 cash in a diaper bag. Put it in the green trash kan on the devil strip at corner 18th and Carlson. Don't bring anybody along. No kops! Come alone! I'll be watching you all the time. Anyone with you, deal is off and dautter is dead!'

'Een van de eerste dingen waar taalkundigen naar zoeken, is de onderliggende taal. Is de betreffende persoon iemand die Engels als moedertaal heeft? Zo niet, dan is er misschien sprake van foutieve stamverwanten, woorden die op het eerste gezicht in beide talen hetzelfde zouden moeten betekenen maar dat niet doen. Zoals het Duitse woord "gift" dat in het Engels niet "gave" maar "vergif" is.'

'Embarazada in het Spaans.' Die vergissing had ik ooit in Puerto Rico begaan. In plaats van te zeggen dat ik me gegeneerd (*'embarrassed'*) voelde, had ik gezegd dat ik zwanger was.

'Da's een goeie. Systematische spellingsfouten kunnen eveneens wijzen op een andere moedertaal. Merk op dat de schrijver van het briefje "can" en "cops" spelde als "kan" en "kops". Maar "cash" spelde hij niet als "kash" en "corner" niet als "korner". Dus was het waarschijnlijk niet zo dat de schrijver opgevoed was in een taal waar de *k*-klank altijd als *k* werd gespeld en nooit als *c*. En verder is het taalgebruik in het briefje over het geheel genomen redelijk vloeiend.'

'Dus de schrijver is iemand die Engels als moedertaal heeft en die "trash can" niet kan spellen. Hoe wist Shuy dat hij ontwikkeld was?'

'Blijf naar de spelling kijken. Hij kan "daughter" ook niet spellen, oké?'

'Oké. Maar hij kan wel "precious" spellen. En "diaper". En zijn interpunctie is correct, niet als die van iemand die "cops" niet kan spellen.'

'Ik wist wel dat je het onmiddellijk door zou hebben. In wezen is het hetzelfde als wat jij in jouw werk doet. Zoeken naar patronen die wel en niet kloppen. Dus als de kidnapper fatsoenlijk kan spellen, waarom doet hij dat dan niet?'

'Om de politie op een dwaalspoor te brengen. Misschien staat hij in zijn eigen gemeenschap bekend als een ontwikkeld man. Dus in plaats van het feit dat hij een ontwikkeld man is te camoufleren, trekt zijn poging dat te verbergen juist de aandacht. Maar hoe zit dat nou precies met Akron? Waarom niet Cleveland? Of Cincinnati?'

'Lees het briefje nog eens. Welke uitdrukking springt eruit?'

'"Devil strip".'

'Welk woord gebruik jij voor de groenstrook tussen het trottoir en de weg?'

Ik dacht erover na. 'Geen idee.'

'De meeste mensen hebben er geen woord voor. Of als dat wel zo is, is het een plaatselijke term. *County strip. Median strip.*'

'Of devil strip,' gokte ik.

'Maar uitsluitend in Akron. Zelfs niet in Toledo of Columbus, steden die toch in dezelfde staat liggen. Maar niemand is zich daarvan bewust. Wie heeft het ooit over zulke stroken? Kun je me nog steeds volgen?'

'Jawel.'

'Dus taal varieert naargelang opleidingsniveau en geografische ligging. En dan heb je ook nog de factoren leeftijd, geslacht, sociale klasse, enzovoorts die een rol spelen.'

'Je taalgebruik geeft aan tot welke groep je behoort.'

'Precies. Dus het eerste wat ik met die gedichten van jou probeerde, was linguïstisch-demografische profilering. Wat vertelt de taal over de schrijver? Vervolgens heb ik microanalytische technieken gebruikt om in elk groepje gedichten een onderscheidend taalpatroon te ontdekken, wat wij een idiolect noemen. Op basis van al het voorgaande was ik in staat de auteursanalyse waar jij om hebt verzocht, uit te voeren en de vraag te beantwoorden: Heeft dezelfde persoon beide reeksen gedichten geschreven?'

'Is dat het geval?'

'Heb nog even geduld. Deze analyse was met name interessant omdat de *V*-gedichten geschreven zijn door iemand die Frans als moedertaal had maar in het Engels schreef. Zoals iedere docent vreemde talen weet, probeer je een tweede taal te spreken met gebruikmaking van het taalkundig systeem dat je al kent, je moedertaal. Totdat je die tweede taal echt goed beheerst, blijft je moedertaal doorsijpelen in je aangeleerde taal.'

Ik dacht aan mijn eigen gebruik van het Frans. 'Daarom hebben we accenten. En een merkwaardige zinsbouw en woordkeus.'

'Precies. Voor jouw analyse ben ik als volgt te werk gegaan. Als ik bij het doorwerken van de gedichten interessante passages tegenkwam, zette ik ze ter vergelijking in een split-screen. Aan de ene kant zette ik de gedichten zoals ze zijn. Aan de andere kant paste ik de gedichten aan om weer te geven wat iemand met Frans als moedertaal mogelijk in het Engels had willen communiceren, maar daarin niet slaagde omdat ze op een onjuiste wijze uit het Frans, haar moedertaal, vertaalde en foutieve stamverwante woorden gebruikte. Als de totale samenhang van het gedicht erop vooruitging dankzij mijn aanpassingen, vatte ik dat op als een aanwijzing dat de schrijver waarschijnlijk Franstalig was. Zal ik je wat voorbeelden geven?'

'Kom maar tot de kern van de zaak.'

'Het is vrij duidelijk dat zowel de *V*- als de *O*-gedichten geschreven zijn door iemand die Frans als moedertaal had en slechts een beperkte scholing in de Engelse taal had genoten.'

Ik voelde een scheut van opwinding.

'Vervolgens heb ik gezocht naar kenmerkende stijlfiguren die zowel in de *V*- als in de *O*-gedichten regelmatig voorkwamen, en naar eventuele statistisch significante verdraaiingen van vocabulaire of grammatica. Kun je me nog volgen?'

'Tot dusver wel.'

'Luister eens naar deze regels uit een *V*-gedicht:

'Late in the morning I'm walking in sunshine, awake and aware like I have not been before.
A warm glow envelops me and tells all around,
"Now I am love!" I can laugh at the univers for he is all mine.'

De woorden die opwelden uit mijn verleden veroorzaakten een beklemmend gevoel in mijn borst. Rob vervolgde: 'Luister nu eens naar deze regels uit een O-gedicht:

'Lost in the univers, hiding in shadow, the woman, once young, looks into the mirror and watches young bones returning to dust.'

'Zowel in het *V*- als in het *O*-gedicht gebruikt de auteur als metrum dactylische hexameters.'

'Hetzelfde metrum dat Longfellow gebruikte voor "Evangeline". Mijn vriendin was gek op dat gedicht.'

'De dactylische hexameter is een gebruikelijke versvorm in epische gedichten. Dus op zich hoeft dat overeenkomende metrum nog niet zoveel te betekenen. Maar wat zeer interessant is, is dat in deze twee *V*- en *O*-fragmenten, dezelfde fout wordt gemaakt. In allebei ontbreekt bij het woord "universe" de e aan het eind.'

'*Univers*. De Franse spelling.'

'*Oui*. Laten we nog even teruggaan naar het kopje geografie. Je vriendin was een Acadische uit New Brunswick. Ze heeft geruime tijd doorgebracht in de Lowcountry van South Carolina. Luister eens naar het titelgedicht uit de *O*-bundel, *Bones to Ashes*.'

'Waar moet ik op letten?'

'Regionaal dialect. Dit *O*-gedicht bevat de clou.'

Rob las langzaam voor.

Laughing, three maidens walk carelessly, making their way to the river.
Hiding behind a great hemlock, one smiles as others pass unknowing.
Then with a jump and a cry and a laugh and a hug the girls put their surprise behind them. The party moves on through the forest primeval
In a bright summer they think lasts forever. But not the one ailing.
She travels alone and glides through the shadows; others can not see her.
Her hair the amber of late autumn oak leaves, eyes the pale purple of dayclean.
Mouth a red cherry. Cheeks ruby roses. Young bones going to ashes.'

'Hetzelfde metrum,' zei ik.

'En hoe staat het met het woordgebruik? Jij hebt zelf toch de nodige tijd doorgebracht in New Brunswick en South Carolina?'

'De uitdrukking "forest primeval" is regelrecht afkomstig van Longfellow.'

'En verwijst naar Acadia. Althans in "Evangeline". Wat nog meer?'

Ik keek naar wat ik opgeschreven had. '"Dayclean" is een Gullah-term voor dageraad. En in het zuiden is "ailing" spreektaal voor ziek zijn.'

'Precies. Dus die twee samen wijzen op South Carolina.'

Een dichter die banden heeft met Acadia en South Carolina. Een dichter die beïnvloed is door Longfellows 'Evangeline'. Een Frans-talige die in het Engels schrijft. Over een linguïstische vingerafdruk gesproken.

Godallemachtig. Harry had gelijk. *Bones to Ashes* was inderdaad geschreven door Évangéline.

Ik voelde een verstikkende woede. Alweer een leugen. Of in het gunstigste geval een uitvlucht. Ik wilde niets liever dan Obéline daarmee confronteren.

Rob zei weer iets.

Zijn woorden joegen koude rillingen door me heen.

38

'Wacht,' zei ik zodra mijn lippen weer woorden konden vormen. 'Zeg dat nog eens.'

'Oké. Ik zei dat de moedertaal van een spreker zich dikwijls doet gelden als hij of zij onder druk staat. Dan is de kans groter dat je stamverwante woorden verkeerd gebruikt omdat emotie het gebruik van je moedertaal bevordert. Dat kan het geval zijn in deze regels vanwege de overstelpende emoties van toeschouwers, vanwege de onvoorstelbare maar toch echte tv-beelden van brandende slachtoffers die hun dood tegemoet springen.'

'Lees die regels nog eens voor.' Het was niet mogelijk. Rob kon niet gezegd hebben wat ik gehoord dacht te hebben.

Rob herhaalde wat hij opgelezen had.

'I see the terror that comes from hate
Two towers fall while men debate
Oh where is God? Even brave people, chair, blessed by fire,
Jet to death!'

Mijn hart ging zo tekeer dat ik bang was dat het geluid aan de andere kant van de lijn te horen zou zijn. Rob praatte door, zich niet bewust van de emoties die in mijn binnenste woedden.

'"Chair, blessed by fire" is in het Engels nauwelijks samenhangend, maar we hebben het hier over poëzie, en in poëzie wordt de informatie en het opgeroepen referentiekader nu eenmaal verondersteld duister te zijn en anders dan in alledaags taalgebruik. Alleen ís het in deze regels bijna alledaags taalgebruik, althans in het

Frans. *Chair* is vlees. En *se jeter,* hier het werkwoord '*jet*', betekent zoiets als 'jezelf werpen'. En *blesser* betekent 'verwonden'. In het Frans betekenen deze versregels "O, waar is God? Zelfs moedige mensen, hun vlees gewond door vuur, springen hun dood tegemoet!"'

'Weet je zeker dat het een verwijzing naar 11 september en het World Trade Center is?' Onmogelijk kalm.

'Kan bijna niet anders.'

'En je twijfelt er niet aan dat de gedichten in *Bones to Ashes* geschreven zijn door mijn vriendin Évangéline.'

'Nee. Kan ik verder uitleggen hoe ik tot die conclusie gekomen ben?'

'Ik moet er nu vandoor, Rob.'

'Er is nog meer.'

'Ik bel je nog wel.'

'Alles in orde met je?'

Ik beëindigde het gesprek. Ik wist dat het onbeleefd en ondankbaar was. Wist dat ik hem bloemen of cognac zou sturen. Op dat moment wilde ik gewoon even niet meer praten. De gedichten waren allemaal geschreven door Évangéline, en sommige waren van recente datum.

Ergens in de hal ging een deur open. De woordenwisseling tussen Homer en Marge werd luider.

Ten minste één gedicht was geschreven na september 2001.

De discussie ging over een uitstapje naar Vermont. Homer wilde met de auto gaan. Marge ging liever met het vliegtuig.

Ik zat bewegingloos, verlamd door de implicaties van Robs bevindingen.

Évangéline leefde nog in 2001. Ze was niet tientallen jaren geleden vermoord.

Bart en Lisa mengden zich in de discussie en spraken hun voorkeur uit voor een vakantie met een camper.

Obéline had gelogen toen ze zei dat Évangéline in 1972 gestorven was. Waarom?

Had ze zich echt vergist? Natuurlijk niet, ze had de gedichten. Ze moest bij benadering geweten hebben wanneer die geschreven waren.

Een onderdrukt gegiechel drong door tot mijn overpeinzingen. Ik keek op. Het vertrek was leeg, maar bij de deuropening schoof een schaduw over de vloer.

'Cecile?' riep ik zachtjes.

'Weet u waar ik ben?'

'Ik denk...' Ik zweeg even, alsof ik het niet zeker wist, '... dat je in de kast zit.'

'Nee.' Ze sprong tevoorschijn in de deuropening.

'Waar is Obéline?'

'Die is aan het koken.'

'Je bent tweetalig, hè, liefje?'

Ze keek verward.

'Je spreekt zowel Frans als Engels.'

'Hoe bedoelt u?'

Ik gooide het over een andere boeg.

'Kunnen we even samen praten, jij en ik?'

'*Oui.*' Ze ging bij me aan tafel zitten.

'Je houdt van woordspelletjes, hè?'

Ze knikte.

'Hoe werkt dat precies?'

'Noem maar een woord dat iets omschrijft en dan maak ik het rond.'

'*Gros,*' zei ik, terwijl ik mijn wangen vol lucht blies.

Ze vertrok haar gezicht. 'Daarmee gaat het niet.'

'Waarom niet?'

'Daarom niet.'

'Leg het me eens uit.'

'Woorden vormen beelden in mijn hoofd.' Ze zweeg, gefrustreerd door haar onvermogen om duidelijk te maken wat ze bedoelde. Of door mijn onvermogen om het te begrijpen.

'Ga door,' zei ik bemoedigend.

'Sommige woorden zien er recht uit, en sommige woorden zien er krom uit.' Met samengeknepen ogen demonstreerde ze 'recht' en 'krom' met haar handen. 'Rechte woorden kun je rond maken door er *o* achter te zetten. Dat vind ik leuke woorden. Met kromme woorden gaat dat niet.'

Zo helder als een moddersloot.

Ik dacht aan mijn eerdere gesprekje met Cecile. Het meisje sprak Franglais, een mengelmoes van Frans en Engels, zich schijnbaar onbewust van de scheidslijnen tussen beide talen. Ik vroeg me af welk systeem er ten grondslag lag aan de scheiding tussen rechte en kromme woorden.

'*Fat.*' Ik probeerde het met mijn oorspronkelijke woord, maar dan in het Engels.

De groene ogen schitterden. 'Fat-o.'

'*Happy.*'

Ze schudde het hoofd.

'*Fort.*'

'Neeee. Dat is ook krom.'

'*Fierce,*' zei ik, terwijl ik mijn tanden ontblootte en mijn vingers kromde als een griezelig monster.

'Fierce-o.' Giechelend deed ze me na.

Welke semantische ordening haar geest geschapen had, zou altijd een mysterie voor me blijven. Na nog een paar voorbeelden veranderde ik van onderwerp.

'Ben je hier gelukkig, Cecile?'

'Ja hoor.' Ze duwde haar haar achter haar oren. Glimlachte. 'Maar ik vind het in het andere huis ook leuk. Daar zijn grote vogels op palen.'

Het huis in Tracadie. Ze was daar waarschijnlijk geweest toen Harry en ik onaangekondigd langskwamen.

'Kun je je herinneren waar je was voordat je bij Obéline kwam wonen?'

De glimlach verdween van haar gezicht.

'Word je droevig als je daaraan denkt?'

'Ik denk er niet aan.'

'Kun je het beschrijven?'

Ze schudde het hoofd.

'Hebben ze je daar slecht behandeld?'

Ceciles sportschoen maakte piepende geluidjes terwijl ze met haar knie op en neer wipte.

'Was het een man?' Zachtjes.

'Ik moest mijn kleren van hem uittrekken. En.' De knie wipte sneller op en neer. 'Dingen doen. Hij was slecht. Slecht.'

'Weet je de naam van die man nog?'

'*Mal-o*. Hij was slecht. Het was niet mijn schuld.'

'Natuurlijk niet.'

'Maar hij heeft me iets moois gegeven. Dat heb ik bewaard. Wilt u het zien?'

'Misschien een andere...'

Cecile negeerde mijn antwoord en holde de kamer uit. Even later was ze weer terug met een rond leren raamwerkje, versierd met veren en kralen.

'Het is een dromenvanger. Als je die boven je bed hangt, krijg je alleen maar prettige dromen. En...'

'Waarom val je Cecile lastig?'

Cecile en ik draaiden ons allebei om bij het horen van Obélines stem.

'We praten alleen maar wat,' zei Cecile.

'Er liggen appels op het aanrecht.' Obéline bleef me onafgebroken boos aankijken. 'Als je ze schilt, kunnen we een taart bakken.'

'Oké.'

Terwijl ze haar dromenvanger liet ronddraaien, liep Cecile langs Obéline heen de kamer uit. Even later klonk er gezang door de hal. '*Fendez le bois, chauffez le four. Dormez la belle, il n'est point jour.*'

Ik vertaalde de tekst van het liedje in mijn hoofd. Hak het hout, verwarm de oven. Slaap, mooi meisje, de dag is nog niet aangebroken.'

'Hoe durf je,' snauwde Obéline.

'Nee, Obéline. Hoe durf jíj?'

'Ze heeft het verstand van een achtjarige.'

'Goed, laten we het eens over kinderen hebben.' Mijn toon was ijskoud. 'Laten we het over je zus hebben.'

Alle kleur trok weg uit haar gezicht.

'Waar is ze?'

'Dat heb ik je verteld.'

'Je hebt me leugens verteld!'

Ik sloeg met beide vlakke handen op de tafel en sprong overeind. Mijn stoel kiepte achterover en kwam met een klap op de vloer terecht.

'Évangéline is niet vermoord,' zei ik, mijn toon net zo hard als mijn gezichtsuitdrukking. 'Ze is in elk geval niet op haar zestiende gestorven.'

'Dat is onzin.' Obélines stem haperde, als een geluidsband die te vaak is afgespeeld.

'Harry heeft *Bones to Ashes* gevonden, Obéline. Ik heb het gelezen. Ik weet dat Évangéline die gedichten geschreven heeft. Sommige nog zo kortgeleden als 2001.'

Haar ogen schoten langs me heen naar het raam.

'Ik weet van O'Connor House. Ik probeer erachter te komen wie de werkelijke opdrachtgeefster was. Ik durf te wedden dat of jij of Évangéline Virginie LeBlanc dat blijkt te zijn.'

'Je hebt van me gestolen.' Ze zei het zonder me aan te kijken.

'Ik vind het vervelend om het te moeten zeggen, maar wat jij en je man gedaan hebben, is oneindig veel erger dan het achteroverdrukken van een boekje.'

'Je beoordeelt ons verkeerd en komt met krenkende beschuldigingen die gewoon niet waar zijn.'

'Wat is er met Évangéline gebeurd?'

'Dat zijn jouw zaken niet.'

'Was dat de reden? Zaken? Ach wat, het meisje werkt voor pappie. Het staat wel niet in haar taakomschrijving, maar ik kleed haar uit, bind haar met touwen vast en maak een paar foto's. Ze is jong en arm, heeft het werk hard nodig. Ze zal me heus niet verlinken.'

'Zo is het niet gegaan.'

Ik sloeg zo hard op de tafel dat Obéline achteruitdeinsde. 'Vertel me dan hoe het wél gegaan is.'

Ze keek me aan.

'Het was de bedrijfsleider van mijn schoonvader.' Het gehavende gezicht was nat van de tranen. 'Hij dwong Évangéline ertoe.'

'Meneer de Anonieme Slechterik.' Ik geloofde er niets van. Als er al zo iemand bestond, dan moest Obéline weten wie hij was.

'David ontsloeg hem de dag nadat zijn vader overleed. Ik ben pas later achter het bestaan van die foto's gekomen.'

'Wat is er met Évangéline gebeurd?' Ik zou haar net zolang met die vraag om de oren blijven slaan tot ik het antwoord wist.

Ze staarde me met trillende lippen aan.

'Wat is er met Évangéline gebeurd?'

'Waarom laat je de zaak niet gewoon rusten?'

'Wat is er met Évangéline gebeurd?'

'Alsjeblieft.'

'Wat is er met Évangéline gebeurd?'

Er welde een snik op in haar keel.

'Heeft je man haar vermoord?'

'Doe niet zo belachelijk. Waarom zeg je zoiets?'

'Een van zijn trawanten?'

'David zou nooit toestaan dat iemand haar kwaad deed! Hij houdt van haar!'

Obélines hand vloog naar haar mond. Geschrokken sperde ze haar ogen wijd open.

Net als eerder voelde ik me vanbinnen helemaal koud worden.

'Ze leeft nog,' zei ik zacht.

'Nee.' Wanhopig. 'David houdt van haar nagedachtenis. Haar gedichten. Mijn zus was een prachtmens.'

'Waar is ze?'

'*Bourreau!* Laat haar met rust.'

'Ík ben de bullebak?'

'Je zult haar alleen maar verdriet bezorgen. Je zult haar alleen maar pijn doen.'

'Is ze bij die man?'

Ik herinnerde wat Obéline eerder had gezegd. Hoe had ze het ook alweer uitgedrukt? David en die man hadden elkaar nodig.

'Ze zal je niet willen zien.'

'Hij houdt haar verborgen, nietwaar?'

'*Pour l'amour du bon Dieu!*'

'Wat? Heeft manlief je zus ingeruild voor Cecile? Had hij behoefte aan een nieuwer model?'

Obélines gezicht verstrakte tot een masker van razernij. Toen ze antwoordde, klonk haar stem harder dan de mijne.

'*J'vas t'arracher le gorgoton!*' Ik zal je luchtpijp uitrukken!

We staarden elkaar woedend aan, maar ik wendde als eerste mijn blik af. Voelde ik een vleugje onzekerheid? In de verte klonk het geluid van een automotor. Het geluid zwol aan. Stopte toen. Even later ging de voordeur open. Ging weer dicht. Voetstappen klonken in de hal, en toen kwam Ryan de eetkamer binnen.

'Ben je er klaar voor?'

'Nou en of.'

Als mijn felle toon Ryan al verbaasde, liet hij dat niet merken.

'Hoe zit het met Cecile?' vroeg ik, terwijl ik mijn aantekeningen en mijn mobieltje in mijn handtas stopte.

'De sociale dienst is al onderweg.'

'Bastarache?'

'Die heb ik overgedragen aan de politie van Trois-Rivières. Die verliezen hem niet uit het oog. Het ziet ernaar uit dat hij op weg is naar Montreal.'

'Hippo?'

'Die vliegt in de loop van de dag naar Tracadie. Hij is van plan om Mulally en Babin eens stevig aan de tand te voelen, en een paar zaken na te trekken die we tegen zijn gekomen in de dossiers van Bastarache.'

Ik wendde me tot Obéline.

'Laatste kans.'

Ze bleef zwijgen.

Ik legde alle dreiging die ik maar kon in mijn afscheidswoorden. 'Vergis je niet, Obéline. Ik geef het niet op totdat ik je zus gevonden heb. En ik zal alles doen wat in mijn vermogen ligt om ervoor te zorgen dat je man vervolgd wordt wegens ontvoering, het uitbuiten van kinderen, het in gevaar brengen van kinderen, en wat we eventueel nog meer kunnen bedenken om hem achter de tralies te krijgen.'

Obéline sprak zachtjes en haar stem klonk bedroefd.

'Ik weet dat je het goed bedoelt, Tempe, maar je richt alleen maar ellende aan. Je zult de mensen die je probeert te beschermen, beschadigen en ook degenen die hen hebben geholpen. Die arme Cecile is hier gelukkig. De sociale dienst zal een nachtmerrie voor haar zijn. En als je Évangéline vindt, zal dat haar alleen maar verdriet doen. Moge God je zegenen en vergeven.'

De stille kracht van Obélines woorden verdreef mijn boosheid. Nu was ik degene die smeekte.

'Alsjeblieft, Obéline, vertel me toch wat ik moet weten om de man die Évangéline en Cecile kwaad heeft gedaan, veroordeeld te krijgen. Alsjeblieft.'

'Ik kan verder niets meer zeggen,' mompelde Obéline, zonder me aan te kijken.

39

Terwijl we over Île d'Orléans reden, bracht ik Ryan verslag uit van mijn gesprekken met Cecile en Obéline.

'Een dubbele hinderlaag.' Ryan klonk alsof hij onder de indruk was. 'Je man is een pornobaas en je zus heeft zich met bondage ingelaten.'

'Obéline beweert dat David onschuldig is aan alle dingen waarvan ik hem verdenk, en in feite enkelen van die meisjes geholpen heeft. Denk even terug aan ons gesprek met Kelly Sicard.'

'Bij wie legt zij de schuld?'

'Bij een voormalig werknemer van haar schoonvader.'

'Wie?'

'Dat wist ze niet, of ze wilde zijn naam niet prijsgeven. Ze zegt dat David hem in 1980 ontslagen heeft. Het feit is dat iemand verscheidene meisjes heeft vermoord en dat de enige link die we hebben, Bastarache is. Dat kan ik niet negeren.'

Ryan draaide een oprit op. Er volgde een korte afdaling, een snelheidsvermindering, toen schoot de Impala vooruit en bevonden we ons op de snelweg. Ik hield mijn mond en liet Ryan zich op het verkeer concentreren.

Onder het rijden liet ik mijn gedachten over de gebeurtenissen van de afgelopen vierentwintig uur gaan. David Bastarache. Kelly Sicard. Claudine Cloquet. Het uit het water opgeviste opgezwollen lijk van Claire Brideau.

Harry. Het was nu woensdag. Ik had haar sinds zondagavond niet meer gezien. Had niets meer van haar gehoord sinds ze maandagochtend naar mijn mobieltje had gebeld.

De beelden volgden elkaar in rap tempo op. De met touwen vastgebonden Évangéline. Een meisje op een bank. Cecile, een wandelende tragedie. De tiener van gemengd ras die opgevist was uit het Lac des Deux Montagnes. Zou Évangéline misschien nog steeds werkzaam zijn in de porno-industrie? Zou dat misschien het geheim zijn dat Obéline verborgen probeerde te houden?

Ik hoorde keer op keer fragmenten van gesprekken. Sicard die het over de anonieme Pierre had: ik droeg mocassins terwijl een gozer in een lendendoek me neukte. Het verontrustende commentaar van Bastarache: ik was nog maar net van school af toen dat meisje voor Indiaans prinsesje speelde.

Mijn id tikte me weer op de schouder.

Bastarache wist dat de video met het meisje op de bank niet bepaald recent was. De video was in zijn huis opgenomen. De man moest wel medeplichtig zijn. Of toch niet? Hoe oud was hij indertijd geweest? Wat was zijn rol in het familiebedrijf van de Bastaraches?

Het tikken op mijn schouder hield aan.

Het menselijk brein is, nou ja, ronduit verbijsterend. Chemicaliën. Elektriciteit. Vloeistof. Cytoplasma. Als alle aansluitingen kloppen, werkt het. Niemand weet precies hoe.

Maar de onderdelen van het brein kunnen net overheidsinstanties zijn en de gelederen sluiten om hun specifieke kennis af te schermen. Grote hersenen. Kleine hersenen. Voorhoofdskwab. Hersenschors. Soms is er een katalysator voor nodig om ervoor te zorgen dat ze samenwerken.

Mijn neuronen hadden gedurende de afgelopen dagen een massa gegevens te verwerken gekregen die nog niet allemaal volledig bezonken waren. Plotseling klikte er iets. Mijn kleine hersenen maakten contact met mijn grote hersenen. Waarom? De dromenvanger van Claudine Cloquet.

'Stel nou eens dat Obéline de waarheid vertelt?' vroeg ik, terwijl ik recht overeind ging zitten. 'Als onze smeerlap inderdaad de knaap is die voor de vader van Bastarache heeft gewerkt?'

'Geloof je het zelf?'

'Toen Harry en ik in Tracadie waren, had Obéline het over een voormalig werknemer van haar schoonvader. Ze zei dat haar man hem ontslagen had en dat ze niet bepaald vriendschappelijk uit elkaar waren gegaan.'

Ryan gaf geen commentaar.

'Die voormalige werknemer ontwierp de zweethut die later omgebouwd werd tot een belvédère. Hij was gek op inheemse kunst. Met de hand gesneden banken. Totempalen.' Ik zweeg even uit effectbejag. 'Kelly Sicard zei dat ze van Pierre mocassins moest dragen. Wat zei Bastarache toen je hem de afdruk van het meisje op de bank liet zien?'

'Dat het meisje voor Indiaans prinsesje speelde.' Het begon Ryan te dagen.

'Niets op die afdruk duidde op een Indiaans thema.'

'Klopt.'

'Claudine had een dromenvanger. Ze zei dat ze die had gekregen van de man bij wie ze woonde vóór ze bij Obéline in huis kwam. Stel nou eens dat Cormiers vriend, de "agent" Pierre, dezelfde kerel is die door Bastarache ontslagen werd? Dezelfde kerel die Claudine had?'

Ryan greep het stuur steviger beet. 'Hoe past Bastarache in dat plaatje?'

'Dat weet ik niet precies.' Ik begon er dingen uit te flappen zonder er echt bij na te denken. 'Bastarache is nog een kind. Hij ziet dat er bij hem thuis pornofilms worden gemaakt. Hij neemt daar aanstoot aan, zweert dat hij er een eind aan zal maken zodra zijn vader er niet meer is.'

Ryan dacht daar even over na.

'Hoe noemde Claudine die griezel?'

'Ze wist zijn naam niet. Of wilde die niet zeggen.' Ik vertelde hem over het woordspelletje. 'Claudine ziet bijvoeglijke naamwoorden als recht of krom. Aan de rechte voegt ze een *o* toe om ze rond te maken, bij kromme doet ze dat niet. Er zit geen enkele logica in, het is gewoon een aspect van haar unieke cognitieve patroon. Ze zei alleen maar dat de man slecht was. *Mal-o.*'

Ryan kneep zijn ogen tot spleetjes terwijl hij nadacht. Toen zei hij: 'Stel nou eens dat *mal* een krom bijvoeglijk naamwoord is. Een woord dat niet rond gemaakt kan worden.'

'Dus dat je er geen *o* achter kunt plakken.'

'Precies.'

Ik begreep waar Ryan naartoe wilde. 'Als het nou eens een naam is? Malo.' Neuronen vonkten. 'Pierre Malo.'

Ryan had zijn mobieltje al tevoorschijn gehaald. Ik luisterde terwijl hij iemand vroeg om iets voor hem op te zoeken.

We reden in westelijke richting in een gestage stroom auto's. Ik keek naar de uitlaten. Het zonlicht op de kofferbakken en motorkappen. Kauwde op een nagelriem.

We hadden ongeveer een uur gereden toen Ryans mobieltje overging.

'Ryan.'

Stilte.

'*Où?*' Waar?

Stilte.

'Shit!'

Weer even stilte, toen klapte Ryan het toestel dicht en gooide het op het dashboard.

'Wat?' vroeg ik.

'Ze zijn Bastarache kwijtgeraakt.'

'Hoe?'

'De smeerlap stopte bij een parkeerplaats langs de snelweg. Ging een restaurant binnen. Kwam nooit meer naar buiten.'

'Hij heeft de Mercedes daar laten staan?'

Ryan knikte. 'Of hij is opgepikt of hij heeft een lift gekregen.'

Ik reageerde net als Ryan: 'Shit.'

Een paar minuten later ging mijn mobieltje over.

Ik had de afgelopen achtenveertig uur nauwelijks geslapen. Ik werd op de been gehouden door hazenslaapjes en pure adrenaline. Wat er vervolgens gebeurde, was mijn schuld.

Ik keek op de nummeridentificatie op het display en voelde een vlaag van opluchting. Gevolgd door irritatie.

Ik nam aan maar zei niets.

'Ben je daar, grote zus?'

'Ja.' IJzig.

'Je klinkt een beetje geïrriteerd.' Harry, de meesteres van het understatement. 'Ik weet al precies wat je gaat zeggen.'

'Waar heb je verdomme uitgehangen?'
'Bingo! Net wat ik dacht. Ik kan het je uitleggen.'
'Doe geen moeite.'
'Ik wilde je verrassen.'
Hoe vaak had ik die woorden al niet gehoord?
Ryans mobieltje ging weer over. Ik hoorde hem antwoorden.
'Wie is dat?' vroeg Harry.
'Wat wil je nou eigenlijk?'
'Voordat je helemaal pissig wordt, zal ik je vertellen wat ik te we-
ten ben gekomen.'
'Als je me nou eerst eens vertelde waar je geweest bent?'
'Toronto. Ik heb met Flan O'Connor gesproken. En wat interes-
sante informatie losgekregen.'
'Heb je iets om mee te schrijven?' vroeg Ryan, met zijn mobiel-
tje nog steeds tegen zijn oor.
'Ogenblikje,' zei ik tegen Harry.
'Waar ben je?' vroeg ze voordat ik het toestel op het dashboard
legde.
Ik haalde pen en papier tevoorschijn uit mijn handtas. 'Rus-
tique 13.'
Ik noteerde het adres dat Ryan herhaalde.
Ondertussen hoorde ik Harry's stem uit mijn mobieltje. Ik ne-
geerde haar.
'Pierrefonds naar Cherrier. Ongeveer anderhalve kilometer
voorbij Montée de l'Église linksaf.' Ryan keek me vragend aan. Ik
las de aanwijzingen hardop voor.
'Voorbij de golfbanen en het natuurreservaat. Oké, ik heb het.'
Ryan verbrak de verbinding.
'Woont Pierre Malo buiten Montreal?' vroeg ik, terwijl ik het
laatste stukje info noteerde.
Ryan knikte.
'Jezus nog aan toe, Ryan. Dat is waarschijnlijk het huis dat Kelly
Sicard beschreven heeft.'
'Heel goed mogelijk.'
'En weet je nog hoe fel Bastarache was toen hij tegen ons zei dat
we in onze eigen achtertuin moesten kijken?'
'Ik ging ervan uit dat dat zijn manier was om te zeggen dat we de
boom in konden.'

'Obéline zei dat Malo en haar man een soort werkrelatie hadden. Ze zei dat ze elkaar nodig hadden. Denk je dat Bastarache misschien op weg is naar Malo?'

'Hij reed naar Montreal.'

Ik las de aanwijzingen nog eens door.

'Welk natuurreservaat?'

'Bois de L'Île-Bizard.'

Ik voelde mijn keel samentrekken.

'De boothelling!'

'Wat?' Ryan veranderde van rijbaan om een Mini Cooper te passeren.

'De diatomeeënanalyse van Suskind toonde een verband aan tussen het lijk in het Lac des Deux Montagnes en de boothelling in het Bois-de-L'Île-Bizard.'

'Weet je dat zeker?'

'Ja!'

'Die boothelling bevindt zich praktisch in de achtertuin van Malo.' Ryans kaakspieren spanden zich, ontspanden zich weer.

Een verschrikkelijke gedachte. 'Als Malo op de een of andere manier Phoebe Quincy via Cormier heeft gekregen, op dezelfde manier waarop hij Kelly Sicard heeft gekregen, zou hij haar in dat huis vast kunnen houden.'

Er klonk een schel gefluit uit mijn mobieltje.

Ik was helemaal vergeten dat ik Harry nog steeds aan de lijn had.

'Hé!'

Ik pakte het toestel op. 'Ik moet nu ophangen.'

'Zijn jullie er echt achter wie dat meisje heeft ontvoerd?' Harry klonk net zo opgewonden als ik me voelde.

'Ik kan nu niet met je praten.'

'Hoor eens, ik begrijp best dat je boos op me bent. Het was heel onattent van me. Laat me iets doen om het goed te maken.'

'Ik ga nu ophangen.'

'Ik wil jullie helpen. Alsjeblieft. Wacht. Ik heb een idee. Ik kan daarheen gaan en het huis in de gaten houden...'

'Nee!' Het klonk meer als een gil dan de bedoeling was. Of niet.

'Ik zal heus niets dóén.'

'Geen sprake van.'

Ryan wierp me vragende blikken toe.

'Ik ben niet achterlijk, Tempe. Ik ga heus niet bij die Malo aanbellen. Ik hou hem alleen maar in het vizier tot jij en Mister Wonderful arriveren.'

'Harry, luister naar me.' Ik dwong mezelf kalm te klinken. 'Blijf uit de buurt van dat huis. Die man is levensgevaarlijk. Niet iemand om spelletjes mee te spelen.'

'Ik zal ervoor zorgen dat je trots op me kunt zijn, grote zus van me.'

Ik luisterde naar een verbroken verbinding.

'Godallemachtig!' Ik drukte op de nummerherhaling.

'Wat?' vroeg Ryan.

'Harry gaat Malo's huis in de gaten houden.'

'Hou haar tegen.'

Harry's mobieltje ging een paar keer over en schakelde toen over op voicemail.

'Ze neemt niet op. Jezus, Ryan. Als we gelijk hebben wat Malo betreft, is die vent een monster. Hij zal Harry van kant maken zonder met zijn ogen te knipperen.'

'Bel nog eens.'

Dat deed ik. Voicemail.

'Ze vindt Malo's huis nooit,' zei Ryan.

'Ze heeft gps op haar mobiel.'

Ryan keek me aan.

'Pak dat zwaailicht eens dat achterin ligt.'

Ik maakte mijn gordel los, draaide me om en pakte een los zwaailicht van de vloer.

'Maak het vast aan je zonneklep.'

Ik bevestigde het zwaailicht met behulp van de klittenbandstrips.

'Sluit het aan op de sigarettenaansteker.'

Dat deed ik.

'Doe de zonneklep omlaag en zet die schakelaar om.'

Dat deed ik. Het zwaailicht begon rood te pulseren.

Ryan zette de sirene aan en gaf plankgas.

40

Een sirene en een zwaailicht brengen je wel waar je wezen moet. Als een speer.

Twee uur nadat we Île d'Orléans achter ons hadden gelaten, naderden Ryan en ik Montreal. De terugrit was een aparte ervaring geweest. Ik zette me schrap met mijn handpalmen tegen het dashboard en het zijraam gedrukt terwijl Ryan beurtelings gas gaf en afremde.

L'Île-Bizard ligt ten noordwesten van Montreal, aan de westkant van het stadje Laval. Ryan sloeg af naar de 40, volgde die een eind in zuidwestelijke richting en nam toen de Boulevard Saint-Jean naar het noorden.

Ter hoogte van Pierrefonds hielden we rechts aan en scheurden de *pont* Jacques-Bizard over. Halverwege de brug zette Ryan het zwaailicht en de sirene uit.

Het grootste gedeelte van L'Île-Bizard wordt in beslag genomen door golfterreinen en het natuurreservaat, maar aan de randen bevindt zich her en der wat bebouwing, deels oud, deels nieuw en zo exclusief dat de prijzen nooit gepubliceerd waren. De straat waarin Malo woonde bevond zich even voorbij een klein groepje huizen aan de zuidkant van het eiland.

Ryan minderde vaart toen we Rustique naderden, maar sloeg niet af. Tien meter verderop keerde hij en reed stapvoets terug.

Het was een straat met grote oude huizen. Grote oude bomen. Ik zag niemand buiten.

Op Cherrier keerde Ryan opnieuw en hij parkeerde de Impala langs het trottoir, op een plek waar hij een optimaal uitzicht had.

Híj wel. Ik moest me in bochten wringen om iets te kunnen zien.

Rustique was een klein straatje, met iets wat eruitzag als een parkje aan het eind. Zeven huizen aan de linkerkant. Zes aan de rechterkant. De houten huizen stonden een flink stuk van de straat af op diepe, smalle percelen grond. Allemaal zagen ze er vermoeid uit en konden zo te zien wel een likje verf gebruiken, terwijl het loodgieterswerk en de elektrische bedrading vermoedelijk ook wel aan vervanging toe zouden zijn.

Sommige bewoners hadden geprobeerd iets van hun gazon en tuin te maken. Sommigen waren daarin beter geslaagd dan anderen. Voor een verweerd victoriaans huis stond een handgesneden houten bord met daarop de vermelding Chez Lizot 4.

'Het heeft wel wat weg van Bastaraches woning in Tracadie,' zei ik.

'Hoe dat zo?'

'Doodlopende straat. Achterkant naar de rivier.'

Ryan zei niets. Hij had een verrekijker uit het dashboardkastje gehaald en nam de omgeving in zich op.

Ik keek weer langs hem heen. Er stonden drie auto's langs het trottoir, één vlak bij Cherrier, een in het midden van de straat, een verderop bij het parkje.

Het naambord van Lizot duidde erop dat de even nummers zich aan de rechterkant bevonden. Ik telde vanaf de hoek.

'Nummer 13 moet dat grote perceel links aan het eind zijn.' Veel kon ik niet zien. Malo's perceel was omgeven door een bijna twee meter hoog met wingerd begroeid hek van gaaswerk. Door openingen in het gebladerte onderscheidde ik pijnbomen, coniferenheggen en een enorme dode iep.

'Schitterend aangelegde tuin.' Mijn ongerustheid bracht me ertoe stomme grapjes te maken.

Ryan lachte niet. Hij toetste een nummer in op zijn mobieltje.

'Kun je het bordje aan het hek van Malo lezen?' vroeg ik.

'*Prenez garde au chien.*'

Wacht u voor de hond. Dat was geen grapje.

'Ik wil dat je drie kentekens voor me natrekt,' zei Ryan, naar ik aannam tegen iemand op het hoofdkwartier van de SQ. Hij wachtte even, las toen het kenteken op van een oude wrakke Mercury Grand

Marquis die vlak bij de hoek met Cherrier stond geparkeerd.

'Murchison, Dewey. *Trois Rustique. Oui.*'

Ik nam de bakstenen bungalow vijf huizen bij Malo vandaan in me op. Het was duidelijk dat de ouwe Dewey niet veel te makken had.

'Negen. Vier. Zeven. Alfa. Charlie. Zulu.' Ryan las het kenteken op van de Porsche 911 die halverwege de straat stond geparkeerd.

Na de zenuwslopende rit waren de warmte en de stilte in de Impala slaapverwekkend. Terwijl ik naar Ryans deel van het gesprek luisterde, voelde ik me plotseling volkomen uitgeput.

'Vincent, Antoine.' Ryan herhaalde de naam. 'Wonen er Vincents op Rustique?' Ryan zweeg even. 'Oké.'

Mijn armen en benen begonnen aan te voelen als lood.

'Ogenblikje.' Ryan pakte de verrekijker en las het kenteken op van het nieuwe model Honda Accord aan het eind van de straat. Na een korte stilte vroeg hij: 'Welke verhuurmaatschappij?'

Mijn uitputting verdween als sneeuw voor de zon. Met half dichtgeknepen ogen tuurde ik naar de Accord.

'Heb je daar een telefoonnummer van?' De stem die tegen Ryan sprak zei weer iets. 'Weet je zeker dat je het niet te druk hebt?' Even stilte. 'Dat stel ik zeer op prijs.'

Ryan klapte zijn toestel dicht maar legde het niet weg.

'Het is Harry.' Mijn stem klonk schril. 'Ik wéét het gewoon.'

'Laten we nou geen overhaaste conclusies trekken.'

'Oké.'

Ik leunde achterover en sloeg mijn armen over elkaar. Haalde ze weer uit elkaar en begon weer op de nagelriem te kauwen.

'De Mercury en de Porsche zijn van mensen die hier wonen,' zei Ryan, zonder nummer 13 ook maar een moment uit het oog te verliezen.

Ik nam niet de moeite om te reageren.

Seconden kropen voorbij. Minuten. Eeuwigheden.

In de Impala leek het plotseling benauwd. Ik draaide mijn raampje open. Er dreef bedompte warme lucht naar binnen die de geur van modder en gemaaid gras met zich meebracht. Ik hoorde het gekrijs van meeuwen.

Ik schrok op toen Ryans mobieltje in zijn hand overging.

Ryan luisterde. Bedankte degene die hem belde. Verbrak de verbinding.

'Harry heeft de Accord maandagochtend gehuurd.'

Ik richtte mijn blik weer op de straat. De auto was leeg. Het parkje was verlaten.

'Ik bel haar wel.' Ik pakte mijn handtas.

Ryan legde een hand op mijn arm. 'Nee.'

'Waarom niet?'

Ryan keek me alleen maar aan. Zijn ogen stonden vermoeid, net als de mijne.

Natuurlijk. Als Harry zich op Malo's terrein bevond, zou het geluid van een telefoon die overging haar veiligheid in gevaar kunnen brengen.

'Jezus, Ryan, denk je echt dat ze naar binnen is gegaan?'

'Ik weet het niet.'

Ik wist het wel.

'We moeten haar daarvandaan zien te krijgen.'

'Nog niet.'

'Wat?' Op scherpe toon. 'Blijven we hier gewoon maar zitten afwachten?'

'Voorlopig nog even wel, ja. Als ík naar binnen ga, doe ík dat met ondersteuning. Let op het nadrukkelijke gebruik van de eerste persoon enkelvoud.'

De zon stond laag, weerkaatste op ruiten en motorkappen, verleende een bronzen tint aan de rivier, het parkje, en de straat. Ryan zette een zonnebril op, legde beide armen op het stuur en bleef de straat in staren. Af en toe keek hij op zijn horloge. Ik keek dan ook op het mijne. Telkens was er minder dan een minuut verstreken.

Ik stapte over van het knagen aan mijn nagelriem op het pulken aan draadjes in de armsteun. Keerde weer terug naar de nagelriem. Ondanks de warmte voelden mijn vingers ijskoud aan.

We hadden tien minuten op de uitkijk gezeten toen er een Camaro hard over Cherrier kwam aanrijden en met piepende banden Rustique in sloeg. De bestuurder was een donker silhouet achter getint glas.

Een silhouet dat ik herkende.

'Het is Bastarache!'

We keken toe hoe Bastarache zijn auto slordig voor nummer 13 parkeerde, gehaast uitstapte en de kofferbak van de Camaro openmaakte. Hij haalde er een betonschaar uit, liep naar het hek, bracht de betonschaar in positie en knipte. Nadat hij het hek open had getrapt, verdween hij uit het zicht.

De eerste schoten klonken als vuurwerk, de knallen kwamen zo snel dat het op een salvo leek. In het parkje vloog een zwerm meeuwen op en zette koers naar de rivier.

'Shit!'

Ryan zette de radio aan en stemde hem af. Er meldde zich een centralist. Ryan identificeerde zich, gaf onze locatie door en vroeg om versterking.

'Luister naar me, Tempe.' Terwijl hij sprak, haalde Ryan zijn Glock uit de holster. 'Ik meen het bloedserieus. Ga op de vloer zitten en blijf waar je bent.'

Zwijgend liet ik me van de stoel glijden. Ik hield wel mijn ogen boven het dashboard om de straat te kunnen blijven zien.

'Blijf in de auto.'

Ryan gebruikte de huizen als dekking terwijl hij op weg ging naar het huis van Malo, de Glock met de loop naar beneden langs zijn zij. Met zijn rug tegen het gaaswerk schuifelde hij naar Malo's hek, gluurde de tuin in en was toen weg.

Ik zat ineengedoken op de vloer van de Impala, bang, mijn handpalmen klam van het zweet. Het leek wel of ik daar al uren zat. In werkelijkheid was het nog geen vijf minuten.

Ik probeerde mijn verkrampte benen te strekken toen mijn mobieltje overging. Ik haalde het uit mijn handtas.

'Waar ben je?' Harry gebruikte haar fluisterschreeuwstem.

'Waar ben jíj?'

'Ik zit in een parkje bij Malo's huis. Ik ben de meeuwen aan het voeren.'

'Jezus christus, Harry. Wat denk je in godsnaam dat je aan het doen bent?' Mijn commentaar weerspiegelde niet de opluchting die ik voelde.

'Ik geloof dat ik schoten heb gehoord.'

'Luister naar me.' Ik gebruikte dezelfde toon die Ryan even tevoren tegen mij had gebruikt. 'Ik zit op de hoek van Cherrier en Rustique. Ryan is naar Malo's huis gegaan. Er is versterking onderweg. Ik wil dat je zo ver mogelijk bij dat huis vandaan gaat zonder het park te verlaten. Lukt dat?'

'Ik zie een monument voor een of andere dooie kerel. Daar kan ik wel achter wegduiken.'

'Doe dat dan.'

Ik hees me weer op de stoel en zag nog net een in het roze geklede gestalte aan de oever van de rivier zich snel van links naar rechts bewegen.

Ik liet me weer op de vloer van de auto zakken toen er twee gedempte schoten klonken.

Mijn hart stond stil.

Ik luisterde.

Doodse stilte.

Lieve god, was Ryan in moeilijkheden? Harry? Waar bleef die versterking?

Misschien was het angst vanwege mijn zus. Of Ryan. Wat ik vervolgens deed, was krankzinnig. Maar ik deed het toch.

Ik dook de Impala uit, sprintte Cherrier over en daarna het eerste gazon aan de linkerkant van Rustique. In de schaduw van de huizen holde ik naar nummer 13, waar ik met mijn rug tegen het gaaswerk even bleef staan, gespitst op elk geluid en elke beweging.

Krijsende zeemeeuwen. Het bonken van mijn eigen hart.

Ik gluurde door Malo's hek terwijl ik nauwelijks adem durfde te halen.

Een van een grindlaag voorziene oprit voerde naar een huis van donkere baksteen met opzichtig roze voegwerk. Rechts van het huis stond een garage voor drie auto's in dezelfde stijl. Links ervan was een gazon waarop schaduwen van de dode iep vielen.

Ik verstijfde, verzette me tegen de adrenaline die me tot actie aanzette. Er zat een gestalte aan de voet van de boom. Had hij me gezien?

Er kropen vijf seconden voorbij. Tien.

De gestalte bewoog zich niet.

Nadat ik ruim een minuut gewacht had, nam ik opnieuw mijn omgeving in me op, sloop toen over de oprit naar het huis. Elke stap op het grind klonk als een explosie. De gestalte bewoog zich nog steeds niet, een levensgrote lappenpop waar schaduwen overheen speelden.

Dichter bij de boom zag ik dat de gestalte die van een man was. Ik had hem nog nooit eerder gezien. Een lange, donkere tentakel kroop over de voorkant van zijn overhemd. De man had zijn ogen dicht maar hij leek nog wel te ademen.

Half gebukt holde ik over het gazon.

En bleef plotseling stokstijf staan.

Twee honden rukten aan kettingen die vastzaten aan in beton gegoten musketons. Gigantische honden met een gladde zwart met bruine vacht, kleine oren en een korte staart, vermoedelijk dobermanns. Allebei gromden ze dreigend.

Ik stak een kalmerende hand op. De honden raakten door het dolle heen, grauwend en kwijlend, ogen woest in hun verlangen om aan te vallen.

In de verte hoorde ik het zwakke geloei van sirenes.

Ik deed voorzichtig een stap achteruit. De honden bleven naar me uitvallen en happen. Bij elke ruk aan de ketting dreigden de musketons los te raken van hun verankering.

Met trillende benen scharrelde ik terug naar de voorkant van het huis. Rechts naast de deur zag ik een raam dat een stukje openstond. Ik kroop door een recht afgeknipte heg van coniferen, ging op mijn tenen staan en gluurde naar binnen. Hoewel mijn zicht op het vertrek belemmerd werd door de rug van een stoel, kon ik duidelijk drie mannen zien.

Eén woord drong zich onweerstaanbaar aan me op.

Eindspel.

Ryan had een kaliber twaalf Winchester in zijn hand terwijl hij zijn Glock op Bastarache gericht hield. Bastarache hield een 9mm Sig Sauer gericht op een man van wie ik aannam dat het Malo was.

Malo stond met zijn rug naar het raam. Evenals Bastarache was hij zwaargebouwd en gespierd.

Het geluid van de sirenes werd luider. Ik vermoedde dat de versterkingen op dat moment de brug overstaken.

'Vuile smeerlap die je bent,' schreeuwde Bastarache tegen Malo. 'Ik wist wel dat die perverse praktijken van jou ons vroeg of laat de das om zouden doen.'

'En jij bent zeker zo'n brave jongen? Je bent er met open ogen ingestapt, Davey-boy.'

'Geen kinderen. Ik heb nooit toestemming gegeven om kinderen te gebruiken.'

'Ze willen sterren worden. Ik maak hun droom waar.'

'Je had me beloofd dat je daarmee op zou houden. Ik geloofde je. Nu kom ik erachter dat je al die tijd gelogen hebt.' Bastaraches haar was nat van het zweet. Zijn overhemd zat aan zijn borst vastgeplakt.

'Rustig aan.' Ryan probeerde Bastarache tot kalmte te manen.

Bastarache wees met de Sig Sauer naar Ryan. 'Uit de vragen van deze knaap meen ik te begrijpen dat je een paar meisjes hebt vermoord.'

'Dat is belachelijk.' Malo lachte nerveus.

'Kijk me aan, smeerlap.' Bastarache richtte de Sig Sauer op Malo's hoofd. 'Dankzij jou ben ik verdachte in een moordonderzoek. Ik word al dagenlang lastiggevallen door de politie.'

Malo stak beide handen op en keek Bastarache aan.

De schok bezorgde me een droge mond.

Hoewel hij ouder, zonnebankbruiner en fitter was, vertoonde Malo een treffende gelijkenis met Bastarache. Een gelijkenis die alleen maar te verklaren viel door genetische verwantschap.

Bastarache vervolgde zijn tirade.

'Jij hebt die meisjes vermoord. Geef toe dat je dat gedaan hebt.'

'Dat is…'

'Geen! Leugens! Meer!' Het gezicht van Bastarache zag vuurrood.

'Het waren sletjes. De ene jatte geld van me. De ander was een junkie.' Malo slikte. 'Je bent mijn broer, Davey. Maak die kerel koud.' Malo gebaarde nerveus naar Ryan. 'Maak hem koud en er kan ons niks meer gebeuren. We zoeken een andere plek…'

'Je brengt mij in de problemen. Mijn bedrijf. Mensen op wie ik gesteld ben. Je bent volkomen gestoord. De politie volgt me al vanaf Quebec. Als er met deze man iets gebeurt, weten ze precies bij wie ze moeten zijn.'

'Alles komt best in orde.'

'Met die smeerlapperij van je breng je alles in gevaar. Je hebt het huis van mijn vader bezoedeld. Dat was de reden waarom ik je er bij de eerste de beste gelegenheid uit heb getrapt.'

Bastarache bewoog het pistool met rukkerige bewegingen. 'Je bent al net als die hoer van een moeder van je.'

'Leg je pistool op de grond, Dave.' Ryan, de onderhandelaar. 'Voordat er ongelukken gebeuren.'

Bastarache negeerde hem.

'Het enige waar jij om geeft is geld en het achternalopen van die pik van je. Maar nu vorm je een bedreiging voor míjn huis. Voor mensen om wie ík geef. Door jouw toedoen zullen ze haar vinden en haar opsluiten.'

'Je bent gestoord,' zei Malo spottend. 'Je leeft in de middeleeuwen.'

'Gestoord?' Het pistool trilde in Bastaraches hand. 'Ik zal je laten zien hoe gestoord ik ben. Straks spatten je hersens tegen die muur.'

Er klonk een vrouwenstem van vlak onder het raam. Haar stem klonk hijgend en buiten adem.

'Als je hem iets aandoet, zijn we daar zelf de dupe van.'

Ik rekte me nog verder uit om de vrouw te kunnen zien, maar de rug van de stoel onttrok haar aan het gezicht.

De gillende sirenes reden nu Rustique in. Het geluid van piepende banden, portieren die opengegooid werden, hollende voetstappen, knetterende radio's. Een mannenstem riep iets, een andere stem antwoordde.

Bastarache richtte zijn blik op de vrouw. Op dat moment gooide Ryan de Winchester achter zich neer en sprong naar voren.

Het jachtgeweer gleed over de vloer en ketste af tegen een plint. Malo draaide zich om en holde de kamer uit.

Ik draaide me om en schreeuwde: 'Hij komt de voordeur uit!'

Drie agenten kwamen de oprit op hollen. Een van hen schreeuwde: '*Arrêtez-vous!*' Staan blijven!

Malo holde naar de garage. De agenten haalden hem in, kwakten hem tegen de stenen muur en deden hem de handboeien aan.

Ik sprong naar binnen en stoof via openslaande deuren de zitkamer binnen. Ik werd op de voet gevolgd door een agent. Ik hoorde Ryan tegen hem zeggen dat hij een ambulance moest bellen.

Bastarache zat op zijn knieën, zijn handen op zijn rug geboeid. De vrouw zat gehurkt naast hem. Ze had een arm om zijn middel geslagen. Een hand lag op zijn schouder. Een hand met slechts drie knobbelige vingers.

'Ik ben zo'n klungel,' mompelde Bastarache. 'Zo'n klungel.'

'Shhh,' zei de vrouw. 'Ik weet dat je van me houdt.'

Stralen van de snel ondergaande zon vielen op de donkere krullen van de vrouw. Langzaam hief ze haar gezicht op.

Het bloed stolde me in de aderen.

De wangen en het voorhoofd van de vrouw waren bultig en hard. Haar bovenlip krulde in de richting van een neus die een asymmetrisch holte was.

'Évangéline,' zei ik, overstelpt door emotie.

De vrouw keek mijn kant op. Er fonkelde iets in haar ogen.

'Ik heb de koningin van Engeland gezien,' zei ze met raspende stem, terwijl haar borst op en neer zwoegde en de tranen haar over de wangen liepen.

41

Er ging een week voorbij. Zeven dagen van herstel, fuiven, afscheid, onthullingen, bekentenissen en ontkenningen.

Na de gebeurtenissen in Malo's huis had ik twaalf uur aan één stuk door geslapen. Toen ik wakker werd, voelde ik me als herboren en koesterde ook geen wrok meer tegen mijn zus. Harry had haar escapade in het park overleefd. Dat kon helaas niet gezegd worden van een van haar Jimmy Choo-teenslippers. Meeuwenpoep.

Harry legde uit dat ze naar Toronto was gereden om met Flan O'Connor te praten. Ze wilde me verrassen met een primeur over Obéline en de gedichten. Haar grote ontdekking was dat O'Connor House uitsluitend actief was geweest van 1998 tot 2003. Ironisch genoeg bleek die informatie alleen maar aan te sluiten bij wat we al wisten.

Harry nam het vliegtuig naar huis om haar scheiding aan te vragen en haar huis in River Oaks te verkopen. Het leven in de binnenstad was haar zo goed bevallen dat ze besloten had om op zoek te gaan naar een appartement waar ze het zonder auto zou kunnen stellen. Ik vermoedde dat haar plan onuitvoerbaar was in een stad als Houston, maar dat zei ik maar niet tegen haar.

Het feest van de heilige Johannes de Doper, la fête nationale du Québec, kwam en ging. De straten werden schoongeveegd, de fleur-de-lys-vlaggen werden neergehaald en de bevolking van Montreal richtte haar aandacht op het jaarlijkse jazzfestival.

In gesprekken met Ryan en Hippo kwam ik heel wat te weten.

De man die in elkaar gezakt bij de boom had gezeten, was een van Malo's trawanten, genaamd Serge Sardou. Toen Sardou Bastarache op de oprit wilde tegenhouden, schoot Bastarache hem neer. De wond had heel wat bloedverlies maar slechts geringe inwendige schade veroorzaakt. Sardou begon te marchanderen zodra hij bijkwam uit de narcose.

Het bleek dat Mulally en Babin alleen maar oog hadden gehad voor de Escalade, niet voor Harry en mij. Het was Sardou die me telefonisch en per e-mail bedreigd had. En, mijn persoonlijke favoriet, me van de trap af had gegooid. Malo had hem opdracht gegeven het fotovel van Évangéline te pakken te krijgen en mij de stuipen op het lijf te jagen. Sardou had besloten om beide opdrachten te combineren bij Cormiers studio.

Bastarache en Malo gingen van Rustique regelrecht de cel in. Bastarache beriep zich op noodweer en zei dat Sardou hem bedreigd had met de Winchester. Een advocaat kreeg hem de volgende dag al op borgtocht vrij.

Op grond van verklaringen van Sardou en Kelly Sicard werden Malo drie gevallen van doodslag ten laste gelegd plus een groot aantal strafbare feiten waarbij kinderen betrokken waren. Anders dan Bastarache zou onze vriend Pierre voorlopig nergens heen gaan.

Op woensdag 27 juni was ik op mijn lab in Wilfrid-Dérome. Er stonden vijf dozen op het werkblad aan de zijkant, verpakte stoffelijk overschotten die overgedragen zouden worden aan hun familie.

Terwijl ik mijn handgeschreven labels las, bekroop me een bitterzoet gevoel van voldoening. Geneviève Doucet. Anne Girardin. Claire Brideau. Maude Waters. LSJML-57748.

In het geval van Geneviève Doucet zou de doodsoorzaak nooit meer vastgesteld kunnen worden. Dat deed er ook niet toe. De arme Théodore begreep het allemaal toch niet meer. Er viel hem ook niets aan te rekenen. Maître Asselin zou de beenderen van haar achternicht komen ophalen.

Voor de kleine Anne Girardin, Ryans vermiste nummer drie, zou er geen gerechtigheid zijn. Haar vader had zichzelf een kogel door het hoofd gejaagd. Maar Adelaide was opgespoord en kon haar dochter nu begraven.

Van haar zeventiende tot haar negentiende had Claire Brideau de hoofdrol vertolkt in tientallen Peter Bad Producties. Pierre Malo. Peter Bad. Pure poëzie.

We hadden het bij het rechte eind gehad wat Cormier betrof. De fotograaf had meisjes doorgesluisd naar Malo in ruil voor een paar dollar en een gestage aanvoer van kinderporno. Kelly Sicard was een van de slachtoffers geweest, evenals Claire Brideau. Er zouden er geen meer volgen. Uit angst dat Cormier zou doorslaan om zijn eigen hachje te redden, had Malo hem vermoord.

Volgens Sardou had Malo in 1999 Brideau gewurgd in een aanval van razernij omdat ze geld gepikt had van een nachtkastje in het huis aan Rustique. Sardou had opdracht gekregen om zich van het lijk te ontdoen en had Brideau vanaf de boot van een vriend van hem in de Rivière des Mille Îles gedumpt. Zij werd Ryans slachtoffer nummer één.

Ryans slachtoffer nummer drie, de drenkelinge uit het Lac des Deux Montagnes, was geïdentificeerd als de zestien jaar oude Maude Waters. Het jaar daarvoor was Maude vertrokken uit haar huis in het Kahnawake Mohawk Reservaat in de hoop carrière te maken in Hollywood. In plaats daarvan was ze terechtgekomen bij Malo die haar in pornofilms liet optreden.

Malo beweerde dat Maude overleden was aan een overdosis drugs terwijl ze bij hem in huis woonde. Sardou vertelde een ander verhaal. Volgens hem had Malo Maude gewurgd omdat ze gedreigd had te vertrekken. Net als in het geval van Brideau acht jaar eerder, kreeg Sardou opdracht om het lijk te laten verdwijnen. De loyale medewerker had het idee dat hem niets kon gebeuren, reed gewoon een paar straten verderop en gooide Maude van de boothelling in het Bois-de-L'Île-Bizard.

LSJML-57748. Hippo's meisje. Voorlopig zou het skelet van Sheldrake Island onder een anoniem ijzeren kruis liggen op de leprozenbegraafplaats in Tracadie. Maar ik werkte samen met een Acadische historicus. Met wat geluk, en een heleboel hard werk, hoopten we erachter te komen wie ze was. Het lab in Virginia had DNA uit haar botten bepaald. Misschien zouden we ooit zelfs een familielid kunnen opsporen.

Mijn mijmering werd onderbroken toen de deur van het lab openging. Hippo kwam binnen met koffie en een zak St. Viateurbagels. Terwijl we die met behulp van plastic mesjes besmeerden met roomkaas, overdacht ik wat ik geleerd had van de saga van Évangéline.

Ik had het bij het rechte eind gehad. Laurette Landry had in het lazaret gewerkt en was haar baan kwijtgeraakt toen dat in '65 zijn deuren sloot. Jaren later manifesteerde de ziekte zich bij haar. Het wantrouwen van de familie ten opzichte van de overheid was zo groot dat Laurette verstopt werd bij grand-père Landry. Op haar veertiende werd Évangéline de voornaamste kostwinner en verzorgster van de familie.

Zolang Laurette nog in leven was, woonde Évangéline thuis en werkte overdag voor Davids vader, Hilaire Bastarache. Na het overlijden van haar moeder werd ze daar inwonend huishoudster.

Indertijd woonde Pierre Malo, Hilaires onwettige zoon, ook in het huis van de Bastaraches. Malo zette Évangéline onder druk om voor hem te poseren door te dreigen dat ze anders haar baan zou kwijtraken. David Bastarache was verliefd geworden op Évangéline. Ontzet door de activiteiten van zijn halfbroer, nam hij zich heilig voor Malo te ontslaan en hem eruit te trappen zodra hij het voor het zeggen kreeg, zoals Hilaire hem in het vooruitzicht had gesteld.

Hoewel ik enig inzicht verkregen had in Bastaraches karakter, was de man nog steeds een mysterie voor me.

'Leg me dat eens uit, Hippo. Hoe is het mogelijk dat een dergelijke denkwijze vandaag de dag nog bestaat?'

Hippo at terwijl hij over mijn vraag nadacht.

'Elk Acadisch kind groeit op met verhalen over voorouders die opgejaagd en gedeporteerd werden. Le Grand Dérangement achtervolgt ons als volk nog steeds. En het is niet alleen maar oude geschiedenis. Acadiërs geloven dat hun cultuur constant bedreigd wordt door een vijandige, door Engelssprekenden gedomineerde wereld.'

Ik onderbrak hem niet.

'Hoe houd je je gebruiken en je taal levend terwijl je kinderen naar *Seinfeld* kijken en naar de Stones luisteren? Terwijl hun neefjes en nichtjes in de grote stad nauwelijks een paar woorden Frans kunnen spreken?'

Ik nam aan dat de vragen retorisch bedoeld waren en reageerde niet.

'Wij Acadiërs hebben geleerd kost wat kost vast te houden aan onze identiteit. Hoe? Gedeeltelijk door pure koppigheid. Gedeeltelijk door alles tot buitengewone proporties op te blazen. Onze muziek. Onze keuken. Onze feestdagen. Zelfs onze angsten.'

'Maar we leven toch niet meer in de negentiende eeuw?' zei ik. 'Zelfs niet meer in de jaren zestig van de twintigste. Hoe kan Bastarache zo wantrouwend staan tegenover ziekenhuizen en de overheid?'

'Bastarache is een geboren Acadiër. Hij exploiteert bedrijven die op het randje opereren. En daarbij draagt hij ook nog eens een persoonlijke last met zich mee. Een afschuwelijke vader. Een psychopathische broer. Moeder doodgeschoten. Thuis onderwijs gehad.' Hippo haalde zijn schouders op. 'Hij schijnt oprecht van je vriendin te houden. Wilde niet dat haar iets overkwam. Deed wat hij dacht dat het beste was om haar te beschermen.'

Malo had het in één opzicht bij het rechte eind gehad. Obéline en Bastarache leefden in de middeleeuwen wat betreft hun houding ten opzichte van Évangélines ziekte. Net als de ziekenzusters van een eeuw geleden, had Obéline haar leven opgeofferd aan de lepra, een liefdeloos huwelijk gesloten om haar zus te kunnen verzorgen. Bastarache was medeplichtig geweest aan het verbergen van Évangéline.

'Obéline loog dat ze getuige was geweest van de moord op Évangéline om me op een dwaalspoor te brengen,' zei ik. 'Ze liet ook iedereen geloven dat Bastarache verantwoordelijk was voor de gebroken arm en de brand.'

'Was hij dat dan niet?' Hippo probeerde met zijn duimnagel iets uit een kies te peuteren.

Ik schudde het hoofd. 'Door de lepra had Évangéline weinig gevoel in haar handen en voeten. Obéline brak haar ellepijp toen ze probeerde te voorkomen dat Évangéline van de trap zou vallen. Het was ook Évangéline die het huis per ongeluk in brand stak.

Ze loog ook over de dichtbundel. Obéline liet die uitgeven als verjaardagscadeau voor Évangéline. Anoniem, aangezien niemand mocht weten dat haar zus nog in leven was.'

Hippo was klaar met zijn kies en besmeerde nog een bagel met roomkaas. Ik praatte verder.

'De grote tragedie is dat Évangéline een betrekkelijk normaal leven had kunnen leiden. Er zijn volop medicijncocktails beschikbaar en patiënten vertonen meestal na twee of drie maanden al vooruit-gang. Minder dan een promille van diegenen die behandeld wor-den, geneest niet.'

'Komt lepra nog steeds veel voor?'

Daar had ik wat onderzoek naar gedaan.

'Begin 2006 stonden er wereldwijd bijna tweehonderdtwintig-duizend gevallen van lepra geregistreerd. En niet alleen in Afrika en Zuidoost-Azië. Tweeëndertigduizend van die gevallen bevinden zich in Noord-, Zuid- en Midden-Amerika. Meer dan zesduizend in de Verenigde Staten. Elk jaar worden er tweehonderd tot twee-honderdvijftig nieuwe gevallen gediagnosticeerd.'

'Asjemenou.'

'Bastarache en Obéline deden voor Évangéline precies hetzelfde wat er voor haar moeder was gedaan, zonder zich ooit de enormiteit van hun vergissing te realiseren.'

'Er is één ding dat ik niet begrijp. Bastarache haatte Malo. Waar-om bracht hij Évangéline bij hem onder?'

'Ze was daar maar heel kort. Toen Harry en ik onverwacht bij Obéline kwamen binnenvallen, schrok Bastarache zich rot. Hij dacht dat als we het huis in Tracadie konden vinden, er een moge-lijkheid bestond dat we ook het huis op Île d'Orléans zouden vin-den. Toen Ryan en ik daar daadwerkelijk verschenen, raakte hij in paniek en haastte zich terug om haar nogmaals naar een andere plek over te brengen.'

Mijn blik dwaalde af naar de rij van keurige labels voorziene do-zen. Geneviève Doucet, gemummificeerd in haar bed, onopge-merkt door de arme, geesteszieke Théodore. Anne Girardin, ver-moord door haar vader.

Ik dacht aan anderen. Ryans vermiste nummer twee, Claudine Cloquet, door haar vader aan Malo verkocht. Évangéline, opgeslo-ten door haar would-be-echtgenoot en haar zus, ook al was dat zon-der enige twijfel met haar toestemming gebeurd.

'Weet je, Hippo. De boeman hangt niet altijd rond bij het schoolplein of op het busstation. Het kan de man in je woonkamer zijn die de afstandsbediening heeft ingepikt.'

Hippo staarde me aan alsof ik Swahili had gesproken.

'Iemand in je eigen familie. Daar komt de bedreiging vaak van-daan.'

'Ja,' zei Hippo zachtjes.

Mijn blik bleef rusten op de naam die nu hoorde bij het meisje uit het Lac des Deux Montagnes. Maude Waters. Maude had er ook van gedroomd filmster te worden. Was dood op haar zestiende. Mijn gedachten dwaalden af naar Malo. Hij had beweerd dat hij niets afwist van Phoebe Quincy. Opnieuw had zijn medewerker een ander verhaal verteld. Sardou had verklaard dat hij Phoebe in het huis aan Rustique had gezien. Maar niet lang.

Phoebe werd nog steeds vermist.

Ryans slachtoffer nummer twee, het meisje dat gevonden was op de oever van de rivier in Dorval, bleef ongeïdentificeerd.

Symbolisch, dacht ik, voor de vele kinderen die elk jaar worden vermoord, of die gewoon verdwijnen en nooit meer teruggevonden worden.

'Ik moet er weer eens vandoor,' zei Hippo terwijl hij overeind kwam.

Ik stond ook op. 'Je hebt in deze zaken fantastisch werk verricht, Hippo.'

'Er zijn er nog altijd twee die afgesloten moeten worden.'

'Denk je dat Phoebe Quincy via een of ander ondergronds pornonetwerk verdwenen is?'

'Ik denk liever dat ze nog in leven is, maar hoe dan ook, ik hou niet op met zoeken totdat ik het zeker weet. Elke dag dat ik naar mijn werk kom, blijf ik naar die meisjes zoeken.'

Ik slaagde erin te glimlachen. 'Daar ben ik van overtuigd, Hippo. Daar ben ik van overtuigd.'

Hippo's ogen boorden zich in de mijne. 'Vroeg of laat krijg ik informatie.'

Vrijdagochtend vloog ik naar Moncton, ik huurde een auto en reed naar Tracadie. Ditmaal deed Bastarache de deur open.

'Hoe is het met haar?' vroeg ik.

Bastarache gebaarde van zo-zo.

'Neemt ze haar medicijnen in?'

'Daar zorgt Obéline wel voor.'

Bastarache ging me voor naar de kamer achter in het huis, excuseerde zich, en trok zich terug. Ik dacht over hem na terwijl hij wegliep. Stripclubs, hoerenkasten en overspel, maar de man trok de grens bij kinderporno. En hij hield van Évangéline. Zie maar eens hoogte te krijgen van de menselijke aard.

Évangéline zat in een leunstoel naar het water te staren.

Ik liep naar haar toe, sloeg mijn armen om haar schouders en trok haar tegen me aan. Eerst verzette ze zich, maar even later ontspande ze zich en leunde tegen me aan.

Ik hield mijn oude vriendin geruime tijd zo stevig mogelijk vast. Toen liet ik haar los en keek haar in de ogen.

'Évangéline, ik...'

'Zeg maar niets, Tempe. Dat is niet nodig. We hebben elkaar ontmoet. We hebben elkaar aangeraakt. Je hebt mijn gedichten gelezen. Dat is genoeg. Je moet niet verdrietig om me zijn. We zijn allemaal schepsels van God, en ik leef in vrede met mijn bestaan. Je hebt me een groot geschenk gegeven, mijn lieve, lieve vriendin. Je hebt mijn jeugd opnieuw voor me geopend. Blijf een poosje bij me zitten en keer daarna terug naar je eigen leven. Ik zal je altijd in mijn hart bewaren.'

Glimlachend haalde ik crackers, pindakaas en een plastic mesje uit mijn handtas en legde alles op tafel. Zette er twee groenglazen Coca-Colaflesjes naast. Daarna trok ik een stoel bij.

'Je kunt niet echt naar Green Gables,' zei ik.

DANKWOORD

Zoals gebruikelijk is dit boek het resultaat van een teamprestatie. Laat me het team aan u voorstellen. Ik ben heel veel dank verschuldigd aan Andrea en Cléola Léger, zonder wie dit verhaal misschien nooit geschreven was. Andrea en Cléola hebben me geïntroduceerd in de hartelijke, genereuze, en bruisende wereld van het Acadische volk. *Merci. Merci. Mille mercis.* Ook ben ik zeer veel dank verschuldigd aan al diegenen die me gastvrijheid hebben verleend tijdens mijn verblijf in New Brunswick, onder wie Claude Williams, MLA, Maurice Cormier, Jean-Paul en Dorice Bourque, Estelle Boudreau, Maria Doiron, Laurie Gallant, Aldie en Doris LeBlanc, Paula LeBlanc, Bernadette Léger, Gerard Léger, Normand en Pauline Léger, Darrell en Lynn Marchand, Fernand en Lisa Gaudet, Kevin Demeau (RCMP), George en Joan MacKenzie van Beaverbrook House. Mijn speciale dank gaat uit naar de mensen in Tracadie, met name Claude Landry, MLA, Père Zoël Saulnier, en Raynald Basque en het personeel van Cojak Productions. Soeur Dorina Frigault en Soeur Zelica Daigle, RHSJ, (*Les Hospitalières de St-Joseph*), die me ruimhartig inzage hebben gegeven in hun archieven en me rondgeleid hebben door het museum en over de begraafplaats op de voormalige locatie van het lazaret.

Robert A. Leonard, hoogleraar taalwetenschappen en directeur van het Forensic Linguistics Project, Hofstra University, onderbrak zijn drukke werkzaamheden om me wegwijs te maken op het gebied van de forensische linguïstiek. (Was u echt een van de oprichters van de rock-'n-rollgroep Sha Na Na? Ja, Kathy. Echt waar? Ja, Kathy. Wat gaaf!)

Ron Harrison, Service de police de la Ville de Montréal, heeft me informatie verschaft over vuurwapens, sirenes, en allerlei ander politiegedoe.

Normand Proulx, *Directeur général,* Sûreté du Québec, en *l'inspecteur-chef* Gilles Martin, *adjoint au Directeur général, adjoint à la Grande fonction des enquêtes criminelles,* Sûreté du Québec hebben me voorzien van statistieken op het gebied van moorden en informatie over onderzoeken naar onopgeloste zaken in Quebec.

Mike Warns, design engineer, ISR, Inc., heeft eindeloos vragen beantwoord en me geholpen op technisch gebied. Mike, een echte Homo universalis, is ook grotendeels verantwoordelijk voor de gedichten.

Dr. William C. Rodriguez, Office of the Armed Forces Medical Examiner, en dr. Peter Dean, HM Coroner for Greater Suffolk and South East Essex, hebben geholpen met details op het gebied van de pathologie van skelet en weke delen.

Paul Reichs heeft waardevolle adviezen gegeven met betrekking tot het manuscript.

Nan Graham en mijn Scribner-familie hebben het boek aanzienlijk beter gemaakt dan het zonder hun inbreng misschien geweest zou zijn. Hetzelfde geldt voor Susan Sandon en iedereen bij Random House UK.

Dank ook aan mijn agent, Jennifer Rudolph-Walsh, voor haar onvoorwaardelijke steun.

Een nuttige bron was *Children of Lazarus: the story of the lazaretto at Tracadie* van M.J. Losier en C. Pinet, Les Éditions Faye, 1999.